MELISSA

ホラーファンタジー乙女ゲームで毎回殺される
モブですがそろそろ我慢の限界です。
どうせ死ぬならイケメンとヤりまくってから死にます。

JN208085

福富長寿

Illustrator
春海 汐

この作品はフィクションです。
実際の人物・団体・事件などに一切関係ありません。

ホラーファンタジー乙女ゲームで毎回殺される
モブですがそろそろ我慢の限界です。
どうせ死ぬならイケメンとヤりまくってから死にます。

MELISSA

第一章　共通ルート

【強制力とチュートリアル】

皆様こんにちは。私の名前は観音坂琴音《かんのんざかことね》。

只今《ただいま》、絶賛化け物に追われている最中です。

ですが軽やかにスキップをする余裕すらあります。

何故《なぜ》なら、私は絶対にここでは死なないからです。ここでは。この『ゲームのオープニングイベント』の今、ここでは。

「琴音ちゃん!?　早く！　早く逃げてっ！　なんで楽しそうにスキップしてるのっ!?」

このゲームのヒロインの蝶野緑子《ちょうのみどりこ》ちゃん（デフォルトネーム）が、必死で私の名を叫んでいますが余裕です。だって、私が死ぬのは今から一ヶ月後。化け物に頭からパクリと食われて死にます。頭がおかしいと思われるかもしれませんが、事実なのです。何故ならすでにもう数え切れない程に、私はこの一ヶ月を繰り返してきたのだから。死んでまた繰り返す地獄のような一ヶ月間を延々と、それこそ頭がおかしくなる程に。


だけど頭はおかしくはなってません。どちらかといえばキレています。誰にって？　それは、このゲームの製作者にです。そう、ここはゲーム『永久なる時～呪いの館～』というホラーファンタジー乙女ゲームの世界なのです。

ホラーファンタジー乙女ゲーム『永久なる時～呪いの館～』とは、攻略対象が六人の少しのグロ描写とファンタジー要素のある女性向けのゲームです。

ある日、ヒロインの蝶野緑子が高校の卒業を控えて、最後の思い出作りの為にクラスメイト数人と町外れにある洋館を訪れることから、ゲームは開始されます。

ヒロイン含め十名で訪れたのですが、何故か洋館内部に閉じ込められて、そして謎の影のような化け物に襲われてしまいました。そして、生き残るのは僅かに三人。ヒロインを含めて三人だけなのです。そのうちの一人、観音坂琴音が私です。

でも、折角《せっかく》生き残っても一ヶ月後には必ず死ぬのです。ヒロインが個別ルートのヒーローと館の謎を解き明かし、あと少しで脱出できるというところで、ラスボスの化け物が現れて、私は食べられるのです。ヒーローとヒロインの最後の好感度上げ分岐イベントの為だけに、儚《はかな》い命を散らすというわけです。製作者は鬼か何かですか？　マジ許せません。などと、いってはいますが、実はもう、そこはどうでも良いのです。生き残るのもストーリー改変も、諦めました。

　最初に自我が芽生えた時のことを思い出してみると、本当に我ながらヤバいと思うくらいに発狂しました。死にたくなくて、無理やりストーリーを変えようと必死に足掻《あが》きました。でも無理だった。

　ヒーロー達やヒロインに死にたくないと何度訴えかけても、何故か聞こえていないようにスルーされて、更には体が強制的に動き出す始末。どう足掻いてもゲームはシナリオ通りに進んでいきました。

　数百回、数千回、数えるのもやめてしまうくらいに無駄な足掻きを繰り返して、そして悟った。私、観音坂琴音はゲームのキャラクター。だから絶対にどう頑張っても、ストーリーを改変できない。

　だけど無駄な足掻きを繰り返した周回の中で、もう一つ気づいたことがありました。

　逆にいえば、どんなに危険なことをしても一ヶ月後のその時がくるまでは死なない。三週間の共通ルートの後、ヒロインがヒーローの個別ルートに入ると私の出番が一時的になくなるので、死ぬまでの残りの一週間は完全に自由に動き回れるのです。

　どうせ死ぬのなら好きに過ごしたい。死んでリセットされれば、また一からやり直し。自分以外には記憶もないし、ゲームのキャラクターだという認識もありません。皆は、やり直す度に全ての記憶もリセットされます。そして自分と同じく、ヒロインとの個別ルートを外れたイケメン達も最後の脱出の時までは出番が一時的になくなります。

　空白の一週間。その間は、やりたい放題です。何をしてもどうせなかったことになる。死ぬ時は痛みもなく即死。目の前が真っ暗になって、気づけば、またゲームのオープニング。まだ何も知らないヒロインやクラスメイト達と洋館の前にいるのです。だから死ぬのは怖くない。だけど退屈なのです。

（ですけど退屈《それ》も、もう終わりです）

　数周前の自由時間に、琴音はフラフラと館内を徘徊《はいかい》していた。その時に、たまたま見てしまった。ルートを外れたヒーローの自慰の現場を。その日から琴音は、ある思いを抱き始めた。

（どうせ死ぬならイケメンとヤりまくってから死にた

いです！　どうせ全部なかったことになりますしね！）

　ヒロインとのルートを外れたイケメンをなんとしても誘惑して、そして体を重ねる。それこそが琴音がこの世界でこれからやりたいことなのだ。

◇◇◇◇◇

「大丈夫だったかい？　君達。もう化け物は去った。しばらくは安全さ」

　そういって、白い歯をキラキラと輝かせて微笑《ほほえ》むのは、このゲームでの攻略対象の一人。氷の騎士、エヴァ・フリーズだ。白銀の髪に翠《みどり》の瞳で端正な顔立ちの色男。年齢は二十歳、身長は百八十センチ。細身だが筋肉はしっかりとついている。公式設定では真面目《まじめ》で優しい王子様タイプのヒーローだ。

「え？　騎士？　コスプレ？」

　そう困惑した声を出したのはヒロインの緑子だ。その気持ちはわかる。何故なら緑子や琴音の世界は現実世界を基準にしているからだ。騎士なんて存在しない。

　だが今、目の前には輝くイケメンスマイルの騎士がいる。このゲームはホラーファンタジー乙女ゲームなのだ。そのファンタジー要素がこれである。メタ話になるが、この洋館は色んな世界の廃墟《はいきょ》と繋《つな》がっていて、入ってきた人間を食らうモンスターハウスなのだ。なので目の前の騎士は異世界の本物の騎士だ。

「コスプレとは何かな？　先程も助けた青年にいわれたけど、よく分からないな。とりあえず奥に行こう。そっちには他にも人がいるんだよ。さあ」

　エヴァはそういってから、緑子と話をどんどん進めている。この辺はモブの琴音は放置プレイだ。するとツンツンと肩を突《つ》かれる。もう一人の生き残りの眼鏡女子。佐藤美奈《さとうみな》だ。このキャラクターは所謂《いわゆる》ゲームのお助けキャラだ。好感度とか教えてくれるアレ。美奈はもちろん最後までしれっと生き残る。

「ねー。なんでさっきスキップしてたん？　琴音っち、そんなキャラやっけ？」

「えっと、怖くて足が上手《うま》く動かなかったんです。……スキップなんてしてないですよ」

　そう琴音が苦笑いで告げると美奈は、なるほどねーと頷《うなず》く。琴音の設定はこの世界では大人しい敬語キャラ。要するに目立たないモブだ。それが、スキップし

ていたから美奈の目には不審に映ったらしい。

（こういう違和感には気づいてくれるのに、メタな話をしたら聞こえないんですもんね。はあ。強制力というやつでしょうか……）

こうして特に影響がなく関係のないことなら問題なく行えるのだが、ストーリーの邪魔になることは一切できない。なので基本的には余計なことをせず、キャラクターが出揃《でそろ》い緑子のルートが確定するまでは、ひっそりと過ごすのだ。

（ヒロインのルートが確定してしまえばこっちのものです。あとは残ったイケメンを誘惑して、そして酒池肉林です！　ヤりまくりの一週間です！）

◇◇◇◇◇

「あ！　コスプレのおにーさん、戻ってきたッスよ！　女の子もいるッスよ！」

そういって手を振りながら、こちらに駆け寄ってきたのは、背の高い青年。攻略対象二人目の太陽元気《たいようげんき》だ。

赤髪で前髪は片側が長く片目を隠していて、トップの毛が短くぴょんぴょん跳ねているのをワックスで軽くセットしている。瞳の色は金に近い茶色だ。ツリ目だが、常にニコニコしているので怖さはない。学ランの下に派手な柄シャツ。一年留年しているので十九歳の高校三年生。身長、百八十五センチでガタイも良い。ゲーム公式設定では、お馬鹿な不良ワンコ系男子だ。属性大盛りである。

「太陽君、勝手に走り出さないで下さい。僕、困っちゃいますよ」

そういって太陽を追いかけてきたのは、白衣を着たおっとりとした青年。攻略対象三人目の和泉楓《いずみかえで》。太陽の担任で数学教師だ。長い黒髪を緩い三つ編みにしてサイドに流した泣きぼくろのある優男《やさおとこ》だ。年齢は二十八歳、身長は百七十七センチ。ゲーム公式設定ではおっとり苦労系ママ属性の美人。こちらも属性大盛りである。

「センセー、ごめんごめん」

ニカッと笑う太陽に追いついた和泉は、ハァハァと息を切らしている。

「……ふう。おや？　エヴァさん、そちらの方々は？」

和泉が話しかけエヴァと緑子と話し出す。そこに太陽も割り込んで、そしてどんどん話は進んでいくのだ。

　この間、琴音は放置プレイである。

(今回の緑子ちゃんは誰を選ぶのでしょうか?)

　今は攻略対象のうち三人が登場した。残るは、あと三人。それもすぐに現れる。

「エヴァ。……また増えた? 人……ボクも……一人連れてきた。……うるさい男………。ちっ……」

　琴音達の背後から現れたのは、鎧《よろい》とローブを着た美少女だ。いや、声が低いので男である。攻略対象四人目のノア・タイタン。長いピンク髪をサイドで編み込んでハーフアップにした美少女顔の青年だ。花の形の髪飾りをつけていて、瞳もピンクで全体的に可愛《かわい》らしい。年齢は十八歳、身長も百六十八センチと攻略対象の中では、一番小柄だ。ゲーム公式設定では無口で可愛い男の娘《こ》系魔術師。ノアはエヴァと同じ世界から、きたのだ。

「うわー! やった☆ 今度は本物の女の子三人もいるじゃん。やっほー、俺のこと知ってるー?」

　ノアの後ろから現れたブレザー姿の青年は攻略対象五人目の桜島晴人《さくらじまはると》だ。襟足が長い金に近い茶髪で、片側の耳にピアスがたくさん開いたチャラいイケメン。瞳は青い。口元からはチラチラと八重歯が覗《のぞ》いている。年齢は十八歳、身長は百七十八センチ。ゲーム公式設定では、チャラ男だが実は真面目な純情ボーイで、職業はアイドルのギャップ系男子。よくある属性大盛りである。

「あー!? アイドルのハルトやんか!」

　そういって美奈が聞かれてもないのにペラペラと緑子にハルトのことを話すのだが、緑子はハルトを知らないのでキョトン顔だ。ここまでで、琴音にゲームストーリー上での台詞《せりふ》はない。完全に放置プレイ、ただ死んで最後のイベントを盛り上げる為だけのキャラだ。

(はあ……。面倒くさい。既読スキップ機能があれば良いのに……)

　そんな風に思いながら桜島と緑子との『俺を知らないなんておもしれー女☆』的な会話を聞き流す。

　一応これでメインの攻略対象は揃《そろ》った。残りの一人は隠しキャラなので、まだ出てこない。彼の登場イベントは三日後だ。

(……エヴァ・フリーズさん。一番最初は彼とエッチしてみたいですね)

　琴音はエヴァを見つめて思う。イケメンとのセックス。酒池肉林をしたいと思った原因が目の前でキラキラと微笑むこの騎士。エヴァ・フリーズなのだ。

（清廉そうな顔して、性欲は人並みにあるんですもんね……。すごくえっちです）

◇◇◇◇◇

　数回前の周回で、琴音が死ぬまで自由に過ごせる残りの一週間。暇を持て余しフラフラと夜中の廊下を歩いていると、皆が各々自分で選んで私室にした部屋の扉が少し開いていて、そこから光が漏れていたのだ。

（あれ？　エヴァさんのお部屋ですね。電気が点《つ》いているということは、まだ起きてます？　……普段の皆さんは何をしているんでしょうか？）

　好奇心から少し開いた扉に近づくと、水音と激しい呼吸音が聞こえてきた。こっそりと中を覗き込むとベッドの上で自身の男性器をぐちゅぐちゅと擦りあげるエヴァ・フリーズの姿がそこにあったのだ。普段キラリと光る白い歯を食いしばって、涼やかな目元を赤く興奮で染めた、ただの雄がそこにいた。

「んっ……っ……は……くぅ……ん……」

　ギシギシとベッドが小さく軋《きし》む音と、聞いたことのない男の甘い声に何故か下腹部がきゅっと締め付けられて、じんじんと甘く痺《しび》れるような感覚。

（あ、………オナニー？　……騎士のエヴァ・フリーズが、オナニーですか？）

　少し困惑したが、それよりも興奮が勝った。今まで感じたことのないようなゾクゾクとした快感が背を走り抜ける。思わず太ももを擦り合わせてしまって、すぐに自身の股の違和感に気づく。下着が冷たい。濡《ぬ》れている。琴音はエヴァの自慰を見てアソコを濡らしてしまったのだ。そんなことは初めての経験だった。

ゲームキャラクターとはいえ、バックボーンはある。ただの設定かもしれないが、生まれてゲームスタートまでの記憶も一応ちゃんとある。その中でも琴音は興奮してアソコを濡らした記憶なんてないし、知識としては知っているが、自慰だってしたことはなかった。なのに、エヴァの淫らな姿を覗き見て、琴音はアソコを濡らしてしまったのだ。

（はうう。……こんなことは、いけないのに。なのに……はあ……あっ……）

　そっとスカートに手を差し込んでアソコを触ると、

くちゅりと水音が響いた。その瞬間エヴァと目が合った気がした。だから琴音は慌ててその場を離れたのだ。

その後は死ぬその日まで、部屋に籠もって自分のアソコをいじり倒した。琴音も見様見真似《みようみまね》で自慰をして、そして性器での快感を覚えた。

それからは琴音の頭の中はエッチなことでいっぱいになってしまった。過去の周回を思い出しながら、熱い眼差《まなざ》しをエヴァに向けていると視線が合った。だけど、エヴァはすぐに緑子に視線を戻して琴音のことなど気にした様子はない。

（やっぱり、今はそうですよね？　……はあ）

ゲームの強制力なのだろう。ルート確定以前に、琴音がどれだけ攻略対象達と親密になろうとしても、無駄に終わる。誰もモブの琴音には興味を持たないのだ。

自我を持ってからすぐの頃は、なんとか周囲にこれがゲームの中だと伝えようと必死になったが、メタ発言は全員から聞こえていないみたいにスルーされて、実力行使に出ようとしても、体が固まり動けなくなった。そして、琴音がどれだけ嫌がっても、体はシナリオ通りに動いて用意された台詞を口から吐いた。ストーリーの妨害行為や改変は一切できなかった。


誰かに守ってもらえば死なないんじゃないかと思い、何度かゲームの知識を元に、他愛《たあい》ない雑談をしたり、頻繁に会いに行ったりして、攻略対象達の攻略を行ったが琴音はモブなので好感度は上がらない。多少仲良くはなれたが、友人から先にはどうしても進めなかった。こちらから相手に好きだといっても聞こえておらず、スルーされ、そうして琴音は、やっぱり時がくると死ぬのだ。

（そこがネックですね……。いくらルート外とはいえ、私に女として少しも興味を持ってもらえなければエッチなんてできませんよね？　こちらからは好きともいえないし。……でも性欲があるのなら、裸で迫れば、抱くくらいはしてくれないでしょうか。無理でしょうか？）

今も琴音がそこに存在しないかのように、緑子達は話をどんどん進めていく。琴音の台詞が今はないので仕方がない。だが問題はない。むしろこうして考えごとをできるのだ。ありがたいくらいだ。

（今回の周回はとりあえず、情報を集めることに集中しましょう。……初めてはエヴァさんとエッチしたいですけど、もし緑子ちゃんがエヴァさんルートを選ん

だら、それは無理ですし、そうなると桜島君もなしですね）

　桜島晴人とエヴァをチラリと眺めてから琴音は、うーんと頭を悩ませる。このゲームのシナリオは個別ルートに入っても、ほとんど金太郎飴《きんたろうあめ》だ。なのでエヴァ、桜島ルートが途中までは、ほぼ共通。太陽、和泉ルートも共通。ノア、隠しキャラルートも共通と必ず二人ペアでシナリオは進んでいく。なので緑子が攻略対象とのルート確定後に琴音が選べるのは、残りの四人だ。

（……ルート確定後に私に残された時間は一週間しかないですもんね）

　何回も一ヶ月間を繰り返してわかったのは、琴音が自由にできることは、安全に館内を歩き回ること。シナリオには影響しない日常会話。大きく分けるとそれだけだ。そして、最後の一週間は比較的自由に行動ができるということ。だけど、実はルート確定後の自由な一週間の間に、琴音が攻略対象達に接触したことはない。

　最後の一週間に入った琴音は毎回この時点で何もかもを諦めていたからだ。だから部屋に籠もってひたすら寝て過ごすか、皆が寝静まった後に館内をフラフラと徘徊することしかしていなかった。エヴァの自慰を偶然見てしまった、あの周回までは、ずっとそうして過ごしていた。

（…………もしかしたら、また何か新しい発見があるかもしれません。なら、もしかしたら、この地獄から抜け出せる……？）

　自身の考えにハッとする。そう考えれば、まだ試していないことはたくさんあるのだ。そんな風に色々と考えていると、いきなり口が勝手に動き出す。

「私も皆さんの決定に賛成です」

　ニコリと顔も勝手に笑顔を作る。いつの間にか、琴音の台詞の番になっていた。この台詞を琴音がいうとプレイヤー視点ではロード画面に切り替わり、このゲームのチュートリアルが開始されるのだ。

（ああ、もうそんなに進んでいたのですか。……はあ。やっぱり会話を聞いていなくても自分にその意志がなくても、シナリオ通り強制的に体が動きますね。ゲームから抜け出すなんて……考えるだけ無駄なのです）

　このチュートリアルで今後の方針が決まる。館内は何故か電気もガスも水道も通っていて、食料や色んなアイテムが落ちている。外には出れないが、ここでしばらくは生活をしながら何か脱出の手掛かりを探そうと緑子達は話し合っていた。そして話が纏《まと》まり、皆それぞれ空き部屋を自室として選ぶのだ。洋館は広く部屋にはそれぞれトイレもシャワーもキッチンも完備だ。流石《さすが》ゲーム。時間経過で湧いてくるアイテムにも食事にも何も突っ込まない緑子達に、自我を持ったばかりの頃、琴音は慄《おのの》いた。そして自我を持つまでは自分も一切の疑問を抱いてなかったことにもゾッとした。

（はぁ……そんなことより、今はエッチです！　皆さんと絶対にエッチをしてみせます！）

◇◇◇◇◇

◆チュートリアル開始◆

〜〜ゲーム説明〜〜　基本的な流れ

館内を探索して、様々なアイテムや食事をゲット！

朝昼夜の三回、お目当ての攻略対象のところへ行くと会話が可能。親密度を上げながら三週間過ごそう

目の前に浮かび上がる謎の画面。これは自我を持った琴音にしか見えていない。

緑子達は辺りを警戒しながら、ぞろぞろと館内を進む。そのうちに初選択肢が出たのだろう。緑子がエヴァに話しかけると、目の前のエヴァの背中からシャランと音と光が溢《あふ》れ出《だ》した。無事に好感度が上がったようだ。

（むむ。やはりエヴァさん狙いですか？　……彼、一番攻略簡単ですし、公式も彼推しですもんね）

エヴァはこのゲームのメインヒーローだ、攻略難易度も簡単で容姿も良いことから、過去の周回でも断トツで選ばれている。

（残念ですね。やっぱり今回はエッチは無理ですかね？）

「美奈ちゃん、琴音ちゃん、女子三人は、全員同じお部屋にする？」

「いえ。……ごめんなさい。私は一人が良いです」

そうシナリオ通りの台詞を琴音が吐くと美奈も琴音に同意した。

「うちも琴音っちに賛成、一人がええわ。だって、そこのノアさんが結界張ってくれるんやろ？　いうたらセーフゾーンやんな」

「そうらしいですね？　それにしても本当に魔法があるなんて……すごいですね」

「うん。びっくりだよね！　でもそのお陰でこの辺りは空間が安定してるんでしょ？　すごいよね。ノアさんとエヴァさんは本当に異世界の人なの？」

そう緑子が話しかけるとエヴァは苦笑して、ノアは少しだけ瞳が輝く。

「そうだね、多分そうなるのかな？　正直私達からしたら、君達の方が異世界の人さ。ははは」

「異世界。……異なる世界とは……。驚き……でも、原理としては、ありえなくはない。………………すごい。この洋館もすごい。宝の山だよ。…………ふふ」

「ははは、ノアは、そういう話が好きだものな」

ポンポンと肩を叩かれたノアはコクリと頷く。何百何千回と見たこの会話にも、もう、うんざりだ。そうしているとまたエヴァの背後が光る。好感度エフェクトだ。

（やっぱり、今回の緑子ちゃんはエヴァさん狙いなのですね。ふむふむ）

プレイヤーの選択肢で部屋選び時の会話と相手が変化する。今、緑子がエヴァとの会話を選んだということは、プレイヤーはエヴァ狙いが濃厚だ。普通は序盤プレイでは残る隠しキャラが出てくるまでは好感度は皆、平等に上げる。だけど今回は二連続エヴァ。ということは最初からエヴァをロックオンということだ。

（むむ。残念ですが今回は仕方ないです。エヴァさんとのエッチは次回ですね。なら、他の人で一回色々と試してみましょうか？　……和泉先生か太陽君なら優しいですし、小手調べにはもってこいですね）

今回はエッチまで行かなくても、イケメンとエロいことができるかもしれないと思うとアソコが濡れてくる。

◇◇◇◇◇◇

ゲーム開始から三日が過ぎた。ようやっと全キャラがお出ましだ。

「影の化け物は倒してもまた湧いてくるし、ここからは出られナイ。だから隠れて過ごす方がイイぞ」

そういって、探索中の緑子達を影の化け物から助けたのが、六人目の攻略対象。謎の青年アノニマス。ローブで顔を隠した彼は、このゲームのラスボス兼隠しキャラだ。ローブの下は白髪のボブカットに猫耳が生えている。赤い瞳で整った容姿のアルビノの青年だ。

年齢は二十五歳、身長は百七十五センチ。公式の紹介文も謎の男と書いてあるだけ。彼はエヴァやノアとは、また違う世界の迫害された奴隷だ。

この館は、とある宗教団体が不老不死を作る目的で邪神を呼び出した際に儀式が失敗し空間が歪《ゆが》んだ結果生み出されたのだ。アノニマスはその時に生贄《いけにえ》となった青年で、邪神と融合した後、不完全な化け物となり異空間に籠もった。そしてここを、様々な次元の廃墟と繋げて迷い込んできた人間を食らうモンスターハウスになった。

だが、本人は記憶がなくて自身がその化け物だという自覚はない。そして夜になると影の化け物を生み出して意識も邪神に支配されるのだ。

正直琴音は、アノニマスに親近感が湧いている。彼も自分のルート以外は、ほぼ確実に死ぬからだ。琴音自身はアノニマスに食われて死ぬため、直接死ぬところを見てはいないが、自我が芽生えたと共に頭に入ってきたメタ知識で、彼が死ぬのを知っていた。

（……お仲間ですね。アノさん）

【ループ一回目】

「緑子ちゃん？　皆さんで何処《どこ》へ行くんですか？」

「あ、琴音ちゃん。私達しばらくは別行動するから、……ここから出られるような方法が何かないか探すの。だから琴音ちゃんは、お部屋からできるだけ出ないで待ってて。それじゃあ行ってくるね」

朝早くに大きな荷物を持った緑子と美奈、エヴァと桜島に出会い、軽く会話をする。このやり取りで琴音のまともな台詞は終了である。四人は廊下を歩いて行ってしまった。ようやく個別ルートに入ったのだ。

やはり緑子はエヴァを選んだ。金太郎飴シナリオなので緑子達の行き先は毎回同じ。

屋敷の地下へと続く階段を発見して、そこを探索しに行く。そして地下で色んな手掛かりを見つけて謎を解き明かし、脱出方法を皆に伝えようと結界内部に戻ってきた緑子達の目の前で、琴音は邪神と化したアノニマスに頭からパクリと食べられる。

（むぅ……どうせなら性的に食べて欲しいですね）

そんな冗談を考えられる程に今の琴音は気分が晴れ

ていた。ようやくこれから待ちに待った自由時間である。今からは何をしてもオッケーだ。緑子達は地下なので何をしても、シナリオに影響はない。やりたい放題タイムの始まりである。

（ふむ。まずは太陽君に迫ってみましょうか？　お試しですね。失敗しても別に何度でも、やり直せますし、余裕です）

　今の時間ならば太陽や他の攻略対象は部屋にいるはずだ。ルンルンで太陽の部屋に向かってノックをすると、すぐに太陽は出てきた。

「あれ？　どうしたんッスか？　コトちゃんがオレに用事って珍しいッスね？　あ、もしかして朝飯がない？　ならオレの分けてあげるッスよ」

　そうニコニコいう太陽に向かって琴音は口を開く。

「いえ。朝ごはんより太陽君を食べたいですね。どうですか、朝から一発。私とエッチしません？」

「……は？　えっと、ごめん。オレまだ寝惚《ねぼ》けてるっぽいッス！　もう一回、いって欲しいッスね」

　太陽は一瞬呆《ほう》けてから、ニコリと笑う。なので琴音は、もう一度口を開いた。

「太陽君のソレを、私のお股にズボズボしてみませんか？　絶対に気持ちいいですよ」

　太陽の股間を指差して琴音が満面の笑顔と甘い声で、そう告げると、太陽は笑顔のままピシリと固まってから、バタンと扉を閉めた。

（あ、やっぱり、この誘い方じゃ駄目でしたか？）

　耳を澄ますと部屋の中からは、ガタガタという音が聞こえる。それから数十秒後に何故か顔と前髪がビショビショの太陽が出てきた。

「ごめんごめん。なんかオレ、すげぇ寝惚けてて……。顔洗ったし、もう目は完全に覚めたッス！　あ、これ朝飯に食べていいッスよ。一人で、きたんだよね？　いくら廊下に結界があるっていっても一人は危ないッスから部屋まで送るッスよ？」

　スッと差し出された乾パンの缶を受け取って、琴音は眉を寄せた。どうやら太陽は琴音の言葉を理解したくないようだった。穏便に断るためか、聞き間違いだと思い込もうとしているみたいだ。要するに太陽にヤる気はないということだ。だけど、ここで諦めたら、試合終了である。

「太陽君。乾パンありがとうございます。ありがたくいただきますすね」

そう琴音が告げると、太陽はホッとしたように息を吐いた。やっぱり自分が寝惚けていて、ちゃんと目が覚めたと安心したのかもしれない。

「乾パンの後は太陽君の立派なモノも食べたいですね。どうですか？　私と一発……」

そんな太陽に、もう一度琴音が笑顔で告げると、太陽は目を限界まで開き頬《ほお》を抓《つね》って首を傾《かし》げている。

「あれ？　痛いッスよね？　あれ？　これ夢？　痛くな……いや、めっちゃ痛い。……コトちゃん。ごめん。今、なんていったの？　もう一度いってみて？」

困惑した顔でいわれたので、もう一度ハッキリと告げる。

「太陽君とエッチしたいです。私のこと好きにして良いですよ。どうですか？　これでえっちな気分になりますか？」

制服のスカートを捲《まく》りあげてパンツを見せつけると、太陽はガバリと琴音を抱き上げた。

（あ。ド直球お色気作戦は大成功ですか？　わあ、こんなに簡単にいくなんていってみるものですね。流石思春期の男子。ヤりたい盛りですもんね。このまま、お部屋に連れ込まれちゃいますか？）

ドキドキと期待に胸を高鳴らせて太陽を見上げると、太陽は真っ青な顔だ。微《かす》かに震えてすらいる。そして、琴音を抱き上げたまま廊下をドタドタと走る。

（うわわ。揺れます！　え？　どこに行くんですか？　太陽君？）

エッチをするなら太陽の部屋ですると思っていたのに、何故か太陽は琴音をお姫様抱っこしたままで、和泉の部屋に向かっている。

（あれ？　もしかして作戦大失敗ですか？）

◇◇◇◇◇

「センセー！　出て！　早く出てきて！　コトちゃんが、おかしくなったッスよー！　うわーーん！　センセー！　助けてーー！」

半泣きで太陽はドンドンと扉を叩く。その度に抱き上げられたままの琴音も衝撃で揺れる。

（うわわ。和泉先生にいいつける気ですか？　別に私おかしくなんてなってませんよ？　……いや、おかしいですね。うん。反論できません）

そんな風に太陽の腕の中で考えていると、ガチャリと扉が開いて、パジャマ姿の和泉が出てきた。まだ寝ていたようだ。いつもは緩く編まれた三つ編みは、おろされていて頭にナイトキャップを被《かぶ》っている。

「太陽君？　朝早くから君は、元気いっぱいですね。でも、僕困っちゃいますよ。まだ眠いんです。……おや？」

和泉はふわぁと欠伸《あくび》をして、それから太陽と太陽に抱き上げられた琴音を見て首を傾げている。

「おや？　お二人は、そんな関係でしたか？　……おやおや……ん？」

和泉の言葉に太陽は、めちゃくちゃ首を振っている、もちろん横に。

（むっ、そんなに全力で否定するなんて、失礼な人ですね）

「センセーー！　コトちゃん、変なことして変なこというッス！　ストレスでおかしくなってるッスよ！　やばいッス！」

「……観音坂さんがおかしくなった？　そうなのですか？　観音坂さん？」

琴音も横に首を振る。

「いいえ。和泉先生。私は全然普通ですよ」

琴音が、しれっとそう告げると、太陽はびっくりした顔を琴音に向けている。

「!?　な、何いってるッスか！　だってさっき……オレに……パ、パンツ見せてきて……っ……うぅ……ひぃ……」

琴音のパンツを思い出したのか、太陽は真っ赤になって涙目だ。不良の癖に純情ボーイだ。

「パンツを見せる？　太陽君に？　それは本当ですか？　観音坂さん？」

どうやら和泉は、太陽の言葉を信じていないようで、困惑した様子で琴音に尋ねてきた。

「はい、本当ですよ。和泉先生も見ますか？　……パンツを見せたら私とエッチしてくれますか？」

そう琴音が告げると和泉もピシリと固まった。

「ほら！　ほら！　センセっ！　コトちゃん絶対におかしいッスよ！　ほらねっ！」

「あ、ええ。そうですね。かなりおかしいですね」

「…………二人して酷《ひど》いです。ただエッチしたいだけですよ？　それっておかしいことなんですか？」

ぷくっと頬を膨らませて琴音がそう告げると、顔を引きつらせた和泉は太陽に部屋の中に入るようにと声を掛けた。

「太陽君。観音坂さん。ええっと、とりあえず中で落ち着いてお話しましょう。……僕は数学教師なので、カウンセリングとかは専門外ですけど、…………一旦落ち着いて話をしましょう」

「わかったッス！」

◇◇◇◇◇

コトリと目の前に置かれた紅茶のカップを見つめていると優しげな瞳の和泉に微笑まれる。

「観音坂さん。さあ、どうぞ、少しは気分が落ち着くはずですよ」

「はあ、ありがとうございます」

カップを持って口をつけると確かに温かい紅茶に体はホッと緩む。太陽はソファーに座らずにソワソワと部屋を歩き回っている。時折心配そうな視線を琴音に向けているが、目が合うと真っ赤になっている。ヘタレだ。

「こほん。……そういえば昨日、緑子さん達が今日から地下へ探索に行くといっていましたね。……観音坂さんは、一人お留守番になって、それで不安になっているのですね？　……ですけど大丈夫ですよ。きっと皆さん、無事に戻ってきます。エヴァさんもいますし、桜島君も、ああ見えてしっかりしてますからね。お二人が緑子さんや佐藤さんをきっと守ってくれます。だから自暴自棄にならないでね」

和泉は琴音を安心させるように優しく語りかけてくる。

（うーん。なるほど、このパターンだとストレスでおかしくなったと思われるわけですね。やはり、いきなりのセックスのお誘いは駄目でしたか……。ですけど私には一週間しかないので、できるだけ早くエッチしたいですし）

「和泉先生。別に……、不安になったとか、自暴自棄とかそういうわけじゃないですよ。ただ……。ムラムラするんです。だからエッチしたいんです。女の子にも性欲はあるんですよ」

琴音がそう告げると、和泉の顔は、また引きつって、口の端がピクピクしている。

（……はあ。まあ良いです。今回は捨て周回ですし、もう、どうなっても良いので、めちゃくちゃやってしまいましょうか？）

　今回は琴音のお目当てのエヴァはいないし、えっちなことをいったり、パンツを見せたりとえっちな行為が問題なく行えるのがわかった。いつもみたいに体が固まったりしない。強制力もシナリオの外なら発動しないようだ。それなら、どこまでオッケーか確かめてみるのも良いかもしれない。どうせ、どんなにヤバいことをしても全部なかったことになる。

　それに度重なる周回で琴音のメンタルはつよつよになったのだ。恥ずかしくも何ともない。琴音は着ていたブレザーを脱いで、ブラウスのボタンに手を掛ける。プチプチとボタンを外して行く琴音に和泉はギョッとした顔を向けている。

「和泉先生。……太陽君も見てください」

　バサリと音を立ててブラウスを脱ぐと、上半身はピンクのキャミソール一枚になる。薄い生地にピンッと立ち上がった二つの膨らみがうっすらと透けている。

（うふふ。ノーブラですよ。どうですか、お二人共？　少しは私に興奮とかしますか？　えっちな透け乳首ですよ？　うふふ）

「私、和泉先生にえっちなこと……して欲しいです」

　スカートも捲り上げ、パンツを丸出しにして、甘い声で告げると、和泉がゴクリと喉を鳴らすのが聞こえた。

　だが、その直後琴音の視界は真っ白になった。上から太陽がベッドシーツを琴音に被せたのだ。

「センセーー！　何見てるんスか⁉　ちゃんと止めないと駄目ッスよ！　今のコトちゃんはおかしくなってるッスから、見ちゃ駄目ッス！」

「あ、……そ、そうですね。僕としたことが……。いきなりのことに驚いて、反応ができませんでしたよ。困っちゃいますね。……あはは」

「オレ、ノアさん呼んでくるッス！　センセーは、コトちゃん見張ってて下さいよ！　コトちゃんも絶対に動いちゃ駄目ッス！　絶対に駄目ッスよ！　シーツから出たら、オレ泣くッスからね！」

　ドタドタと部屋を出て行く足音がした。どうやら太陽はノアを呼びに行ったようだ。

◇◇◇◇◇

　太陽に動くなといわれたので、視界がシーツに塞がれたままで琴音は考える。

（うーん。ノアさんまできたら、ややこしいことになりますね。やっぱり数人同時にえっちなことをするのは無理ですね。一人に絞らないと……。仕方ない、今は大人しく従いますか。……さっき、和泉先生は見てましたよね？　私の透け乳首とパンツを）

和泉はゴクリと喉を鳴らしてツンッと立ち上がり、透けている乳首と丸出しになったパンツをしっかりと見つめていた。

（和泉先生なら大人だし、もしかしたら、もう少し押せばいけます？）

あの反応。多分太陽は童貞だろう。だから、ド直球に行っても駄目だったのかもしれない。だが和泉なら、歳《とし》も歳だし童貞ってことはなさそうだ。いや、だがここは乙女ゲーム世界だ。なら三十歳目前で童貞の可能性もあり得る。

（うーん。もしかして攻略対象って全員童貞ですかね？　それは困りましたね。私だって経験ないですし、知識もあまりないです。どうしましょう。でも、皆さんとえっちなことしたいです……）

考え込んでいると小さな声がした。

「…………経験があるんですか？」

小さな声だったが、間違いなく和泉は琴音に話しかけている。

「…………いえ。処女ですけど」

「はぁ…………なら貴女《あなた》の相手はしてあげられませんね。……残念ですけど」

溜《た》め息《いき》と共にポツリと和泉は呟《つぶや》いた。

◇◇◇◇◇

「………………最低」

ノアにボソリと呟かれて、琴音はノアをじっと見つめた。嫌そうな顔で視線をそらされても、ノーダメージである。

（ノアさんって意外と辛辣ですもんね。でも、もう慣れましたから余裕です）

エロ系の行動は初めてだが、それこそ本当に自暴自棄になって、奇行を繰り返した周回だってある。ずっとブリッジで移動してみたりとか。語尾にヤンスと付けてみたりとか、結局シナリオに入ると勝手に体が動いて、通常の琴音に表面上は戻ったが、その時もノアは絶対零度の眼差しを琴音に向けていた。あれは変態を見る目だった。そう、今みたいな目だ。

「まあまあ。ノアさん。……観音坂さんも、お友達と離れて一人。寂しさのあまり暴走してしまったんですよ。そう冷たくしないであげて下さい。可哀想《かわいそう》で、僕困っちゃいます」

困ったように眉尻を下げて、和泉はノアにそう告げている。ノアは、はあと溜め息を吐《つ》いた。

「………面倒くさい女」

「ノアさん！　なんとか魔法でストレスとか和《やわ》らげられないッスか？　……コトちゃんかわいそッスよ……………っ……こんなの、駄目ッス」

太陽は心配そうな顔で琴音を見てから、また顔を真っ赤にしている。やはりヘタレ童貞。その姿に少しムラムラしてくる。

（太陽君って大きな体なのに可愛いんですね。……なんだか、意外です）

太陽元気は元気溌剌《はつらつ》お馬鹿君なのだ。だが、一度ルートに入ると身を挺《てい》してヒロインを庇《かば》う、漢《おとこ》らしいところを見せつけてくる。なのに今は自分より小さなノアの背中に隠れて、うるうるの涙目でぷるぷる震えて琴音をチラチラと見ている。チワワのようだ。

「太陽君。心配してくれてありがとうございます。だけど、エッチしてくれたら、もっと嬉しいです。ノアさんも、どうですか？　折角《せっかく》ですし、皆でします？」

どうせ捨て周回なので、とりあえずいうだけいっておく。皆の反応なども見ておけば今後の周回に色々と役に立つかもしれないし。

「………きも」

ノアは汚物を見るような目で琴音を見ている。

（なるほど……。ノアさんは潔癖なのですか？）

ノアから視線を外して、チラリと和泉を見ると、和泉は苦笑している。だが、その目に琴音への嫌悪の感情はない。

（和泉先生は、さっき処女かどうか聞いてきましたし、ということは、もしかしたらエッチできる可能性があるかもしれません。……どうして処女は駄目なのでしょうか？　……面倒くさいとか？）

「ひ……ひぃ…………ノアさん。コトちゃん、魔法で正気に治せないッスか？　さっきからめちゃくちゃ変なことばかりいうッスよ。……早く治してあげないと、絶対に後でめちゃくちゃ後悔するっス！」

太陽は目をぎゅうっと瞑《つぶ》り真っ赤な顔で、はわわと焦っている。

「太陽君って童貞なんですか？　その反応可愛いですね。アソコ見せてくれませんか？　包茎ですか？　包茎って、皮が被っているんですよね？」

ニヤニヤしてそういうと、ノアに頭を杖《つえ》で叩かれた。普通に痛い。何度周回していても痛いものは痛い。というか殴られるのは初めてだ。

「うぐぅ……。暴力反対ですよ！」

「お前。……本当に気持ち悪いよ。ゲンキにセクハラするなよ。本当気持ち悪い。…………なんなの？」

ノアは本気で軽蔑の眼差しを琴音に向けている。流石に今はこれ以上のセクハラ発言は、控えたほうが良いかもしれない。

（う……。いくらやり直せるとはいえ、やっぱり、人が本気で嫌がることはしたくないですね）

自分が変態だとか、どう思われても良いが、ノアの後ろで涙目で震える太陽を見て、罪悪感を覚えた。

（ふむ。過度のセクハラや逆レイプ等は、なしの方向でいきましょう。どうせするならラブラブエッチが良いですね）

「ごめんなさい。太陽君、ノアさん、和泉先生。私、やっぱりおかしいみたいです。……お部屋に戻りますね」

服をきちんと着直してシーツを体に巻き付けたまま琴音は一度自室に戻る。今回得られた反応を元に、今後の作戦を立てる必要がある。

「あ、それなら僕が送りますよ。ついでにお話も聞きますよ……ね？　観音坂さん」

そういって、和泉が後ろから追ってくる。ノアはポロポロ泣く太陽を慰めていた。

（太陽君……。泣かせちゃいましたね。…………ごめんなさい）

◇◇◇◇◇

「観音坂さん。……本当に、どうしちゃったんです？　そんなに辛《つら》い？　……あー、辛いに決まってますよね。僕ってば、何を当たり前のことを聞いてしまっているんでしょうか……あはは。困っちゃいますね」

和泉は苦笑してから、頭をポリポリと掻《か》いている。

「和泉先生……。すみません、朝早くからご迷惑をかけて」

シュンとしてそう告げると、和泉は優しく頭をポンポンとしてくれる。ママぁ……。

「こんな状況です。……少しばかり、おかしな行動に出ても仕方ないですよ。人の心は脆《もろ》いですから……。ですけど、太陽君に対しての発言は、いけませんでしたね？　太陽君には、まだそういう話題は早いです。……………彼ってあんな見た目でも、中身は純粋な子供ですから……。ね？」

「…………はい。それは本当に反省してます」

また、シュンとして告げると和泉は優しく微笑んでくれた。自室に着くと何故か和泉も中に入ってくる。

「和泉先生？　もう、本当に大丈夫ですよ。…………先生と話をして、どうにかなることでもないですし」

そう告げるが、和泉はベッドに腰を下ろした。

「……観音坂さんは、真面目そうだと思ってましたけど。セックスに興味があるんですか？　おっと、これも愚問でしたね。……女の子にも性欲はある……でしたか？　ふふ」

いつもの穏和な笑顔じゃなくて、スッと目を細めた和泉のえっちな微笑みに、琴音の胸はドクンと音を立てた。

（え？　まさか、……今回の周回で、先生と、……イケちゃいます？）

「和泉先生……、シてくれるんですか？」

琴音が期待した眼差しを向けると、和泉は苦笑して首を横に振った。

「君は十八歳でしたっけ？　法的に問題がなくても僕は教師なので。学生に手を出したりできませんよ。流石にね……、それに君は経験がないのでしょう？　なら絶対に駄目です」

その言葉に琴音はガッカリする。上げて落とされた気分だ。そんな琴音の気持ちは顔に出ていたのか、和泉はクスクスと笑った。

「観音坂さんは、……アダルトビデオなど見たことはありますか？　自慰の経験は？」

「え？　……いえ、ＡＶをしっかり見たことはないです。一応スマホの広告とかではありますけど」

知識としては知っているけど、実際に見たことはない。あんなにえっちな物を見たのはエヴァの自慰が初めてだった。だからこそ、すさまじい衝撃だったのだ。

「おや？　そうなのですね。……それなのに、太陽君や僕にあんなことをしたんですか？　……それで自慰は？」

　ニコニコと和泉はそういう。先程太陽がノアを呼びに行っていた間にパジャマからは着替えているが、いつもは、緩く編まれた三つ編みはおろされたままで色っぽい。

　その長い黒髪を指にクルクルと巻きつけて遊びながら和泉は少しだけ、いやらしい瞳を琴音に向けている。

（っ……先生。どういうつもりでしょうか？　……でも、私のことをからかっているんでしょうか？　……でも、なんだか、すごくドキドキします……。これ、すごく良いです。とってもエッチな雰囲気です）

「自慰は……オナニーは毎日してます。寝る前にお布団の中で……」

　エヴァの自慰を見たあの日から、琴音は毎日アソコを触っていた。いつも夜ベッドの中でエヴァの、いやらしい姿と息遣いを思い出すだけで、アソコは濡れてくる。だから、そっとパンツに手を入れて指でくちゅくちゅと硬い肉芽を擦る。すると痺れるような甘い快感が湧き上がってくる。そのうちにビクンと体が震えて脱力感が襲う。そしてそのまま眠りにつくのだ。


「………ここで？　このベッドの上で？　ふふ♡　なるほどね。……こちらにおいで？」

　和泉は自身の腰掛けているベッドを見て、クスリと笑う。それから優しく琴音を手招きする。琴音は、それに従い、ゆっくりと近づいて和泉の隣に腰を下ろした。

（はうぅ……なんでしょうか。和泉先生に触られてもないし、えっちな物を見せられているわけでもないのに、アソコがじんじんして気持ちが良いです♡）

「おや、随分とえっちな顔をしていますね……。お相手は、してあげられませんけど、少しならお手伝いしてあげてもいいですよ。性欲解消したいんですよね？　僕のいう通りにできますか？　……えっちなお勉強をしましょう。これは、お勉強ですから、教師と生徒でも何も問題はないですよね？」

　ニコニコとそういう和泉に、琴音はコクリと頷く。まさか一日目から、こんなエチエチな状況になるとは思いもしなかった。流石大人の男性だ。話が早い。

「ああ、良い子ですね。まさか観音坂さんがこんなにえっちな子だとは思いませんでした。……よしよし。良い生徒さんですね」

優しく頭を撫でる和泉の手に、琴音はうっとりとし、身を委ねる。

「おや？　………そんな顔をされると僕、困っちゃいますよ。……そんなえっちなメスの顔しちゃって、本当に経験がないのですか？」

　そっと耳元で甘く囁《ささや》かれる。琴音がコクリと頷くと和泉は心底残念そうな声を出した。

「そうですか……。それは、本当に残念です」

「それじゃあ、いつもは、どんな風に触るんですか？　シて見せて。僕は観音坂さんに触れられませんから……。だから、ほら、自分でシて下さい」

　琴音の耳に、ふうと息を吹きかけて、和泉は優しい声でそういう。

（今……ここでオナニーするんですか？　和泉先生の前で？　……はぅぅ……♡　そんなのすごくえっちです……。すごい、やっぱり和泉先生は大人ですね）

　和泉からのえっちな提案、一切体に触れられてないのに、背筋《せすじ》がゾクゾクとして気持ちが良い。体が熱くなり、とろりとアソコの奥から愛液が溢れてくるのを感じる。

「はい……。和泉先生ぇ♡　触りますね」

　二人で並んでベッドに腰掛けて、肩を抱かれた状態で琴音はスカートをそっと捲り上げて、パンツの中に手を入れる。それを和泉は、じっと見つめている。

「先程も思いましたが、可愛らしいパンツですね。ふふ♡」

　耳元で吐息混じりに囁かれると体がビクリと震えてしまう。

「あ……、和泉先生ぇ……」

　クチュクチュと、いやらしい音を鳴らして、固くなった肉芽を必死に擦る。いつもの自慰よりも、数倍感じてしまう。きゅっと目を瞑ると、傍らの和泉の温もりと、耳元に吹きかけられる熱い吐息、息遣い、男の人の匂いをより一層感じられる。

「あっ……♡　いずみ先生の、匂い……んっ……っ……はぁ♡」

　琴音が快感を追って、必死に手を動かしていると、和泉は耳元でクスクスと笑った。

「観音坂さん、今はどこを触っているんですか？　えっちなお豆ですか？　……それだと僕からは、よく見えないので、パンツを脱ぎましょうか？　何をしているのかが見えないと、僕困っちゃいますよ……。ちゃんと教えてあげられませんから、だから脱ぎ脱ぎしましょうね」

「ん……っ♡　はい、今は、お豆を擦ってます♡……パンツを脱げば良いですか？」

一旦肩を抱く手が離れたので和泉の言葉に従ってパンツを脱ぐと、ぬちゃりという音がして透明な糸が引く。今までの自慰で一番濡れている。アソコはグチョグチョだ。

「おや？　すごいですね♡　甘酸っぱい香りが、ここまできますよ。すごく濡れてますね……。観音坂さん、君は本当に、いやらしい生徒だ……」

（はあ……。先生もすごく、いやらしい顔です。……すごい。やっぱりえっちなことって、人とすると、もっと気持ちが良いですぅ♡）

濡れたパンツをそっと傍らに置いて座り直した琴音のアソコを和泉は、じっと見つめている。

「毛も薄くてぴっちりと閉じた綺麗《きれい》なスジですね。本当に未経験なんだ？　…………はあ。残念ですよ。もし君に経験があれば、僕が直接たくさん気持ち良くしてあげられたのに…………」

（……やっぱり、和泉先生は処女の相手は嫌なのですか？　……ふむ。それなら和泉先生とのセックスは、次回以降の周回に持ち越しですね）

和泉は処女じゃなければ相手をしてくれそうだ。和泉のズボンは、こんもりと膨れているし、琴音の痴態に興奮している。なら対象外じゃないということだ。今も耳元にかかる息遣いは荒い。

「ん……和泉先生。次は？」

琴音が尋ねると、和泉はニコニコと笑う。

「続きをシて見せて。僕に見えやすいように、アソコのお肉を指で開いて見せて下さいね。…………そう、良い子ですね。よく見えますよ……よしよし。綺麗ですね♡」

指で、くぱっと開くと、にちゃりと音がして、テラテラと光るピンクの膣口《ちつこう》や、ヒクヒクと動く肉芽が和泉に丸見えだ。

（うわぁ……。これ癖になっちゃいます♡　これからは、こんなえっちなことをたくさんできるんですね……♡）

「おや？　僕に見られて興奮してますね？　今、君の可愛いお豆がヒクンって動きましたよ？　………

困っちゃいますよ、本当に。はあ。触ってあげたいですけどね……、それは駄目ですからね。ほら、自分でさっきみたいに擦ってみて？　……そう、その調子ですよ♡」

いわれた通りにクチュクチュと擦ると、先程よりも数倍気持ちが良い。赤く膨れた肉芽が指に擦れるのを和泉は、じっと見てくれている。

「あっ♡　和泉先生♡　見られるのすごく良いです♡……すごい♡　こんなの初めて……ん……あぁっ…………っ！」

力が抜けて、クタリと倒れそうになる琴音を和泉は支えてくれた。

「おや？　軽くイってしまいましたね？　ふふ、真っ赤なお豆がピクピクして可愛いですね。…ええと……確か……下の名前は琴音さんでしたか？　ふふ。琴音さんは、自慰を見られて喜ぶ変態生徒さんですね。とてもエッチで良い生徒さんだ♡」

「……和泉先生ぇ……。あふ……」

（はあはあ♡　最高です。いつもよりも、アソコがヒクヒクしてます……♡）

肉芽でイった余韻に、うっとりと浸っている琴音の耳元で和泉が甘く囁く。

「じゃあ、ここからはお勉強の時間ですよ？　ほら、琴音さん。……もう一度触ってみて。今のは本当の絶頂じゃないですよ？　……ほら、まだ欲しいって君のえっちなお豆は、いっていますね」

（え？　でも……）

確かにヒクヒクと肉芽は動いているが、いつもはここで終わり。イッた後に続けて触っても、くすぐったいだけだ。

「和泉先生ぇ。でも、くすぐったいです」

「ふふ、それは強く触るからですよ。ほら、今、下の方からお汁がたくさん出てますよね？　これを指にしっかりとまぶしてから、ぬるぬるって優しく尖端を撫で撫でしてみましょう。ほら、やってみて」

半信半疑で膣口から愛液を掬《すく》い上《あ》げて、それを肉芽に塗りつけるとビリビリと甘い快感が背中を走る。

「んぁぁ♡」

「ほら。気持ちいいでしょう？　そのまま優しく、くりくりって触って、体がビクンって跳ねても続けて下さい。そうすれば、もっと気持ちよくなれますからね。ん……かわいい♡　琴音さん♡　ん♡　次イったら、今度は乳首も触りましょうか？　ね、そうしましょう。乳首の気持ちいい触り方も教えてあげますよ♡　ほら、いっぱい、クチュクチュしましょうね」

　琴音はいわれた通りに、ぬるぬるの指でくりくりと優しく肉芽を撫でる。耳には和泉の熱い吐息。

（んあ♡　きもちいい、きもちいい、きもちいい♡　きもちいいよぉ♡）

　頭の中が快感でどろどろに蕩《とろ》けそうなそんな時。コンコンと扉がノックされた。琴音がハッと我に返ると、和泉もビクリと肩を跳ねさせてから、表情を固くした。

「…………観音坂さん。すぐに下着を穿《は》いて、服も整えて、とりあえずは僕が出ます。……早く」

　少し強めにそう告げられて、慌てて濡れたパンツを履いて、捲れたスカートを降ろす。そして、ハァハァと荒くなった呼吸を整える。何度か深呼吸していると和泉はその様子を見て、問題ないと判断したのか扉に向かった。ノックは、まだ続いている。


　目の前で不機嫌そうなノアとキョトンとしたアノニマスに見下ろされて、琴音は居心地が悪かった。和泉の帰りが遅いのを心配して、ノアがアノニマスを連れて様子を見にきたのだ。太陽は自室にお留守番だ。

「正直……ボクは、……お前達が何してても……どうでも良い。……けど、ゲンキが泣くから。見張る……」

「おれは良くわからナイけど。この三人で交代でアナタを見張るって、ノアはいう。……ナンデ？　ナニシタ？」

　アノニマスは首を傾げている。どうやら碌《ろく》な説明もなく、ノアに無理やり連れてこられたようだ。

「交代での見張りですか？　それなら、彼女には僕がついていますよ」

　ニコリと微笑み和泉がいうと、ノアはギロリと和泉を睨んだ。

「駄目。……ゲンキがカエデを心配してる。…………この女と長時間二人きりになるのは駄目だ。……この女は頭がおかしい。…………だから交代で見張る」

「おや。……そうですか、だそうですよ。観音坂さん」

　和泉は困ったように苦笑している。少し残念そうだ。

（っ……、あんな中途半端なところで、お預けですか？　そんなの酷いです！）

　まだアソコは快感を欲しがっている。あと少しで、何か大きな波がくるところだったのに、ノアに邪魔された。

　琴音が思わずノアをギロリと睨むと睨み返された。

　隣のアノニマスはオロオロとしている。バチバチとノアと琴音の間に火花が散った。

「ナニ？　ナニがあったの？　おれ、どうしよう。イズミ？　ノア？」

　ローブをぎゅっと握りしめてオロオロとしているアノニマスの姿にムラムラしてくる。正直琴音は、見た目だけならアノニマスが一番好みだ。

（オロオロアノさん。……可愛いです）

　しばらくアノニマスを眺めた後、琴音はニヤリと笑う。

　どうせ今回は捨て周回。できるだけ、人の嫌がることはしたくないけど、折角のお楽しみタイムをノアが邪魔して、更には見張るなんていうのだ。だから全部ノアが悪い。中途半端にやめられて良いところでお預けされた琴音の頭の中は、エッチなことでいっぱいだった。あの大きな波を感じたい。イきたい。我慢できない。

「…………そうですか。見張り？　それなら、私のことをずっと見ててくれるってことですよね？」

「だからそういって……」

　ノアの言葉を遮り琴音はいう。

「なら、ほら、たっぷりと見て下さい。私のオナニーを！」

　全員に告げて、ズルリとスカートとパンツを下ろす。

　先程まで触っていたアソコは、まだぬるぬるだ。

「はあ!?　お前！　何やって……っ!?」

「え……？」

　目の前のアノニマスとノアに見せつけるように足を広げてアソコを擦る。その少し後ろにいる和泉は呆《あき》れ顔だが、しっかりと見ている。

「何って、オナニーです。エッチしてくれない癖に見張るっていうんなら、ん、ほら、見てて下さいよ」

　ぐちゅぐちゅと音を鳴らして、琴音はアソコを擦りあげる。アノニマスはポカンと口を開けている。多分琴音が何をしているのか理解していない。逆にノアは顔を真っ赤にしている。そして、杖を思いっきり振り上げた。琴音が最後に見た景色は、それだった。


　次に琴音が目覚めると、きちんと服を着せられて、ロープで椅子に括りつけられていた。目の前には苦笑した和泉と眉間に皺《しわ》を寄せたノアの姿。どうやら、ノアの魔法で眠らされたらしい。

「お前……。本当、気持ち悪いよ。……今から、緑子達が帰ってくるまでお前の時を止める。………その間は排泄《はいせつ》も食事も必要ない。………自業自得」

「……それは、流石にやりすぎではないですか？　ノアさん」

和泉は止めようとしてくれているが、ノアは般若《はんにゃ》だ。

「カエデ。……お前も、さっきの見たでしょ？　……本物のイカレ女。……これ以上妙なことされたら困る……。ちっ……」

（なるほど。怒ったノアさんに眠らされて、これから時を止めるということは……今回の周回はここで終わりですか……。っ……酷いです……。すごく欲求不満です…………。うぅ）

結局、中途半端にイくのをお預け状態だ。

「わかりました。さっさと魔法を掛けて下さい。…………さあ、どうぞ」

やるならやるで早くして欲しい。早く次の周回に向かいたいし、色々考えたいことも多い。こうしている時間が勿体《もったい》ない。

「ふん。……いわれなくても………」

杖を向けられて、琴音は目を瞑る。

（ノアさんは要注意ですね。彼とのえっちは、かなり難しそうです。……それに複数人も駄目ですね。やっぱり一人に絞らないと……。うん、今回は、たった一日でしたけど、有意義な時間になりました。今回得られた情報は、次に活かしましょう。……緑子ちゃん達が帰ってくるまで、私の時を止められるのなら、もしかして、シナリオが変わったりしないでしょうか？）

そこまで考えたところで意識がプツンと切れた。

琴音が次に目が覚めたのは邪神アノニマスの前だった。いつも通り。やっぱり、何をしてもシナリオは変わらない。

（よし、次は絶対にエッチしてみせます！）

緑子達の悲鳴を聞きながら、邪神と化したアノニマスに頭から食われて、視界が真っ暗になった。

グチャリ

第二章　エヴァ・フリーズ

【ループ二回目】

「ミーちゃん、その服かわいいッスね」

「え？　ありがとう。元気《げんき》くん、探索してて、見つけたんだよ。えへへ」

シャラランと太陽《たいよう》の背中から、好感度エフェクトが溢れ出す。どうやら今回の周回の緑子《みどりこ》は太陽狙いのようだ。

（ふむ。なら、今回はエヴァさん狙い撃ちでいってみましょうか。………和泉《いずみ》先生は、今回はなしですね。少し残念です）

酒池肉林を目指してから今回で二周目。一周目は速攻で終わってしまった。

（わかったことは、ノアさんは要注意ということと、和泉先生は処女が嫌だということですね。…………アノさんはゲーム設定でも記憶喪失でしたが、性的知識にも疎いようです。…………ふむ。太陽君は純情ボーイですし、中々に難しそうです）

今回は、新たにエヴァと桜島《さくらじま》が狙えるが、二兎を追う者一兎も得ず。ターゲットはエヴァに絞る。

今は共通ルート二週間目。太陽と緑子の親密度も、そこそこ高い。今から緑子が、他のルートに行くのはありえない。

（なら、私は少しエヴァさんの様子を見に行きましょう。まだ個人ルートには入っていないけれど、なにかアクションを起こしてみれば、攻略は無理でも多少は仲良くなれますからね）

◇◇◇◇◇

スタスタと廊下を歩く。ノアが館内の一角に結界を張ってくれているお陰で、ここは、まだセーフゾーンだ。だが結界から出れば影の化け物がウロウロしているし、空間が捻《ね》じれていてめちゃくちゃだ。

男性陣と緑子は、昼間の探索パートで結界の外に行き、洋館について調べたり、食料やアイテムを探して夕方には戻ってくる。ノアの製作した魔法具のお蔭で結界内部に戻ってこられるのだ。しかし琴音《ことね》は設定上やシナリオ上は結界の外に出ることはない、なので魔法具を持ってはいない。

（ふむ、今はエヴァさん、お部屋にいるようですね）

スッと目を細めるとアイコンが見える。自我に目覚めてから、共通ルートでならゲーム画面がこうして見えるようになった。視界の右端には【十五日目　昼】と浮かんでいる。

そして目を閉じて意識すればマップ画面になり、攻略対象のミニキャラが誰が何処《どこ》にいるのか教えてくれる。何故《なぜ》モブの琴音に見えるのかはわからないが、ゲームシステムにアクセスしてプレイヤーと画面を共有できるということだろう。

だが、見れない物もある。好感度画面とアイテム画面だ。それは緑子《プレイヤー》しか、見れない仕様なのだろう。

（スチル画面もセーブロード画面も、アクセスできませんね……。はあ、やっぱり私は、モブですから）

皆、交代で探索に出掛けるので、今はアノニマスとノアが探索中のようだ。太陽は緑子とイベントの真っ最中。その近くに和泉もいた。桜島は自室。エヴァも自室だ。

コンコンとノックをすると、すぐに扉は開く。

「あれ？　貴女《あなた》が私に用事とは、珍しいな。どうしたのかな？」

キラリと歯を光らせて、エヴァは微笑《ほほえ》む。

【氷の騎士、エヴァ・フリーズ】

ノア・タイタンと共に、人が消えると噂《うわさ》される廃墟《はいきょ》の調査にきて、洋館に閉じ込められた。剣の腕は確かで、魔法も氷魔法を得意とする。氷の騎士と呼ばれて女性人気も高い。ゲームの設定では、そうなっている。

（エヴァさんは童貞でしょうか？　でも、オナニーしてたくらいですし、設定ではモテモテだったらしいですから、色々と経験がありそうですね）

じっと見つめて、それから琴音は口を開く。

「エヴァさんって童貞ですか？」

そう尋ねるが、エヴァはニコニコと微笑むだけ。やはり共通ルートでは、シナリオに影響の出そうな会話はできない。今の言葉も、エヴァには聞こえていない。

「琴音殿？　どうしたのかな？　私に何か用事ではないのかい？」

不思議そうなエヴァに、琴音は首を横に振る。

「用事という程ではないのですけど、もしエヴァさんが良ければ、少し二人きりでお話をしたくて……駄目？」

　上目遣いで甘えたように告げると、エヴァは困ったように微笑む。

「すまない。この後ハルトと少し用事があるんだ。また、今度でも良いかな？」

（うーん。やっぱり、これ以上親密にはなれませんね。二人きりになろうとしても、こうして用事があったり、誰かが訪ねてきたりして有耶無耶《うやむや》になります）

　これでは、二人きりで良い雰囲気になどなりようがない。やはりモブの琴音には、正攻法での攻略は不可能だ。

（やはり、緑子ちゃんのルート確定後の一週間しか、私には時間がないのです。……恋愛的な会話も駄目でしたし、好みのタイプを直接聞いたりもできない。……まあ、それは聞かなくても大体わかりますけど。ですけど、一週間か……ぐぬぬ。長いようで短いのです）

　今回、またわかったのは、共通ルート中はエロい会話もエロいことも一切できない。えっちな会話はスルーされて、パンツを見せようとしたら体が動かなくなった。恋愛に直接繋《つな》がる会話も全スルーされた。

「難しいですね。……今のところすぐにえっちなことができる可能性があるのは、和泉先生だけですか……。でも、処女は嫌なんですよね？　適当に何かぶち込んで処女膜を破く……？　処女の私には、ハードルが高いのです」

　食料アイテムの野菜、ナスやキュウリを突っ込んで処女膜を破くのも、できなくはないだろうけど、全く経験のない琴音には難しい。それに、するにしても一度は、ちゃんと誰かとセックスをしてからが良い。人生初めての相手が野菜は嫌だ。

「はあ。……それに、今回は和泉先生は太陽君ルートで不在です。あのえっちなお勉強も、なし……。残念です」

　和泉との、あの行為を思い出すとアソコが濡《ぬ》れてムラムラしてくる。和泉に教えられた通りに、イッた後ぬるぬるの指で優しく肉芽を擦ると、何度でも絶頂することができた。

「はうぅ……。自分でも、こんなに気持ち良いのですから、人に触られたら、どれ程に良いのでしょうか……っ……ん」

そっとパンツの上から触れると、すでにアソコはびちょびちょだ。

（絶対にエヴァさんと、えっちしたいです！）

◇◇◇◇◇

自由タイム初日。緑子は太陽ルート確定だ。和泉と太陽と美奈《みな》と共に地下へと向かう、その背を眺めて琴音は、むふふと笑う。また、待ちに待った時間がきた。

（でも、どうしましょう？　一応エヴァさんには、毎日挨拶と世間話をして多少の交流をしてみたので、顔見知り以上には、なれてますよね。お部屋に行ってみましょうか？　……でも、まだ朝ですし。今回は夕方にしましょう）

夕方になり、エヴァの部屋へと向かい、コンコンとノックをすると、すぐにエヴァが出てくる。

「やあ。どうしたのかな？　あ、もしかしてお話かな？　今なら大丈夫さ。さあ入って」

簡単に部屋に通されて、琴音は胸がドキドキと高鳴った。やはり、この一週間は比較的自由に動ける。

「あ。お邪魔します、……ん？　いい匂い」

琴音がクンクンと鼻を鳴らすと、エヴァはクスリと笑う。

「シャワーを浴びたばかりだからかな？　鼻が良いんだね」

「あ、そうなんですね。なんかすみません……」

ほんの少し恥ずかしくて顔を赤くすると、エヴァは気にした風もなく、ニコニコと微笑んでいる。

「紅茶で良いかな？」

お茶の用意をするエヴァを見送り、琴音は小さくガッツポーズだ。

（やった！　二人きりです。それに、エヴァさんお風呂上がり。すごく、いい匂い……）

仄《ほの》かに香る甘い匂いに、うっとりとする。それに、今のエヴァは鎧《よろい》を脱いでラフな格好だ。黒いシャツに白のズボン。あまり見ないその姿に琴音はムラムラが止まらない。

（ですけど、焦りは禁物ですね。まずは小手調べから……。はうぅ……でも早くえっちなことしたいです）

そう思うが、慎重にいかないと折角《せっかく》の周回がまた無駄に終わる。何度でもやり直せるとはいえ、毎回共通ルートの三週間を過ごすのは結構キツイ。スキップはできないのだ。できるだけサクサクと進めたい。

（エヴァさんの好みのタイプは褒めて甘えてくれる女性。……なら、たくさん褒めて甘えてみましょうか？）

エヴァのゲーム内での攻略難易度は簡単だ。ひたすら褒める選択肢や、甘える選択肢を選べば、勝手に好感度はグングンと上がる。チョロヒーローだ。なので、琴音もその作戦でいく。

「お待たせ。……砂糖は必要かな？」

紅茶を手に戻ってきたエヴァをぽうっと見つめる。やはり格好良い、容姿の好みはアノニマスが一番タイプだが、やっぱり、えっちな姿を初めて見た男の人だ。胸がドキドキして顔が真っ赤になる。

「あ、はい。お砂糖、少しだけもらいます」

琴音が告げるとエヴァはニコリと微笑んで、砂糖の瓶を渡してくれる。ほんの少し手が触れて琴音はアソコが濡れてくる。

（氷の騎士様なのに手は温かいのですね）

「…………琴音殿？　そんなに見つめられると、照れるなぁ」

爽やかな笑顔でキラリと歯を光らせるエヴァに、思わず口が滑る。

「エヴァさんと、エッチしたいです」

いってからハッとする。これでは、また前回の二の舞だ。エヴァにも、ドン引きされるかもしれない。

チラリと見ると、エヴァはキョトンとして、それからニコリと笑った。

「…………私に抱かれにきたのかい？　男の部屋で、そんな顔をしたら、いけないな」

するりと頬《ほお》を撫でられて、琴音は唖然《あぜん》とする。

「…………エヴァさん？」

「何かな？　……君から誘ったんだから、まさか今更嫌だなんて、……いわないよね？」

そっとエヴァの手が頬から首元、そして胸に降りてくる。そのまま優しく胸を揉《も》まれた。

「…………結構大きいね。琴音殿は、着痩せするタイプなのかな？　………はは」

そういって爽やかに笑うエヴァのズボンは、パツンパツンにテントを張っていた。

（え？　マジですか!?　まさかの、こっちもちょろい感じなんですか？）

あまりの急展開に、ポカンとしている間も、エヴァは琴音の胸を揉んでいる。揉む力は徐々に強くなり、ハァハァと鼻息も荒くなっていく。

（えええ！　エヴァさんって、意外とスケベなんですか？）

先程までの爽やかな笑みは消え去り、エヴァの目はニヤニヤと細められて、いやらしく弧を描いているし口元も、だらしなく緩み、鼻の穴も膨らんでいる。まるで童貞だ。

「あ、あの……」

そんなエヴァの様子に困惑して、思わず声を掛けるとエヴァは手を止めずにニコリと笑った。

「はあはあ♡　どうしたんだい？　……、もう、嫌がってもやめてあげられないよ。貴女から誘ったのだから、責任を取ってもらわないと駄目だ。ほら、私の股間を見て。こんなになったのは、琴音殿のせいだよ」

表情は笑みだが、血走った目と、荒い鼻息でそう告げられて、琴音はビクリと肩を震わせた。

（ひええ。確かにエッチはしたいですけど、でも、怖い…………）

優しくしてもらえると思っていたのに、ソファーの横に座ったエヴァは、乱暴に胸を揉んで股間を横からグリグリと腰の辺りに押し付けてくる。正直めちゃくちゃ怖い。

「琴音殿……。キスしよう。琴音殿も、私が欲しいんだろう？　ここのところ、毎日私に会いにきて挨拶や会話をしていたものね？　ははは、可愛《かわい》らしいアピールだ♡　勇気を出してくれたのだから、それに応《こた》えないとね。今日は、たっぷり楽しもう♡」

そういってエヴァは、琴音に唇を押し付けてくる。

エヴァのキスは、キスというよりは、口全体で食べるように琴音の唇を吸ったというのが正しい。折角の初キスなのに全然優しくないし、ロマンチックでもない。エヴァの鼻息と涎《よだれ》で顔が汚れて少し嫌だ。

「ハァハァ……、んん♡　ほら、口を開けて？」

ベロベロと顔を舐《な》められて、琴音の体は強張《こわば》る。エヴァの反応は想定外すぎた。

（な、や、やだぁ……。怖いよぉ）

和泉と違って余裕のないエヴァに、琴音は恐怖心が湧いてくる。いくらえっちなことがしたいといっても、琴音は処女だ。いざセックスをするとなっても、こんなにグイグイこられると怖いし、それにエヴァは乱暴だ。今も片方の手で胸をぎゅむぎゅむ揉みながら、琴音の顎を掴《つか》んで無理やり口を開かせて、口内をベロベロ舐め回している。

「ん……っはぁ、はぁ、琴音殿♡　……っはあ」

一人で呼吸を荒らげて楽しんでいるエヴァの姿に、琴音は愕然《がくぜん》とした。

（え？　嘘《うそ》ですよね？　こ、これが、あの氷の騎士様？　あのエヴァさん？）

今、琴音の目の前にいるのは、ゴソゴソと琴音の服の下に手を這《は》わせて鼻息を荒くしている、ただのスケベな男だ。ブラウスの下のキャミソールとブラを乱暴にたくし上げて乳首を強く抓《つね》るように触られて、流石《さすが》に琴音はエヴァの肩を強く押し返した。

「いやぁ！　痛いです！」

だが、エヴァの体は全く押し返せない。腐っても騎士だ。

「…………琴音殿、すまない。少し刺激が強すぎたかな？　大丈夫、ちゃんと次は気持ちよくしてあげるさ。そんなに怖がらないで？」

そういうとエヴァは力任せに、ブチブチとブラウスのボタンを引きちぎって、琴音の前を全開にした。

キャミもブラもたくし上げられているので、ぷるんとした胸が丸出しだ。裸を見られるのは別に構わないがエヴァの目が怖い。血走った目で白くて柔らかな胸を凝視して、強く抓られたせいで赤くなった乳首を見てクスクス笑っている。

「なんだ、感じているんじゃないか。こんなに赤くなってぷっくらと膨れているよ？　美味《おい》しそうだね」

バクリと胸全体を食べるように口に含むと、エヴァはぢゅうぢゅうと強く吸う。それがやっぱり痛い。下手くそだ。

（んんっ!?　痛いです！　っ……）

「い……痛いです。……エヴァさん……お願い。優しくして下さい」

「はあ……ふふ、痛くなんてないだろう？　ほら、乳首が感じて大きくなってるよ？　肌も感じて真っ赤だ。……すごいな♡　琴音殿も素直になって、もっとえっちな声を出して構わないよ？」

強く吸われたせいで腫れた乳首と、強く揉まれたせいで赤くなった肌を見て、うっとりとしているエヴァに、琴音は顔が引きつる。

（ひいいいい。この人、やっぱり、童貞ですか!?）

あまりにも下手すぎるし、がっつきすぎだ。童貞か素人童貞《しろうと》かもしれない。今もエヴァは興奮したようにベロンベロン両胸を舐め回しているが、ちっとも気持ち良くない。

（うぅ……、痛い……）

ぎゅっと目を瞑って痛みに耐えているとエヴァが離れた。それにホッとしていると、目の前に男性器が差し出された。ビキビキに血管が浮いて先走りもすごい、自慰をしている時に見たアレが、今、目の前にある。

（あ……、エヴァさんの……。っ……近くで見ると、大きい）

思わずじっと見入っているとエヴァは、はあはあと荒い呼吸で自分でシコシコと扱《しご》きだした。

「これが欲しいんだろう？　なら、ご奉仕してみて。さあ、お口を開けてごらん」

（え……？　いきなり口でですかっ!?）

知識としては知っていたが、まさかこんなにいきなり口で、させられるとは思わず、唖然としていると、ぐいっと口に押し付けられた。

「ほら、早く。先程は私が琴音殿を良くしてあげただろう？　次は貴女の番だ。その可愛いお口で、私を気持ち良くしてくれるかい？」

（うぅ……ですけど、乱暴にされるよりは、私がする方がマシですね。初めてですけど……はあ♡　美味しそうです）

目の前のモノに少し興奮してきた。モワッとした生臭い臭いだが、何故かアソコが濡れてくる。琴音は気を取り直して口を開く。思い切ってパクリと咥《くわ》えると、仄かな塩味。それから栗《くり》の花のような臭いが口の中いっぱいに広がる。

（ん……♡　しょっぱいです。これが、エヴァさんの味……、少し臭いですけど、興奮する臭いですね）

ちゅうちゅうと吸ってみると、エヴァがガシリと琴音の頭を掴んだ。

（!?）

「ああ……、少女のお口の中はこんなに良いのか♡　堪《たま》らない♡」

容赦なく腰を振られて、喉の奥までモノが突き刺さる。吐き気がこみ上げてきて逃げたいのに、エヴァはガッチリと琴音の頭を押さえ込んでいる。

「んーー!?　んっ！　おえっ………」

なんとか吐き気を耐える。声を出して唸《うな》って苦しいと主張しても、エヴァは好き勝手に腰を振って口内を犯してくる。その顔は琴音とは対照的に気持ち良さそうに緩んでいる。

鼻水や涙を流しながら必死に耐えていると、いきなり、どぷどぷと口内に苦い物が溢れる。精液だ。

(おゲエぇぇ！　苦いですっ！)

「ぐっ……。はあ、くぅ……ほら、全部飲んで、残したら駄目だ。美味しいかい？」

うっとりエヴァはそういって腰を揺らしている。琴音は必死に精液を飲み込む。ドロドロで青臭くて苦い。

(ひぃぃん。……想像と全然違います。不味《まず》いです)

「ちゃんと全部飲めたね？　偉い偉い。さて、それじゃあ、ベッドに行こうか。今度は二人で気持ち良くなろう♡」

「う…………ぅぇ…………」

口元を押さえて吐き気を堪えていると、エヴァは琴音を抱き上げてベッドに向かう。揺らされて気分が悪い。

(うぅ……、まだするんですか？)

正直、琴音のえっちな気分は萎えた。エヴァとの行為は、琴音が思っていたセックスとは全然違った。


ドサリとベッドに降ろされて、すぐにエヴァは、覆《おお》い被《かぶ》さってきた。

「あ、まっ、待って下さい……。私もシャワーを浴びたいです」

まだ少し気分が悪くてそう伝えても、エヴァはニコニコとしている。

「大丈夫。私はそのままでも気にしないよ。……ほら、また元気になってしまったからね。少しも待っていられない。早く挿《い》れたい♡」

また、ビンビンに勃《た》ちあがったモノをシコシコと扱いて、エヴァは血走った瞳を琴音に向けた。

(ええ？　……シャワーもなしですか？　私は気にするんですけど？)

目の前の男を見つめて、琴音は眉を顰《しか》めた。あまりにも酷《ひど》い。こちらを全く気遣わないで、エヴァは一人で興奮して盛り上がっている。比例して琴音は萎えまくりだ。

(初めてのエッチが、こんなの嫌です……。ヤる気満々のエヴァさんには悪いですけど、今回は断って作戦の立て直しですね。初めては、もっと甘々ラブエッチが良いです)

「あ、あの……やっぱりやめます。私、処女なんです……。怖いです」

琴音がおずおずとそう告げると、エヴァは扱いていた手を止めて琴音をじっと見た。

「処女？　……経験がないのかい？」

ポツリと呟《つぶや》くエヴァに、琴音はホッとする。エヴァも処女は嫌なようだ。そう一瞬思ったのだが、エヴァはニヤニヤと笑った。

「大丈夫。実は私も初めてだし、何も怖くはないよ。すぐに気持ち良くなるさ」

そういって手を伸ばしてくる。

（ひぇ……。あ、やっぱり童貞、って……やめてくれないんですか⁉）

「あ、あのっ、エヴァさん……。や、嫌です。私……いや……」

「大丈夫、君が処女でも私は気にしないよ。はあはあ……初めてを私に捧《ささ》げたいなどと、なんて健気《けなげ》なんだ……君の処女をありがたく、頂戴しよう。琴音♡」

エヴァは勝手なことをいいながら、琴音を呼び捨てにしてパンツをズルリと脱がす。それから太ももをぐいっと持ち上げて、足をガバリと開かされた。

（ひ……。っ……やめてくれる気はないんですね。……なら仕方ないです。我慢します）

元々、エヴァとのエッチはしたかったのだ。甘々ラブエッチとは程遠いが仕方ない。目的は果たせる。ほんの少し、痛いのを我慢すれば良い。

（初めてはエヴァさんじゃなくて、他の人にすれば良かったです……。はあ）

エヴァが、まさかこんなにがっついた童貞だとは思わなかった。チョロいとかいうレベルじゃない。だけど、自慰をするくらいだ、性欲が強いのかもしれない。

（うぅ……。あれだけループして、一緒にいたのに、こんな一面があるとは気づきませんでした……。まさか、エヴァさんがこんなに酷い人だったなんて）

琴音の一方的にではあるが、エヴァや他の攻略対象達とは、もう長い間過ごしている。好きな物や嫌いな物。そういうことも把握できていると思っていたが、それは思い上がりだったみたいだ。

（………酷いです。緑子ちゃんには、あんなに優しくキスするのに）

エヴァと緑子とのキスを直接見たわけじゃないのに、琴音はゲーム知識として知っている。ハッピーエンドの後、エヴァは緑子とすごくロマンチックに優しくキスをするのだ。なのに琴音にしたのは犬のようなベロベロと舐め回すようなキスだった。初キスだったのだ、本当にガッカリだ。だが、それも仕方ないのかもしれない。エヴァと琴音は恋仲でも何でもない。

（はあ。……うぅ。犬みたいです）

　今もエヴァは琴音のアソコをベロベロと舐め回して、自分のモノをシコシコと扱いている。初めて男の人に舐めてもらえたのに、全然興奮しない。琴音は、ちっとも気持ち良くない。

（っ……刺激が強すぎて、痛いです。……うぅ）

　痛くて時折腰がビクリと跳ねると、感じていると勘違いしたエヴァは、更に強く舐めてくる。正直辛《つら》い。

「ん……、はあ……気持ち良いんだね？　ビクンビクン動いている♡　琴音のここ、とても美味しいよ♡　ピンクで可愛い。本当に処女かい？　はは♡　琴音の穴がパクパクと動いて、早く私を欲しいといっているみたいだね……」

「っ…………エヴァさん。もう、挿れて下さい」

「ああ、では、共にたくさん気持ち良くなろう♡」

　ちっとも濡れてはいないが、エヴァの唾液塗《まみ》れで潤滑油代わりになるだろう。もう、さっさと終わらせたかった。

（……エヴァさんは、すぐにエッチできるけど下手くそ……。はあ、残念です。次は野菜突っ込んでから和泉先生に行きましょう。……それか、アノさんに一度迫ってみましょうか？）

　そんな風に次のことを考えていると激痛が全身を走った。

「っ、……狭いな……、はぁ♡　んぐ……」

　一気にエヴァが入ってきたのだ。とんでもない激痛だ。

「っ……!?　痛い！　いやぁぁ！」

　思わず押し返すが、上から覆いかぶさっているエヴァは、ビクともしない。

「大丈夫、ほら、全部入った。すぐに良くなるさ。ん……はぁすごく締まって気持ちが良いよ♡　すぐに出てしまいそうだ♡」

（嘘!?　えっちって、こんなに痛いのですかっ？　い……痛いよぉ…………っ……）

「大丈夫、ほら……濡れてきた、……ん？　あれ……血だね♡　本当に処女だったんだね♡　嬉しいよ♡」

そういうとエヴァは、更に腰を激しく動かし始めた。

（うぅ……痛い……痛い……早く終わって……）

ぎゅうっと痛みに耐えて目を瞑る。エヴァの獣のような息遣いを聞きながら、琴音は早く終わって欲しいと願った。

◇◇◇◇◇◇

隣で琴音に背を向けて、イビキをかくエヴァを呆《あき》れた目で見てから、琴音はそっとベッドを抜け出した。

（三回も勝手に中で出して、速攻背中を向けて寝るなんて、最低です……。むう）

アソコから、だらりと垂れてくる精液と愛液と血の混じった物をタオルで拭うとヒリヒリと痛む。立ち上がると、ズキンズキンと下腹部も痛い。

（うぅ……エッチって、全然良くないです。思ってたのと違う）

想像していた、どろどろに蕩《とろ》けるような気持ち良さはなくて、ただただ苦痛な時間だった。エヴァから時折された軽いキスには、少し胸がときめいたが、それだけだ。


これなら一人でする方が気持ち良い。痛む下腹部を押さえながら、琴音は自室に戻る。

（………今後、どうしましょう。和泉先生とのお勉強はドキドキして、すごく気持ち良かったです。やっぱり、エヴァさんが下手くそだったのでしょうか？）


サッとシャワーを浴びて、ベッドに寝転ぶ。エヴァの部屋を訪れたのは夕方だったのに、もう深夜だ。エヴァは二回中で出した後、最後の一回は、しつこかった。イきそうになると腰を止めて、何度も休憩して、中に入れっぱなしで、乳首を強く吸ったり、ベロベロと琴音の顔を舐め回したり、えっちな言葉を琴音にいわせたりと、自分勝手な行為だった。ブラウスのボタンもほとんど弾《はじ》け飛び、貴重な服が一枚駄目になった。散々だ。

（エヴァさんって、あんな人だったのですね、………優しくて頼れる人だと思ってたのに……少し驚きです）

琴音が知っているエヴァは、攻略はちょろいが、優しくて、頼れる騎士様なのだ。だが、それも全部ヒロインの緑子に対してだ。モブの琴音に対しては、扱いが雑でも仕方ない、エヴァからしたら、丁度良い性欲解消相手だ。だが、それは琴音も同じだ。

（別にエヴァさんを好きなわけじゃないので、心は傷つきませんけど、……アソコは痛いです）

はあと溜《た》め息《いき》を吐く。それでも、これで琴音は処女じゃなくなったのだ。また、最初に戻れば体は処女状態に戻るだろうが、経験はできた。経験値の零と一。これは大きな違いだ。

次回は、共通ルート中に自分でしっかりと準備して、野菜で膜を破いて脱処女してから、和泉に抱いてもらえば、最初っから気持ちの良いセックスができるはずだ。

（これだけの痛みに耐えられたのですから、野菜くらい余裕です）

ふふんと小さく笑う。エヴァとの乱暴なセックスに耐えられたのだから、これ以上痛いことはないだろう。

（…………。残り六日を残して、当初の目的は達成ですね。ふふふ、なら後は、桜島君とか、アノさんに迫ってみても良いかもしれません。…………まだアソコが痛いので、一日はお休みして、明後日から、また行動開始ですね）

そう考えていると眠気がやってくる。初エッチは散々だったけど、ある意味良い経験になった。何度も地獄を見てきた琴音は、これくらいじゃ、へこたれない。

◇◇◇◇◇

「あ。朝ご飯がないのです」

ゴソゴソと荷物を漁《あさ》り、眉を寄せる。まだあったと思っていたのに食料がない。仕方がないのでもらいに行くことにする。ゲームの設定上、琴音は探索には不参加なので、男性陣の誰かに声を掛けて食料をもらっているのだ。

（どうしましょう。……桜島君のところに行きましょうか？）

折角ならと情報収集も兼ねて桜島のところに向かう。歩くと、まだ股間がズキズキしている。やはり、今日はセックスはお休みだ。

コンコンとノックをすると、すぐに桜島が出てきた、それにホッとする。緑子のルート確定後はマップ機能は使えない。誰が何処にいるのかは、不明になる。

「あれー☆　琴音チャンじゃん。どうしたの？　こんな朝早くから」

桜島がニッコリと笑うと、白い八重歯が見えている、人懐っこい笑顔だ。


【桜島晴人《はると》】


女好きでチャラいが、実は真面目《まじめ》で、好きな人ができたら一途《いちず》な青年だ。アイドルとしての努力も欠かさない。ここに閉じ込められてからも、皆に内緒で、毎日こっそりと歌やダンスの練習をしているらしい。公式設定上は、そうなっている。

（桜島君も、簡単にはいかなそうですね、……でも、エヴァさんの例もありますし、まだわかりませんね。色々と情報を集めないと………ですが、その前に、ご飯です）

お腹《なか》がぐぅぐぅと鳴る。昨日エヴァにたくさん抱かれた後から、何も食べていないので腹ペコだ。

「あ。琴音チャン、腹ぺこちゃん？　あはは、かわいい音☆　ちょっと待ってて、昨日菓子パン見つけたからさっ」

そういってケラケラ笑うと桜島は、部屋に引っ込んでいった。良い人だ。


「おっ待たせー☆　ほい。メロンパンとチョコパン、後はこれ。バナナ好き？」

「あ、ありがとうございます。………バナナ、大好きですよ！　桜島君のバナナも食べたいですね」

バナナとパンを受け取ってから、そう告げると桜島は下ネタには気づかなかったようで、ニコニコと笑っている。

「そう？　なら良かったー☆　生物《なまもの》だから早目に食べた方が良いよ。俺のバナナ？　それでバナナは全部だよ。そんなにバナナ好きなの？　それじゃ、また見つけたら、琴音チャンにあげちゃうよ☆　……んじゃ、部屋まで送ろっか？　いちおーね」

そういってウィンクする桜島の言葉に甘えることにする。

（桜島君、チャラそうに見えて、やっぱり真面目君です。これは中々に手こずりそうですね）

桜島と並んで他愛《たあい》ない話をしていると、前からズンズンとエヴァが近付いてきた。

（あれ、エヴァさん。……少しだけ、気まずいですね）

昨夜は黙って部屋を出てきたのだ。ばつが悪い。

「琴音！　おはよう。……どうして昨日は黙って帰ったんだい？　朝起きたら君が隣にいないから寂しかったんだよ？」

エヴァは目の前までくると琴音にそう告げる。まさか桜島もいる前で昨夜のことをいわれるとは思わなくて、琴音はギョッとした。桜島はキョトンとしている。

まだ理解が追いついていないようだ。

「あの、……エヴァさん、寝ちゃったので、お邪魔かと思って………」

苦笑いでそう答えるとエヴァはニコニコと琴音の肩を抱いてきた。

「……ハルトに食事をもらったんだ？　私のところにも食べ物はたくさんあるよ。さあ行こうか？　まだまだ私も貴女を食べ足りない……。ハルト、悪いけど、彼女は借りて行くよ」

そう桜島に告げると、エヴァは琴音の肩を抱いたまま歩き出す。掴まれた肩が痛い。

「え……、あ、うん。じゃーね二人共。……？」

桜島はポカンとしてから、不思議そうに手を振っていた。

琴音は顔面蒼白《そうはく》だ。

（え……？　また、エッチするんですか？　まだ痛いのに……。なんで………）

エヴァとのセックスは一度で終わりだと勝手に思っていたが、エヴァはそうではないようだ。ご機嫌に琴音の肩を抱いて、鼻息を荒らげて、すでに興奮しているようだ。

「琴音。これからは、私の部屋で過ごせば良い、……いちいち帰るのは君も面倒《めんどう》だろう？　これからは毎日、たくさん気持ち良くなろう」

そう甘く耳元に囁《ささや》かれたが、琴音は絶望した。

（ひぃぃぃ!?　嘘でしょう？　毎日たくさん!?　あの自分勝手な下手くそセックスをですか!?）

セックスを覚えたばかりの元童貞は、琴音を離してはくれないらしい。

「ま、待って下さい……。エヴァさん、私、まだアソコが痛いです」

そう告げても、エヴァはキラリと歯を光らせて笑う。

「そんなに照れなくても良いさ。痛いなんていっても、本当は感じている癖に、琴音は素直じゃない子だね。でも、そこもかわいい。……たくさんまた気持ち良く泣かせてあげよう。楽しもう、琴音……ほら、また君のせいでこんなに元気になってしまったよ？　ははは」

◇◇◇◇◇◇

「あ、あの、今は食事をしたいです」

桜島からもらった菓子パンを食べている琴音の胸を、エヴァは後ろから揉んでいる。お尻には硬いモノが、グリグリと擦りつけられていた。

(これじゃ、落ち着いて朝食も食べられません)

ソファーで後ろから抱っこの状態で、エヴァはずっと荒い呼吸だ。

「ん？　大丈夫。私のことは気にしないで、琴音は食べていて良いよ。はあ、可愛いなぁ」

すーはーすーはーと、髪の匂いも嗅がれてくすぐったい。こんな状況で、落ち着いて食べられるわけがないが、それでも、お腹が空いているので仕方なくモソモソと食べる。折角のメロンパンの味を楽しめない。

(むー。エヴァさんって、人のお話を聞いてくれませんね……。はあ、私が、モブだからですよね？　扱いの差に泣けてきますね)

これまでも、度重なる周回で、ヒロインとモブとの圧倒的な差を見せつけられてきた。何度か悲しくて泣いたこともあったが、今はもう慣れた。そう思っていたのに、ほんの少しだけ悲しい。

(まあ、別に……良いですけど。エヴァさんってイケメンだし。……でも、痛いのは、ちょっと困りましたね)

未《いま》だにヒリヒリと痛むアソコは、エヴァの下手くそな愛撫《あいぶ》では濡れないだろう。それでは、いつまで経《た》っても痛い。一度、中で出されれば、精液が潤滑油代わりになって、多少はマシにはなるが、それまでが困る。

食べ終えて、くしゃくしゃとメロンパンの袋を手の中で畳むと、エヴァの手の動きが激しくなる。すでに上の服はたくし上げられて、琴音の胸は丸出しだ。赤く腫れた乳首をエヴァは、ぎゅむぎゅむと指で抓ったり引っ張ったりしている。

「琴音♡　食べ終わったのなら、早くしよう？　琴音も私のコレが欲しいだろう？」

飢えた犬のようだ。ハァハァと熱い息が首筋にかかる。

(このまま突っ込まれるのは嫌ですね。なら、一度口でして、その間に自分でアソコを濡らすしかないです

……。口でするのは苦しいですけど、痛くはないですし、まだ、マシですね）

「エヴァさん……。エヴァさんのを、お口に欲しいです♡　昨日みたいにたくさんお精子も飲ませて下さい♡　エヴァさんのお精子、好きになっちゃいました♡」

　甘えた声で告げれば、エヴァは琴音を乱暴に脇に降ろして、カチャカチャとベルトを外し始めた。テントを張ったズボンは濃いシミになっている。エヴァのアレは、先走りでドロドロだろう。

（こういうところは、チョロいですね）

　内心でほくそ笑んで、琴音もパンツを脱ぐ。自分で、弄《いじ》る為だ。

◇◇◇◇◇◇

「あっ♡　ことねぇ♡　はぁ♡　なんてエッチなんだ♡　私のモノを食べながら、自分で自慰をするなんて……。すごく最高だよ♡　これなら、君の大好きな精液も、たっぷり出そうだよ♡」

　腰を振りながら、エヴァは、ハァハァと興奮して喜んでいる。琴音は好き勝手に口内を犯されながらも、エヴァのいやらしい様子と声をおかずに肉芽を擦っていた。

（ん……。んむ♡　少し……良くなってきましたね♡　はぁ……エヴァさんの、美味しいです♡）

　鼻での呼吸にも慣れてきた。エヴァのだらしなく緩んだ顔を見る余裕すらある。ガツガツと腰を打ち付けられて多少苦しいが、吐き気も昨日程ではない。舌を絡めて喉奥までいかないようにするコツも掴めた、それに、しょっぱい先走りが美味しい。甘いパンの後のお口直しだ。

「ああ♡　上手だよ。琴音。はあ♡　ん……琴音の大好きな私の精液をたくさん味わわせてあげよう♡　ほら、出るよ♡　っくぁぁ……っ……全部飲むんだ……わかったかい？」

　ビクリビクリと腰を震わせるエヴァを、チラリと見上げて琴音は息を止めてごくごくと苦い精子を飲み下す。

「ん……♡　っあ……♡　エヴァさん……っ」

　アソコにエヴァのモノを緩やかに抜き差しされる度、

体がピクピク震える、ほんの少し快感を拾えるようになってきて、琴音はふうと息を吐く。クリクリと肉芽を撫でると甘い痺《しび》れも走る。

（ふぅ、少し慣れてきました……。でもヒリヒリします）

赤く腫れた膣内《ちつない》は、まだ痛む。それでも昨日よりは全然良い。琴音に覆い被さって気持ち良さそうに顔を赤く染めて汗を垂らす攻略対象だけあって余裕すらある。やっぱり攻略対象だけあってイケメンだ。銀の髪に伝う汗がキラキラと光り、興奮で赤く染まった目元はエロい。熱い吐息が吐き出される口元はだらしなく開いて、時折赤い舌が見え隠れしている。

（はぅぅ……♡　すごくエッチです♡　絶景ですね♡）

エヴァもすぐにイって終わらせたくないのか、今は緩く腰を前後させている。イくのを我慢するのに必死なのか、乱暴に触られたりもない。

「ぁあ♡　エヴァさん……♡　良いです♡　気持ちいいです♡」

気分が盛り上がってきてそう告げると、エヴァは優しくキスをしてくれる。

「琴音……。かわいい♡」

（ふぅ…♡　エヴァさんとのエッチも慣れればまあ、悪くはないですね……。痛いのは、困りますが……。それは工夫すれば、なんとか、なりそうです）

また中で三回出して、エヴァはぐぅぐぅとイビキをかいている。

（本当……酷いですねコレは。……はあ）

琴音は妊娠の心配はないと知っているが、エヴァはそうじゃない。なのに中に当たり前のように出してくる。どういうつもりなのだろうか？　幸せそうに眠るエヴァ。それを横目に、琴音はシャワーに向かう。エヴァからは、ここで過ごせといわれたので部屋に戻らずに勝手に借りる。

エヴァがどういうつもりで琴音を抱いているのかよく分からない。昨日はあまりにも急展開すぎたし、昨夜は疲れ切って考える余裕もなかったが、もしエヴァが琴音を恋愛的に好きなのなら攻略成功だ。もしかしたら死ぬ未来が変わるかもしれない。そこまで考えて、はあと溜め息を吐く。

（……、でも、お互いに告白してないですし。あちらからも好きともいわれてませんし……。やっぱり、性欲解消の相手？　期待はしないでおきましょう。この世界からは、きっと抜け出せません。もう、何度も期待は裏切られてきたんですから。慣れないと……）

そう考えながらシャワー室を出ると、ポカンとした顔のノアと目が合った。

「え……？」

「は……？」

「あ……。琴音、まだいたんだ。……そうか、シャワーだったのか」

寝起きのエヴァは困ったように、そういった。

「…………エヴァ。後で話がある」

ノアは不機嫌そうにエヴァを睨みつけている。琴音は、その様子にビクリと肩を震わせた。

（ノアさん……。こういうの嫌いですもんね？　私も怒られますか？）

エヴァに用事があったノアは勝手に部屋に入ってきて、眠っているエヴァを起こした。そこに丁度シャワー室からタオル一枚の琴音が現れたのだ。とりあえず慌てて琴音は服を着て、その間に、エヴァが琴音とセックスしたことを簡単に説明して、そしてこうなった。

ノアは潔癖っぽいから、めちゃくちゃ不機嫌だ。

「あの……、私はお部屋に戻りますね」

そう琴音が告げるとノアは小さく溜め息を吐いた。それに琴音は、またビクリと肩を震わせた。

「戻らなくて良い。…………邪魔したのはボク……、ごめん。……エヴァ、夜、話がある。探索しながら話そう」

そう告げてからエヴァだけを睨みつけて、ノアは部屋を出て行ってしまった。それに琴音は拍子抜けだ。

（あれ？　私には、怒らないんですか？　……それにノアさんが謝罪するなんて……、意外ですね）

チラリとエヴァを見ると、肩をすくめている。

「琴音、君は気にしなくていいよ。……良かったよ。今日は帰らないでいてくれたんだね」

そういってエヴァはニコリと微笑み、琴音を抱き寄せた。

◇◇◇◇◇◇

「琴音、私は少し出てくるから、大人しくお留守番しているんだよ？　わかったかい？」

夜になり、そう琴音に告げてキスをすると、エヴァは部屋を出て行った。今からノアと結界の外の探索をしながら、話をするのだろう。

（なんのお話でしょうか？　……気になりますね。何か、今後の周回に役立つ情報が手に入るかもしれませんし、後を追いましょう）

エヴァには大人しく待ってろといわれたが、琴音はコッソリと後を追う。結界の外に丸腰で行こうと琴音にはなんの問題もない。影の化け物は、琴音をスルーするからだ。

（ついでに、何かアイテムも探しておきましょう。……服が一枚、駄目になりましたからね）

コソコソとエヴァ達の後を追いつつ、アイテムを探す。途中で食われた人の残骸を発見するが、もう慣れた。静かに手を合わせて、その場を後にする。

（おっと、お二人は立ち止まってますね。やっとお話するんでしょうか？）

コソコソと柱の陰から様子を窺《うかが》う。問題なく声は拾える。

◇◇◇◇◇

「エヴァ。どういうつもり？　……彼女を何故抱いた？　まさか、本気で好きなの？　……住む世界が違うのに」

「……まさか。彼女に抱いて欲しいと頼まれたから抱いたんだよ。……好きとかじゃないさ。彼女とはそこまで交流もなかったし……、正直よく知らないしね」

エヴァが答えると、ノアの眉間にシワが寄る。

「それはもっと最低……。彼女が可哀想《かわいそう》だ……。避妊は？　……子ができたらどうするつもり？」

そう詰め寄るノアに、エヴァは、ばつの悪い顔だ。

「今はそこまで考えていないよ。正直ここから出られる気がしないし、いつ私達も死ぬのか分からない。そんな先の話なんてされても、分からないさ。今はただ楽しく過ごしたい。それだけさ」

「最低……。エヴァ、最低だよ……」

「…………そんなのわかってるさ。だから、ここで一緒に過ごす間は優しくするつもりだよ？　女性経験もなく死にたくなかったんだよ。それに君だって男なんだからわかるだろう？　……死と常に隣り合わせの今、性欲が湧いて堪らなく辛いんだ。彼女も私に抱かれて喜んでいるんだ。無理やりでもない。ノアが口を出すことじゃないよ。気にしないでくれ、頼むから」

「駄目だ……。彼女に真実を伝える。知らないで良いようにされるなんて、可哀想だ……。彼女はエヴァを好きなんだろう？　エヴァ、お前最低だよ。……恋人ごっこで騙《だま》すなんて……そんなのクソ野郎だ」

「っ………わかった。好きにすれば良い。それでも、彼女が私に抱かれたいといえば、もう放っておいてくれよ？　これは二人の問題だから、邪魔は、しないで欲しい」

苦い顔でそういうエヴァに、ノアは小さく頷《うなず》いている。

「わかった。この後、一緒に部屋に戻って全部話す。エヴァはボクの話が終わるまでは口を出さないで……、ちっ……」

（なるほどー。ノアさんは、心配してくれていたのですね）

二人の会話を聞いて、琴音は納得した。エヴァが何故、琴音を簡単に抱いたのかも理解できた。

（やっぱり、私を好きなわけではなかったですね。納得です。……死と隣り合わせ……、なるほど。それで、あの周回ではムラムラしてオナニーをしていたのですね。ふむふむ。納得ですね）

エヴァ達は全員生き残るのだが、彼らがそれを知る由もない。常に死ぬ恐怖と戦っているのだ。死を間近に感じて本能的に子孫を残そうと性欲が湧くのも理解できる。むしろ腑《ふ》に落ちた。

（はー、それなら、逆にこちらとしてもありがたいですね。……別にそういう意味で皆さんを好きじゃないですし、抱いてもらえるのなら問題ないです。元々ヒロインのおこぼれにあずかっている状態ですし。そんな理由なら、気兼ねなくエヴァさんとはセックスを楽しめるというものです。恋人ごっこ……。良いじゃないですか）

心配してくれているノアには悪いが、なんの問題もない。どうせ周回が終われば記憶も全てなくなる。妊娠だって一生しない。なら、楽しく恋人ごっこしてもらえるのなら、琴音としても願ったり叶《かな》ったりだ。

（……ノアさんって、優しいんですね）

琴音の為に怒ってくれているノアをコッソリと眺めて、少しだけ胸が温かくなる。これも知らない一面だ。ただの口うるさい潔癖女装男じゃなかった。

（うーん。でも、これでは、ますますノアさんとのエッチは難しそうですね。……勢いで抱いたりはしてくれなさそうです。さて、とりあえず、今は先に部屋に戻っておきましょうか）

「はあ？　自分が何をいってるか、わかってるの？」

声を荒らげるノアに、琴音はコクリと頷く。

「はい。わかっています。……別にエヴァさんが私を好きじゃなくても平気です。抱いてもらえるだけで、幸せなので」

そう告げてからノアの横にいるエヴァに微笑みかけると、エヴァはポカンとしていた。その顔が少し可愛くて、琴音はクスクス笑う。

「っ……。でも、エヴァは君を本当に好きなわけじゃない。……期待しても、結ばれない……。ここから出られても……。世界が違う。この先にあるのは別れしかないのに、それなのに構わないの？」

ノアは怒りで顔を赤くして、珍しく声を荒らげている。

「………平気です。だって私は生きてここからは、出られませんから」

そう告げるがエヴァとノアからは何も反応はない。

多分、これは聞こえてないのだ。

（やっぱり、ゲームに関するネタバレはできないのですね……。ふむ）

「私は……何？　続きは？」

ノアは首を傾《かし》げている。

「……私は、ここで生き残れるかもわかりませんから、……この先死ぬかもしれないなら、大好きなエヴァさんにたくさん抱かれたいです。……私を好きじゃなくても構いませんし、その後のことも責任を取れなんていいません。子供ができても、一人で産みます」

これは問題なく聞こえたようで、ノアは顔を顰めている。エヴァは琴音の言葉が意外だったのか、ポカンとしたままだ。

「なにそれ……。なら、勝手にすれば……馬鹿みたい……」

そういってノアは背を向ける。

「心配してくれてありがとうございます。ノアさん」

そう琴音が声を掛けると、ノアは小さく溜め息を吐いて、ドスドスと足音を立てて部屋を出て行った。

「………琴音は、本当に私に対して、……怒ってない？」

　おずおずとエヴァが声を掛けてきた。その顔色は悪い。やはり、多少の罪悪感はあるらしい。

「いいえ。怒ってないです。むしろ嬉しいです。私のことを好きじゃなくても、抱いてもらえて幸せです。好きです。エヴァさん」

　甘えるように抱きつくとエヴァは息を呑《の》んでから、そっと、優しく抱きしめてくれた。

「……琴音。君の気持ちは本当に嬉しいよ。……今すぐ抱きたい。良いかな？　君のして欲しいことをできるだけしてあげる。せめてもの償いだ……。何でもいってくれ……」

「はい、エヴァさん。それじゃあ、優しくキスして下さい」

　そう告げると、優しくキスをされる。あの舐め回す犬のようなキスじゃない。

（これはラッキーな展開ですね。エヴァさんが私に対しての罪悪感から、乱暴じゃなくなりました。それにエヴァさんには好きだといえるのですね……。なるほど、セックスしたからでしょうか？　それともルート確定後の、この期間だから？　次回の周回で色々と試してみましょう）

　自身の死についてやゲームのネタバレは不可能だが、好きだと告げられるのなら、今後他の人とのセックスに持ち込むのに使える。

（ふふふ。どうなることかと思いましたが、今回の周回も良い情報を得られました。幸先《さいさき》がいいですね）

「あっ♡　エヴァさん♡　それ、すごく良いです。気持ち良い。………そのまま、優しく舐めて下さい♡」

　エヴァは宣言通り、琴音のいう通りにしてくれるし朝にたくさん出したから、そこまでガッツいてこないのも相まってすごく気持ちが良い。琴音もそこまで知識がないので、詳しい指示は出せない。なので優しくしてとお願いしただけだが、それでも乱暴にされた昨日と今朝に比べれば、雲泥の差だ。

「あぁん♡　エヴァさん♡　好きぃ、ひぃん♡」

「琴音っ♡　可愛いなぁ………。はあはあ♡」

（はあ♡　今回は結果オーライでしたね♡　次の周回は和泉先生とのエッチ……。楽しみです♡）

　想像しただけでアソコがヒクンと動く。ゆっくりと中に挿れていたエヴァは、その刺激に小さく唸った。

「琴音♡　そんなに嬉しい？　中がキュッて締まったよ？　私のことが、そんなに好きなのかい？　すごく濡れてる」

「はい♡　そうです、大好きなエヴァさんとのエッチが嬉しくて、気持ち良くて、幸せで、濡れ濡れです♡」

　そう琴音が甘い声で告げると、エヴァのモノが更に大きくなる。もう、この圧迫感にも慣れてきた。

（ん♡　エヴァさんも興奮してますね。ふふふ、残り五日はたくさん、らぶえっちですね♡　最高です♡）

◇◇◇◇◇

「琴音……。ごめんね」

　寝たふりをした琴音の髪を撫でながら、エヴァは謝っている。

（………死ぬかもしれない恐怖。私はもう忘れちゃいました。でも、エヴァさんは怖いんですもんね。だから……仕方ないんです）

　エヴァは恐怖心や本能からくる性欲を発散するのに、琴音を利用している。だけど、それはお互い様で、琴音も自分の欲望を満たす為にエヴァを利用している。

「エヴァさん……。謝らないで下さい。私はエヴァさんと、こうしていられて、幸せです」

　寝たふりをやめて、ぎゅうっとエヴァを抱きしめると、エヴァもぎゅうっと抱きしめ返してくれる。

「聞いていたのかい？　悪い子だな……。琴音は、優しいね」

「……エヴァさんも優しいです」

「私が優しい？　はは。優しい男は、こんな風に気持ちもないのに女性を騙して抱いたりしないよ。本当に優しい男っていうのは、ノアみたいな人さ」

（うじうじモードですか？　面倒くさいですね……。適当にあしらいましょう）

「エヴァさん。私、本当に気にしてないです。だから寝ましょ？　ね？　恋人ごっこでも、私は幸せなんですから、ね？」

　ぎゅうっとエヴァの頭を抱きかかえて、よしよしすると、エヴァはスリスリと甘えるように擦り寄ってきた。

「琴音。優しい君の初めてをもらえて、本当に嬉しいよ。……ここで過ごす間は君を大切にする。……氷の騎士の名にかけて誓うよ」

「……嬉しいです。おやすみなさい、エヴァさん」

ちゅっと額にキスを落として、もう一度寝たふりをする。琴音としては、正直ヤれればそれで良いので、うだうだと罪悪感からの懺悔《ざんげ》を垂れ流されても面倒くさいだけだ。貴重な時間を、そんなことに使いたくない。

◇◇◇◇◇

「それじゃあ、行ってくる。琴音は絶対に部屋を出ないで大人しく待っていて？　わかったね」

「ラブラブじゃん☆　良いなー」

エヴァは桜島と探索に行くので、琴音はエヴァの部屋でお留守番だ。桜島にはエヴァと琴音は恋人になったと話してある。期間限定の恋人ごっこだが、エヴァが皆にそう伝えると決めていた。

(いわなくて良いのに、律儀ですね。はあ。これで、この周回では、他の人にちょっかいはかけられないです。残念です)

エヴァが留守の時にでも、アノニマスに会いに行こうと思ったが、エヴァが皆に恋人だと伝えてしまったので、今回は残り日数はエヴァとエッチして終わりだ。

(仕方ないですね。……ふう。とりあえず、次回は和泉先生ですね)

ベッドに寝転んで、今後のことを考える。今回で新たにわかったのは、エヴァとは簡単にヤれるということ。それから、やはりノアは難易度が高いということだ。

(太陽君も難しそうですし、桜島君も、公式設定上は難しいですよね。……アノさんは謎です。できれば今回、少し調べておきたかったですが、仕方ないです。次回いけそうなら、和泉先生とアノさんを同時にいってみましょう)

和泉は前回の様子からして女慣れしている。結構プレイボーイなのかもしれない。それなら、同時進行も問題なさそうだ。逆に駄目そうなのはノア、桜島、太陽。この三人は絶対に童貞だ。それにピュアボーイ達だ。なら、一人に絞って猛アピールする他ない。

(なんだか、私も乙女ゲームをプレイしている気分ですね。ふふ、少し楽しいです)

繰り返される退屈な日々にやっと楽しみが見つかっ

た。毎回、共通ルートの三週間は面倒くさいが、それは仕方ない。スキップ機能はないのだから。

◇◇◇◇◇

「わぁ、どうしたんですか、これ？」

帰ってきたエヴァに、可愛いワンピースを渡された。

「探索していた時に見つけたんだよ。琴音に似合うと思ってね。持ってきたんだ。……ブラウスを破いてしまっただろう？　その代わりさ。一昨日はごめんね。興奮して我を忘れて酷くしてしまっただろう？　反省しているよ」

しゅんとしているエヴァに、琴音はポカンとする、エヴァは自分が乱暴だったと自覚があったらしい。

「ワンピース、嬉しいです。すごく可愛いです。ありがとうございます。……一昨日は仕方ないですよ。あまり気にしないで下さい。エヴァさん。私、本当に嬉しいです」

琴音から、ちゅっと軽いキスをすると、エヴァはニヤニヤとしている。可愛い。

（ふふ、恋人ごっこ良いですね。楽しい）

いちゃいちゃして過ごしていると、この地獄も悪くないと思える。これからは、こうして一週間は楽しく過ごせるのだ。

「エヴァさん。好きです」

スリスリと擦り寄ると、エヴァは優しく髪を撫でてくれる。

「嬉しいよ。琴音。……ベッドに行こうか？　君を抱きたい」

壊れ物を扱うようにベッドに運ばれる。最初に比べて、エヴァは、かなり優しくなった。

「エヴァさん、気持ちいい？」

ペロペロと上目遣いでエヴァのモノを舐めると、エヴァは気持ち良さそうに目を細めている。今回は琴音の好きにさせてくれていた。

（んく♡　はぁ……たくさん出てきます♡　おいし……♡）

うっとりと先走りを舐めていると、エヴァは優しく琴音の髪を撫でて、嬉しそうだ。

「琴音……。そんなに私のモノは美味しい？　かわいい……。本当かわいいな」

ぽつりとそう呟かれて、琴音は嬉しくなる。

（これこそ、私の求めていた、らぶえっちですね）

◇◇◇◇◇

「ただいま……」

探索から帰ってきたエヴァは、珍しく元気がない。

何かあったようだ。

「エヴァさん？　どうしたんですか？」

琴音が尋ねると、ぎゅうっと抱きしめられた。その腕は震えている。

（なんでしょうか？）

「琴音……。私達は、本当に生きてここから出られるのだろうか……。今日、生きている者に会った。仲間が増えるかと期待したが、目の前で食われた。助けられなかった……、っ……次は私が、ああなるかもしれない。怖いんだ」

「エヴァさん……」

（なるほど。ゲームの設定上は仲間は増えませんし、他に迷い込んだ人達に会っても、すぐに影に食べられちゃいますもんね）

この屋敷には、他にも人が常に迷い込んでくるのだが、琴音と同じ、いや、それより酷い名なしのモブ達はサクサクと死んでいるのだ。そう考えれば、まだ琴音はマシな方だ。

「………大丈夫ですよ、亡くなった方は、気の毒ですけど。エヴァさんが悪いんじゃないです。それに、きっと大丈夫です……。エヴァさんも、皆さんも、きっと生きてここから出られますよ」

あやすように、ちゅっとキスをするとエヴァの泣きそうな顔が、少しだけ緩む。

「琴音……。ごめんね。君も怖いはずなのに、騎士の私が弱音を吐くなんて。君を不安にさせるようなことをいってしまったよ」

「良いんですよ？　弱音を吐いても、大丈夫です。よしよし。騎士とか関係ないです。怖くても良いんです。それが普通ですから……、大丈夫、きっと大丈夫。エヴァさんは死んだりしませんよ。……きっと」

（はあ……。面倒くさいですけど、この状況は流石に可哀想ですもんね。慰めてあげましょう）

残り三日しかないので時間が勿体《もったい》ないが、どうせエヴァとは今後の周回でも簡単にエッチができるのだし、インスタントみたいなものだ。食べたい時に、すぐに食べられる。それなら、少しぐらいは慰めてあげようと思う。

「琴音…………」

ぎゅうっと抱きつき琴音の胸に顔を埋めるエヴァの髪を、よしよしと撫でて、額に時折キスを落として、あやすように優しく声を掛けると、エヴァはふるふると震えている。泣いているようだ。

「エヴァさん。良い子ですね……。よしよし。今日はたくさん甘えていいですよ、ね？」

「…………琴音は、本当に優しいね」

◇◇◇◇◇

「そのワンピース、本当に良く似合うよ。かわいいな。琴音……かわいい……。また、何か見つけたら、持ってくるよ」

「ありがとうございます。エヴァさん」

エヴァにもらったワンピースを着て、くるくると回ってみせると、エヴァはふんわりと広がる裾を眺めて、うっとりと息を吐いている。

「琴音はハルトや緑子達と同じ世界からきたんだよね？　どんなところなんだい？」

（これヒロインと好感度が上がった時の会話……？）

エヴァが口にしたのはエヴァと緑子の好感度が半分以上になった時に発生する会話だ。一瞬ポカンとしたが、フッと自嘲する。なんてことないただの世間話だ。モブの琴音に対しての深い意味なんてない。

「どんなところ？　……少し説明が難しいですけど。うーん。そうですね」

ニコリと笑ってエヴァの隣に腰を下ろして、いちゃいちゃしながら琴音の世界のことを話す。エヴァは楽しそうにそれを聞いていた。


「琴音♡　ここが好きだよね？　ほら、たくさん突いてあげよう♡　っ……♡　はぁ♡　琴音♡　私が好き？」

「んぁ♡　エヴァさん♡　好きぃ♡　大好きぃ♡」

「琴音…………♡　んっ♡　キスしよう♡」

腰の動きが激しくなり、エヴァは琴音に口付けて口内を貪る。それでも、最初に比べれば優しいキス。ぬるぬると舌が絡み合い、気持ちが良い。

（私にはいわせるのに、エヴァさんは好きだっていってくれませんね。まあ、恋人ごっこなので当然ですが、嘘でも良いのでいってくれたら、エッチがもっと盛り上がるのに……)

「エヴァさん……。嘘でも良いので、エヴァさんも好きっていって……お願い……」

そう告げてみるとエヴァの動きが一度止まる。エヴァの顔は困惑したような表情だ。

(む、……嘘でもいうのは嫌なのでしょうか？　簡単に抱く癖に、そこは真面目なんですか？　まあ嫌なら仕方ないですね)

「駄目なら大丈夫です。……ね？　動いて？　誤解しないで下さい。私、ちゃんとわかってますから。ただエッチが盛り上がるかなって思っただけなので……。無理にいわなくて良いですから、忘れて下さい。別に、本当に好きになってもらおうとか思ってないですから……」

エヴァに好きになって欲しいと、暗にねだったように聞こえたかもしれないと反省する。エヴァが困惑するのも当然だ。エヴァは優しいから、そういわれると葛藤《かっとう》もあるだろう。

「あ……。そうかい、……ごめんね。言葉には、してあげられない……。ごめんね」

そういうエヴァの瞳は困ったように揺れている。モノも萎えて、ずるんと抜けた。

(むう。……仕方ないですね。私が悪いです。なるほど、今後の周回でも好きだっていって欲しいとは、頼まない方が良いですね。ふむふむ)

「エヴァさん。……気にしないで下さい。元気になるまで、舐め舐めしますね♡」

萎えてしまったモノに顔を寄せて舌を這わせると、ムクムクと大きくなる。チラリと見上げたエヴァの顔は、苦しそうだった。

エッチの後エヴァがすぐに寝ることはなくなった。腕枕で、いちゃいちゃとお話をする。

「琴音は、本当に私の子ができたら産むのかい？」

今日もたっぷりと中に出しておいて、エヴァはそんなことをいう。

(産んで欲しくないんですか？　まあ、どうせ子供なんてできませんけど)

「そうですね。産みたいとは思います。責任を取れなんていいませんから、安心して下さいね」

ニコリと告げるとエヴァは複雑そうな顔だ。そんな顔をする癖に、外で出す気はないのだから少しだけ呆れる。

「そう。……子供、か……。私と君との子だと、どんな風になるんだろうか。琴音の世界には魔法はないんだろう？　子はどうなると思う？　髪の色とか瞳の色はどちらに似るんだろう」

(確かにそれは気になりますね……。緑子ちゃんとのハッピーエンドでも、そんな話は出ませんし……)

緑子とエヴァとのハッピーエンドは、一旦別離エンドだ。お互いに気持ちを伝え合うが世界が違うので別れる。生まれ変わったら絶対に結ばれようと約束しあい、お互いの世界に戻るのだが、それから半年後に緑子が勇者召喚に巻き込まれて、そこで、またエヴァやノアと再会するという、とんでもないハッピーエンドである。そこで再会して幸せなキスをして終わりで、その後、結婚するとか、出産するとか、子供がどうなるとかは語られない。

(異世界エンドとは、おったまげですね。でも、良いなぁ。異世界、楽しそうです)

「エヴァさんの世界は魔法とかあるんですもんね。……行ってみたいなぁ……」

そうポツリと呟いてハッとする。これではまた、エヴァに対してねだったみたいだ。

「っ……、琴音……私の世界にきてみたい？」

そうエヴァが尋ねてきたが、琴音は寝たふりをすることにした。この話題を続けても良いことなんてない。

後二日しかないのにギクシャクしたくはない。

「琴音？　寝ちゃったのかい……。そう、………おやすみ」

ホッとした風にいわれて琴音もホッとする。自身の選択が正解だったと思い、そのまま本当に眠気に身を委ねた。

◇◇◇◇◇

今日は、このエヴァとの最後の日。琴音が死ぬのは昼前だ。地下から戻ってきた緑子達が結界に入ってきたところで、邪神に乗っ取られたアノニマスに食われる。

「エヴァさん、探索に行くんですか？　……エッチしたいです」

朝早くから探索に行くというエヴァを少しだけ引き留めてみるが、エヴァは困ったように笑うだけだ。

「……夕方までには戻るから、良い子でお留守番していてくれ。行ってくるよ。帰ってきたらたくさん抱いてあげるさ。待っていて」

甘い声で告げられて優しくキスをされるが、琴音は内心でガッカリした。

(むう……、死ぬ直前までエッチしたかったですけど、仕方ないですね。はあ……なら、今回の、このエヴァさんとは、これでお別れですね)

「エヴァさん……。大好きですよ」

ぎゅうっと抱きつくと、エヴァは嬉しそうだ。この顔も見納めだ。このエヴァとは、もう二度と会えない。

(ほんの少しだけ、寂しい気もしますが、でも仕方ないですね)

「琴音……、かわいい。それじゃあ、ノアを待たせているから、行ってくるよ。……帰ってきてからも、明日もたくさん可愛がってあげる。だから良い子でね」

そういって手を振るエヴァを、笑顔で見送る。

「行ってらっしゃい、エヴァさん。…………ありがとうございました。楽しかったですよ」

琴音が、そう小さく呟くとエヴァは不思議そうにしてから背を向けて部屋を出て行った。閉まった扉に、琴音は声を掛ける。

「本当に、ありがとうございます。楽しい周回でした」

数時間後には、次の周回が始まる。

(次は和泉先生とアノさんですね。楽しみです)

◆◆◆◆◆◆

「エヴァ？　………。どうしたの？」

ノアは立ち止まったエヴァを不思議そうに見た。エヴァは、何かをいいたそうにしている。

「…………なに？」

「う……。いや、……その、……」

「…………きもい」

顔を赤くして、もごもごするエヴァは、気持ちが悪い。ジト目を向けるとエヴァは小さく呟く。

「…………琴音を私達の世界に連れて帰ることはできないかな？　……その……本気になってしまって。彼女すごく優しくて……かわいいんだ………」

【閑話　エヴァ・フリーズの後悔①】

自身が女性からモテるのは、幼い頃から自覚していた。だが、恋人を作るよりも、剣を振っている方が楽しかったし、下手に手を出して、結婚なんていい出されても困る。まだ身を固めるつもりはない。そう思って恋人も作らず、騎士としての清廉なイメージが下がるのを恐れて、夜の店にも、ついぞ行くことはなかった。別に行こうと思えばいつでも行けるし、恋人も作ろうと思いさえすれば簡単にできると、そう思っていた。だが、今になって後悔している。

「はぁ……はっ……くっ…………」

ベッドの上で硬くなったモノを扱いて体を震わせる。おかずに使っているのは、自分と同じように、この意味の分からない洋館に閉じこめられた三人のそれぞれタイプの違う可愛らしい少女達だ。毎日、日替わりで脳内で犯す。

（はぁはぁ……、くっ……柔らかそうな足だったな……はは）

彼女達の揃《そろ》いの制服のスカートから伸びる柔らかな足を思い出して自慰をする。閉じ込められてから、もう三週間近い。未だに脱出の為の手かがりは得られていない。探索の度に死の恐怖と戦い、夜になると、こうして自身を慰める。

「っ……くそっ…………ん……」

小さく悪態をついて白濁を手の中に放つ。今日の脳内のお相手は小柄な黒髪の少女だ。最近よく会いにくる。この間など、二人きりで話をしたいと甘えたようにいわれた。用事があったので断ったが、少しだけ惜しかったなと思う。

（はあ……。彼女も私に惚《ほ》れているのかな？　ふぅ……。琴音殿か……。まあ、悪くはない容姿だ）

華やかな美人というわけではないが、エキゾチックな魅力がある。おかずにできるくらいには整っているし、三人の少女の中ならどちらかといえば緑子の方が好みではあるが、抱くだけなら、琴音は全くなしというわけでもない。

（はあ……。ここから出られなければ、女性を知らぬまま死ぬのか……。くそ、こんなことになるのなら夜の店に行っておけば良かった……）

精液を布で拭い、エヴァは溜め息を吐く。

（琴音殿か……。彼女なら少し優しく声を掛ければセックスさせてくれるんじゃないだろうか？　私に惚れているんだろ？　……いや、その考えは最低すぎるな）

自分の考えに呆れるが、それでも湧き上がる性欲に抗《あらが》えない。常に死と隣り合わせの今、子孫を残す本能なのかムラムラして困る。化け物を倒した後など、こうして自身で精を吐き出さないと眠れない。

（死にたくない）

ノアの結界があるとはいえ、それも狭い範囲だけだ。この広い洋館を探索する時は、常に生きて戻れる保証はない。

元の世界でもモンスター討伐などは条件は同じだが、ここは正体不明の洋館だ。どんなイレギュラーが起こるのかなんて、誰にも分からない。最強の氷の騎士などと呼ばれて良い気になっていたが、エヴァは井の中の蛙《かわず》だったのだと、ここにきてからやっと気づいた。死が恐ろしい。

◇◇◇◇◇◇

その日。探索でぐちゃぐちゃに食い荒らされた人だった物を見つけて、気分は最悪だった。影の化け物を四体斬り殺して、昂《たか》ぶる体とムカムカとした感情を抱えて自室に戻り、シャワーを浴びて、また自身で精を吐き出そうかなと考えていると、琴音が訪ねてきた。

正直期待した。彼女は私を好いている。部屋に上がるように告げるとあっさりと入ってきた。鼻をクンクンと鳴らして、恥ずかしそうにする琴音に興奮が止まらない。無防備なその姿にズボンの下でモノが緩く勃ちあがる。そんな自分に苦笑しつつ紅茶を用意して戻ると、琴音はエヴァに熱い眼差《まなざ》しを向けていた。

（やっぱり、彼女は私を好きなんだ。……へえ）

砂糖を渡す時にわざと手に触れると、琴音はいやらしい女の顔をした。それに胸がざわめく。もしかしたら、上手《うま》くことを運べれば、この目の前の女を抱けるかもしれない。そう思うとムクムクと欲が膨れ上がる。

「…………琴音殿？　そんなに見つめられると、照れるなぁ」

そう告げると琴音は蕩けた顔をして。

「エヴァさんと、エッチしたいです」

そういったのだ。本人も思わず口から言葉が出たような、そんな顔をしていた。それにエヴァの興奮は最高潮になった。妄想していたよりも数倍、現実は素晴らしい。鴨《かも》がネギを背負ってきた。その後は興奮に我を忘れて、琴音を抱いた。初めての女の体は最高だった。何処を舐めても甘く感じて、中に挿れた時はアレが溶けるかと、そう錯覚しそうな程に気持ちが良かった。

（はあ。口内も膣内も、女とは、これ程に良いのか……）

恥ずかしそうに声を押し殺す琴音にも興奮したし、幼気《いたいけ》な少女の初めてを奪うことにも興奮した。

（はぁはぁ、はっ。ははは、これは良い。ハマりそうだ）

精液を飲ませた時の圧倒的な支配感は癖になりそうだ。それに、中を突く度にぎゅうぎゅうと締め付けてくる膣は狭くて、熱くて、自慰では得られない快感を与えてくれた。口に一度出して、中で二度出してからは、流石に少し勃ちが悪くなる、もう一度出せば、もう無理だと思うと、勿体なく感じて、何度も休憩を挟んで楽しんだ。最高だった。行為に溺れている間は死の恐怖も感じない。ただただ、甘い快感に浸っていられた。それに人肌のなんと心地よいことか。柔らかな体を抱きしめる度に、いいようのない安心感と満足感を得られた。そして、中で三度目の精を放つと猛烈な眠気が襲ってきた。ここのところ、眠りが浅かったのだが、久しぶりに泥のように眠れた。次に目を覚ました時に傍らに温もりがなくて、少し残念に思う。

（部屋に帰ったのかな？　……はあ。いてくれても良かったのに、……シャワーを浴びよう。汗で気持ちが悪いな）

精液は琴音が拭いてくれたのか綺麗《きれい》になっていたが、体が汗でベタベタとして不快だった。シャワーを浴びて冷静になると、少し後悔した。

（彼女は私と恋仲になったと勘違いしているのかな？……初めてを私に捧げたんだ。そう思っていても、おかしくはない。……参ったな）

正直彼女を好きでも何でもない。ただ抱ける女が目の前にいたから抱いた。それだけだが、冷静になって考えると頭を抱えそうになる。人として、最悪すぎる。

（……っ。どうするか、……本当に彼女と恋人になるか？　いや、だが、彼女と私では、住む世界が違うし好きでもない。それは無理だ……。だがどうせ、ここからは出られないかもしれない。それなら、優しくして、恋人のフリをして、過ごしても良いんじゃないのか？　彼女も私を好きなんだ。きっと喜ぶ。……それに、またしたい。抱きたい）

一度女の味を知ってしまったエヴァは欲を抑えられない。

（…………とりあえず、彼女の様子を見に行こう）

廊下で仲良さげにしているハルトと琴音を見つけて、少しだけ腹が立つ。

（好きではないが、他の男に取られるのも気分が良くないな。やっぱり恋人のフリをしよう。そうすれば、あのいやらしい体を毎日楽しめる）

これも本能なのか、一度抱いた女を他の男に取られるのは腹が立った。もう、琴音の体は自分の物だ。

（……はは。なんて身勝手な……）

自分自身に呆れたが、それでも、一度あの甘美な快感や満足感を知ってしまったら、手放せない。

（まあ、でも、彼女にとっても悪い話じゃないだろうさ、好きな男に抱かれるんだから）

そう心の中でいいわけをして、琴音とハルトの元へと足を向けた。

やっぱり琴音は、自分に惚れていると確信した。美味しそうにエヴァのモノを舐めて、その後、中を突いてやると、甘く鳴いてエヴァを求めてくる。勝手に中に出しても文句もいわない。最高の穴だ。また三度、中に出すと眠気が襲う。隣の温もりを感じながら瞳を閉じると、すぐに意識は眠りに落ちた。

（…………良いな……悪くない……、琴音は、かわいい、な……）

微睡《まどろ》む意識でそう思う。しかし、そうことは上手くいかない。ノアに琴音とのことがバレた。正直ノアには、隠しておきたかった。ノアは普段は無口だが、怒ると怖いし勘が鋭い。それに真面目で良い奴だ。そんなノアが琴音を抱いた私に対して、何もいわないはずがなく、事実、後で話があるといい、睨みつけるようにして部屋を出て行った。

（……はあ。参ったな……。なんとか誤魔化《ごまか》せれば良いけど……。無理かな……）

案の定ノアは琴音とのことでエヴァを責めた。琴音に全てバラすといわれて、エヴァは泣きたくなる。あの快感を失くすのは惜しい。それに、琴音から軽蔑の眼差しを向けられたくないと、そう思った。

(私を嫌いになるだろうな……。そうしたら、ハルトと仲良くするのかな？　それは嫌だな)

なぜかそう思ってしまった。

「……私は、ここで生き残れるかもわかりませんから、……この先死ぬかもしれないなら、大好きなエヴァさんにたくさん抱かれたいです。……私を好きじゃなくても構いませんし、その後のことも責任を取れなんていいません。子供ができても、一人で産みます」

騙していたのだと、全てをノアが話したのに、琴音はニコリと微笑んで、そういった。あまりにも自分に都合が良すぎて、一瞬夢かと思ったが、呆れて部屋を出て行くノアの足音にハッとした。現実だった。

(彼女は、どうして怒らないんだ？)

とても不思議だ。普通なら怒る。怒らないとしても、ショックを受けて、泣いたり喚《わめ》いたり普通はするものじゃないのか？　と困惑する。だが、彼女はニコニコと微笑んでいる。怒っていないのかと尋ねると、さらにニコリと微笑む。

「いいえ。怒ってないです。むしろ嬉しいです。私のことを好きじゃなくても、抱いてもらえて幸せです。好きです。エヴァさん」

そういって、甘えるように抱きついてきた。流石に、エヴァは自身を心底恥じた。琴音は、こんなに自分を愛してくれているのに、その気持ちを利用して、都合の良い穴扱いをしようとした。

ノアにいわれなければ良いように利用して、そして、もしここを出られる時がきたら簡単に捨てるつもりだった。そんな風に考えていた自分が、本当に嫌になった。

(本当に最低すぎるな。私は……)

償いたいから何でもいってくれと告げて優しく抱きしめると、琴音は嬉しそうにキスをねだる。本当に健気な少女だ。騙されていたのに未だにエヴァを愛して、好意を向けてくれる。本当になんでもしてあげたいと、心から思った。その後も一度もエヴァを責めないで、ウジウジとするエヴァを慰めてくれる程だ。優しくて健気。その気持ちに少しでも応えたくて、皆には恋人だと告げた。ハルトから、からかわれて何故か少しだけ気分が良くなった。だけどモヤモヤともした。

（でも、あまり琴音は嬉しそうじゃないな。……それもそうか。恋人ごっこだと琴音は知っているものな）

琴音への罪悪感を誤魔化す為と、最初の日に破いてしまった服のお詫びに、探索で見つけたワンピースを渡すと琴音は喜んだ。それにエヴァまで嬉しくなる。

琴音から好きだといわれると、何故か胸がざわめいた。

（なんだろう。これは……）

琴音は本当に幸せそうにエヴァに抱かれる。琴音にいわれた通りに優しく触ると最初よりも甘く鳴く。その姿を見て、また後悔する。最初の行為は独りよがりで乱暴だったと反省した。

（本当に痛かったのか。それなのに、ニコニコとして、怒りもしないで受け入れてくれていた。……はあ。これからは優しくしよう。琴音の感じている姿はすごく可愛いし、本当にたくさん気持ち良くなって欲しいな……）

琴音との恋人ごっこは、思いの外良かった。琴音が愛《いと》おしそうにエヴァのモノを舐めてくれる姿も、激しく突かれて甘く鳴く姿も、スヤスヤと隣で眠る姿も、かわいい。

（…………こんなに可愛かったのか。気づかなかったな）

緑子の容姿の方が好みだと思っていたが、琴音も悪くない。いや、むしろ好ましい。ニコニコと微笑む顔も、いやらしく甘く蕩ける顔も、穏やかな寝顔も、撫でるとサラサラな黒髪も、その全てが可愛い。

（…………かわいい）

◇◇◇◇◇

「……エヴァ、大丈夫……じゃないよなぁ。あー。その……仕方ないって……。ごめん。俺が足手まといだったから……」

困った顔のハルトに、返事も返せずにエヴァは項垂《うなだ》れた。探索中に新たに迷い込んだばかりの青年に出会えた。戦闘能力がなさそうだったので、保護しようと思った矢先に影の化け物が大量に襲ってきた。取り乱して逃げた青年を追ったが、ハルトを守りながらでは追いつけず、彼は四肢を引き裂かれて目の前で助けを乞いながら死んだ。

（っ…………。気持ち悪い……、いつか私も、ああなるのか……、うぅ……）

　断末魔の叫び声が耳から離れない。今までも死体は発見してきたが、あんな風に目の前で生きたまま残酷に食われるのを見るのは初めてだった。怖い。呼吸が上手くできない。チラリと見ると、ハルトは平気そうに振る舞っているが、小刻みに手が震えている。

（っ……、ハルトが普通に振る舞ってくれているのに、騎士の私が、取り乱してどうする）

　なんとか呼吸を整えて、ニコリと笑みを返して結界内へと戻る。握りしめた手は、じっとりと汗ばんでいた。部屋に戻り琴音の顔を見ると何故かホッとした。

　心配そうな琴音を抱きしめると少しだけ落ち着く。だけど怖い。恐怖心は消えてはくれない。

「エヴァさん？　どうしたんですか？」

　そういう琴音の言葉につい弱音が口から漏れてしまった。いってから、しまったと思ったが琴音は優しく慰めてくれる。弱音を吐いたことを謝ると優しく頭を撫でてくれた。

（琴音……。琴音……、どうして、そんなに優しいんだい？　私をそんなに愛しているの？）

　優しい琴音の腕に抱かれて恐怖心が溶けていくようだ。完全になくなりはしないが、それでも胸が暖かな気持ちで満たされる。

（琴音……。かわいい……優しい……）

　翌日、自分が渡したワンピースに身を包み、くるくると回る琴音はすごく可愛い。その姿を見ると、また他にも良い物があったら持ってこようという気になる。

　いや、むしろ、その為だけに探索に行くのも悪くない。こんなに可愛い姿と、嬉しそうな顔が見られるのなら、次の探索の時は服をたくさん探してこようと思える。

（琴音は、普段はどんな風に過ごしていたんだろう？）

　ふと、気になる。ハルトや緑子達と同じ世界の琴音、そういえば琴音のことを全然知らない。そう思うとドンドン気になってくる。知りたいと思う。

（何故だろう？）

「琴音はハルトや緑子達と同じ世界なんだよね？　どんなところなんだい？」

　そう尋ねると、琴音はキョトンとしてから説明してくれる。知らない世界の話はとても面白くて、ついつい、色々と質問をしてしまったが、琴音はニコニコと答えてくれる。琴音のこともたくさん知れて嬉しい。

(だけど、琴音は何故私のことを聞いてくれないのかな?)

そんな風に疑問が浮かんで、ほんの少しだけ寂しい気持ちになる。琴音はエヴァの世界のことを聞かないし、あまり向こうからは質問もしてこない。エヴァが求めた時だけ応えてくれる、琴音からは我儘《わがまま》もいわない。それが少しだけ寂しい。

(でも、それは仕方がないのかもしれない。琴音は、ちゃんと線引きしてくれている……、いつか別れるのに知る必要はないと思っているのかな? ……はあ)

何度も抱いていると琴音の良いところも分かるようになってきて、それが嬉しい。

「琴音♡ ここが好きだよね? ほら、たくさん突いてあげよう♡ っ……♡ はぁ♡ 琴音♡ 私が好き?」

「んぁ♡ エヴァさん♡ 好きぃ♡ 大好きぃ♡」

「琴音………♡ んっ♡ キスしよう♡」

心が満たされる。

(ことね♡ かわいい♡ かわいい♡ かわいい♡ ………すきだ♡)

琴音が、もっと欲しい。必死に腰を振ると、それに応えるように琴音は好きだと口にして甘く鳴く。それが堪らなく良い。幸福感に包まれる。

「エヴァさん……。嘘でも良いので、エヴァさんも好きっていって……お願い……」

そういわれてエヴァは一瞬時が止まった。琴音からのお願いだ。聞いてやりたい。だけど。

(好きだという? 嘘で? 今、いったらそれは琴音の中では嘘になるのか? いやだ……)

困惑するエヴァの様子に琴音はすぐに察したように言葉を続ける。

「駄目なら大丈夫です。……ね? 動いて? 誤解しないで下さい。私、ちゃんとわかってますから。ただエッチが盛り上がるかなって思っただけなので……。無理にいわなくて良いですから、忘れて下さい。別に、本当に好きになってもらおうとか思ってないですから……」

(あ………、くそ……。……っ、なんで……)

琴音の言葉で幸福感が全てふき飛んだ。どれだけこうして体を繋げて甘い時を過ごしても、全ては嘘っぽちだ。琴音はそう思っている。心は繋がっていない。

　こちらの顔色を窺う琴音の視線に気持ちが萎えた。

（どうして、私が傷つく。……酷いことをしているのは、私なのに……）

　嘘で好きだなんていいたくない。嘘だなんて思われたくない。それが何故なのか気づいてしまって、エヴァは困惑した。

「あ……。そうかい、……ごめんね。言葉には、してあげられない……。ごめんね」

　そう告げても琴音はニコリと笑う。それに、またエヴァは勝手に傷つく。

（少しくらい、ショックを受けてくれても良いじゃないか。なんで、そんな風に笑うんだい？）

　琴音の態度に胸が痛む。琴音はエヴァを愛しているはずなのに、時折どうでも良さそうな態度を取る。それはエヴァがいいだしたことだ。お互いに恋人ごっこだとわかっている。割り切った、今だけの関係だ。それなのに、エヴァは琴音にもっと我儘をいわれたい。好きになって欲しいといいわれたい。すがりついて欲しい。

（どうして？　琴音は私を愛してるのに……、そんなに聞き分けがいいんだい？　………本当は愛していないの？　そんなの嫌だ）

　萎えたモノを一生懸命、いやらしく舐める琴音に興奮する。だけどエヴァは、気づいてしまった自身の気持ちに、苦しんでいた。

　また中にたっぷりと出して、ほんの少しだけ琴音が妊娠しないかなと思う。そうしたら、もしかしたら琴音は結婚を迫ってくれるかもしれない。

（いや、子ができても一人で産むといっていたな。……はぁ）

　前にいわれたことを思い出して複雑な気分になる。

「琴音は……、本当に私の子ができたら産むのかい？」

　尋ねると琴音は産みたいと答えた。それに少し胸が躍ったが、続けていわれた責任を取らなくて良いという言葉に萎える。

（何故？　いや……そんなのはわかってる。……もし、私が愛してると告げたら、琴音はどうするんだろう。……もし、ずっとここにいることになったら？　……子がい。

産まれたら、夫婦になれる？）

「そう。……子供、か……。私と君との子だと、どんな風になるんだろうか。琴音の世界には魔法はないんだろう？　子はどうなると思う？　髪の色とか瞳の色はどちらに似るんだろう」

琴音の反応が気になって、そう口にすると琴音は、しばらくぼんやりとして。

「エヴァさんの世界は魔法とかあるんですもんね。……行ってみたいなぁ……」

その言葉にエヴァの心臓は跳ねた。ドキドキと鼓動が速くなる。

（あ。琴音……、それが君の本音？　やっぱり、私を愛しているんだね？　本当は、私と共にいたいんだろう？　……こちらの世界に共にきたいんだね？）

「っ……、琴音……私の世界にきてみたい？」

ドキドキとする胸を抑えながらそう尋ねると琴音からの返事はなかった。眠ってしまったようだ。だけどエヴァは嬉しかった。ぽろりと漏れたアレが、琴音の本音だ。ほっと息を吐く。

（琴音……。もし、こちらの世界に君を連れ帰れるとしたら、きてくれる？　……ノアに相談してみようかな、琴音はきっときてくれる。好きだと伝えたら、喜んでくれる……はは……、琴音……）

喜びが胸を満たす。

（琴音……。私も君を愛してしまったようだよ。……はは、両想《りょうおも》いだ）

一度気づいてしまったら、そこからは早い。エヴァは琴音を愛してしまった。初恋だ。琴音が可愛く見えるのも、好きだからだ。

（はあ……。ちょろいな私は。だけど、こんなに真《ま》っ直《す》ぐに愛を向けられては、惚れないほうがおかしい。……琴音、君の優しいところも健気なところも、いやらしいところも、全て好きだよ）

眠る琴音の髪を撫でると、心が幸福で満たされていく。ちゃんと謝って愛していると告げよう。そうしたら、きっと琴音は喜んでくれる。優しい琴音はエヴァを許して受け入れて、愛してくれるはずだ。だって私達は両想いだ。

（ノアに方法がないか聞こう。こうして異なる世界は交わったんだ。連れていく方法も、きっとあるはずだ。……すぐに見つからなくても、まだ時間はある。ここから脱出する方法すらわからないんだし。……いつ伝えよう。伝えるなら、とびきりロマンチックにしたいな。……指輪か何かが見つからないかな。プロポーズなのだから、きちんとしたい。……琴音、もしかして嬉しくて泣いてしまうかな？）

そんな風に琴音との、これからのことを想像すると、胸がキュンと締め付けられる。

ノアと朝から探索に行くと告げると珍しく琴音は可愛らしい我儘をいう。

（ああ、可愛いなぁ、私の琴音は。だけど、今日はノアに話さないといけないし、琴音にプレゼントする何か良い物を探したい。私もすぐにでも抱きたいが、それは帰ってきてからだな）

ノアに話をして、何か良い物が見つかれば琴音に気持ちを伝えるつもりだ。物は最悪見つからなかったとしても好きだと伝える。きっと、琴音は喜ぶはずだ。

そうなれば、明日は一日中部屋に籠もって愛し合うのも悪くない。

「……夕方までには戻るから、良い子でお留守番していてくれ。行ってくるよ。帰ってきたらたくさん抱いてあげるさ。待っていて」

そう告げてキスをすると琴音は大好きだといってくれる。今すぐに気持ちを伝えたくなるが、それは我慢だ。帰ってきてから、とびきりロマンチックに伝えるのだから。

（琴音、愛しているよ。……ノアはなんていうかな？私に呆れながらも喜んでくれるかな？　おっと、そろそろ行かないと）

琴音をぎゅうっと抱きしめてから部屋を出る。行ってらっしゃいといった後、琴音が小さく何かを呟いたような気がしたが、それは気のせいだろう。

（可愛い我儘も聞けたし、今日は良い日になりそうだな。帰ってきたらたくさん抱いてあげよう、私もたくさん抱きたい）

◇◇◇◇◇

「………琴音を私達の世界に連れて帰ることはできないかな？　……その……本気になってしまって。彼女すごく優しくて……かわいいんだ………」

エヴァがそう告げるとノアは目を見開いてから、溜め息を吐く。

「エヴァ。チョロすぎ。……抱いて惚れたの？」

「抱いたからだけじゃないよ……。琴音はすごく優しくて、可愛くて健気で、……良い子なんだ」

俯《うつむ》いて、そう告げるとまたノアの溜め息が聞こえた。だけど、少し嬉しそうだ。

「じゃあ、本当に恋人になったの？　……喜んでた？」

エヴァは首を横に振る。

「まだ伝えてない。……今日、帰ったら伝えるつもりだよ」

ノアは呆れたような視線をエヴァに向ける。

「……なら、エヴァが勝手にいってるの？　彼女が嫌がったら、無理に連れ帰るのは駄目だ」

「……だけど、琴音はきっとときてくれる。私達の世界に行ってみたいっていっていったんだ。……それに、私をすごく愛してくれている。絶対にきてくれるさ」

「ふーん。……確かに、……。騙されても怒らない。……それくらいエヴァを好きなんだと、ボクも見てて思う。……良かったね。エヴァ」

ノアの言葉に顔が真っ赤に染まった。

「ああ、……それで方法はあるのかい？」

「……今はわからない。だけど、魔法でなんとかできないか考えてみる。……エヴァの初恋だから、応援する…………おめでと」

ニコリと笑うノアに、エヴァが抱きつくと鬱陶しそうに振り払われた。だけど今のエヴァは、そんなことは気にならない。

「エヴァ、顔…………きも」

エヴァのニヤける顔を見てノアは吐き捨てたが、その顔はすごく優しい表情だった。

「ありがとう。ノア、これなら彼女も喜ぶよ」

ノアが見つけてくれた小さな宝石のついた髪飾りを手に、エヴァ達は帰路につく。本当は指輪が良かったが、そう都合良くは見つからない。髪飾りでも上等だ。金の土台に赤い宝石のついたシンプルなそれは、きっと琴音の黒い髪に似合う。想像しただけで顔がニヤけてしまう。きっと琴音は喜んでくれる。早く会いたい、抱きしめてキスをして、気持ちを伝えて抱きたい。心も体も本当に繋げたい。そんな風に考えると自然と足も速くなる。ノアはぶつくさいいながらも、早足でついてきてくれる。良い友を持った。

結界内へと入りホッと胸を撫で下ろす。今日も無事に帰ってこれた。満面の笑顔で琴音の待つ部屋に向かう途中、泣き声が聞こえた。緑子の声だ。

(帰ってきたのか？　泣き声……？)

嫌な予感に早足で廊下を曲がると、床や壁に血が飛び散り、ベッドシーツが何かに被《かぶ》せてある。その周囲には真っ青な顔の緑子達。すぐにハルトが駆け寄ってきた。

「っ……。エヴァ、落ち着いて聞いて……あのさ……」

震えるハルトの声も今のエヴァの耳には入ってこない、何故なら、どす黒く変色したシーツの下から、ほんの僅かに見えている血に染まった靴には、見覚えがあったからだ。

「あ。エヴァさん……。見ない方が良いですよ。………上半身がありません」

青い顔でそういう和泉の声を無視して、エヴァは震える手でドス黒く染まったシーツを捲《まく》った。


【エヴァ・フリーズ】後悔度　★☆☆☆☆

第三章　和泉《いずみ》　楓《かえで》

【ループ三回目】

「緑《みどり》子《こ》さん、口元にチョコレートが付いてますよ？　仕方ないですね。ほら拭いてあげますから、こちらにおいで……」

「あ、楓先生ありがとう。ん、少し恥ずかしいなぁ」

目の前でいちゃつく二人を見て、琴音《ことね》はぐぬぬとハンカチを噛《か》む。和泉とのエッチを楽しみにしていたのに、まさかの今回の緑子は和泉狙いだったのだ。残念！　無念！

(でも、仕方ないですね。今回はアノさん一人にしておきますか)

好感度エフェクトを背中から出す和泉を、チラ見してからトボトボと廊下を歩く。結構凹《へこ》む。

(でも、やっぱり自分で処女膜を破るのは、まだ少し怖いので結果オーライでしょうか？　和泉先生とのセックスは、もう少しセックスに慣れてからにしま

しょう）

　今は共通ルートの一週間目だ。何度か自分で野菜を突っ込もうと思ったのだが、緑子が誰を狙うのか確定してからにしようと様子を見ていた。それに、やっぱり自分で挿《い》れるのは少し怖い。前回の初処女喪失はエヴァが無理やりねじ込んできて、あっという間に終わったが、いざ自分でとなると、なかなか上手《うま》くいかない。痛いのは、やっぱり嫌だ。

（オナニーも、お豆しか触ってませんし。……中に自分で指を挿れるのも、なんだか怖いです。和泉先生とエッチなお勉強を、何度かしてからの方が良いのでしょうか？　先生なら、きっと色んなエッチなことを気持ち良く教えてくれますよね）

　周回を重ねて、エヴァとセックスして慣らしても良いかもしれないが、何時《いつ》でもできるとはいえ、エヴァとそういう関係になると他に手を出しづらくなる。

　前回を踏まえるのなら、きっとエヴァはフリでも恋人だと周りには、いうだろう。そうなると情報集めにも支障が出る。エヴァとのセックスも悪くはないが、やはり、他の男も早く味わいたい。

（まあ今回、早い段階で失敗したら適当にエヴァさんに抱いてもらいましょう。……でも、最初は痛いんですよね。うーん）

　エヴァとのセックスは一度目は多分また乱暴にされる。正直めちゃくちゃ痛かったし辛《つら》かった。それだけがネックだ。

（今考えても仕方ないですね……。とりあえずはアノさんと一応交流しておきましょう。顔見知りになっておけば、多少はセックスに有利になるでしょうし）

「……ナニ？　用事？　おれに？」

　ローブを深く被《かぶ》って、アノニマスは首をかしげている。

「用事というか、お話したくて……」

　そう告げるがアノニマスは首を振る。

「……おれはアナタと話すことはナイ。一人になりたい。サヨナラ」

　そういってアノニマスは去って行く。やはり共通ルートでは仲良くなれない。それに、一応アノニマスはその全てが謎の男なので基本的には一人でフラフラと彷徨《さまよ》っている。一匹狼《いっぴきおおかみ》というやつだ。猫だけど。

（まあ、私は全部知ってるんですけどね）

度重なる周回で琴音は知っているが、現時点でのアノニマスの素顔は誰も知らないし、本人も顔や耳を見られるのを嫌がっているのだ。だから今の段階では近づいても距離を取られる。

（獣人でアルビノだから、迫害されていた……でしたっけ？　めちゃくちゃ容姿はドタイプなのに勿体《もったい》ないですね。あんなに素敵なのに……本人は自分を醜いと思ってるなんて）

邪神の生贄《いけにえ》に選ばれたのも醜いからという理由だ。

本人は邪神に捧《ささ》げられた時の記憶も、その前の記憶もない。気づいたらここにいたと思っている、だが、迫害された記憶は心の奥底にあるのか、自分を醜いと思っているのだ。顔や耳や髪や瞳を見られたら嫌われると思っているので、必死に隠しているのが不憫《ふびん》で可愛《かわい》い。

ヒロインである緑子との好感度上げイベントでは、たまたま事故でローブが外れたアノニマスを見てしまい、緑子がアノニマスの瞳や髪を見て綺麗《きれい》と呟《つぶや》いて仲が深まる。だけど、モブの琴音とはイベントは起こらない。

（……ですけど、容姿を褒めてあげれば仲良くなれますよね？　勝負はルート確定後の一週間。……ローブを剥《は》ぎ取って褒めてあげれば懐《なつ》かれますかね？）

そう思案してふふふと笑う。正直本気でタイプなので褒めるのは楽勝だ。本心から、一日中賛辞の言葉を述べられる。

（でも、アノさんって性的な知識ゼロですよね？　そこをどうするかですね）

アノニマスは前々回、琴音のアソコ丸出し公開オナニーを見ても無反応だった。いや、驚いてはいたが性的に興奮はしていなかった。多分記憶がないアノニマスの今の精神年齢は低い。それこそ太陽《たいよう》よりも子供だ。

（うーん。興奮してもらえないとセックスできないですよね？　……アノさんにも、お勉強が必要でしょうか？　でも、私も人に教えられる程、知識はないですし）

どっち道、やはり和泉とのドスケベお勉強会を開く必要があるかもしれない。とりあえず一度アノニマスとのセックスを試してみるが、無理だったら次回に持ち越しだ。

（むむむ。やっぱり、エヴァさんが特別ちょろかったんですね。他の人は少し難航しそうです）

自由タイム初日になり、立ち去る緑子達を見送って琴音はアノニマスのところに向かう。アノニマスは神出鬼没なので探し回る必要がある。

「……む、やっぱりお部屋にはいませんね」

一応部屋を訪ねたが、返事はなかった。

「あれ、琴音殿。……アノニマスに用事かい？」

エヴァが廊下を歩いてきてそういう。

「あ、はい。アノさんの居場所、知りませんか？」

「アノニマスなら、多分ノアと一緒にいるよ、呼んでこようか？」

「いえ。……大丈夫です。特に用事というわけではないので」

「そうかい？　……良ければ部屋に送るよ？」

エヴァの申し出を断り一人で部屋に戻る。エヴァは笑顔で手を振って見送ってくれた。現時点で、ノアは要注意人物なので、今行くのは自殺行為だ。怒らせたら、また時間を止められるかもしれない。まあ、和泉がいない今回はそれでも構わないが、折角《せっかく》自由タイムに突入したのだから勿体ない。

（ノアさんの前では大人しくしておかないといけませんね。……むう）

自室に戻ってベッドに寝転ぶ。先程手を振り笑顔で見送ってくれたエヴァの顔を思い出して、琴音は溜《た》め息《いき》を吐《つ》く。

（……エヴァさん、やっぱり貴方《あなた》は違うエヴァさんなのですね。わかっていてもなんだか）

共通ルート期間も何度か会話したが、その度に少しだけ寂しい気持ちになる。忘れられることには慣れたつもりだったが、体を重ねたからだろうか。やっぱり少し悲しい。

（……ふう。でも仕方ないのです。そういう世界ですし、だから私は皆さんと楽しもうって決めたんです）

夕方に廊下をフラフラしているとバッタリ、アノニマスと出くわした。

「ナニ？　また話？　おれは話すことナイけど……」

そういうアノニマスにダッシュで距離を詰めて、ローブをむんずと掴《つか》むと、アノニマスは驚いて飛び退《の》くが琴音の指はガッチリとローブを掴んでいる。

「ヤメテ！　嫌だ！　放してくれ！」

アノニマスは、必死にローブから琴音を引き離そうとしているが、琴音は死んでも離すまいとガッチリと掴む。

（ここで会ったが百年目です！　さあさあ、素敵なお顔を見せて下さい）

　鼻息荒くローブを引っ張る。顔さえ見れればめちゃくちゃ褒めちぎって、懐かれればこちらのものだと思うと興奮が抑えられない。

「大丈夫ですよ！　アノさんっ！　ちょっと見るだけですから。ね？　お顔見せて下さい！　ね？　先っちょだけでも見せて下さい！」

「やだ！　ヤメテッ！」

　ぐいぐい鼻息荒くローブを引っ張っていると背後から頭を思いっきり硬い物でぶん殴られた。風紀委員長の登場である。あ、間違えた、ノアの登場である。

「あ、ノアさん……。えへ」

　誤魔化《ごまか》すように笑うがノアの瞳にはハイライトがない。ガチギレだ。

「何やってるの？　……アノニマス嫌がってるけど？　泣かすなんて……最低」

　その言葉にチラリと見ると、ローブを深く被ってアノニマスは蹲《うずくま》って震えていた。

（あ、…………大失敗です）

　興奮して我を忘れて、やらかしてしまったようだ。

「なんなの、お前？　……こんな変な女だとは知らなかった……。アノニマスに謝って……早く」

　廊下に正座させられて、琴音は半泣きだ。杖《つえ》で殴られて頭が痛い。絶対たんこぶができている。暴力反対！

（うぅ……。やっぱり、ノアさんは要注意なのです。痛いです……うう）

　チラリと見ると、アノニマスはブルブルとノアの後ろで震えている。それを見て反省する。嫌がることはしないつもりだったのだが、好みのアノニマスを前にして、少し我を忘れた。これでは、エヴァを悪くいえない。

（むう……、性欲とは恐ろしいのです。理性が吹っ飛びますね）

「アノさん、ごめんなさい。……私、貴方と仲良くなりたくて……でも、やり方を間違えました。ごめんなさい」

　アノニマスはブルブルと震えたままで声を出す。小さな声だ。

「おれは、仲良くなんてしたくナイ。こわい……」

どうやらアノニマスは、固く心を閉ざしてしまったようだ。今回の周回は大失敗だ。これでは、流石《さすが》に残りの日数でセックスまで持ち込むのは無理だ。

（………焦ってしまいましたね。反省です）

琴音がしょんぼりとしていると、怒られて落ち込んだと勘違いしたのか、ノアは小さく溜め息を吐く。

「あのさ。……仲良くしたいなら、もっとやりようがあるでしょ？　馬鹿なの？　……はあ、アノニマス。謝ってるんだし、許してやったら？　彼女、悪気はなかったみたいだけど？」

やはりノアは優しい。アノニマスにフォローを入れてくれている。

「ノアさん……」

思わずうるうると潤む瞳を向けると、ノアはうんざりしたような顔だ。

「……ムリ。サヨナラっ」

アノニマスはタッと駆け出して、その場を去ってしまった。

（ああ、やっぱり駄目ですか……。はあ）

「……無理だってさ。……今後は無理やり近づいたりするなよ？　見つけたら、また、叩く………」

そう呟くとノアも去って行った。

（……時を止められなかったのは幸いでしたが、これでは、今回アノさんは絶対に無理ですね。初動を間違えました）

アノニマスには、今後かなり警戒されるだろう。ノアの目もある。近づくのは得策じゃない。

（むう。なら桜島《さくらじま》君のところに行ってみましょうか？）

スタスタと廊下を歩いて目指すは桜島の自室だ。少しグイグイ迫ってみて、駄目そうならエヴァに行こう。

「あれ？　琴音チャン、どしたのー？　俺に用事とかめっずらしー☆　あ、食べ物欲しいの？」

顔を出した桜島は、キョトンとしてから、ニカリと笑う。良い人だ。

「あの、いえ。食事は足りてます。私、桜島君と仲良くなりたくて……あの、もし良ければ、今から二人でお話しませんか？」

そう告げると桜島はニコニコと微笑《ほほえ》む。

「あ。そなの？　……ふーん。でもさ、俺アイドルだし、いちお。だから琴音チャンと二人きりとかは、無理っぽいかな。……誰かと一緒ならオッケーだよ☆」

(やっぱり駄目ですか)

やはり桜島は見た目や、ぱっと見のキャラと違い、真面目《まじめ》だ。アイドル活動にも真剣に取り組んでいる。

だから二人きりになるのは難しそうだ。

「そうですか……。わかりました、それじゃ、失礼しますね」

「ごめんねー☆」

ヒラヒラと手を振る桜島に見送られて、琴音は一旦自室に戻る。

(むう。真面目君ですね。今後、どう切り崩していきましょうか？　太陽君にしたみたいにエッチしたいってド直球にいったら絶対に引かれますね……。そうしたら、またノアさんがきてしまいます。……むむ)

ヒロインの緑子なら、夜にこっそりダンスと歌の練習をしている桜島とバッタリ出会うイベントがある。

更には、アイドルとしての桜島を知らない緑子に、桜島が興味を抱いて仲良くなっていくのだが、琴音は桜島がアイドルのハルトだと知っている設定だし、共通ルートの時には、どれだけ夜探し歩いても遭遇しなかった。

(自由タイムの一週間で、夜に徘徊《はいかい》していても、一度も遭遇したことはないですし……。うーん)

考えてみても答えはすぐに出ない。

(仕方ないのです。今回は、またエヴァさんと楽しみましょうか)

体は処女に戻ったが記憶はある。人と体を重ねる心地良さを覚えた体は男を欲しくて疼《うず》いているのだ。

エヴァのところに行くと、簡単にまた部屋に招かれて琴音は内心でほくそ笑んだ。やっぱりエヴァは楽勝インスタント男だ。

「エヴァさんとエッチしたいです」

前回をなぞるようにそう告げる。今回も、すぐにエヴァに抱かれると思ったのだが、何故《なぜ》か今回のエヴァは困惑しているようだ。

「え？　それは、私に抱かれたいという意味かな？　琴音殿は私を好きなのかい？」

何故か不思議そうな顔で首をかしげられた。そこで琴音はハッと気づく。今回の共通ルートでは、たまに緑子達を交えて話すくらいで、琴音単体ではあまり親交を持っていなかった。前回は毎日琴音から会いに行って、挨拶と雑談をしていたのだ。

（なるほど？　……共通ルートでの些細《ささい》な行動も、多少は意味があるのですね？）

恋愛に直接繋《つな》がるような会話や行動は無理だったが、顔を合わせることに多少は意味があったようだ。

エヴァが今回動揺しているのは、琴音の真意を測りかねているということだろう。確かにいきなり全く仲良くない相手から、エッチしたいといわれたら、困惑するだろうなと琴音も思う。

（なるほど。前回は多少の交流があったので、私がエヴァさんを好きだとすぐに納得できたというわけですね？　……ふむ。なんて答えましょうか？）

「はい。好きです。だからエヴァさんに抱かれたいです。……あの、恋人になろうなんて考えてません。ただ、割り切って抱いてくれればそれで良いんです。駄目ですか？」

今回はそう答えてみる。最初から割り切った関係だと伝えた方が、お互いにサクッと楽しめるというものだ。そう考えているとエヴァの瞳にどろりとした欲の色が宿る。

「へえ？　なるほどね。琴音殿はスケベな女性だったんだね。はは……本当に、それで良いのかな？　後から責任を取れなんていわないでくれよ？」

そういってエヴァは、琴音の頬《ほお》を撫でた。エヴァの鼻息は荒く、ズボンはテントを張っている。今回も上手くいきそうだ。

「はい。いいませんよ。……だって、どうせ世界が違うんです。ここを出たらお別れですもん。でもここにいる間は楽しみたいです。駄目ですか？」

琴音がそういうと、エヴァはそれもそうだねと、爽やかに笑った。

◇◇◇◇◇

隣でいびきをかくエヴァを見下ろして、琴音はお腹《なか》を押さえる。

（う……。やっぱり、すぐ寝るんですね、本当に、これは最低です。うぅ……。アソコが痛いです。それにエヴァさん、なんだか、前の初体験よりも乱暴でした……。お互いに割り切った関係だから気を使わないってことですか？　……なるほど。こちらの答え方によっても、こんな変化もあるわけですね）

琴音が今回は初めから割り切った関係に同意しているから、エヴァは罪悪感を抱かない。だから、好き勝手にされた。前回でも酷《ひど》かったが今回は更に酷い。

何度か優しくして欲しいと声を掛けたが、エヴァは全く聞き入れてくれなかった。琴音が恥ずかしがっているいると思い込んでいた。人の話を聞かないのは、前回と同じだ。

（正直……、ちょっと早まりましたね。……う。痛い）

ズキズキとする股間を押さえて体を確認すると、強く掴まれた腕や足が痣《あざ》になっていた。

（……はあ。今度からは、毎回共通ルートでエヴァさんに会いに行っておきましょう。エヴァさんとのセックスは前回の流れが一番良さそうですね。……あれでも、まだ優しかったんですね……はあ）

痛む体にムチを打ち、自室に戻り、溜め息を吐く。

（やっぱり膜が破れる時は痛いですね、自分でできるでしょうか？）

今回は自分から積極的にエヴァのモノを舐《な》めて、その間に肉芽でオナニーして濡《ぬ》らしたが、それでも挿入の際は激痛だった。

（エヴァさんは下手くそですし、自分で中をほぐすにしてもやり方がわかりません。やっぱり次の周回は和泉先生で決まりです！　たくさんエッチなことを教えてもらいましょう）

そう決意してベッドに潜り込む。ズキンズキンと痛むアソコと、何故か少しだけ痛む胸を押さえて琴音は眠りについた。

（……前みたいに優しく抱いて欲しいです。エヴァさんの馬鹿）

◇◇◇◇◇

琴音はプンプンと怒っていた。エヴァと喧嘩《けんか》したのだ。

（もうっ！　今回の周回は最低ですっ！）

割り切った関係になったエヴァは、自分勝手で乱暴なセックスを続けた。それに琴音が耐えられなくなり、文句をいったら、エヴァに関係を解消するぞ、と脅されたのだ。

（酷いです！　……確かに私から関係を迫りましたけど、それにしたって、あんまりですよ……。馬鹿……）

しょんぼりと項垂《うなだ》れて、少し落ち込む。痛いから優しくして欲しいと何度か頼んだだけなのに、面倒くさそうにされた。

『君が抱いて欲しいというから抱いてあげてるのに、そんなに我儘《わがまま》ばかりいわれると萎《な》えるよ。もう、やめるかい？』

そういわれて琴音は、エヴァに枕をぶつけて部屋を出てきた。今回の二人の関係は、ノアにはバレておらず、誰にも話していない。内緒にしようと決めて、コソコソと夜になると互いの部屋を行き来していた。

今夜で四日目。今日は琴音の部屋で致していたので、琴音は自室なのに部屋を追い出される形になった。しばらくプンプンと廊下を歩いて、それからトボトボと歩く。

（前はあんなに優しかったのに。…………馬鹿馬鹿馬鹿馬鹿）

エヴァを内心で罵倒しながら歩き、途中でしゃがみ込む。気づけば結界の外にいた。だけど、ここなら誰にも見つからないし、丁度良い。

（むぅ……。でも仕方ないのかもしれませんね、私が選択肢をミスしたわけですからね。……あはは。まるでゲームです。いえ、ゲームでした）

ゲームの選択肢のように、琴音の対応や答え方で相手との関係性や対応も変わる。そんなのは当たり前だ。

確かに、今回は琴音もエヴァに対してあまり好きだとか告げていない。痛いから、もっと優しくして欲しい。気持ち良くないといってしまった。それにエヴァも気分を害したようだ。エヴァの性格的にもプライドが傷ついて、売り言葉に買い言葉だったのかもしれない。

（エヴァさんからしたら、好きじゃない女を抱くわけですし。いくら性欲が溜《た》まっていても、うるさくて面倒な女は嫌ですよね。一つ勉強になりました。やっぱり今後は相手に対しての接し方も、よく考えないといけませんね）

ただヤれれば良いと思っていたが、前回の優しいエヴァとの甘いセックスを知ってしまった今、乱暴なセックスは嫌だ。

（……もう、今回はエヴァさんのいうようにやめておきましょう。気持ち良くもないですし。……でも、ある意味では新鮮ですね。こんな風にエヴァさんと喧嘩する日がくるなんて考えてもいませんでした。……皆

さん、色んな面があるんですね……。そう思えば多少は、こういうのも悪くはないです。……ふふ）

繰り返される退屈な日々だった。それが変化したことがたとえ腹が立つことでも、今の琴音には嬉しい。

結局、エヴァとは喧嘩したまま最後の日がやってきた。

（今回は最低な周回でしたが、仕方ないです。さっさと切り替えましょう。次の周回こそ、絶対に和泉先生とラブエッチです）

そう思いながら目の前に迫る邪神と化したアノニマスを眺めた。グチャリと音がして、視界がブラックアウトする。その時に、ほんの一瞬誰かに名前を呼ばれた気がしたが、きっと気のせいだ。何千回と、この瞬間を繰り返してきたが、いつも最後に聞こえるのは緑子の悲鳴だけ。名前なんて誰にも呼んでもらえないのだから。

（……そう思うと、なんて寂しい最期でしょうか）

【閑話　エヴァ・フリーズの後悔②】

「はあ…………。流石に謝ったほうが良いかな？」

エヴァは、ふうと溜め息を吐いて部屋を出た。向かう先は琴音の部屋だ。ちょっとしたことで喧嘩をしてから気まずくて避けてしまっていた。だけどよく考えればエヴァが悪かったように思う。

（少し乱暴に抱きすぎだったかな？　…………でも琴音も我儘すぎる気はするけどね）

フッと笑って、それから息を吐く。一応エヴァの方が年上だし、こちらから謝って仲直りしよう。

（それに折角自由に抱ける女性だしね。……ここで逃すのは勿体ない）

そんな風に最低なことを考えて廊下を歩いていると目当ての人物の姿が見えた。珍しくアノニマスと二人でいるようだ。まだ少し距離がある。

（…………？　なんだろうか、あ、緑子達も帰ってきたのか？）

アノニマス達の後ろ側に緑子達の姿も見えた。そちらに気を取られた。それは、ほんの一瞬の出来事だった。グチャリと音がして、ぐにゃりと歪《ゆが》んで膨れ上がったアノニマスが琴音を頭から食ったのだ。

「いやぁアァァァァ！」

「琴音っ⁉」

緑子の悲鳴に掻《か》き消されたがエヴァは思わず琴音の名を叫んだ。


「うわ……酷いですね。腰から上が、ないですよ」

そういって遺体にシーツを被せる和泉の横でエヴァは酷い頭痛に震えていた。

（なんだろうか……。っ……なぜこんなに苦しい？）

何故か胸が張り裂けそうな程の悲しみと酷い頭痛。

正直琴音の死に対してここまで自分がショックを受けるとは思っていなかった。

目の前でお互いに遊びとはいえ体を重ねた少女が食われた。それも喧嘩したままで謝ることもできなかったのだ。確かにショックではある。だが、それにしてもおかしい。人の死体なんて見慣れているし琴音のことは別に好きでもなかった。琴音から抱いて欲しいといわれるまでは交流も全くといっていい程になかったのに。

「エヴァ？　……仕方ない。……誰にもあの子を助けられなかった」

「……そうだね。……仕方なかったさ。すまないノア、心配をかけて……少し頭が痛むだけだ。すぐに良くなるさ」

慰めてくれるノアに礼をいってエヴァは痛む頭を押さえた。

「……どうして？」

ほんの一瞬脳裏によぎった琴音の顔は可愛らしい満面の笑みだった。そんな琴音の顔をエヴァは見たことはない。何故そんな顔を思い出すのか困惑した。

【エヴァ・フリーズ】後悔度　★★☆☆☆

【ループ四回目】


目の前で仲良さそうに過ごすエヴァと緑子を見て琴音はムフフと笑う。今回の緑子はエヴァ狙いだ。

(やったのです！　これで和泉先生と、エッチなことができますね)

小さくガッツポーズをしていると、すぐ近くにいた太陽が不思議そうな顔で琴音を見ていた。ニコリと笑いかけると太陽もニコリと笑った。

(うーん。太陽君もやっぱり捨てがたいですね。この間抱き上げられた時はドキドキしました。大きな体ですし、あちらも大きいのでしょうか？)

思わず太陽の股間を凝視する。共通ルート中にエロいことはできないが、琴音からエロい視線を向けても攻略対象達は一切反応しないことも判明したのだ。視《し》姦《かん》し放題だ。今も、じっとりとした目で太陽の股間を見つめているが、太陽は何も反応しない。

(はあはあ。見るだけなら体も固まりませんし、最高ですね。……ですけど、太陽君は今回は、お預けです。……………ふう)

また新たな楽しみを見つけた琴音は、鼻の下を伸ばしていた。しばらく太陽の股間を眺めて楽しんでから、琴音は自室に戻る。皆は昼間は探索に出掛けたり、談話室として決めた広い部屋で仲良く過ごすが、モブの琴音は探索には行けないし、談話室にいてもいなくても変わらない。だから基本的には自室に引《ひ》き籠《こ》もりだ。

(さて、どうしましょうか)

手にナスを持ち、パンツを脱いで琴音は悩んでいた。これを突っ込むべきか。

(処女だと、先生からは触ってもらえませんし……、でも怖い)

ナスは結構な太さがある。エヴァのモノよりも大きい。立派なナスだ。

(うむむ……、一応濡れてはいますけど……これ、入りますか？)

そっと膣口《ちつこう》にあてがってみるが、やっぱり自分で挿れるのは怖い。かといって今の段階だと誰にも頼めないし、こんなことを頼めるんなら普通にセックスできる。

「駄目ですね……。やっぱり、まだ怖いです」

そっとナスを机に置いてパンツを穿《は》き直す。それから顎に手を当て悩む。

「うーん。……もう、これは嘘《うそ》をついて、突っ込んでもらうしかないですね。実際エッチの経験はありますし、完全に嘘でもないですから、良いですよね？」

前回のエヴァとのセックスが酷すぎたので、この周回で何としても気持ちの良いセックスを最後までしたい。アソコが男を求めて、ひくひくと動いて切ないので、和泉には経験があると告げてヤってしまおう。挿れてしまえば、こちらのものだ。多少は後で怒られるかもしれないが、和泉は優しい。だから、大丈夫だ。

そう思って琴音は、うんうんと頷《うなず》く。

（……早く自由タイムにならないでしょうか？　楽しみです）

緑子のルート確定まで二週間もある。それまでは、オナニーで我慢だ。

◇◇◇◇◇◇

自由タイム初日、緑子達を見送ってから、琴音は、るんるんで自室に戻る。和泉は、まだ寝ているだろうから、夜に部屋に行くのだ。

（和泉先生なら、いやらしく誘えばきっと乗ってきてくれますね。……ノーパンで行きましょうか。……はうぅ、想像しただけで、濡れちゃいます）

三週間オナニーでたくさんいじった肉芽は、ぷるんと皮から飛び出しエロエロになっていた。これならきっと、和泉も処女だとは思うまい。夜になり、琴音はノーパンノーブラで和泉の部屋に向かう。ブレザーを脱げば、薄いブラウス一枚だ。ツンと立った乳首が、いやらしくその存在を主張している。

（ん……。お汁垂れちゃう。早く行かないと、廊下が汚れちゃいますね）

とろりと太ももを愛液が伝った。コンコンとノックをすると和泉が出てきた。不思議そうな顔だ。

「おや……。観音坂《かんのんざか》さん、どうされましたか？　こんな時間に。食事がありませんか？　それなら、分けてあげますよ」

琴音は首を横に振る。

「違います。ご飯はちゃんと食べました。残りもまだあります。和泉先生……、これ、見てくれませんか？」

そっとスカートを捲りあげて、濡れたアソコをチラりと見せると、和泉は目を見開いてから喉をゴクリと鳴らした。やっぱり、和泉はエッチな先生だ。

（はうぅ。和泉先生、いやらしい目で見てます）

「……観音坂さん。どういうつもりですか？」

静かな声でそういう和泉の視線は、今はまた隠されたアソコへと向いている。じっと向けられる、いやらしい視線にアソコは、また濡れてくる。

「私、欲求不満なんです、和泉先生。……助けて……。和泉先生とエッチしたいです」

スカートを、もう一度捲って、アソコをチラチラと見せると和泉のズボンがムクムクとテントを張った。

（あ、やっぱり和泉先生、私に興奮するんですね）

「和泉せんせぇ♡　私、ノーブラ、ノーパンですよ♡　見てくれますか？」

琴音が、そう、いやらしく笑って告げると、和泉は一歩後ろに下がって、ニコリと微笑んだ。

「……。とりあえず中に入って下さい。こんなところを誰かに見られたら、僕困っちゃいますよ。さあ、おいで。……僕で良ければ、助けてあげますよ。観音坂さん♡」

（ふふ♡　やったぁ♡　今度は成功です♡）


「さあ、そこに座って……」

ベッドに座るように指示されて、琴音はドキドキと胸を高鳴らせながら、いわれた通りにする。和泉も、すぐに隣に腰を下ろした。

「ふふ、観音坂さんが、こんなにいやらしい子だとは、知りませんでしたね……。下着も着けないで、僕を誘惑してくるなんてね」

ニコニコとそういわれて、琴音の頬は赤く染まる。これから起こるであろうエッチなことを期待してしまい、アソコがじんじんとしてくる。それだけで、気持ちが良い。

「……だって、和泉先生……。女の子にだって、性欲はあるんです。オナニーだけじゃ、寂しいんです」

琴音が、俯《うつむ》いたままポツリとそう告げると、和泉の瞳は、いやらしく細められた。

「おやおや。……最近の若い子は怖いですね♡　そんなにえっちな誘い方をしてくるなんて」

そっと太ももを撫でられて、スルスルとスカートを上に押し上げられる。中身が見えるか見えないかの位置で、一度和泉の手は止まる。

「…………確認ですが、経験はあるんですか？　ないのなら、駄目ですよ？　流石にね」

そういって和泉は、スカートをくいくいと引っ張る。

（むう……やっぱり、処女は駄目なのですね。でも、したいです。和泉先生に触って欲しい。……バレちゃっても、後で謝れば良いですよね）

体は処女だが、心は非処女なので、今回は騙《だま》すことになるが、経験があると答えよう。

「……経験済みですよ。だから、ここに欲しくてアソコが切ないんです♡　和泉先生のモノが欲しいです。……駄目ですか？」

可愛らしく首をかしげて尋ねると、和泉がペロリと自身の唇を舐めたのが見えた。

「……そうですか、最近の子はすごいですね♡　では、問題はありませんね。据え膳を頂かないのは男の恥といいますし、それに……こんなに濡れ濡れの可哀想《かわいそう》なアソコを、早く助けてあげないといけませんね♡

…………ああ、すべすべプリプリのお肌ですね♡」

一度止まった和泉の手が、また動き出し、スカートを捲り上げると、ムワッと甘酸っぱい愛液の臭いが広がった。和泉はクンクンと鼻を鳴らして、クスクスと笑っている。手は太ももと、アソコのスレスレを行ったりきたりで、優しくサワサワと撫でている。

（はうぅ♡　先生……すごいスケベ♡　あ、そうです。前回は試すのを忘れていました）

前の周回では、セックス前に他の攻略対象達に自分から好きだといえるのか試していない。前回はエヴァから聞かれて答える形ではいえた。だけど、自分からいえるのかは、まだ謎だ。折角なので、今試すことにする。それに好きだと告げた方が、和泉も喜ぶかもしれない。前々回のエヴァは、喜んでいた。

「和泉先生……好きです」

（あ、問題なくいえました）

「……好き？」

和泉はそう呟いてから、じっと琴音を見た。

「…………観音坂さん。抱いてあげるのは良いんですけど、一つ約束できますか？」

（約束？　なんでしょう？）

「……内容によりますけど」

琴音がそう答えると、和泉の目は真剣な色になる。

「学校が違うとはいえ、僕と君は教師と生徒。流石にそれは不味《まず》い。それに、観音坂さんを、そういう意味で好きではないですし。……好きにもなれません。ちらからは好きだといってあげられません。好きだといわれても、正直少し困っちゃいますよ。……なので、それでも良いというのなら抱いてあげます。それから、ここを出られたらその後は一切会わない、お互いの関係を忘れると、そう約束してくれますか？　できるのならたくさん気持ちよくして差し上げますよ？　コレでね♡」

そっと手を取られて和泉の勃《た》ちあがったモノに、ズボン越しに触らされた。熱くて硬い。

（あ♡　おっきいです♡　……ふむ、先生は完全に割り切った関係を望む、ということですか？　それはそうですよね。生徒と教師ですもんね）

やはり少し抵抗があるのだろう。

（でも、和泉先生なら、割り切っていても優しくしてくれそうですし。前のエヴァさんとの恋人のフリと、そう違いはなさそうです。それなら、何も問題はないですね）

「はい、先生……。絶対に、誰にもいわないです。先生に迷惑は掛けませんから、だから、たくさん気持ちよくして下さい。コレで」

触れたままのモノを、スリスリと撫でると和泉は熱い吐息を吐いた。それが耳元にかかって気持ちが良い。

「そうですか。良い子ですね。観音坂さん、……それじゃあ、この、濡れ濡れの可哀想なアソコをなんとかしてあげないといけませんね。おやまあ。ピンクの可愛いお豆ちゃんが飛び出してますね♡　いつもここで自慰をしているんですか？」

「ひぁ……♡」

ツンと割れ目から飛び出した肉芽を優しく突《つつ》かれて、体がふるりと震える。絶妙な触り方が、エヴァとは全然違う。

「ふふ♡　糸を引いてますよ？　ほら、見て下さい。えっちな子だね♡」

ぬちりと割れ目に指を少し埋めて離すと、和泉の指先に愛液がついて、ねちょりと音を立てて糸を引いた。

「ぁ……和泉せんせぇ♡　んん♡」

「可愛い声ですね♡　はぁ……♡　ほら、君が出したこのぬるぬるで、可愛いお豆を虐《いじ》めてあげましょう♡」

愛液塗《まみ》れの指で、くちゅりくちゅりと肉芽を摘んで、上下に、しこしことされると、ビクビクと腰が揺れる。

（あぁ♡　すご……♡　せんせぇ、すごく上手ですっ♡　んんん♡）

「あぁっ♡　すごく気持ちぃです♡　んぁ♡　こんなの初めてぇ♡　んぁぁ♡　和泉せんせぇ、すごいぃ♡」

へこへこと腰を揺らしていると、和泉が耳元で囁《ささや》く。

「観音坂さん、初体験はいつ？　彼氏とですか？　こんな風に触ってもらえなかったんですか？」

ちゅこちゅこと親指と人差し指で肉芽を挟み込んで、擦りあげながら和泉は楽しそうだ。

（んんっ♡　どう答えましょうか？　前々回のエヴァさんとはフリでしたけど、一応彼氏といっても間違いではないですし……。ふむ……）

「あっ♡　少し前です……。一応、彼氏でしたけど。あんまり、エッチは上手じゃなくて。んんっ♡　はぁん♡」

「おや？　一応？　なら、別れたのかな？　もしかして同級生とか先輩に遊ばれちゃった？　まあ、若い子ならエッチは下手かもしれませんね。僕はそれなりに経験がありますから、たくさん良くしてあげられますよ？　ふふ♡　……今日は十回イってみましょうか？」

ペロリと耳を舐められて、ゾクゾクと背中が震える。

（あ。あん♡　……和泉せんせぇ。最高ですね♡）

優しくなったエヴァの愛撫《あいぶ》も悪くはなかったが、上手くはなかった。だが、和泉は緩急をつけて肉芽を擦りあげて、時折焦《じ》らすように先っぽをスリスリと触る。それに、耳や首筋を優しく舐めたりも上手い。経験値の差がすごい。流石は大人で非童貞だ。

「あれ？　もうイきそう？　イっても良いですよ♡」

ぬぷぬぷと耳の穴に舌を抜き差しされながら、キュッキュッと肉芽を潰されると、今までにない大きな波がきた。

「んっきゃぁぁんっ！　やぁぁ♡」

（あ、やだ！　出ちゃいます！）

ぷしゃりと勢い良くお漏らししてしまって、琴音は思わずポロリと涙を零《こぼ》す。恥ずかしい。

「ひぃ……ん。せんせぇ。ごめんなさい。おしっこ出ちゃいました」

ポタポタと水滴が垂れる音がする。ベッドシーツも、和泉の手もびしょびしょだ。ぎゅっと目を瞑《つぶ》って謝ると、和泉はクスクスと笑う。そっと目を開けると、濡れた手を和泉はベロベロと舐めていた。

「大丈夫ですよ♡　これは、お潮ですね。とても美味《おい》しい♡　……尿ではないですから安心して下さいね。

ふふ。潮を噴いちゃうのは、初めてなんですね？　初々《ういうい》しくていいですね♡」

「潮噴き……。これが？」

(潮……。これが潮……。良かった。お漏らしじゃないんですね。……ふぅ)

よく見ると透明で臭いもない。琴音はホッとする。

エヴァとのセックスでは、潮を噴いたりしなかった。

(和泉先生はテクニシャンですね♡)

うっとりとして快感の余韻に浸り、目を瞑り脱力していると、和泉は支えてくれる。

「下の名前は琴音さんでしたっけ？　ふふ♡　琴音さんは、とっても可愛いですね。お潮噴いて、少し疲れたでしょう？　少し休憩したら、今度は舌でお豆ちゃんを気持ち良くしてあげましょうね。……おや、ふふ。顔が赤いですね。暑いでしょう？　ほら、ブレザー脱ぎ脱ぎしましょうね……。おや♡　本当にノーブラですね。なんとも可愛らしい乳首ですね」

ブレザーを優しく脱がされる。和泉はブラウスから透けるツンと立った乳首を見て瞳を細めた。

そっと優しくベッドに寝かされて、和泉は脱力する琴音のブラウスのボタンを優しく外していく。その手付きはいやらしい。パンパンにテントを張ったズボンには濃い染みができている。なのに和泉は涼しい顔だ。

やはり非童貞。大人の余裕がある。琴音がその光景をうっとりと眺めていると、和泉は優しく微笑んで頭を撫でてくれた。ママぁ……。

「よしよし♡　琴音さん。良い子ですね♡　ふふ、乳首もピンクで可愛らしい……。結構、胸が大きいですね♡　良い発育です。ハリもありますね。……美味しそうです♡」

和泉はペロリと舌を出して、琴音に見せつけるように、つうっと乳首を舐め上げた。唾液でたっぷりと濡れた舌でツンツンと突いたり乳輪を焦らすように舐められると、休憩どころじゃない。

「あぁっ♡　いずみ先生ぇ♡　乳首変になっちゃいますぅ……はぁぁ♡」

(うそ……乳首って、こんなに良いんですか？　はぁ♡　痺《しび》れちゃう……)

時折強く吸われるとアソコがヒクヒクと動く。子宮が切ない。じわじわと快感が体に溜まっていくようだ。

「ぷりぷり乳首美味しいですよ♡　……僕、困っちゃいますよ。こんなにエッチだと、早く挿れたくなっちゃいますね。……ん。でも、あと九回イかせてからです♡　僕、イかせてあげるの好きなんですよ♡　たくさんイって下さいね♡」

そういって、和泉はまた乳首を舐めて吸う。

「あっ♡　あっ♡　あっ♡　和泉せんせぇ♡　嬉しっ♡　たくさんイかせて下さい♡」

（幸せ……♡　やっぱり、和泉先生は最高です♡）

「そろそろ良いかな？　それじゃあ、お豆ちゃんを舐めますよ？　……おや♡　恥ずかしそうですね？」

じっと顔を見ながら和泉にそういわれて、琴音はそっと視線をそらす。正直恥ずかしい。こんな風に、こちらを見ながらアソコを舐められるのは照れる。だけど、期待するように、ヒクヒクと肉芽は動いてしまう。

「こちらは素直な良い子ですね。よしよし、今からたくさん、ぺろぺろちゅぱちゅぱしてあげますからね♡　良い子良い子♡」

スリスリと指の腹で肉芽の先端を撫でられて、ビクビクと震えてしまう。和泉はクスクスと笑うと優しく微笑む。

「ああ♡　良いメスの顔ですね♡　琴音さんは、恥ずかしいのも好きなのかな？　それなら、もっと恥ずかしくしてあげますよ♡」

ぐいっと太ももを持ち上げられて、マングり返しの体勢にされた。

（はぅぅ……和泉先生から、全部丸見えです。……私からも、よく見えます）

恥ずかしい格好に、琴音の胸はドキドキと高鳴る。

「さあ。ちゃんと自分のお豆が、僕に食べられるのを見ていて下さいね♡　イクときは、ちゃんと口に出していうこと。いいですね？」

和泉は、ピンと立ち上がりふるふると震える肉芽に、舌を這《は》わせた。

「ん♡　ちゅ……、美味しいですよ♡　琴音さんのドスケベなお豆ちゃん……、プリプリでカチカチですよ？　こんなに勃起させて可愛らしい♡」

「やぁぁ♡　先生ぇ♡　お豆溶けちゃいますぅ♡　良い！　良いです！　それきもちぃ♡　またイきますっ！」

「琴音さん。よしよし。十回お豆だけでイケて偉いですね♡」

「はい……♡　せんせぇ……♡　……っ幸せですぅ……まだ、きもちぃ……」

（……しばらく、和泉先生とのエッチにハマってしまいそうです♡）

　はあはあと肩で息をしていると、和泉はタオルで濡れた下半身を拭いてくれて、腰の下に大きめのバスタオルを敷いてくれる。気遣いも完璧だ。

「琴音さん。お水、飲みましょうね？　たくさん水分を出してしまいましたからね♡　ほら、口移しで飲ませてあげますよ」

　そっと抱き起こされて、口移しで水を飲ませてくれる。唇が合わさり、少しだけ温《ぬる》くなった水が口内へと注がれると、琴音の胸はキュンキュンと高鳴る。和泉との初キスだ。うっとりとして、舌を和泉の口内へと這わせると、パッと顔を離された。

「……。さ、後は自分で飲んで下さい」

（あ、……むぅ。また焦らしですか？）

「飲ませて？　もっと、ちゅうしたいです」

　琴音がそう告げると、何故か和泉は苦笑している。

「…………駄目です。キスをたくさんしたら、琴音さんは、もっと僕を好きになってしまうかもしれませんからね。これは、割り切った秘密の関係です。……すみません。僕からしてしまったけど、やっぱりキスは良くないですね。それは、ちゃんとした恋人としないと駄目ですよ。……ルールはきちんと決めておこう？　ね？」

　困ったように笑って、和泉は、よしよしと優しく琴音の頭を撫でる。それに琴音は、ほんの少し残念に思うが仕方ないかと切り替える。

（なるほど。……失敗しましたね。和泉先生は、私が先生を好きだと思っているのでしたね。好きだといったのは失敗でした。……仕方ないです。キスは諦めましょう。セックスは良くてキスは駄目って……。先生って、意外とロマンチストなのでしょうか？　……それとも、先生なりの線引き？）

　ほんの少し不服な気持ちが表情に出ていたのか、和泉は、また苦笑している。

「お互いに、ちゃんと割り切った関係だと忘れない為のルールですよ。そうじゃないと辛いのは君ですからね？　だから、キスはなしです。それが嫌なら、残念ですけど、ここで終わりですよ」

そういわれて、琴音は首を横に振る。

「大丈夫です。和泉先生。キスはしなくても良いです。大丈夫ですよ、私……、約束は守ります。後から先生に迷惑なんて、絶対にかけませんから」

（どうせ私は、ここからは絶対に抜け出せませんし……。キスができないのは残念ですけど、それはエヴァさんとすれば良いです）

「そう？　……。それじゃあ、続き、しましょうか？」

和泉は少しだけ申しわけなさそうに微笑んだ。

「……観音坂さん。これは、どういうことかな？」

真顔の和泉にそう問いかけられて、琴音は青ざめた。

指を挿れようとした和泉は、ぐいっと琴音のアソコを広げて、しばらく無言になってから、冷たい声を出した。

「観音坂さん。君……処女ですね？　膜がありますよ。僕に嘘をついたんだ？」

（えええ！　処女って見てわかるんですか？　うそぉ！）

焦る琴音の反応に、和泉は冷たい視線を向けて、そっと身を起こした。

「……嘘をつくような子は、僕は嫌いです。……お部屋に戻りなさい。それから今日あったことは全て忘れなさい、僕も忘れます。ほら、早く服を着て」

「あ、あの……せんせぇ。あの、ごめんなさい……、で、でも……私」

「観音坂さん。早く……。僕は処女を抱く気はありませんよ。……それに、嘘つきもね」

いつも優しい和泉からは、完全に笑顔が消えていて、めちゃくちゃレアな真顔に少しだけときめいたが、琴音は内心で頭を抱えた。

（あああ！　最悪ですぅぅ！　先生のモノすら見れてないのに、またやり直しです！　やっぱりナスで破るしかないのですね。……うぅ）

やはり処女だと、どうやっても和泉とのセックスは無理なようだ。嘘をついてもバレる。

琴音は一人、トボトボと廊下を歩く。和泉は大変ご立腹のようで、送ってもくれなかった。

(はあ。これで今回のルートも失敗ですか。うぅ、不完全燃焼です。それに、今回はエヴァさんはいませんし。……最悪です)

たくさん肉芽でイかされたアソコは、モノが欲しくてヒクヒクと動いている。

(はあ。だけど今からナスで破いても、もう今回の周回では、和泉先生とは絶対に無理ですね。激おこでしたもんね。……でも、あの冷たい視線も悪くなかったのです。うへへ)

普段温厚な和泉のレアな姿に、琴音は少しだけ嬉しくなる。やはり、この緑子のいない一週間はシナリオの外なのだ。攻略対象の面々も、今までシナリオ内では知らなかったような一面を見せてくれる。だから、琴音も自由に動ける。

(もっと早くに、皆さんと接触していれば良かったですね。ふふ)

そんな風に考えていると、また結界の外まで歩いてきてしまっていた。

「おっと……。ん?」

今は結界の外に用事はない。引き返そうと思ったが、見慣れた姿を発見して、琴音はそっと柱の陰に隠れた。

アノニマスがぼんやりと廊下に佇《たたず》んでいる。今は二十一時くらいだ。まだ、邪神との交代の時間ではない。

(何してるんでしょうか？)

アノニマスが邪神と交代するのは深夜の零時～五時の間。それも影の化け物を生み出すだけで、悪さはしない。何故なら、アノニマスが無意識に邪神を抑えているという設定があるからだ。しかし、緑子達がこの洋館の謎を解き明かすと邪神の意識が優勢になり、アノニマスは乗っ取られて、琴音は食われる。そして琴音を食べた後は、緑子の悲鳴にほんの僅かな時間、アノニマスの意識が目覚めて、皆を襲わないように逃げ出すのだ。それを緑子達で追って、邪神を必死にアノニマスが抑え込んでいる間に、アノニマス諸共《もろとも》邪神を殺してハッピーエンドだ。

(こう考えると、酷いシナリオですし、私を食べる前に正気に戻って欲しいものですね。はあ、まあ、そこはもう仕方ないです。……大人の都合ですもんね)

メタ的な突っ込みをしつつ、琴音はアノニマスの様子を窺《うかが》う。今回の周回なら、まだ嫌われてはいないので、今度こそ上手くやれば仲良くなれるかもしれない。

(和泉先生が駄目なら次です。転んでも、タダでは起きませんよ！）

「ナンデ……」

しばらく眺めているとアノニマスはそう呟いた。それから、またぼんやりと佇んでいる。

（何がナンデなのでしょうか？　普段神出鬼没だと思ったら結界の外にいたんですね？　へえ……）

アノニマスは共通ルートでも時折姿を消すのだが、謎が一つ解けた。こうやって結界の外にいたからマップ上からも消えていたのだ。

（なるほど。それにしても、ああやって立ってると不気味ですね）

ローブを頭からすっぽりと被って微動だにしないと少し怖い。もう十五分は、あのままだ。流石に飽きてきたので部屋に戻ろうかと思う。スッときた道へと戻ろうと進路変更すると、目の前に影の化け物の顔面があった。黒い影のようなペラペラの体で顔には目のところに赤い穴が空いていて口だけがリアルな人の口だ。それは開くとたくさんの牙が並んでいる。そんな顔が目の前にあったのだ。慣れたとはいえこんなに近くで見たことはない、琴音は全力で叫んだ。

「んぎゃぁぁぁ！」

その叫び声に突っ立っていたアノニマスは琴音の方を見た。琴音は驚きに腰を抜かしてしまっていたのでアノニマスからはバッチリと丸見えだ。しっかりと視線が合う。

「ナンデ！　結界の外にイルっ？　危ないっ！」

そうアノニマスは叫んで駆け寄ってくるのだが、影の化け物はスィーっと琴音とアノニマスをスルーして去って行った。それにアノニマスはポカンとしていた。

（あー、絶対に不審に思われてますね。どうしましょう）

「ナゼ？　………もしかしてアナタも襲われナイ？」

アノニマスは去って行く影を見送ってそういった。

◇◇◇◇◇

「おれ、一人だけかと思ってた。アナタも影に襲われナイ。……そっか、良かった……」

ホッとしたようにアノニマスはそういって、座り込んでいる琴音を立たせてくれた。

「あの……？　えっと、そうみたいですね。私は襲われないみたいです」

「おれと同じ。そっか……ウン」

アノニマスはうんうんと頷く。何故か嬉しそうな声色だ。

「あ、アノさんも襲われないんですね！　不思議ですねっ！」

（それはそうですよね。だって邪神だし）

一応、驚かないと不自然なのでそう答えるとアノニマスは、また、うんうんと頷く。

「おれ。一人オカシイのかと悩んでた。でも、アナタも同じ、良かった……。ナンデおれだけ襲われないのか。少し不安だった」

ホッと息を吐くアノニマスに琴音は察した。

（なるほど。先程ナンデと呟いていたのはそういうことだったのですね？　なんで自分は襲われないのか？　ということでしょうか？）

「きっと、襲われにくい体質とか。そういうのがあるんですかね？　それにほら私って影薄いですし、あはは」

アノニマスは首を傾《かし》げてから、そっと琴音の腕を掴んだ。

「仲間だ。おれ、記憶もナクて怖かった。おれだけ襲われナイし、もしかしてって不安だった。……だから良かった。……良かった。おれはおかしくナイ」

「不安？　……えっと、そうですね仲間ですね」

（……というかこれってヒロインとの会話に似たようなのがあったような……）

完全に同じではないがアノニマスの好感度が上がると似た会話がある。自分が一体何者で何故ここにいるのか？　夜に記憶がなくなることをポロリと緑子に零《こぼ》すのだ。

（アノさん。不安だったんですね……、他の人には猫耳もないし、自分は影に襲われないし。記憶もないし、皆と違う。おかしいと思っていたんですね？）

そんな時に同じように影に襲われなかった琴音を見てホッとしたのだろう。自分はおかしくないとそう思えたから。

（うーん。でもアノさん貴方、邪神なんです。なんかすみません。……可哀想ですね）

アノニマスに対して親近感を覚えているし見た目がタイプなので余計に哀れに感じてしまう。

「アノさん」

思わず背伸びをしてローブ越しにそっと頭を撫でるとアノニマスはビクリとしたが大人しい。今回は逃げたりしないようだ。

「大丈夫ですよ。アノさん、ふふ。私達は仲間です。アノさんは何もおかしくないですよ」

（本当にある意味お仲間ですよ。私達は絶対に死んじゃいますもんね。死に友です）

アノニマスは琴音が撫でやすいようにそっとしゃがんだ。


その後、部屋に送ってもらい、琴音はガッツポーズをした。アノニマスとの仲良くなり方が判明したのだ。

あの後しばらく頭を撫でていると微《かす》かにゴロゴロと聞こえた。喉の音だ。これは好感度が一定以上に上がった時に緑子とのイベントでも発生する。

（ふふふ、怪我《けが》の功名ですね。和泉先生とは駄目でしたが、まさかアノさんと、仲良くなれるとは）

部屋への帰り道も手を繋いでくれていた。まさかのお触りもオッケーだ。こいつもチョロい。

（アノさん、本当は寂しがり屋の甘えん坊ですもんね……、ぐふふ）

緑子との顔見せイベント後はアノニマスはデレまくるのだ。それを何度羨ましいと思ったか。

（まだ顔は見れてませんが、もしかして、今回いけちゃうんじゃないでしょうか？　あまり焦らずいきましょう。まだ六日ありますし、それに今回は様子見で情報集めても良いですし）

アノニマスとの仲良くなり方がわかった今、焦ることはない。また同じように結界の外で会えばいい。簡単だ。

（とりあえず明日はアノさんとお喋《しゃべ》りして友好を深めてみましょう。うふふ）

◇◇◇◇◇

「あ、…………」

「コトちゃん、おはようッス」

「…………おはようございます。観音坂さん」

太陽と和泉に昼前にバッタリ遭遇して琴音は少し気まずくなる。和泉は一瞬顔が強張《こわば》ったが、すぐにニコリと微笑んだ。大人の対応だ。流石最年長。

（あ……、でも視線そらされました。やっぱり先生

怒ってますね……。はあ)

「お、おはようございます。お二人とも……」

挨拶を返して琴音はスタスタとその場を去る。目指すはアノニマスのところだ。しばらく探したが見つからなくて結界の外へと向かうとアノニマスと出会えた。

「…………襲われナクてもアブナイ。あまり出ないほうがイイ」

そういってアノニマスは心配してくれる。

「でもアノさんと仲良くなりたくて。探してました、……お話しませんか？　二人なら絶対に安全ですよ？」

そう告げるとアノニマスはキョロキョロしてからその場に腰を下ろした。どうやらオッケーのようだ。

「おれ、話下手だけど……。ナニ話す？」

(やったぁ。これなら仲良くなれそうですね)

結局その日は他愛《たあい》もない雑談で終わった。やはり話した感じ、アノニマスの精神年齢は低い。頭を撫でるのを嫌がらなくなったが、性的な行為に興味はなさそうだ。チラチラとパンツを見せてみたが無反応だった。

(これ、仲良くなってもセックスできますかね？　流石に無理やりは嫌ですし。勃たないと挿れられませんしね)

また部屋に送ってもらい、ベッドでそう考える。今回の周回は残り五日だ。

(…………ふう。一週間って短いですね)

ごろんと寝返りを打つがなんだか眠れない。仕方なく起き上がり少し外を探索しようと決めた。何か良い物が見つかるかもしれないし、気分転換だ。

(なんだか久しぶりですね。夜の散歩は)

すでに他の人達は寝静まっていることだろう。そっと暗い廊下に出てしばらく歩くと何かが聞こえてきた。

和泉の部屋の方だ。もしや和泉もオナニーか？　と琴音はこっそりと扉へと近づく。微かな息遣い。鼻をすするような音がした。

(流石に扉は閉まってますね)

エヴァの時のように扉は開いてはいなかった。だが声が聞こえるのだ、ということはかなり大きな声だ。

(……？　泣き声？)

扉に耳を当ててみると、くぐもった音が聞こえる。泣いているような声と唸《うな》るような声。苦しそうだ。

(和泉先生？　……流石にこれはオナニーじゃないですよね？)

うなされているようにも聞こえる。

（先生？　うなされてる？　いいえ、もしかして何処《どこ》か痛むとかですか？）

　思わずドアノブをひねると扉が開いた。鍵は掛かっていない。不用心だ。キィと開いて、そっと中の様子を窺うと、やはり和泉はベッドの上でうなされている。

「っ……ん。嫌ですっ……うぁぁ……嫌だぁ……」

　苦しそうに藻掻《もが》く姿を見てしまうと、いくら嫌われてしまっているとはいえ放ってはおけない。怖い夢を見ているのならとりあえず一度起こしてあげようと琴音はそっと部屋に入り扉を閉めた。

（怒られますかね？　でも、放ってはおけませんよ、流石に……）

「和泉先生？　和泉先生！」

　うなされて汗だくの和泉を琴音は何度か揺さぶる。苦しそうに唸ってから、和泉はゆっくりと目を開けて、それからハッとした顔をした。

「……っ……！　観音坂さん……。何故、ここに？」

　和泉はムクリと身を起こすと、ベッドの端に腰掛けて、ぐっしょりと汗で濡れた額を震える手で押さえている。

「あの、廊下を歩いていたら、先生の苦しそうな声がしたので……。鍵も掛かってなかったので勝手に入ってしまいました……。その、すみません。すごくうなされてたので……あの……」

　和泉の対面で、琴音がおずおずとそう告げると、和泉はチラリと琴音を見あげてから、大きく溜め息を吐いた。

「こんな夜中に一人で廊下に？　……もしかして、他の男の人の部屋に行くつもりでしたか？　……アノニマスさんとか？　……はあ、いえ。別にそれは、僕には関係ないですね」

　そういって一度言葉を切ってから、和泉は続ける。

「……っ、ここにきてからは、常に夜はこうですよ。……嫌な夢を毎晩見ます。今に始まったことじゃないです。……そのせいで朝は眠くて起きれなくて、本当、困っちゃいますよ。はあ、鍵を掛け忘れていたのは僕の落ち度です。でも、人の部屋に無断で入るのは良くないですよ。……それも女性が男の部屋に、こんな夜中に入るのはね」

（う……やっぱり怒られました）

　予想はしていたけど、しょんぼりと項垂れた。

「はい……。すみません。……余計なことをしちゃったみたいで、ごめんなさい。……部屋に戻ります」

そう告げて立ち去ろうとすると、和泉は琴音の服を掴んだ。だが、すぐにハッとして離した。自分でも無意識だったようだ。よく見ると顔色が悪い、今の和泉の表情に琴音は見覚えがある。エヴァと同じ。怯《おび》えた顔だ。

（先生も怖いんですね。悪夢も、そのせい。それは、そうですよね。騎士のエヴァさんが怖がるくらいです。普通の人の和泉先生なら、もっと怖いですよね……。私は、そんな感覚、とっくの昔に麻痺しちゃってますね。はあ）

最初は確かに琴音も怖かった。だけど、そんな風に感じなくなってから、とても長い時を過ごしたように思う。どうせ琴音はアノニマスに食われるまでは死ぬことはない。それに死ぬ時に痛みも何もない。暗闇と緑子の叫び声。それだけだから、余計に恐怖心を失くすのは早かった。

「……和泉先生。大丈夫、大丈夫ですよ？」

エヴァにしたように、そっと頭を抱きしめると和泉はビクリと震えた。

「観音坂さん……。っ……駄目です。こんなことをしても、僕は君を抱きませんよ？」

そんな風にいう割に、和泉の腕は琴音の背に回された。微かに震えている。

「もう抱いて欲しいなんていいませんよ。……先生、嘘をついて本当にごめんなさい。……先生は私のこと嫌いだと思いますけど、でも、こんな先生を放っておけません。……先生、よしよし。大丈夫、大丈夫」

優しく背を撫でると和泉はブルブルと震えた。

「っ……、う……ぅ……、死にたくないです。僕は……怖い、……毎日、毎晩、あの化け物に食べられる夢を見るんです……う……いやだ……」

胸の中から和泉の泣き声が聞こえてきて、琴音はホッとする。

（エヴァさんも和泉先生も、怖い気持ちを抱え込んでいたんですね。……他の皆さんもそうなのでしょうか？　食べられる夢……。ふ、本当に食べられるのは、私だけなんですよ？　先生……）

「……よしよし、もう大丈夫ですよ。先生……、大丈夫。悪夢は所詮ただの夢です。大丈夫。先生は、きっと無事にここを出られます。食べられて死んだりしませんよ。……きっとね」

しばらくあやしていると、和泉の泣き声は小さくなりコックリコックリと船を漕《こ》ぎだした。あまり眠れていないようだし、泣いて眠たくなったのかもしれない。

「先生……。おやすみなさい。私は部屋に戻りますね」

そっと腕を離して、その場を離れようとすると、和泉はぎゅっと背に回した腕に力を込めた。

「……今、一人にしないで下さい。君が起こしたんだから……、っ……いかないで……………怖い……」

震える声でそういわれて、琴音はふうと息を吐く。

(仕方ないですね。……起こしちゃいましたし、寝かしつけて、それから戻りましょう、和泉先生。少し寝惚けてますね、これ……)

「…………先生が眠るまで、ここにいますよ」

琴音が優しくそう告げると、和泉はホッと息を吐いている。うとうとする和泉をとりあえず横にならせて、布団を被せて、そっと横に添い寝してポンポンとお腹の辺りを叩くと、すぐに規則的な寝息が聞こえてきた。

(困りましたね……)

和泉の手が琴音の服をしっかりと掴んだままだ。力いっぱい引っ張れば取れるだろうが、折角眠った和泉が、また起きてしまう。スヤスヤと眠る顔を見ていると、起こすのは申しわけない。

(はあ。仕方ないです。そのうち離すのを待ちますか……。どうせ暇ですし……ふあ………)

◇◇◇◇◇

ゆさゆさと揺らされて目が覚めた。ぼんやりとした頭を上げると、複雑そうな顔の和泉が、至近距離から琴音を見つめていた。

「ん……先生？　……あ、すみません。私……寝ちゃって……」

(しまった……。ガチで寝ちゃってました！)

琴音がガバリと起き上がると、和泉は視線を泳がせた。

「いえ、僕が……君を引き止めましたから。……僕こそ、すみません。色々と醜態を晒《さら》してしまって……」

昨夜の和泉は寝惚けてはいたが、どうやらバッチリと寝る間際のことは覚えているらしい。

「先生。少し顔色良くなりました？　……ふふ」

和泉の顔をじっと見つめ返す。ほんの少し、いつもより顔色が良い。こうして見てみるまで分からなかったが、いつもは少し目元に隈《くま》があった。それがほんの少しだが、薄くなっている。

「ええ。…………久々によく眠れましたから、観音坂さんも……、よく寝ていましたね。今はお昼前ですよ」

そういう和泉の言葉に時計を見ると、確かにお昼少し前。かなり寝てしまっていたようだ。

（あ……、今日もアノさんとお話する約束です。早く戻らないと……）

アノニマスとは昼過ぎに約束をしている。このままでは遅刻してしまう。

「観音坂さん、……何か食べますか？　それともお茶を淹《い》れましょうか？」

和泉は、そういってくれるが、琴音は寝癖で髪がボサボサだ。一度帰ってシャワーも浴びたいし、食料なら自分の部屋にたくさんある。

「い、いえ。……部屋に戻って自分の分を食べます。すみません先生……。長居してしまって」

ベッドから立ち上がり髪を手櫛《てぐし》で一応整えてから、ペコリと頭を下げる。正直和泉とは、まだ少し気まずい。向こうもそうだろう。昨夜和泉が琴音を引き止めた手前、冷たくはされなかったが、和泉の目は居心地悪そうに泳いでいた。ほんのりと頬も赤い。多分、昨夜自分より年下の琴音の前で泣いたり弱音を吐いたりしたことが、恥ずかしいのだろう。

「いえ。僕が、君の服を掴んでいたから。仕方ないです、本当困っちゃいますよ。……あの……観音坂さん……。別に、もう、怒ってないですから。だから僕に気を使わなくても良いですよ？　……そんなに急いで帰らなくても」

困ったようにそういう和泉に琴音は首を横に振る。

「いえ。実はこの後アノさんと約束があるので、部屋に戻ります」

そう琴音が答えると、和泉の眉がピクリと動いた。

「……へえ。なるほど。僕が駄目なら次はアノニマスさんに抱いてもらうつもりですか？　……僕を好きだといったのに、随分尻軽なんですね。昨日も仲良さそうにしてましたもんね。手なんか繋いじゃって……。欲求不満って仰ってましたもんね？」

（あ……。やば、そういう風にとらえちゃいます？）

どうやら和泉に、昨日アノニマスと一緒にいるところを見られていたようだ。和泉からしたら不愉快なのも当然だ。抱いて欲しい、欲求不満だと迫った次の日に他の男に擦り寄っているように見えてもおかしくはない。

（うう。……和泉先生のいい分は間違ってないです）

琴音が冷や汗をかいて黙っていると和泉はハッとしてから、はあと溜め息を吐いた。

「別に……僕には関係ないですね。すみません」

「い、いえ。……お邪魔しました」

そそくさと逃げるように和泉の部屋を後にして、琴音はふうと息を吐く。

（やっぱり何人も一度にいくのは、今後はできるだけやめておきましょう。……気まずいのは嫌ですし）

◇◇◇◇◇

「コトネはおれと話しててタノシイ？」

アノニマスは不思議そうにそういう。今日は談話室でお喋りだ。

「楽しいですよ。……アノさんは無理してませんか？」

「おれ？　おれは無理シテナイ。……けど話すの下手ダカラ、コトネがつまらナクないか心配」

（ふふ、可愛いですね……）

そっと手を伸ばすとアノニマスはスッと頭を下げる。撫で撫でを気に入ったようだ。自分から琴音が撫でやすい体勢になり、大人しい。

「……二人ってそんなに……仲良かった？」

不思議そうに本を読んでいたノアがそう声を掛けてくる。

「……コトネとおれは、仲間ダカラ」

そう嬉しそうな声でアノニマスが答えたので、ノアは意外そうな顔だ。珍しく、きょとんとしている。

「…………ふーん。そう……」

そういうと、また本に視線を戻した。今回のノアは、まだ琴音を変質者扱《あつか》いもしていないし興味もないようだ。

（ふう……。やっぱり私が変なことをしなければ、ノアさんはこちらに積極的に干渉はしてこないのですね。むむ、行動には気をつけないと）

そんな風に過ごしていると太陽と和泉も、やってきた。

「あれ？　皆、勢揃《せいぞろ》いッスね！　コトちゃんもいるなんて珍しい、あまり部屋から出てこないと思ってたッス」

太陽はそういってニコニコと近づいてくる。和泉はチラリとこちらを見てからノアの方へと向かって行った。

（う………気まずい）

結局和泉から時折向けられる不愉快そうな視線に耐えられなくて、琴音はアノニマスと解散して自室に戻る。

「……はあ、やっぱり今回の周回は情報集めだけに留《とど》めておきましょう。気まずいです……。先生、絶対に私を軽蔑してますよね。……尻軽っていわれましたし。……まあ、間違ってないですけど」

いくらやりたい放題の周回だといっても、気まずい空気で過ごすのは嫌だ。どうせまた次の周回がある。焦らなくても問題はない。ベッドに横になりチラリと机に目をやると、立派なナスが置いてある。それを手に取り琴音は手の中で遊ばせる。

「次回は、やっぱりこれを自分で突っ込むことになりますよね。……処女じゃなければ間違いなく抱いてもらえますし」

そっとパンツの上からアソコに手を触れて、しばらくオナニーに耽《ふけ》り、一度軽く絶頂してから、パンツを脱いでナスを股間にあてがって見る。くちゅくちゅと膣口で愛液を擦りつけて、それから少し力を込めた。

先っぽがみちみちと音を立てて埋まる。愛液が潤滑油代わりになりそうだ。

（ん、いけそうですね……。一度試してみましょう。女は度胸です！　……我慢できないくらい痛ければ、すぐにやめれば良いですし）

ふうと息を吐いて、グッと押し込む。濡れているとはいえ、やはり痛い。

「ん……んぐ……い、痛いです」

ナスが半分ほど埋まったところで、ピリリと痛みが走った。ここから先に膜があるようだ。

（ふぅ……ここからは、一気にいかないと辛いですね……。いたい……）

一度息を吸って、吐いて、それから覚悟を決める。痛いのは、きっと一瞬だ。

「いきます！　フンッ！　んぁぁ！　いだぁ！　ああ

あっ！」

一気に押し込むとブチブチとした感触と激痛が走る。汗がだらだらと流れて思わず叫んでしまった。

（いたい……うぅ……あ、でも……）

鮮血がシーツに流れる。どうやら処女膜は無事に立派なナスで破れたようだ。

「あ……、や、やりました、……ふぅ」

（ほら、やっぱり、やってみたら一瞬ですね……。ふふ……。っ……でも、じんじんと痛みますね、少しこのまま……慣らしてから抜きましょう）

ナスを突っ込んだまま、ふうと息を吐いていると、ガチャリと音を立てて、扉が開いた。そして顔色の悪い和泉と目が合って、琴音は唖然《あぜん》とした。和泉もポカンと目を見開いてから、琴音の股間を凝視している、扉からベッドは近い。なので、ナスが突っ込まれ、血が出ているアソコは和泉には丸見えだ。

（はぁぁぁぁぁ！　なんで、和泉先生がっ？　あああ！　鍵を掛け忘れてましたっ！）

とんでもないところを和泉に見られてしまった。

「……え？」

「ひぃ……」


慌ててナスを引き抜いて、シーツで下半身を隠した。だが、今更股間を隠したからといって、バッチリと和泉には見られた。その事実は変わらない。和泉に、とんでもない変態だと思われたことだろう。

「せ、先生っ！　ちが、これはちがくて！　その、処女だと駄目って先生がいうからっ。っ～～～！」

（あああああ、違う！　違います！　これじゃ、なんのいいわけにもなってません！　あああああ！）

内心でテンパって、琴音は顔を真っ青にして震えた。

いくら記憶がなくなるとはいえ、不意打ちでとんでもない痴態を晒すのは、やっぱり少し恥ずかしい。いや、かなり恥ずかしい。だってナスだ。ナスを突っ込んでるところを見られるとか、ヤバすぎて死にたい、いや、すでに社会的に死んだ。……股間もじんじんと痛む。もう無理。

「ひぃん……」

（もう今回の周回は引き籠もり確定ですっ！　うぅ。恥ずかしい。よりによって、何でナスを突っ込んでる時なんですかぁ。せめて普通のオナニーだけなら……うぅ）

頭からシーツを被り、ぷるぷると震えていると頭上から和泉の困惑した声が降ってくる。

「あ……。その、僕の為にナスで？　…………ナス……。はぁ……」

溜め息が聞こえてきて、琴音は更にぶるぶると震えた。恥ずかしすぎる。とんでもない変態女で尻軽だと、和泉には思われただろう。今、この瞬間初めてループするこの世界に、琴音は感謝した。こんなところを見られて呆《あき》れられて、もしやり直せなかったら本気で死ねる。どうやら琴音にも、まだ羞恥心が残っていたようだ。

「……、すみません。酷いところを見せてしまって」

琴音が震える声で告げると、和泉はシーツ越しにポンポンと琴音の頭を軽く叩いた。

「……いえ。僕こそノックもなしに、扉を開けてしまい、すみません。あー。その、……とりあえず一度シャワーを浴びてきた方が良いですよ？　……血が出てますよね？　……はあ」

また溜め息を吐かれて、琴音は羞恥心で涙が出てきた。

「…………ぅ……そうしますから、あの。とりあえず一度部屋を出てもらっても良いですか？　……あの……少し、一人にして下さい……ぅ……」

涙声で琴音がそういうと、和泉に、また溜め息を吐かれた。

「はあ……。そう、ですね。一度出直します……、観音坂さんにお話があったんですけど、扉の前にきた時に、中から悲鳴が聞こえたので、開けてしまいました……。すみません、三十分くらい後に、またきますから、とりあえずアソコはしっかりと洗った方が良いですよ。ナスでなんて……。ばい菌が入っちゃうかもしれませんからね。それじゃあ、また後で……」

そういうと和泉は部屋を出て行った。

（あああ！　最悪ですっ！）

◇◇◇◇◇

シャワーを浴びて身なりを整えてから顔を真っ赤にして和泉を待っていると、きっかり三十分後に和泉はやってきた。ベッドに腰掛ける琴音を和泉は見下ろしている。

「……観音坂さん。痛みは？　大丈夫ですか？」

泳ぐ視線と赤い顔で和泉は心配してくれる。それが更に恥ずかしい。和泉に気を使わせてしまっている。

「へ、平気です。……ちゃんと洗いましたから」

「…………そう、ですか」

そういってから、お互いに無言になる。

（うぅ…………、気まずい）

チラリと様子を窺うと、和泉は口元を手で隠して時折溜め息を吐いている。

（…………呆れられてますね、一体お話とはなんでしょう……。お説教でしょうか？）

しばらく無言の時間が続く。和泉は時折溜め息を吐いては、こちらをチラチラと見ている。

「あー。その、……」

そう声を出した和泉は琴音の後ろに視線をやると、じっと何かを見つめて固まった。不思議に思って琴音もそちらを見ると、ナスが転がっている。片付け忘れていた。

（あヒィィぃ！　忘れてましたっ！）

血と愛液がついたままの立派なナスはごろんと転がっている。白いシーツの上で存在感がすごい。思わず琴音がバッと隠すと和泉は困ったように笑った。

「そんなに、僕とエッチがしたかったんですか？　ナスで膜を破いてまで？」

「っ……いえ、その、別にもう、先生に抱いてもらおうなんて気はないです……。あの、ごめんなさい」

琴音が、そう答えると和泉は眉をピクリと動かした。

「でも、さっき僕が処女が嫌だっていったからと君はいったよね？　僕の為にナスで初めてを喪失したんでしょう？　……そうなんでしょう？」

そういうと和泉は琴音の隣に腰を下ろした。近い。思わず離れようとすると、ぐいっと腰に腕を回された。

「ひゃあ！　あの先生？　……っ……やめ」

驚いて琴音がビクリと固まると、和泉はニコニコとしている。

「……琴音さん。嘘は駄目ですよ？　また嘘つかれたら僕困っちゃいますよ。ねえ……処女じゃなくなれば、僕に抱いてもらえると思ったの？　……それでナス？　馬鹿ですね。……そういう意味でいったんじゃないのに」

（あ……。ぅ…………）

馬鹿だといわれて羞恥心から琴音がぷるぷる震えていると和泉はクスリと笑う。

（はうぅ……。笑われてます。恥ずかしいよぉ）

馬鹿だといわれて笑われるのは結構メンタルにくる。自分からエッチなことをするのは結構平気だが、これは精神的にキツイ。

「……馬鹿で、すみません」

ポロリと涙が溢れてしまいゴシゴシと袖で拭っていると和泉はその手を掴んだ。

「そんなに擦ったら駄目ですよ？　ごめんね？　泣かせるつもりはなかったんです。泣かないで？　……ナスで膜を破いちゃうくらい僕が好きなんですよね？　馬鹿はいいすぎでした……。ほら、泣かないで」

優しく頬を撫でられて、琴音がポカンとしていると和泉は苦笑した。

「僕も悪かったたって謝りたくてお部屋にきたんです。君を一方的に責めましたけど、よく考えたら僕の方が悪い。性欲に負けて君の言葉を鵜呑《うの》みにして疑いもせずに誘いに乗ってしまいました。……それに、割り切った関係だなんてずるいこともいいました。処女が嫌だったのも面倒だったからです。なのに君だけを責めるのは駄目でしたよね。僕は大人なのに……。大人気なかったです。僕を好きだから嘘をついてまで抱かれたかったんですよね？　なのに、あんな風に怒って、尻軽なんていって……本当にすみません」

「え……？」

「僕のせいで初めてがナスだなんて……。本当にごめんね」

「っ……。いえ、別に……」

「あんなに太いのを挿れて、痛かったでしょう？　……アソコは裂けてませんか？」

耳元で甘く囁かれて、琴音は固まった。

（えええ？　な、なんでこんな展開になっているのでしょうか？　謝罪というよりは言葉責めですよねっ？　あれ？　羞恥プレイ？　やっぱり、先生まだ怒ってますよね？　これ、めちゃくちゃ恥ずかしいです）

「あ、あの和泉先生……？」

琴音が困惑して、そう声を掛けると和泉は微笑む。

「酷い傷になっていないか確認させてもらえませんか？　僕のせいですから」

（えええええ？　確認って、え？　アソコ見るの？　なんでですか？　やっぱり羞恥プレイ？）

「い、いいえ。裂けてはないです。傷も大丈夫ですから……。それに、先生のせいじゃないです。私が勝手にナスを突っ込んだんですから！　気にしないで下さい！」

　そう琴音が力いっぱい告げると、また和泉の眉はピクリと動いた。

「そういうわけにはいきませんよ。ほら、見せて下さい。もし傷がついていたら消毒しないといけませんからね。……どうしたんですか？　この間は自分から見せつけていたでしょう？　それに、僕にたくさん舐められてお豆を真っ赤に膨らませて、……乱れていたじゃないですか？　今更、恥ずかしくはないでしょう？　ほら、パンツを脱いで足を開いて？」

（それはそうですけど）

　エッチをするわけじゃないのに、アソコを見せるのは少し抵抗がある。抱いてもらえるわけでもない。正直欲求不満の今は少し辛い。それに、今は一人になりたい。

「い、嫌です。あの、本当に大丈夫ですから、お話がそれだけなら、もう一人にしてくれませんか？　……その、あんなところを見られたので、今は先生といるのは……ちょっと気まずいです」

　琴音がそう告げると、和泉は真顔になった。めちゃくちゃ怖い。

「……僕が嫌いになりましたか？　それとも、やっぱりアノニマスさんに乗り換えました？　へえ、最近の若い子って本当に怖いですね。そんなにあっさりと気持ちが変わってしまうんですね？　へえ？」

　和泉の瞳からハイライトがなくなって、顔に影が掛かる。まるで病んだようなその表情に琴音はビクリと肩を揺らした。

「ひぃ……ええ？　あの、そうじゃなくて……」

「なら、見せられますよね？　見せて下さい」

　今度はニッコリと微笑まれたが怖い。その圧に負けて、琴音は引き攣《つ》った笑顔で頷いた。

（し、仕方ないです。一度見せたら、すぐに終わりますよね……）

　渋々とパンツを脱いで足を開くと和泉はニコニコと微笑んでいる。

「良い子ですね。少し開きますよ？　ああ、やっぱり中が真っ赤に腫れてますね……、痛そうです」

　和泉は、琴音のアソコへと顔を近づけて、それから、そっと触れた。指で左右に開かれた膣口に、和泉の息が掛かって、ひくひくとアソコが動く度に、ピリリと痛みが走る。

「っ……少し痛いですけど、でも、ちゃんと洗いましたし。大丈夫です。もう良いですか？」

琴音が尋ねると、和泉は顔を上げて首を振る。

「まだ駄目ですよ……。消毒するといいいましたよね？」

そういわれて琴音の体は強張る。

（消毒？　痛そうですね。ん？　でも消毒液なんてないですけど？）

不思議に思っていると、ぬるりとした感触がアソコに這う。ハッとして見ると、和泉が舌を這わせていた。

「ええ！　和泉先生っ！　何してるんですか？」

琴音が思わず大きな声で尋ねると和泉は、ニコリと笑った。

「何って消毒ですよ？　今、手元に消毒液なんてないですから、しっかりと舌で舐めて消毒します。琴音さんは楽にしていて下さいね」

（えええええ？　な、なんですか、これ？　え？　罠《わな》？　何かの罠ですか？　あれー？　やっぱり羞恥プレイなのですかぁ？）

何故か突如始まったエロイベントに琴音は慄《おのの》いたが、そんなことをお構いなしに、和泉の舌は優しく膣口をくちゅくちゅと舐めて、それから時折肉芽を掠《かす》める。

「っ…………っ……ん…………」

琴音が口に手を当てて声を抑えていると、和泉は、ちゅるるっと強く肉芽を吸った。

「んぁあっ！」

（あ、これ、もしかして、いけちゃいます？　……もしかしてエッチできちゃう？）

期待に胸をドキドキさせて和泉を見つめると、和泉は、またアソコに顔を埋めた。そしてピチャピチャと音を立てて、今度は完全にいやらしく舐めている。絶対に消毒じゃない。肉芽をねちっこく責められて、琴音は潮を噴いて絶頂した。

「あ……ぁん♡　和泉先生のモノが欲しいです♡」

琴音が甘い声で告げると和泉は顔を上げて、困ったようにいった。

「それは……駄目ですよ」

（は？　そ、そんな……酷いです。ここまでその気にさせておいて、エッチは駄目なんて……）

あまりのショックに琴音は魂が抜ける。謎の羞恥プレイからのセックスお預けだ。酷い、あまりにも酷すぎる。鬼畜先生だ。ショックで琴音が放心していると和泉はクスクスと笑う。

「そんなにショックですか？　そんなに僕としたいの？　僕のことがそんなに好きなんですね？　ふふ。早合点しないで下さいね。今すぐは駄目です、まだ腫れてますから。でも腫れがひいたら抱いてあげますよ♡　たくさんね」

和泉のその言葉に琴音はガバリと身を起こす。

「え？　本当ですか！　アソコが治ったらエッチしてくれるんですか！」

すごい剣幕《けんまく》で詰め寄ると和泉は目を少し見開いてから頬を染めた。

「ええ。抱いてあげますよ。初めてがナスなんて可哀想ですし」

そういわれて思わずガッツポーズをするとクスクス笑われて琴音はハッとした。

（あ……、やっちゃいました）

嬉しさのあまりにテンションが上がってしまった。

チラリと和泉を見るが琴音に対して引いてはないようでクスクス笑っている。

「そんなに嬉しいんだ？　……可愛らしいですね。ふふ、とりあえず、もう一度シャワーをゆっくり浴びておいで。その間に食事の用意をしておきますよ」

和泉のその言葉に琴音のお腹がグーとなる。また和泉はクスクスと笑っていて琴音は顔を赤くしてシャワーへと向かった。

（なんだかよくわかりませんがラッキーです。あと四日はありますし、腫れもすぐに引きますよね）

◇◇◇◇◇

シャワーから戻るとテーブルの上には美味しそうな食事が並んでいる。

「あ、琴音さん。おかえりなさい。さあ食べましょうか」

ニコリとこちらに微笑みかけるその姿は新妻のようだ。いつの間にかピンクのエプロンをしている。

「ごはん……」

美味しそうな料理にお腹がまたグーと鳴る。

「おやおや。なんとも可愛らしい、ほら食べましょう。空腹だってお腹は、いってますよ？」

クスクスと笑うご機嫌な和泉にエスコートされてソファーに座らされる。

「うわぁ。美味しそうです……」

そう琴音が呟くと和泉はニコニコとしている。

「ここだと簡単な物しか作れませんけど、料理は得意なので、さあどうぞ」

「……あ、はい。頂きますね」

「ええ。召し上がれ」

食事をしながら和泉をチラチラと眺めるとニコニコと微笑みかけられて琴音は戸惑う。何故か和泉は、すごく機嫌が良い。

「琴音さん、食事は口に合いますか？」

「美味しいですよ。毎日食べたいくらいです」

「⁉　そうですか……それは良かったです。なら、これからは毎日作って差し上げますよ」

（毎日？　……和泉先生一体どうしたんでしょうか？ご飯は美味しいですけど……。ん？）

食事を口に運びながらチラリと和泉の皿を見ると切られたナスがあって思わず琴音は口内の物を噴き出しそうになった。

「んなぁ！　先生、そのナスって！」

「ふふ。気づいてしまいましたか。ええそうです。君の中に入っていた、あのナスですよ。食べ物を粗末にするわけにはいきませんから……。僕が責任を持って頂きますね」

こちらに見せつけるようにナスを口に運ぶ和泉に琴音は顔が真っ赤になる。結局食事が終わっても和泉は中々帰らないで琴音を膝に乗せてご機嫌で髪を梳《と》かしている。解せぬ。

（先生？　今日はセックスしないんですよね？　いつまでいるんでしょうか？）

不思議そうに見つめると和泉はニコリと微笑んだ。

「今日からは、こちらで一緒に過ごします。まるで新婚さんみたいですね」

そういって笑う和泉に琴音は戸惑うが、すぐにまあ良いかと思い直す。

（先生。もしかして罪滅ぼしでしょうか？　……新婚ごっこ的な？）

琴音がナスで膜を破いたのを自分のせいだと勘違いしていた。だから罪悪感から優しくしてくれるのかもしれない。

（ますますラッキーですね。なら、乗るしかありませ

んね）

「和泉先生。嬉しいです……先生」

甘えた声を出してスリスリと擦り寄ると和泉は、そっと琴音の頬を撫でて、それから親指で唇を優しく撫でた。

「琴音さん。キスしましょうか？」

じっと瞳を見つめられて琴音はコクリと頷いた。すると和泉はホッとしたように息を吐いてから、そっと顔を近づけてきた。優しく唇は重なり合う。

（ん。今度はキスまでしてくれるんですね。最高です）

何度か触れては離れてを繰り返してから和泉は、ぎゅっと琴音を抱きしめた。

「ごめんね。琴音さん」

（先生。それは、気持ちには応えられないって謝罪でしょうか？　そんなの別に良いのに……。最初から、わかってます）

「和泉先生。謝らないで下さい。私、幸せです」

そういって琴音からもぎゅっと抱きしめた。ベッドに二人で寝転んでしばらく過ごしていると背中に硬い物が当たった。

「和泉先生、勃ってる」

クスクスと笑って告げると和泉は後ろから琴音を抱きしめたままスリスリと股間を腰に擦りつけた。

「君が可愛らしいので、勃っちゃいますよ。……ん」

「和泉先生ぇ」

（甘々ですね。うふふ）

和泉との甘い新婚ごっこに琴音は胸がドキドキと高鳴る。今日はエッチはお預けだが、腫れが引けば抱いてもらえる。なんだかんだと今回の周回は上手くいった。内心でほくそ笑んで琴音は後ろ手にそっと和泉の硬くなったモノに手を這わす。ズボンの上からスリスリと撫でると和泉の体がブルリと震えた。

「あ、駄目ですよ？　琴音さん？　今日は駄目です」

そういう和泉の方へごろんと寝返りを打ち琴音はそっと上目遣いで見上げる。

「先生。挿れなくて良いです。でも先生のモノ舐めてみたいです。駄目？」

「っ……君は……、どこで、そんないやらしいおねだりを覚えてきたのかな？　……そんなに舐めたい？」

和泉がブルンと取り出したモノはエヴァよりも太くて長い。大人しそうな顔してずる剥けだ。流石は大人。

「うわぁ♡　おっきい……」

（ふぁ……美味しそう……♡）

そっと手を這わすと和泉は瞳を細めた。

「琴音さん？」

「はい？」

名を呼ばれたので、そっと視線を和泉に向けるとしばらく、じっと見つめられてから緩く首を振られた。

「いいえ。何でもないです。……さあどうぞ。好きにしていいですよ」

（っ……はあ♡）

和泉からのオッケーが出たので琴音はちろりと舌を這わせる。

（あ。お汁……ん♡　あれ？　和泉先生のは臭くないです。無味無臭ですね。ん……でも、ぬるぬる……）

とろりと先から溢れる透明なお汁をちろりと舐めてから、ちゅうと吸い付くとビクンビクンと和泉の腰は震える。玉袋がグンと動いて、それからすぐにどぴゅっと精液が出た。ぴゅるるっと出た白濁が琴音の頬や髪に飛んだ。

「あ……っ……すみません、久しぶりでしたので」

目元を染めて和泉は吐息混じりにそういう。ビクビクと竿はまだ微かに動いていていて、先からお汁の残りが、とろんと出ている。

（ん……、まだ、出てますね）

ちゅうと吸い付いて残った精液を吸い出すとほんのりと甘い。

「……ん。先生の精子甘い？　……ん♡　美味し♡」

「あぁ……琴音さん……そんなに吸ったら駄目です……ん……」

ぢゅるるっと最後まで吸い出すと竿はヘニャリと萎えた。

（あれ？　もう萎えちゃいました……。気持ち良くなかったのでしょうか？）

エヴァのモノは連続で出してもビンビンだった。なのに和泉のモノはしゅんと縮んでいる。

じっと和泉を見ていると和泉は首をかしげている。

「どうかしましたか？」

「あ。いえ……先生、あまり気持ち良くなかったですか？　元気なくなっちゃいました……」

そう告げると和泉の眉がピクリと動いた。

「僕は、もうそんなに若くはないですし。一度出せば元気もなくなりますよ。琴音さん、お口すすいでおいで？　そんなの飲まなくても良いのに」

（人によるんですね。エッチって。先生は精子飲んでもあんまり嬉しくないんですね…………ふーん。なるほど）


「先生、よしよし」

　胸元で甘える和泉の頭を優しく撫でる。

「琴音さん。今日もよく眠れそうです。琴音さんは、柔らかくて気持ちい……」

　赤ちゃんみたいに胸元で甘える和泉は可愛い。

（大人で男の人でも甘えん坊なんですね。ふふ、先生可愛いです……）

「人に甘えるのってこんなに幸せなんですね……。僕困っちゃうなあ。もう離れられませんよ」

　そういう和泉の頭をぎゅっと抱きしめる。

「ならずっと、こうしてましょうか？　……ふふ」

「琴音さん。はい、ずっとこうしていて下さいね」

　幸せそうに胸に顔を埋める和泉をチラリと見て琴音は内心でほくそ笑む。

（先生は甘えるのも好き……よし、これは今後の周回にも使えそうですね）

◇◇◇◇◇◇

「え？　センセーとコトちゃん付き合ってるんスか？　へーおめでとー」

　次の日そう伝えると太陽はニコニコとそういう。琴音と和泉との年齢差とか教師と生徒だとかは全然気にならないようだ。性格的にそこまで深く考えていないのだろう。

「ええ。ありがとうございます。太陽君」

　和泉もニコリと微笑んでいる。

（皆にこの関係をいってしまって良いんでしょうか？　ごっこなのに……、あー。でも内緒でコソコソするのも面倒ですもんね。しばらくは一緒の部屋で過ごすみたいですし）

　てっきり内緒にするのかと思っていたが和泉は皆に琴音と付き合っていると伝えた。

「…………ふーん」

「ツキアウ？　よく分からないケド。おめでとう？……？」

　ノアは興味なさげでアノニマスに至ってはよくわ

かっていない。

（まあこの面子《メンツ》なら伝えたところでなんの問題もなさそうですね）

きっと和泉もそう思ったのだろう。

「先生、まだ駄目？　したいです」

部屋に戻り、琴音のアソコを広げる和泉に尋ねるが、和泉は首を横に振る。

「まだ腫れてます。そんなに急がなくても、必ず抱いてあげますから」

困ったように微笑む和泉を眺めて琴音は小さく溜め息を吐く。あと二日しかない。痛みはほとんどないのに和泉は、まだアソコが腫れて赤いからと抱いてくれない。これじゃあまたやり直しだ。

（むぅ、折角抱いてくれると言質《げんち》を取ったのに……これじゃ時間切れですよ）

不服そうな顔の琴音に和泉はキスをしてそれから苦笑している。

「琴音さん……、そんなに求めてくれてすごく嬉しいですけど僕困っちゃいますよ。…………初めての君とのエッチはすごく気持ち良くなって欲しいので……。もう少し我慢して下さいね？」

そういわれてしまうとあまり何度もねだれなくなってしまう。

（先生は優しいですね。はあ、でも時間がないので早く抱いて欲しいです）

「ほら、お口でたくさん気持ち良くしてあげますから、機嫌を直して？　その後、琴音さんも僕にしてくれますよね？」

そういって肉芽を舐められる。それも気持ち良いし好きだけど、だけど今はアソコをズボズボして欲しいのだ。

◇◇◇◇◇

「先生？　まだ駄目？」

今度こそと尋ねると和泉はニコリと笑った。どうやらやっとオッケーらしい。琴音のタイムリミットまであと半日。ギリギリで間に合った。

「ふふ、これなら大丈夫でしょう。琴音さん、お待たせしました」

そういって和泉はキスをしてくれる。琴音は内心でガッツポーズだ。いや、実際にしていたので和泉はクスクスと笑っている。

「本当に君は可愛いですね。……そんなに僕に抱かれたかった？　そうですよね。僕を好きだもんね？」

「はい、大好きな先生にたくさん抱かれたかったです」

そう答えると和泉は嬉しそうだ。

「ふふ、良い子だね。琴音さん……。僕も抱きたかったですよ」

そういって和泉は琴音をぎゅっと抱きしめて、それから押し倒した。

「琴音さん♡　指挿れますよ？」

すでに期待して濡れたアソコに和泉は指を這わせて人差し指を、つぷりと埋めていく。それだけでアソコはきゅうきゅうと締まる。

「あ……♡　いずみせんせぇ♡　……んん♡」

優しくトントンとされるとそれだけでお腹の中からじわじわと快感が溢れる。子宮が疼いて、とろとろと愛液が流れ出す。

「すごい♡　とろとろなのにキツキツですね♡　……はぁ……っ……指が溶けそうですよ」

「和泉先生……早くぅ……♡」

「全く。本当にエッチな子ですね♡　……っ……僕も我慢できなくなっちゃいますよ……。っ……もう挿れますね？」

ズルンとズボンからモノを取り出すと和泉はアソコへと押し当てている。だがまだ先っぽだけだ。くちゅくちゅと入り口を擦ってそれからやっと、ぐぷぐぷとアソコがモノを飲み込んでいく。

「ぁ♡　せんせぇ♡　おっきいよぉ♡　あん♡　……んぁ♡　せんせぇ好きぃ♡　好きです♡」

「っ……はぁ♡　本当に狭い……っ……ほらこれで君の本当の初めては僕ですよ……ナスじゃない……♡」

ぬちゅぬちゅと抜き差しして和泉は耳元でそう囁くとぺろりと耳を舐めた。

（あっ……♡　やぁ♡　あん♡　ぁぁ♡　んん♡　あっ♡　すごい♡　気持ちぃ♡　エヴァさんとは、また全然違う……♡　はぁ♡　和泉先生のも、好きぃ♡）

まだこの体はナス以外を受け入れていないのに和泉の大っきいモノに感じてしまっている。しっかり慣らされて、たくさん前戯をされたお陰だ。それに和泉の抜き差しは良いところばかりを突いてくる。

「外で出しますから、安心して下さいね。今、子供ができたら困りますしね」

(え……。外で？　……それって抜いちゃうってことですよね？)

無許可でエヴァに中出しされた時は少し腹が立ったが外で出されるというのも、なんだか物足りない。

中に注がれる気持ち良さを知った今、どうせ妊娠なんてしないので中に欲しい。

「先生。中に欲しい……お願い。中に出して♡」

そう告げると和泉はピタリと動きを止めた。

「あ…………。先生？」

「すみません。萎えちゃいました……」

ずるりと引き抜かれて琴音は絶句する。

(えええええ、うそ。うわぁ……失言しちゃいました)

ここまできてまさかの展開だ。和泉の顔は真っ青だ。

(子供できるのは、やっぱり先生的には嫌ですよね。妊娠しないなんて先生は知らないし、うわー失言です。一応セックスする目的は達成しましたけど、でも、最悪です)

和泉の様子を窺うと何故かすごく険しい顔だ。

「先生……あの、……ごめんなさい」

そう告げると和泉は首を緩く振る。

「いいえ。僕の方こそすみません……。っ……はあ。本当にごめんね……琴音さん」

モノはしゅんと萎えている。続きは期待できそうにない。

(今はもう夜も遅いですし。寝て起きたらもう、時間切れですね。いや、早く起きたら後一回くらいできますかね？　……それに、もし、ずっと和泉先生といたらどうなるんでしょうか？)

そう考えていると和泉は、はあとまた大きく溜め息を吐いてからベッドを降りた。

「琴音さん、すみません。今日は自室に帰ります。明日、大事な話があるのでお昼前くらいに僕の部屋にきてくれませんか？」

そういう和泉の言葉を聞いて琴音は内心ですごくガッカリした。

(はあ。今回はこれで終わりですか。なんだかなぁ、不完全燃焼ですね。それに強制力でしょうか？)

死なないように誰かといるのはやっぱり不可能なようだ。

「わかりました。和泉先生……。おやすみなさい」

そう声を掛けると和泉は困ったように笑ってそして部屋を出て行った。

「さようなら先生。……仕方ないです。一応はエッチも、いちゃいちゃもできましたし、今回はこれで良しとしますか」

そう呟いて琴音はベッドにボフンと倒れ込む。

（どうやってもやっぱり食われる状況になるんですね。お話って、やっぱりこの関係をやめるとかでしょうか？　はあ……。まあでも今回も結構情報が手に入りましたし、次回はサクッとナスで破いてから抱いてもらいましょう。今度は鍵を絶対に掛け忘れないようにしないと。……それに先生は中出しは駄目。なるほど……）

翌日の昼前になると体が勝手に動き出す。そして廊下を進むとアノニマスが立っている。

（サクッと和泉先生に抱いてもらった後はアノさんとのエッチを目標にしましょうか？　折角仲良くなる方法がわかりましたし、いつも食べられるんですから、たまには私が性的に食べたいですね）

そんなことを考えながら近づいて行くと緑子達が後ろからやってくるのが見えた。時間切れだ。目の前でぐにゃりと形を変えたアノニマスの大きな口が目の前に迫る。

（……やっぱり前のは気のせいでしたね。緑子ちゃんの悲鳴しか聞こえません）

グチャリ…………

【閑話　和泉楓の後悔①】

ハッと目を覚ますと、いつも酷い汗をかいている。

「はあ……っ……またですか」

じっとりと湿ったパジャマが不快だ。ここにきてからすでに三週間近く。毎日毎日夜中に目が覚めて気分が悪くなる。酷い悪夢のせいだ。

自分の受け持ちクラスの生徒、太陽元気《げんき》と共にいつの間にかこのよく分からない洋館に迷い込んでいた。

取り壊し間近の旧校舎でサボっている太陽を探しになんて行かなければ良かったと何度も後悔して、それからそんな風に考える自分に嫌気が差した。

（いえ。むしろ逆です。太陽君が一人じゃなくて良かったと思わなければ……。はあ）

それに幸いにもここには信じられないことに魔法が使えるノア・タイタンという人がいた。結界を張ってもらえたお陰でこうして安全な場所がある。生活設備も食料も衣服も揃《そろ》っている。衣食住は問題がない。

問題があるとすればこの洋館の外へ出られないことと悍《おぞま》しい化け物が洋館内部を闊歩《かっぽ》しているということくらいだろうか。

（……っ……あんなわけのわからないものに食べられてたまるものか……）

自身を抱きしめて震える体を抑え込む。毎晩見る悪夢は影の化け物に体をじわじわと食べられていく夢だ。

（冗談じゃないです……。っ……）

一度顔を洗いベッドに戻るが朝日が昇る頃まで寝付くことができない。無理に寝ようとせず徹夜をしようにも昼間には食料や脱出の手掛かりを探す為に探索に行かないとならない。無理やりにでも寝ないと、悪夢が正夢になってしまうだろう。

（っ……そんなの嫌です。僕は死にたくない……。こんなところでなんて絶対に嫌です）

布団に潜り込んで眠気が訪れるのを必死に祈った。

日中もし探索中に眠気のせいでミスをして奴らに食われたらと想像すると余計に眠気は遠のいた。

（っ……情けない。子供達は頑張っているのに……。大人の僕が恐怖で眠れぬ夜を過ごすなんて）

共に閉じ込められた太陽の他にここで出会った仲間達。そのほとんどが学生だ。自分より年下の子達。

その中の女子生徒、蝶野《ちょうの》緑子と佐藤美奈《さとうみな》。それから桜島晴人《はると》とエヴァ・フリーズは明日から地下へと探索に出ると聞いた。

（危険を承知で未知の場所へ行くなんて……。僕には無理です……）

背はそこそこあるがヒョロくて女性的な和泉は戦闘も苦手だ。探索だって本当は行きたくない。それでも大人として頑張らないといけない。弱音は吐けない。

（はぁ。……悪夢だ……、ここの全てが悪夢です……。早く覚めて下さいよ）

◇◇◇◇◇

趣味の料理もこんな場所ではやる気が起きず、適当に缶詰を食べてお風呂にでも入ろうかと立ち上がると扉をノックされた。今は十九時過ぎだ。

（太陽君でしょうか？）

扉を開けた先にいたのは小柄な少女。観音坂琴音だった。特別に整った容姿ではないがクリクリとした瞳の少女だ。その瞳で和泉をじっと見上げていた。

（一人でくるなんて珍しい。……ああそういえば緑子さんも佐藤さんも地下でしたね）

よくその三人で話しているところに交じって会話をしたことはあるが琴音と個人的には会話をしたことはない。大人しい少女という印象だ。

「おや……。観音坂さん、どうされましたか？　こんな時間に。食事がありませんか？　それなら、分けてあげますよ」

「違います。ご飯はちゃんと食べました。残りもまだあります。和泉先生……、これ、見てくれませんか？」

食事をもらいにきたのだと思ったのだが琴音は首を横に振る。そしておもむろにスカートを捲りあげた。

その下に穿いているべき下着はない。ほんの少し濡れてテラテラと光るぷっくりとしたピンクのアソコが顕《あらわ》になった。しかしすぐにスカートで隠された。

（え？　……っ……）

久しぶりに見た女のアソコにゴクリと喉が鳴る。最近はそれどころではなくて忘れていた欲に火が灯《とも》る。

ここにくる前も忙しくて久しく女性と体を重ねていなかったし、恋人も五年程いない。時折夜の店には行っていたがこんなに若い子のアソコを見たのは、それこそ十年くらい前のことだ。じっと隠されたそこを見てしまうと琴音は、いやらしく頬を染めて笑った。

「……観音坂さん。どういうつもりですか？」

（完全に僕を誘ってますよね？　これは……っ……まるで妄想が具現化したみたいな展開ですね）

「私、欲求不満なんです、和泉先生。……助けて……。和泉先生とエッチしたいです」

（っ……おやおや。まさかこんなことが現実に起こるなんて。お友達がいなくなって羽目を外したのかな？　へえ？　大人しそうに見えて結構奔放な子なのでしょうか？　人は見かけによりませんね）

和泉はそこそこモテる。今までも何度か同じ教師や生徒からも告白された。自分の容姿がそれなりに整っているのは自覚している。だからこの目の前の少女が自分を誘惑してきてもおかしくはないなと思う。勿論《もちろん》今まで生徒に手を出したことなんて一度もない。

（ですが、たまには良いかもしれませんね。彼女とは学校も違いますし、前に緑子さんに聞いた住んでいる県も全然違います。ここから、もし出られても今後会う機会もないですし。出られるかもわかりません。……………誘いに乗ってみましょうか？　セックスをすれば疲れて眠れるかもしれませんね）

もう股間はやる気満々だ。痛い程に勃ち上がっている。

（ですけど、流石に不味いでしょうか……）

一瞬断った方が良いかと思ったのだが琴音の次の言葉でその考えは吹き飛んで性欲が勝った。

「和泉せんせぇ♡　私、ノーブラ、ノーパンですよ♡　見てくれますか？」

◇◇◇◇◇

「ふふ、観音坂さんが、こんなにいやらしい子だとは、知りませんでしたね……。下着も着けないで、僕を誘惑してくるなんてね」

そう告げると琴音は頬を染めた。先程いやらしく誘ってきた少女とは、とても思えない初心《うぶ》な反応に心臓がドクリと高鳴る。

「……だって、和泉先生……。女の子にだって、性欲はあるんです。オナニーだけじゃ、寂しいんです」

（おやおやおや。なんて、いやらしい子でしょうか？　すきものなのでしょうか？　こんなに初心そうなのに、その実、男好きというわけですか？）

「おやおや。……最近の若い子は怖いですね♡　そんなにえっちな誘い方をしてくるなんて」

（最近の子とは本当に怖いな。うちの生徒も少し気をつけて見ておかないといけませんね。おっと……。いけない、いけない一応確認しておかないと）

こんな誘い方をする少女が処女なわけがないが一応聞いておかないと後で困ったことになる。正直処女の相手はゴメンだ。痛がられると萎えるし、責任も取りたくはない。

（まあ、この子も性欲処理程度に考えているんでしょうけど）

和泉が聞くと琴音は経験があると答えた。

（まあ、そうでしょうね。こんな誘い方、処女には無理でしょう。はあ、美味しそうだ）

和泉が、はあはあと興奮して撫でまわしていると琴音が口を開いた。

「和泉先生……好きです」

嬉しそうに告げられて和泉は、ほんの少し理性を取り戻した。

（好き？　参りましたね、後から面倒事はごめんです……。ここを出た後に親に話したり教育委員会に相談に行かれても困ります。付き合う気なんて僕は更々ないですし）

正直全くこちらは好きでも何でもない。それに今は恋人を作る気もないし学生なんて絶対にありえない。だが彼女を抱きたい、性欲を発散したい。ただ女を犯したい。

（ですが処女ではないのなら、妊娠にさえ気を付けておけば、問題はないですよね？）

抱いてあげる代わりに約束をして欲しいと前置きをしてから割り切った関係だと告げると琴音は頷いた。

「はい、先生……。絶対に、誰にもいわないです。先生に迷惑は掛けませんから、だから、たくさん気持ちよくして下さい。コレで」

その言葉に和泉は心底ホッとした。口約束とはいえ言質は取った。後で何かいってきたとして、それを無視しても約束をしたのだから罪悪感は薄れる。

（狡《ずる》い大人だな……僕は…………）

◇◇◇◇◇

「全く……とんでもないですね。今時の子は」

一人になった部屋で和泉は額を押さえた。

（っ……危なかった。ですが膜が見えやすい子で助かりました）

キスもなしだと告げても素直に従う琴音に和泉は好印象を抱いていた。若い体は想像以上に良かったし、甘い声で鳴く琴音はとても可愛かった。だが今、和泉は琴音に対して憤っている。さあ、いざ挿入だと指を挿れるためにアソコを広げると膣奥《ちつおく》に白い襞状《ひだじょう》の膜が見えて、そんなまさかと大きく広げるとそれは完全に処女膜だった。観音坂琴音は嘘をついて和泉に抱かれようとしたのだ。正直ゾッとした。

（とんでもない子ですね……。あのまま抱いていたらどうなっていたことやら）

嘘をつくような子だ。後から処女を奪ったと脅しをかけてくる可能性だってあったはずだ。聞き分けが良いのも全て演技だったのかと思うとゾッとする。

（僕のことを好きっていってましたもんね。はあ、……もし、あのまま抱いていたら付き合ってとしつこくされたかもしれません。ギリギリセーフですね。大人しそうに見える、ああいう子がやっぱり一番怖いですね）

はあと溜め息を吐いてシャワー室に向かう。不完全燃焼だ。仕方ないので久々に自分で抜いて寝ることにする。


翌朝ばったりと出会った琴音は気まずそうな表情をしていた。

（へえ。罪悪感はあるようですね。とんでもなく性格が悪いわけではないみたいですね）

昨夜のことを責めるでも逆ギレするでもなく琴音はしゅんとしているように見える。その姿は、ほんの少し可哀想に思える。太陽もいる手前無視するのも大人気ないと思い挨拶をすると琴音はホッとした顔をして挨拶を返してきた。その姿からは和泉が想像したような怖い少女という感じもしない。いやらしく誘ってきたあれが夢だったのかと思えるくらい、今は普通の少し大人しい子にしか見えない。不思議な少女だなと和泉は思う。

（何処に行くんでしょうか？）

足早に去って行く琴音の背を見送り、ほんの少し疑問がわく。昨夜最後まではしていないが、いやらしいことをして一度は唇も重ねた。ほんの少しだけ観音坂琴音という少女が気になった。それから昨夜冷たくしたことを少しだけ後悔した。

（もしかしたら本当にただ、好きな男に抱いて欲しかったのかな？　こんな状況だしね。でも、嘘は駄目でしょ……。ですが、もう少し優しく諭してあげても良かったかもしれませんね。僕も大人気なかったな）

久々に女を抱けると思ったのに期待を裏切られたショックと怒りが少しあった。

（ですけど、今更、話をしてもね。お互いに距離を置くのが一番ですね）


「んじゃセンセー。またねー」

そういって去って行く太陽を見送って和泉は自室へ戻った。小さなソファーに腰掛けてイライラを抑えるように足を組む。

（なんだ。男なら誰でもいいんじゃないですか。不愉快ですよ、全く）

昨夜和泉に好きだといい嘘をついてまで迫った琴音は今日はアノニマスと仲睦《なかむつ》まじく手を繋いでいた。

探索からの帰り道に前を行く二人が視界に入ってきたのだ。別に琴音に対して好意があるわけではないが、少し腹が立つ。

（僕が駄目なら次は別の男ってことですか？　随分と尻軽なんですね。最近の若い子は乗り換えも早いんだ？）

モヤモヤとした気持ちのまま自分で淹れた紅茶を口に運び和泉は溜め息を吐く。

（別に彼女が誰と何をしようと僕には関係ありませんね。……はあ。優しくしてあげれば良かったなんて少しでも考えたのが、馬鹿みたいだな）

◇◇◇◇◇

夢の中で影の化け物は和泉の体を押さえつけて、じわじわと食べていく。夢だと分かっているのに和泉は夢中で藻掻いて泣き叫んだ。

「嫌だ！　嫌です！　こんな死に方なんて嫌だぁ！」

早く目が覚めて欲しいのに悪夢は終わらない。それどころか日に日に恐怖心は増していく。

（っ……もう嫌です。どうして僕がこんな目にあわないといけないんですか）

ゆさゆさと体が揺れて意識が浮上する。薄っすらと瞼《まぶた》を開けると心配そうな顔の琴音が覗《のぞ》き込んでいた。

ほんの一瞬まだ夢を見ているのかと思ったが、すぐに現実だと気づきハッとした。

「……っ……！　観音坂さん……。何故、ここに？」

（どうして、僕の部屋に彼女が？）

「あの、廊下を歩いていたら、先生の苦しそうな声がしたので……。鍵も掛かってなかったので勝手に入ってしまいました……。その、すみません。すごく、うなされてたので……あの……」

（……しまった。鍵を掛け忘れてましたね。こんなところを見られるなんて、とんだ失態ですよ）

「こんな夜中に一人で廊下に？　……もしかして、他の男の人の部屋に行くつもりでしたか？　……アノニマスさんとか？　……はあ、いえ。別にそれは、僕には関係ないですね」

夕方頃に見た光景を思い出して、またイライラとする。寝起きの頭は上手く働かず思ったことやイライラをぶつけるようにそう告げてから後悔した。誰と何をしていようと琴音を責める権利など自分にはない。

それに見られてしまったものは仕方がない。心配そうな顔の琴音に一応説明して、それから、またイライラを抑えられずにチクリと嫌味《いやみ》をいってしまう。そんな自分に心底呆れる。

「はい……。すみません。……余計なことをしちゃったみたいで、ごめんなさい。……部屋に戻ります」

なんの否定もいいわけもしない琴音に何故だかモヤモヤとした。そのまま琴音はあっさりと部屋を出て行こうとしたが思わずその服を掴んでしまい困惑する。

（っ……あ、僕は、なにを）

そう思うのだが掴んだ手を離せない。怖い。一人になりたくない。薄れかけた恐怖が、また湧き上がってくる。

「……和泉先生。大丈夫、大丈夫ですよ？」

そっと優しく抱きしめられて、ドクンと胸の鼓動が速まった。

（あ……っ……なんで……）

「観音坂さん……。っ……駄目です。こんなことをしても、僕は君を抱きませんよ？」

自身の反応に困惑と動揺してそんな風に告げてしまう。だけど自分を包み込む人の温もりから離れたくなくて背に腕を回してすがりついてしまった。

（っ……こわい……こわい……）

昨夜は嘘をつかれたからとはいえ酷い態度を取ってしまった。今だって酷く無様なところを見られて、チクチクと嫌味をいったにもかかわらず琴音は優しくしてくれる。やはり彼女は、まだ自分のことを好きなのかもしれない。もう抱いて欲しいなんていわないとは口にしていても、下心から優しくして和泉に抱いてもらえるのを虎視《こし》眈々《たんたん》と狙っているのかもしれない。それか昨夜のことで負い目があるのかも？　そう思うのだが、それでも良いと思ってしまう。理由もなく優しくされる方が怖い。彼女に下心や負い目があるのなら、それを利用しても良いんじゃないかと思った。

（……観音坂さんは僕に負い目がある。なら彼女の前で取り繕う必要は、ないですよね……、もう……苦しい）

他の人の前では良き大人、良き教師であろうと必死に恐怖心を押し殺して涙も抑えてきたが、もう限界だった。いつ決壊してもおかしくはなかった。吐き出せる場所が欲しかった。

「……よしよし、もう大丈夫ですよ。先生……、大丈夫。悪夢は所詮ただの夢です。大丈夫。先生は、きっと無事にここを出られます。食べられて死んだりしませんよ。……きっとね」

そう優しく慰めてくれる琴音に和泉はぎゅっと、しがみついて涙を流した。

（…………温かい）

◇◇◇◇◇

柔らかな感触と甘い匂い。目を覚ますと琴音の胸に抱かれていて和泉は一瞬パニックになるが、すぐに思い出す。

（あ…………、やってしまった）

さあっと血の気が引いた。昨日泣いたら眠くなって、うとうとしていたら琴音は帰ろうとした。それを無理に引き止めてしまった。だから彼女は和泉の頭を抱きしめて、ここで眠っているのだろう。

（…………ん）

腕を抜け出そうと思うのだが柔らかな感触と人の温もりに思わず胸に擦り寄ると眠っているのに琴音は優しく頭を撫でてくれる。無意識だろうが、その手付きは優しい。

（……あ、）

今まで付き合ってきた相手は皆甘えてくる子ばかりだった。和泉の性格的にも甘えるより甘えてもらう方が好きだった。そう思っていたのだが、それは間違いだったと気づく。甘えることがこんなに心地が良いなんて知らなかった。優しく髪を撫でられて抱きしめられて、うっとり瞳を閉じる。トクントクンと聞こえてくる琴音の心音が心地良い。

（やっぱり、まだ僕を好きなんですね？　だから部屋に帰らずに、ここにいてくれたんでしょ？）

寝る直前のことを薄っすらとだが覚えている。琴音の服を握っていた。だから彼女は困っただろうなと思う、でも外そうと思えば外せたはずだ。それをせずにこうして部屋に留まり和泉の頭を抱きしめて眠っているということは、きっと琴音は、まだ和泉を好きなのだ。そう思うとモヤモヤは晴れて胸がドキドキと高鳴った。

流石に起きなくてはと後ろ髪を引かれながら琴音の腕を抜け出す。すやすやと眠る顔はまだ幼い少女だ。

（こんな子に僕は、なにをしてたんだろう……。はあ）

体もまだ未成熟な少女に性欲を向けて処女だと疑いもせずに抱こうとした。確かに嘘をついたのは琴音が悪いが、それでも和泉にだって責任があるのに彼女一人を責めて冷たくあしらった。

（…………まだ十八歳ですよね？　子供ですね。にしては誘い方も、感じる様子も慣れている様子でしたけど。無理してたのかな？　そんなに僕と、したかったの？）

そっと髪を撫でるとスリスリと擦り寄ってくる。あどけない少女。

（不思議な子です。一体君はどんな子なのかな？）

いやらしいメスの顔で誘ってきたと思えば妙なところは初心で潮を尿だと勘違いして涙を流したり、頬を染めたり。かと思えばアソコを責めると、いやらしく喜んで甘くたくさん鳴く。嘘がバレたら逆ギレするでもなく謝罪の言葉を口にしてあっさりと立ち去り、次に会ったら気まずそうに、こちらの様子を窺ってホッと息を吐く。昨夜は優しくトントンと胸元を叩いて寝かしつけてくれた。

知れば知るほど何を考えているのかわからない、不思議な少女だ。

（可愛らしい寝顔ですね。もしかして、これすらも全部、僕に抱かれる為の演技かな？　まあ、それでもここまでしてくれたのなら多少は優しくしてあげましょうか。彼女が起きたら、久々に料理をして一緒に食べるのもいいかもしれませんね。もし、もう一度誘われたら抱いてあげてもいいかもしれません）

◇◇◇◇◇

「最低だ……僕って」

一人になった自室で和泉は項垂れた。琴音が起きたら共に食事をして、それから一昨日のことを謝って仲直りしようと思っていたのに彼女はアノニマスと約束があるから帰るといった。

『……へえ。なるほど。僕が駄目なら次はアノニマスさんに抱いてもらうつもりですか？　……僕を好きだといったのに、随分尻軽なんですね。昨日も仲良さそうにしてましたもんね。手なんか繋いじゃって……。欲求不満って仰ってましたもんね？』

思わず口からまた嫌味が出た。顔を青くして冷や汗を流す琴音に更にイライラとした。その後逃げるように去って行った琴音を見送り和泉は後悔した。

（なんで僕、あんなことをいってしまったんでしょうか……。僕に彼女を責める資格なんてないのに）

よく考えれば付き合う気もない、好きにもならない、なのに都合良く抱こうとしていた和泉の方が最低だ。

結局琴音が処女だったから割り切った関係はなくなったが、もし琴音が処女じゃなければ性欲処理の為に利用しようとしていた。勝手に琴音がまだ自分を好きだなんて考えていたが、それは大間違いだったのかもしれない。

（嫌われて当然なのに、僕は何を勘違いして……。優しくしてあげたら喜ぶかも、抱いてあげても良いなんて、彼女が昨夜僕に優しくしてくれたのも下心なんかじゃなくて。負い目……、っ……）

胸がチクリと痛んだ。

（どうしましょう。今更謝ってそれでどうなるというんでしょうか？）

琴音の部屋の前をウロウロとして溜め息を吐く。談話室で仲良くしているアノニマスと琴音の様子をチラチラと窺っていたが、特に妙な雰囲気はなかった。アノニマスに乗り換えたなんて和泉の勘違いだったのかもしれない。

（う……。それなら本当に僕は、彼女に酷いことをいってしまった）

　罪悪感で胸が苦しい。時折琴音と目が合うと露骨にそらされてショックを受けた。その後気まずそうに琴音は談話室を出て行き、しばらくしてアノニマスも去って行った。悩んだが和泉は琴音を追うことにした。

　そして部屋の前でノックもできず結局ウロウロとしている。

（謝っても、そんなの僕の自己満足です。彼女は嫌がるかもしれない）

　やっぱりやめておこうかと思うのだが、このまま嫌われたままは嫌だ。

（…………僕はどうしたいんでしょうか）

　途方にくれていると微かに甘い声が聞こえた。ハッとして扉に耳を押し当てると中からは押し殺したような甘い声が確かに聞こえる。

（え？　……まさか）

　聞こえるのは琴音の声だけだが頭に浮かんだのはアノニマスに組み敷かれる琴音の姿だ。

（っ……二人は解散したのでは？　……っ……一緒にいるんですか？　……やっぱり、男なら誰でも良いんだ？）

『…………！　……ッ！　……ぁぁ！　いだぁ！　ああっ！』

　中から微かに聞こえた悲鳴のような嬌声《きょうせい》に和泉はカッと怒りが湧いた。

（は？　……今のは）

　どう聞いても処女を喪失した声だ。

（ふざけるな！　僕を好きだっていった癖に昨日の今日で他の男に抱かれるなんて！　っ……やっぱり尻軽じゃないですか！）

　処女は抱かないと断ったのは和泉なのに湧き上がる怒りが抑えられない。その怒りのままにドアノブに手を伸ばすとカチャリと回った。後先なんて考えず扉を開くと和泉が思っていたのとは違う光景が目に飛び込んできた。

　ベッドの上で足を開いた琴音のアソコには立派なナスが突き刺さっていて血が流れていた。部屋には琴音一人だ。思わず疑問の声を漏らすと琴音は小さく悲鳴を上げた。それから慌ててナスを引き抜くとシーツで下半身を隠して慌てたようにいう。

「せ、先生っ！　ちが、これはちがくて！　その、処女だと駄目って先生がいうからっ。っ〜〜〜〜！」

その言葉に和泉の困惑で止まっていた思考は動き出した。

（…………血……。ナスで処女を？　自分で。僕が処女を抱かないといったから？　…………っ……）

喜びと困惑で感情がぐちゃぐちゃになりそうだ。

（……僕の為に？　やっぱり、まだ僕を好きなんだ。……そう）

胸が苦しくて、はあと息が漏れる。琴音から涙声で部屋を出て欲しいといわれたので三十分後に出直すと告げて部屋を出た。そして、その場でしゃがみ込んだ。

（嬉しい……僕の為に……）

顔がニヤけて笑い声が出そうになるのを口元を押さえて、なんとか我慢する。

（うわ……。これはやばいです）

ドキドキと心臓が早鐘を打つ。気を抜くと踊りだしそうな程に嬉しい。彼女は、まだ和泉に抱かれたがっている。アノニマスとのことは完全なるいいがかりだった。あんなに酷いことをいったのに琴音はまだ和泉を想《おも》って和泉の為に自分でナスを使って膜を破いていた。

（なんて健気《けなげ》なんでしょうか。それ程までに僕を好いていてくれたのに……、僕はなんて酷いことを）

非処女だと嘘はついていたが、あの日、彼女は最初から和泉に迷惑を掛けないといっていたし、一度も我儘なんていわなかったのに。

（僕は彼女を疑ってばかりで、利用しようとしたのに。彼女は一度も僕に文句もいわず、あんなナスなんかで処女を失った。僕が処女を抱かないといったから……。痛かったでしょうに）

かなり太いナスだった。それに血が出たアソコは赤く痛々しかった。

（良くほぐしもせず突っ込んだのでしょうか？　……ああ、痛かったでしょうに。ナスで初めてを散らすくらいなら僕が、ちゃんと抱いてあげれば良かった）

後悔で胸が痛む。なのに口元がニヤけそうになって、自分に呆れかえる。琴音が、まだ自分を想っていたことが嬉しい。嫌われてなかったことが嬉しい。

（っ……こんなの、嬉しくない男なんていませんよ。琴音さん……はあ……）

琴音の痴態を思い出すと股間が硬くなってくる。抱きたい、抱きたい。

（どうせ、今の状況は覚めない悪夢のようなものです。いつ死ぬかもわかりません。それなら彼女の気持ちに応えてあげてもいいかもしれませんね。いいえ、僕がそうしたい、琴音さん。貴女《あなた》を他の男に取られたくないです）

年齢がどうとか教師と生徒だとか、ここを出た後のことだとか、そんなことは、もうどうでも良い。あの健気で可愛らしい少女を自分のモノにしたくて堪《たま》らない。

（悪夢ばかりじゃなくて、良い夢も見たって良いですよね）

三十分後、琴音の部屋に戻り声を掛けると、真っ赤な顔で、もじもじとする琴音。その姿が可愛くて和泉はニヤける口元を隠して、はあと息を吐く。この可愛らしい少女が、もうすぐ自分のモノになると思うと興奮が抑えられない。

「そんなに、僕とエッチがしたかったんですか？　ナスで膜を破いてまで？」

「っ……いいえ、その、別にもう、先生に抱いてもらおうなんて気はないです……。あの、ごめんなさい」

返ってきた答えに和泉はムッとする。

（素直じゃない子だな。今更駆け引きなんて）

そこまで考えて自身に心底呆れる。琴音が、そういうのは和泉の態度のせいだ。まだ和泉に嫌われていると勘違いしているのだろう。

（これからは、たくさん優しくしてあげましょう）

「でも、さっき僕が処女が嫌だっていったからと君はいったよね？　僕の為にナスで初めてを喪失したんでしょう？　……そうなんでしょう？」

そう告げて隣に腰を下ろすと琴音は困惑した様子だ。離れようとするのを腰に腕を回して阻止する。

「……琴音さん。嘘は駄目ですよ？　また嘘つかれたら僕困っちゃいますよ。ねえ……処女じゃなくなれば、僕に抱いてもらえると思ったの？　……それでナス？　馬鹿ですね。……そういう意味でいったんじゃないのに」

和泉の言葉に琴音は真っ赤になって俯いて、ぷるぷる震えている。すごく可愛い。思わずクスリと笑うと琴音は震える声で謝罪してポロリと涙を零した。その姿に甘く胸が締め付けられる。

（そんなに僕を好き？　泣くほど？）

ぞわぞわと快感に似た喜びが湧き上がるが、これ以上意地悪するのも可哀想だ。それに嫌われたくはない。

優しく声をかけて目元を擦る手を止めると琴音はポカンと、こちらを見つめていた。

その後、琴音をたくさん可愛がり、和泉は胸が満たされた想いで、いっぱいだった。シャワーに行った琴音が戻ってくる前に部屋に食材を取りに行き、急いで食事の準備を始める。手の込んだ物は作れないが、ある物で美味しい物を作って食べさせてあげたい。

(こんな気持ちは久しぶりですね)

自身の変化にクスクスと笑いながら和泉は机に料理を並べる。その時ふと視界に入ったナスを見て、ほんの少し悪戯《いたずら》心が湧いた。

(琴音さんの初めてを奪った憎いやつですが、食材を捨てるのも忍びないですし……それに、どんな反応をするかな?)

ナスについた愛液と血を舐めとって和泉はぺろりと唇を舐めた。

シャワーから戻った琴音は食事を喜んでくれて毎日食べたいという。頭が痺れそうな程に嬉しくて和泉は、もう琴音にメロメロだ。なんて身勝手だと自分でも思うが辛くて苦しい毎日に和泉の精神も限界が近かった。癒《いや》しが欲しかった。

(琴音さん。なんて可愛いのでしょうか。こんな夢なら、ずっと目が覚めなくても良いですね)

そんな風にすら感じられる。琴音の、さらさらの髪を梳かしていると琴音は不思議そうな顔だ。

「今日からは、こちらで一緒に過ごします。まるで新婚さんみたいですね」

琴音はキョトンとしてから擦り寄ってくる。

「和泉先生。嬉しいです……先生」

(ああ！　かわいい！)

「琴音さん。キスしましょうか？」

(……伝わるでしょうか)

やはり大人の和泉から想いを口に出すのは難しい。理性が邪魔をして好きだとも付き合おうともいい出せない。なので遠回しに伝えてみる。キスをするなら恋人としないと駄目だと一昨日琴音には告げた。和泉の気持ちを汲《く》み取ってくれるかもしれないと期待して見つめると琴音はコクリと頷いた。

(琴音さん。理由も聞かないってことは僕の気持ちをわかってくれたの？)

ホッと息を吐いて唇を合わせると蕩けそうな程に気持ちが良い。

（こんなに君を好きなのに、僕からは言葉にできない意気地なしで、ごめんね）

「ごめんね。琴音さん」

抱きしめてそういうと琴音も、ぎゅうっと抱きしめ返してくれる。

「和泉先生。謝らないで下さい。私幸せです」

（ああ、琴音さん！　……嬉しいです。これで君は僕の恋人です。僕も幸せですよ。幸せすぎて困っちゃいます）

◇◇◇◇◇

琴音と恋人になって三日が経《た》った。本当に伝わっているのか少し不安だったが、やっぱり琴音は、ちゃんと和泉の気持ちを察してくれている。太陽やノアやアノニマスに付き合っていると告げても否定せずにニコニコと微笑んでいた。それに共に過ごす時間の甘い空気は完全に恋人。いや、新婚のようだ。

（ですけど少しだけ、気になります）

セックスはまだしていないが、琴音は和泉のモノを舐めてくれる。それが手慣れていて、ほんの少しモヤモヤした。更には精子をなんの抵抗もなく口にして、味の感想までいっていた。

（最初にいやらしく誘ってきたのも、そうですけど。経験がなくて、あんなことが普通できますか？　もしかして最後までは、したことがなくても途中までは経験あるんじゃないですか？　……お豆も処女の割に大きいし感度も良いし。一度で萎えた僕に戸惑っていたし……。若い誰かと比べたの？　同年代の彼氏がいたのは本当なのかな？　下手くそでしたっけ。もしかして口では、させられてた？　あそこも触らせたことがあるんですか？　っ……嫌です）

処女は嫌だといっていた癖に今はいるかもわからない元彼に嫉妬する程に琴音に依存していた。和泉だって過去に何人も付き合って童貞ではない、なのに琴音が他の男に触れられたと思うだけで腹が立つ。処女膜はナスに奪われて、その上初めてのキスも愛撫も他の男が奪ったのかと思うと胸が苦しい。

（はあ。好きです。琴音さん。ずっと、君といられるのならここから出られなくても良いです）

外に出たらこの関係は、きっと終わる。学校は違っても教師と生徒だ。ふとした時にそれを思い出して和泉は苦しくなる。

（好きだって言葉にしたら、僕は、もう、君を本当に離してあげられなくなります。今だって、こんなに苦しいのに）

一度も和泉からは好きだといえていない。琴音も求めてはこない。

（琴音さんは、ここを出た後も僕の恋人でいたいと思ってくれるのでしょうか？　元の生活に戻ったら、こんなおじさんより、同年代のイケメンを選ぶんじゃないんですか？　なら、本当の初めては取っておいたほうが……）

そんな風に本当に琴音を抱いても良いものかと悩む。アソコの腫れなんて次の日には引いていたのに和泉は琴音に嘘をついて抱くのを渋っていた。本心では抱きたい。だけど琴音を好きになった今、彼女の未来を奪っても良いのかと葛藤《かっとう》していた。

（後から後悔なんてされたくないです。……琴音さんは本当に僕を好きなんですよね？　あんなに抱かれたがっているけど。僕からの言葉も欲しがらないし、聞き分けが良いし。それは良いことですけど、少し寂しいな）

琴音は甘えてもくるし甘えさせてもくれる、和泉のことを好きだともいう。だけど、どこか冷めた一歩引いた接し方に感じる時もある。

（本当に不思議な子ですね。今は僕の方がこんなに君を好きで……、苦しいくらいなのに。君は恋人になった途端、何故だか遠く感じます。琴音さん……。どうして？）

◇◇◇◇◇

葛藤の末、結局は琴音を抱くと決めた。いつまでも誤魔化して不審に思われたらここを出る前に琴音を失うかもしれない。それは嫌だ。アソコの腫れも、もう大丈夫だと琴音に告げるとガッツポーズしていてクスクスと笑った。

（そんなに喜んでくれるなら、悩む必要なんてなかったですね。ふふ）

「本当に君は可愛いですね。……そんなに僕に抱かれたかった？　そうですよね。僕を好きだもんね？」

「はい、大好きな先生にたくさん抱かれたかったです」

今すぐにめちゃくちゃにしてやりたいが、それは我慢だ。初めてのセックスだ。死ぬ程気持ち良くしてあげたい。そう思い愛撫をしっかり丁寧にして何度か指で潮を噴かせる。きゅうきゅうと締め付けてくるアソコと甘い琴音の声に和泉は我慢ができなくなり予定より早く自身を琴音の中に沈めた。

（あ……溶けそうだ……♡　すごく狭くて熱い。これで琴音は僕のモノだ♡）

琴音の初めての男になれた喜びで胸がいっぱいだ。

このまま孕《はら》ませてしまいたいと和泉は腰を振る、だが、それは流石に無理だ。これはここでだけの幸せな夢だ。子供ができても産ませてあげられない、琴音を苦しめることになる。

「外で出しますから、安心して下さいね。今、子供ができたら困りますしね」

「先生。中に欲しい……お願い。中に出して♡」

その言葉に和泉はピタリと動きを止めた。

（あ………、っ……）

喜びと、それから罪悪感や、ここを出た後のことが脳裏をよぎり竿は萎えた。子供を産んで欲しい。琴音とずっと一緒にいたい。結婚したい。だけど世間はそれを許さない。いずれ必ず別れはくる。

（あ……、ぁ………。最悪ですよ、折角の初エッチが……。ああ……）

「先生……あの、……ごめんなさい」

青い顔で謝る琴音を見て更に萎える。

（……っ……傷つけてしまいました）

その後、文句もいわず静かな琴音に胸がチクリと痛む。

（琴音さん。どうして僕を責めてくれないんです？　どうして君が謝るんですか？　やっぱり今だけの関係なの？　琴音さんは僕を好きなんですよね？　それともセックスも満足にできないおじさんなんて嫌ですか？）

そんなネガティブな考えが頭に浮かんで、はあと溜め息を吐く。

（嫌です。別れたくない……。ここを出たくない、夢なら、ずっと覚めないで欲しい。琴音さん。君が好きです。愛してます。僕の子供を産んで欲しい……結婚したい）

チラリと琴音を見る。

（いっそ本当に孕ませてしまえば僕と結婚してくれる？　親だって子供ができたら流石に認めてくれますよね？　卒業までは、あと少し。その後すぐに籍を入れれば。でもまだ彼女は若い。一時の感情に流されたら後悔するんじゃ？　彼女から大切な青春時代を奪うのは……くそ……）

「琴音さん、すみません。今日は自室に帰ります。明日、大事な話があるのでお昼前くらいに僕の部屋にきてくれませんか？」

考えが纏《まと》まらなくて、そう告げると琴音は引きとめることも文句をいうこともせず、あっさりと頷いた。

それに複雑な気持ちになりながら和泉は自室へ戻った。たった三日、共に過ごしていただけなのに自室で一人になると寂しくて堪らない。

（はあ。琴音さん、これじゃあ僕ばかり君を好きみたいじゃないですか。引き止めてもくれないなんて。本当に僕を好きなの？　それともセックスだけしたかったんですか？　……思っていたのと違って好きじゃなくなった？　………酷いです）

自分が自室に帰るといったのに、そんな風に琴音を責めてしまう。

（優しくて可愛くて素直で健気で、少しえっちで、僕のいうことをなんでも聞いてくれる。はあ、男の理想すぎて怖いくらいだ、きっとあと二、三年もすれば更に魅力的になる。そうしたら他の男が放っておかないでしょう）

そう思うと胸が苦しい。

（もし、仮に世間には内緒で付き合って……、そして彼女が大学まで行くとなると、結婚できるのは早くても……）

計算しながら気持ちは沈んでいく。恋人だと周りにはいえない。そんな状況で付き合いを続けるのは現実的ではない。

（出会ったのは一月程前ですけど、ほとんど交流はなかった。でも知ってしまったら、たったの三日でこんなに好きになってしまう程、彼女は魅力的だ。他の男がそれに気づいたら……）

そう思うと恐ろしい。そうなるくらいなら今すぐに孕ませて自分に縛り付けてしまいたい。

（琴音さん。必ず幸せにしますから僕のお嫁さんになって下さい）

そんな言葉を脳内で琴音に向けて、胸を押さえる。

（……はあ。たった三日で、のめり込みすぎですね。僕は童貞でも初恋でもないのに。吊《つ》り橋《ばし》効果なのでしょうか？　お互いにここから出たら、この気持ちも薄れてしまうのかな？　……そんなのは嫌です。ずっとここにいたい。琴音さんとずっと……ここで…………）

ゴロンとベッドに寝転んで枕をぎゅうっと抱える。

多分、今夜は満足に眠れないだろう。琴音と眠ると悪夢を見なかった。だけど今夜は、きっとまた、うなされる。

（琴音さん。僕はもう君がいないと、まともに眠れもしない。君がいないと駄目なんです）

◇◇◇◇◇

「うわぁぁぁぁ！」

ハァハァと息をして和泉は飛び起きた。辺りは暗く、まだ夜中だ。酷い夢だった。ここにきてから一番酷い。

影の化け物に食べられる夢。だけど和泉ではなくて食べられたのは琴音だった。泣き叫び助けを乞いながら和泉の目の前で苦しんで死んでいった。体が動かなくて和泉は見ているしかできなかった。

「あ……ぅぅうえぇっぉ……うぷ……ゔ……ぁ…………っぅ……」

ゲロゲロとベッド脇の床に吐いてしまう。酷くリアルな夢だったのだ。

（うぇ…………っ……）

自分が食われる夢よりも数倍酷い。精神的にも身体的にも大ダメージを受けた。未《いま》だに引きつるように胃が中身を吐き出そうと痙攣《けいれん》している。

（おぇ…………。っ……はあはあ）

ふうふうと呼吸を整えて涙を拭う。体はカタカタと震えていた。

（失いたくない。嫌です。琴音さん、琴音さん、琴音さん）

夢で琴音を失った。目覚めた今、夢だと分かっているのに震えも吐き気も止まらない。胸が酷い喪失感で苦しい。今すぐ琴音の顔が見たい。走り出しそうになるのを和泉は必死で我慢した。

（夢で失うのですら、こんなに苦しいんです。もう答えなんて出てます。プロポーズして、子供を作ってしまいましょう。きっと琴音さんは僕を拒まない。中に出して欲しいと彼女だって、いっていたんだ。たとえ若気の至りだとしても、もう離してなんてあげられない）

「明日……。きちんと言葉にして愛を伝えましょう。今後は、ちゃんと中に出してあげますからね。琴音さん」

　そう呟いて和泉は、ぎゅうっと枕を抱きしめた。しばらくそうして、はあと息を吐く。吐瀉物《としゃぶつ》の片付けをしないとならない。明日この部屋に琴音がくる。綺麗にしておかないと駄目だ。それにご馳走も作ろう。そう考えると気持ちが晴れてくる。

（琴音さん。ずっと一緒ですよ）

「よし。完璧ですね、本当なら、もっと美味しく作れるのに……。今の設備では、これが限界ですね。残念ですが、きっと琴音さんなら喜んでくれますよね」

　机に並べた料理に和泉は、うんうんと頷いた。

　これでいつ琴音がきても大丈夫だ。迎えに行こうかとも思ったが、やめておく。急《せ》かしてしまうのは悪いし、どうせこれからは、ずっと一緒なのだ。焦る必要はない。

（ですが遅いですね……。寝坊でしょうか？　ふふ）

　はやる気持ちを抑えつつ時計に目を向ける。まだ十時過ぎだ。和泉が、せっかちすぎた。ふうとソファーに腰を下ろして、うっとりと息を吐く。

（琴音さん。喜んでくれるかな？　……プロポーズを受け入れてくれたら、たくさん抱いてあげよう。今日は何度もできそうです。ふふ。今日で孕んでしまうかもね）

　コンコンという音に和泉はハッと目を覚ました。眠ってしまっていたようでバッとソファーから飛び起きて扉に向かう。きっと琴音だ。

　ドキドキとする胸を抑えて扉を開けると真っ青な顔の太陽が立っていた。何故か靴が、どす黒く汚れている。

（なんだ、太陽君ですか。探索のお誘いかな？　ん、なにか臭い？）

「あ……センセー………、あのさ」

「太陽君？　探索なら今日は予定があるので無理ですよ。この後、琴音さんがくるんです」

ニコリと笑って、そう告げると太陽は震えだす。

「あの……さ、センセー……あの……っ……」

「ゲンキ……ボクが話す」

ひょこりと太陽の背中からノアが顔を出した。ノアの長いマントの裾も、どす黒く汚れている。

「……………カエデ、あの子は、もうここにはこれない。……………もういない」

「え?」

呼ばれるままついていって、どす黒く染まったシーツで隠された死体をぼーっと眺めていると、和泉以外の皆はアノニマスが邪神だったと話し合っている。時折話を振られるのに適当に応えながら和泉は早く夢が覚めないかなと思った。

きっとこれは、いつもの悪夢だ。

(二回連続で琴音さんが食べられる夢なんて……。あはは。僕ってば、どれだけ琴音さんを好きなんでしょうか。……でも今回は琴音さんの死に顔もないし、まだマシですね。それに皆も、もう琴音さんを気にしていない。酷い夢だ)

アノニマスに食べられたと見せられた琴音の死体は上半身がなかった。正直、琴音だといわれなければわからない。だからショックはそれ程でもない。

(洋館の謎が解けて、その途端に琴音さんが食べられて、アノニマスさんが邪神だなんて……はは。あり得なさすぎて夢に決まってますよ。早く目を覚まさないと、琴音さんがくるのに)

「カエデ……、ボク達はアノニマスを追う」

「ノアさん。オレ、センセーと残るッス……、後は頼んだッスよ」

そういって太陽はノアやエヴァ達を見送ると和泉を見下ろしてくる。

「センセー……。少し休んだ方がいいッスよ……」

◇◇◇◇◇

「緑子っ……必ず、来世は結ばれよう! 私は君を愛している!」

「エヴァさん……。私も好きです。……愛してます」

アノニマスを倒して皆無事に戻ってきた。なんとも都合の良い夢だ。目の前で抱き合う二人を眺めて和泉は謎の焦燥感に駆られていた。夢は全然覚めない。

(ずいぶんと長い夢ですね。こんなに寝てしまっていたら約束の時間を過ぎてしまってるんじゃ？　いえ、夢だから、きっと現実はそんなに時間が経ってないのかもしれません。はぁ……早く起きないと……僕も早く琴音さんと抱き合いたい）

ぼうっと緑子達を眺めていると洋館の扉が開いた。

「センセー帰ろう？　センセー？」

光が溢れる扉をくぐれば目が覚めるかもしれないと、そう思うのに、なぜか足が動かない。

「……太陽君、これは夢でしょうか？」

そう尋ねると太陽は苦笑した。

「夢じゃないッスよっ！　オレ達帰れるんスよ！　やったッスね。センセー」

ニコニコと笑う太陽の顔を見て和泉は体がブルブルと震えだした。

（夢じゃない？　そんなの嘘だ……。　だって……だって……琴音さんは？）

「太陽君……、琴音さんは？」

震える声で尋ねると太陽の顔は少し曇った。

「何いってるんスか、センセー。コトちゃんは、もう」

（嘘だ。嘘です。だって、こんなのありえないです。だって、もしこれが現実なら琴音さんは）

ノアは、琴音が一人で廊下を歩いているところに、運悪く邪神に乗っ取られたアノニマスが現れて、琴音は頭から食べられたといった。

（夢に決まってる。だって、そうじゃなければ……琴音さんが廊下にいたのは）

和泉が昼前に部屋にくるようにといった。だから琴音は一人で廊下を歩いていたんだ。これが夢じゃないなら和泉のせいで琴音は死んだ。もう琴音には一生会えない。

（嘘だ。これは悪夢だ……ねえ、そうでしょう？　早く覚めて。早く前みたいに僕を起こして、琴音さん！）

【和泉楓】後悔度　★☆☆☆☆

第四章　アノニマス

【ループ五回目】

「緑子《みどりこ》、髪にゴミがついているよ？　ふふ綺麗《きれい》な髪だね」

「ありがとうエヴァさん。エヴァさんの方が綺麗だよ？」

目の前でイチャつく二人を見つめてから琴音《ことね》は自室へと戻る。その手には、ナスが握られていた。

（よし、今回はサクッと処女膜破いて、しっかりと慣らしておきましょうかね）

今回の緑子もエヴァ狙いだ。やはりプレイヤーからは一番人気だ。流石《さすが》公式一推しの男。

（ということは和泉《いずみ》先生もアノニマスさんもフリーです。しっかりとアソコを慣らしておけば気持ちいいエッチができますね。うふふ）

今は共通ルート二週間目を過ぎたところだ。やっと、ご立派なナスが手に入ったので早速処女喪失だ。非処女なら和泉は間違いなく抱いてくれる。それに和泉は割り切りだ。抱いてもらった後は並行してアノニマスにいっても問題はないはずである。基本的にアノニマスとは結界の外で逢瀬《おうせ》を重ねればバレる心配もない。

前回は何故《なぜ》か見られていたようで和泉から言及されたが今回はその辺も気を配るつもりだ。

（相手を選んで多少は同時進行もしていかないと流石に一ヶ月を何度も繰り返すのはキツイですね。結局すでに半年近く経《た》ってますし、まあ別に時間は死ぬ程あるので急ぐことでもないですけど）

今までも気が遠くなる程繰り返してきた。我慢できなくはないがセックスを知った今の琴音は他の攻略対象とのセックスにも興味津々である。エヴァと和泉のセックスでも全然違ったのだ。他の男が、どんなセックスをするのか興味がある。早く知りたい。抱かれたい。

（その為には多少は同時進行も必要ですね。今回はノアさんにだけ気をつけておけば大丈夫でしょう）

そう考えて琴音は、むふふと笑う。パンツを脱ぎ捨ててベッドに寝転びアソコにそっと指を這《は》わせる。

ぬちゅぬちゅと指を抜き差しして一本から二本に増

やす。特に痛みはない。これで膜は破けないのかな？　と不思議に思いアソコを広げて手鏡を向けてみる。

（確かに膜？　ありますね。だからバレたんですね）

完全な膜ではないが膣奥《ちつおく》に白い襞《ひだ》のような物が巾着状にある。確かに、これなら分かる人が見たら一発で処女だとバレるだろう。指なら入るがモノは無理だ。

（仕方ないですね。やっぱりナスさんの出番です）

◇◇◇◇◇

緑子達を見送り、ようやくお待ちかねの自由タイムの始まりだ。今回は共通ルートで和泉に毎日挨拶だけはしていた。なので顔見知りだし、多少はサクサクと進むはずだ。ナスで毎日慣らしたアソコはモノを欲しがってヒクヒクと動いている。

（もう完全なる非処女ですよ。はうぅ……早く和泉先生にたくさんズボズボして欲しいですね。あー、でも外出しなんですよね。まあ、それは仕方ないです）

夜まで待って前回のようにノーパンノーブラで部屋に向かうと和泉は簡単に堕《お》ちた。めちゃくちゃチョロすぎてお手軽度は和泉の方がエヴァより上だな？　と琴音は思ったくらいだ。

「おやおや♡　随分と感じやすいアソコですね♡　中がぐちょぐちょですよ？　まだ若いのに、淫乱なんですね……♡」

そういって和泉は琴音のアソコを激しく自身で突いて時折耳を舐《な》めてハァハァと興奮している。

「あっ……♡　せんせぇ♡　良いよぉ♡　あんっ♡　せんせぇ♡　あっあっあっ！　あっ、イクゥ♡」

ぷしゅぷしゅと潮を噴くと和泉は楽しそうだ。

「おや？　そんなに気持ちが良いんだ？　こんなに、お潮噴いちゃって♡　可愛《かわい》らしいですねぇ。ん……、そろそろ出しますね」

キスをされながら激しく突き上げられて、それからズルンとモノを抜かれた。そして数回シコシコと和泉は自分でモノを扱《しご》くとびゅるびゅると琴音の腹に白濁が散る。

「あ……温かい……♡」

「はぁはぁ……、久々でしたので……、結構出ましたね」

◇◇◇◇◇

（なんだかあっさりでしたね……。キスはありでしたが、少し寂しいです）

行為が終わったら和泉はサッとシャワーを浴びて、琴音には早く部屋に帰るようにといった。今回は和泉には好きだと告げていないし、完全なる割り切りだからそれは仕方ないが、なんだか寂しい。セックスも一度で和泉のモノは萎《な》えた。

（前戯は長くて良かったですけど。モノはエヴァさんの方が好きですね。最低でも二回くらいはしたかったです。二人のセックスを足して割れば、ちょうど良いのに）

今のところ、最初の時のエヴァとのラブエッチが一番満たされた気がして少し懐かしくなる。

（次の周回は、またエヴァさんとの恋人ごっこラブエッチでも良いかもしれませんね。はあ……）

和泉は、また明後日の夜部屋においでといっていた。

毎日セックスはしてくれないようだ。今回はアノニマスを同時進行する予定なので丁度良いとはいえ、夜はアノニマスとは一緒にはいられないし、今回の和泉は一緒には寝てくれない。エヴァもいないし寂しい。

（折角《せっかく》の自由タイムなのに孤独ですね。むう……、前回の先生は毎日悪夢にうなされてるっていってましたし、今回もそうですよね？　なら、お部屋に行ってみましょうか？　そうしたら前みたいに一緒に寝てくれますかね？）

ムクリと起き上がって琴音は部屋を出る。今は夜中だ。また前みたいに和泉がうなされているかもしれない。そう思い部屋に向かう。中からは微《かす》かにうめき声が聞こえてきたが、部屋の扉は開かなかった。鍵が、ちゃんと掛かっている。

（あれ？　今日は駄目なのですか？　なら明日ですね）

前回の周回で鍵の掛け忘れは明日だった。なので今日は出直しだ。

（寂しいです）

共通ルートで孤独なのは慣れているが誰かと体を重ねた後に一人になるのは何故か寂しかった。

（でもそれは仕方ないのです。はあ……。そういえば夜中はアノさん、結界の外にいるんですよね？　ちょっと様子を見てみましょうか）

コソコソと結界の外に向かいウロウロしているとア

ノニマスを発見した。壁に向かい、ただ立ちつくしている。今は深夜三時頃だから、今のアノニマスの精神は完全に邪神だ。

「大人しいですね」

柱の陰からこっそりと窺《うかが》う。相変わらずローブをすっぽりと頭から被《かぶ》っているので顔は見えない。

（残念ですね……。ん？）

しばらく見ているとアノニマスの足元が揺らめいた。そしてアノニマスの影から化け物達が湧き出した。うぞうぞと蠢《うごめ》く黒い影は気持ちが悪い。

（なるほど。こうやって増えるんですね？　倒しても倒しても、きりがないはずです。ゴキブリみたいですね……おえ……）

今のほんの一瞬の間に数十体の影が生まれて屋敷の中へ消えていった。知識として知ってはいたが実際に見るのは初めてで、琴音はブルリと震えた。いくら危害を加えられないとわかっていても悍《おぞ》ましい光景だ。

（アノさんも一人ぼっち……やっぱり私達、同じですね）

夜中になると毎日こうして一人で立って孤独な夜を過ごしているアノニマスを思うと、やはり親近感が湧く。たくさん気持ち良いことを二人でしたい。

（絶対に今回の周回でエッチしたいです。さて、どう攻めていきましょうか）


次の日の昼過ぎに結界の外でぼんやりしているアノニマスにゆっくりと近づく。

「こんにちは。アノさん」

声を掛けるとアノニマスはビクリと肩を震わせた。

「ナンデ、アナタが一人で結界の外にイル？　……ナンデ？」

アノニマスは信じられないものを見たような顔だ。

（ふふふ……驚いてますね）

「こんなところで何してるんですか？」

「それはおれのセリフ。死にたいのか？」

困惑するアノニマスにニコリと微笑《ほほえ》みかけるとアノニマスは怪訝《けげん》そうな様子だ。

「それは大丈夫です。何故か私は影の化け物には襲われないみたいなんです。ここまでも全然平気でしたよ？」

琴音の言葉にアノニマスは首を傾《かし》げてから、そっと琴音の肩に触れた。

◇◇◇◇◇

「おれとオナジ？　仲間だ！」

前回と同じようにアノニマスとは、あっさりと仲良くなれた。

（ふふ、やり方がわかればこっちのものですね。ちょろいです）

内心でほくそ笑んで琴音はアノニマスの頭を撫でた。大人しく撫でられているアノニマスは可愛い。微かにゴロゴロと喉を鳴らす音も聞こえてくる、よっぽど寂しかったようだ。

「アノさん、仲間ですよ。これからは同じ襲われない者同士で仲良くしましょうね」

ニコリと微笑みかけるとアノニマスはコクリと頷《うなず》いた。

（この勢いで素敵なお顔も見たいですが焦りは禁物ですね。とりあえず今日は、お話だけで我慢しておきましょう）

他愛《たあい》もない会話と少しのスキンシップをして、今日はお別れだ。誰かに見られると困るので手は繋《つな》がずに二人で結界内へと戻る。これなら、あらぬ疑いは持たれないはずだ。

（割り切りとはいえ、和泉先生との関係が悪くなるのは避けたいですし、誤解……ではありませんけどアノさんとの関係は隠しておかないと。知られると面倒《めんどう》です）

部屋まで送るというアノニマスをやんわりと断り、琴音は一人で廊下を歩く。その途中床に何かが落ちているのに気づいた。小さなキーホルダーだ。

「……アイテム？　一体どんな原理で湧いてくるんでしょうかね？　くまちゃん？　……可愛いですね」

なんとなく拾い上げて琴音はポケットへと仕舞《しま》った。

◇◇◇◇◇

（あれ？　鍵が閉まってますね。前回は開いていたのに。完全に全て同じってわけではないんですかね？　それとも変化するような何かがあった？）

夜中に和泉の部屋を訪れたが泣き声とうなされる声は聞こえてくるのだが鍵は閉まっている。これでは前回のように起こしてあげて慰めるのは無理だろう。

（残念ですね。なら今回は、ずっと夜は一人ですか、寂しいです）

しゅんと項垂《うなだ》れてトボトボ歩いていると後ろから声が掛かった。

「あれ？　コトちゃん？　こんな時間に何してるんスか？」

太陽《たいよう》だ。振り返るとパジャマ姿の太陽が目を擦りながら眠そうにしている。

「眠れなくて。太陽君こそどうしたんですか？」

そう尋ねると太陽は困ったように笑った。

「……あー。その、ちょっと探しものッス、……キーホルダーとか落ちてなかったッスか？　くまのちっちゃいヤツ……」

（キーホルダー？　あ、そういえば拾いましたね）

残念ながら琴音もパジャマなので今は持っていないが部屋に戻ればある。制服のポケットに突っ込んだままだ。

（太陽君のでしたか。随分と可愛らしい趣味ですね、意外です）

女の子が好むような小さな可愛いくまのキーホルダーだった。太陽に可愛い物好きな設定なんてなかったので少し驚く。

「それ、多分私が拾いましたよ、部屋にあるので取ってきますね」

そう告げると太陽は嬉しそうに顔を綻ばせた。

「あ！　マジッスか？　良かったー。妹からもらった大切なキーホルダーだったから見つかって良かったッス！　結界の外で落としてたらどうしようと思ったッスよ……。コトちゃんが拾ってくれて良かった。あ、オレも行くッス」

ニコニコと琴音に並んで太陽は歩き出す。太陽は基本的に誰にでも愛想《あいそ》が良い。尻尾をブンブンと振る大型犬みたいだ。

（太陽君とのエッチも楽しみです。今回は流石に無理ですし。次回でしょうか。でも純情ボーイですし、残りの面々も一筋縄ではいかなさそうですね。次回からは、かなり難易度が上がりそうです……むむ）

「あー。これこれ！　間違いないッス、オレのキーホルダーッスよ！　ありがとうコトちゃん」

ニコニコと微笑む太陽に琴音も微笑み返す。

（妹さん？　確かにそんなイベントがあったような？ですが、そんなに重要ではなかったはずですね）

緑子と太陽とのイベントで家族構成の話はあるが特に重要でもないし、サラリと流されていた気がする。

（太陽君がお兄ちゃん？　あまり兄っぽくはないですけど、でも確かにルート確定後は男らしくヒロインの緑子ちゃんを体を張って守りますもんね。へえ）

じっと見つめていると太陽はキョトンとしてから琴音の頭をわしわしと撫でた。

「ははっ。コトちゃん見てると妹を思い出すッスね。……うぅ」

ニコニコと撫でていたのに、いきなり涙目になる太陽に琴音は慌てる。

（え？　何？　なんですか？　情緒不安定すぎません？　慰めた方が良いんでしょうか？）

「うぅ………、オレ、早く帰りたいッスよ。母ちゃんの飯が食べたいし……妹に会いたいッス」

だが慰める前に潤む瞳をゴシゴシと擦ると太陽は、すぐにニッコリと笑った。

「はあ……でも、弱音なんて駄目っスよね。うっし、明日からも探索頑張るッスよー！　あはは、今日のお礼に何か良い物がないか探してくるッスよ」

自己解決したらしく、今はやる気満々で笑っている。

（うーん。明るくて良い人です。……お礼？）

「いいえ、お礼なんて……。ただ拾っただけですし、たまたまです。わざわざ何か探したりしなくていいですよ？」

「え？　でも、それはオレの気が済まないッスよ。本当に大事な物だったたし、……これ妹が初めてもらった、お年玉でオレに買ってくれた物ッスから」

優しい目でキーホルダーを眺める太陽を見ていると琴音はムラッとした。

（いうだけならタダですし、もし反応が悪ければ冗談だと誤魔化《ごまか》せば良いですよね？）

「あの、太陽君。お礼なら体で払ってくれても良いんですよ？　抱いてくれるとか、なんて……ははは」

冗談っぽく告げると太陽はキョトンとしてからクスクスと笑った。

「抱っこッスか？　コトちゃん、もしかして寂しくて寝られなかったの？　良いッスよ。抱っこくらいなら好きなだけしてあげるッス！」

いきなり抱き上げられて琴音は思わず、ぎゅうっとしがみついてしまう。

「うわわ！」

「へへっ、コトちゃんってやっぱり妹みたいッスね！　軽いなぁ」

　しっかりと抱きしめられて琴音はドキドキとするが、どうやら太陽は琴音と妹を重ねているようだ。全くいやらしい空気ではない。ド健全だ。

「大丈夫ッスよ。コトちゃん。必ずオレや他の皆で帰れる方法を探すッスから。よしよし。眠くなるまで抱っこしててあげるッス」

　優しく頭を撫でてから、あやすように揺らされながら背中をポンポンとされる。まさかの太陽もママだった。

（っ……これはこれで悪くないですね）

　そっと胸板に擦り寄ると太陽はニコニコと嬉しそうに笑っている。

（意外な一面です。属性過多すぎません？）

「コトちゃんって、やっぱりちっちゃいッスね」

　太陽は琴音を抱っこしてニコニコだ。ゆらゆらと揺らして、まるで小さな子供にするように寝かしつけようとしている。完全に妹扱いだ。

（……これも悪くはないですけど困りましたね。本気で寝そうです）

「眠いッスか？　良いッスよ、寝ても」

　ぽんぽんと背を叩かれると眠気が訪れる。太陽に下心は一切ないが、このまま寝てしまって良いものかと悩む。今は琴音の部屋で二人っきりだ。今回の周回は和泉と関係を持ってしまっているし、バレたら気まずい。それに今回はアノニマスとも何とかエッチしたい。

（でも、こうして甘えるだけというのも悪くないですね。太陽君って大きくて安心します）

　すりすりと擦り寄ると太陽は嫌がる素振りもなく頭を撫でてくれる。

「……太陽君、重たくないですか？」

「全然軽いッス、もっと食べないとダメッスよ？　明日、ご飯たくさん探してくるッス」

　そういって太陽はニコリと笑う。その顔に、やましい気持ちなんて微塵《みじん》もない。

（エッチなことしなければ問題はないですよね？　それに私が寝たら、帰りますよね？）

　訪れる眠気に抗《あらが》えず琴音は瞳を閉じる。

「おやすみッス。コトちゃん」

◇◇◇◇◇◇

「……ん……あったかい……?」

　ぼんやりとした頭で傍の温《ぬく》もりに擦り寄って琴音はハッと飛び起きる。隣では太陽が寝ていた。

「あ……私も、やってしまいました?　これじゃ和泉先生と同じですね。ふふふ太陽君。寝顔可愛い」

　太陽は琴音に背を向ける形でよく眠っている。そっと覗《のぞ》き込むと口を微かに開けて規則的な寝息を立てている。あどけない寝顔だ。

(年上ですけど、まだ一応学生さんですし……、子供ですもんね。でも昨晩は意外でした。まさか太陽君があんなに面倒見が良いなんて、妹さん何歳なんでしょうか?)

　琴音に重ねるぐらいだ。そんなに幼くはないはずだ。いやでも昨夜の態度や行動は小さな子にするような、そんな感じだった。

(確かに私は小柄ですけど、そんなに子供っぽいでしょうか?　一応、胸は結構あるんですけど)

　そんなことを考えながら眺めていると太陽の瞼《まぶた》がふるふると震えた。

「ん……あれ、莉乃《りの》?　……?　あ……コトちゃんか」

　ぼんやりと琴音を眺めて太陽は知らない名前を呼んだ、多分妹の名前だろう。

「太陽君ごめんなさい、私、本当に寝ちゃいました。もしかして服とか掴《つか》んで離さなかったですか?　ごめんなさい。お部屋に帰れなかったですよね?」

「……ん、ううん、違うッス。オレも眠くて寝ちゃったッスね。ごめん。ふぁ……もう帰るッス」

　むくりと起き上がると太陽は欠伸《あくび》をして目を擦っている。眠そうだ。ある意味朝チュンなのに照れる素振りもない。

(太陽君ってば私のこと、一切意識してませんね)

　太陽は琴音と同じベッドで眠ったというのに全く気にした様子がない。太陽もアノニマスと同じで性的なことにあまり興味がないのかもしれない。それか、よっぽど琴音に魅力がないのかもしれない。それは違うと信じたい。

(もしそうなら凹《へこ》みますね。むう……やっぱり手強《てごわ》いです)

「ふあ……」

　琴音も欠伸をこぼした。結局太陽は、さっさと帰っ

て行った。

（まだ朝早いですね。ふむ、太陽君は下心なしなら添い寝はしてくれるんですね。良い情報が手に入りました。でも下手にいやらしく迫ると、また最初の周回の時みたいに泣かれちゃうかもしれないですから、気をつけないと……。はあ、折角の添い寝だったのにガチ寝しちゃいました）

太陽との添い寝を楽しむ暇もなく寝てしまい琴音はガッカリしたが気を取りなおす。どうせこれから何度でも添い寝のチャンスはある。それより今回はアノニマスだ。今日も昼過ぎから約束をしているし夜には和泉とのエッチだ。なかなかに忙しい。

（今回はあと四日しかないですし、もしかしたらアノさんとはエッチまでいけないかもですね）

一切の性知識がない相手と、どうすればセックスまで持ち込めるだろうか？　そう考えるのだが、なかなか良い考えが浮かばない。

（うーん、性教育からですかね？　……雄《お》蕊《しべ》と雌《め》蕊《しべ》？）

琴音も、つい最近まで処女だったのだ。教えられる程に知識はない。

（とりあえず、アノさんの性知識が、どの程度かも探ってみますか。アソコには反応なかったですが、おっぱいならどうでしょうか？）

昼過ぎにアノニマスと結界の外で待ち合わせて適当に空き部屋に入ると琴音はアノニマスにぎゅうっと抱きついてみた。

「……ナニ？」

特に嫌がられはしないようだ。おっぱいを腕に押しつけるとアノニマスは不思議そうだ。

「アノさん……おっぱい、柔らかくて、きもちい？」

ぎゅむぎゅむと胸をアノニマスの腕に押し付ける。

「柔らかいケド……ナニ？　ドウシタ？　今日は話さないのか？　ナニ？　ぎゅう？　ナンデ？」

（やっぱり性的な反応はないですね）

アノニマスはキョトンとしている。琴音の求める反応ではない。一応、エッチをするにあたって嫌がられたらやめようとは決めているがアノニマスはそもそも性的なことを知らないから嫌がりようもない。

（うーん。どうしましょうか。後から後悔されても嫌ですし、でもエッチなことしたいです）

胸を押し付けているとムラムラしてくる。困った。アノニマスは、とっても良い匂いがする。

「？　コトネは、それが気持ちイイのか？」

胸をすりすり擦りつけて思わず甘い声を出した琴音をアノニマスは、じっと眺めた。

（なんて答えましょうか？）

「コトネ？　すりすりヤメルのか？　なら、おれのことも撫でてクレ」

琴音の返事を待たず撫で撫でを気に入ったアノニマスは、そういって撫でやすいように頭を下げる。

「わかりました。よしよし」

頭を撫でるとアノニマスは嬉しそうな様子だ。顔は見えないが喉がゴロゴロ鳴っている。めちゃくちゃ可愛い。

「アノさん、今日はお勉強しませんか？」

「ベンキョウ？　イイけど。おれ、ナニも知らないし」

「アノさんって子供の作り方ってわかります？」

そう尋ねるとアノニマスは首を傾げた。やはり知らないようだ。

「……ワカラナイ。おれ、ここにくる前の記憶が全然ナイ。それに子供？　作れるのか？　……シラナイから教えてクレ。おれ知りたい。ベンキョウ楽しみだ」

声色が明るい。多分ローブの下はキラキラとした瞳だろう。嬉しそうにされて琴音は、うっと言葉に詰まる。

（これって無知シチュというやつでは？　なんだか幼い子にいけないことを教えるような、そんな感じがしますね）

アノニマスの歳は設定上は二十五歳なので、年齢的には問題はないのだが、知識が皆無すぎる。

「なら性教育。始めましょうか？　嫌だと思ったらいって下さいね？　無理には進めませんから」

そう告げるとアノニマスはコクリと頷いた。

「セー教育？」

「そうです。……えっと私とアノさんは男と女ですよね？　だから体の作りが違います。ほら、私はおっぱいが膨らんでます。触ってみますか？」

「……オッパイ。……ウン」

アノニマスは首を傾げてから、そっと琴音の胸に触れた。二人並んでベッドに腰掛けて琴音はアノニマスに体を向けているので正面から、ふにふにと揉《も》まれている。

（っ……、アノさんに触られてます。……ん……）

「柔らかい……ニク……ナンデ女は膨らむ？　……おれも膨らむ？」

　アノニマスは一度琴音の胸から手を離すと自身の平らな胸をペタペタと触っている。

（うーん。本当に無知ですね。このまま進めても良いのでしょうか？）

　騙《だま》しているようで悪い気もするが胸を触られて体は興奮してきている。できれば、このままエッチなことがしたい。

（アノさんには何度も何度も食べられてますし、私だって、たまには食べちゃって良いですよね？　性的に）

　散々アノニマスには食われてきているのだ。ちょっとした意趣返しだ。本気で拒否されるまではグイグイいってみよう。

「アノさん、女の人は子供を産んで育てます。おっぱいからはミルクが出るので、それで子育てする為に胸が膨らむんですよ、アノさんは男の人なので膨らみませんよ。ふふ」

「ミルク？　コトネからも出るのか？　おれ知らなかった。ミルク……、ココから？　へー……」

　アノニマスは琴音の胸元を見て、それから、また手を伸ばしてきた。ふにふにと揉みしだいて不思議そうにしている。胸を揉む手は大きくて熱い。力加減は優しい。同じ童貞でもエヴァとは大違いだ。

「直接おっぱい見てみますか？」

「ウン。ミルク出るのか？　オイシイ？　ドコから出るんだ？」

「今は出ませんけど。赤ちゃんができたら出ますよ。乳首から出ます、美味《おい》しいかは私もわからないですね」

「フーン。子供は、いつデキる？　ドウヤッテ作る？……産むってドウヤッテ？」

（出産の概念がないのですか？　もしかして妊婦さんとかも見たことがない？　そんなに酷《ひど》い扱いをされていたのでしょうか？　ゲーム設定とはいえアノさんにもバックボーンは、ちゃんとあるんですもんね。なんだか胸がキューってなります）

　琴音も自分がゲームキャラだなんて最初は信じられなかった。ちゃんと生まれてからの人生の記憶があるからだ。ここで自我に目覚めてメタ知識を得て今はゲームキャラだと理解はしているが、それまでは確かに自分の人生を生きていた。だからアノニマスだってそうだ。辛《つら》い人生を生きて今、ここにいる。儀式の失敗で邪神と不完全に混ざって記憶をなくしているが、多分アノニマスの言動が幼いのは記憶がないからだけではない。元々人とあまり関わらず満足に教育も受けていなかったからではないか？　と琴音は思った。

(ここでは死んじゃいますし、散々ですね。アノさん。可哀想《かわいそう》。たくさん甘やかしてあげたいです)

「それも、ちゃんと教えてあげますよ、とりあえず服脱ぎますね……」

　上半身裸になるとアノニマスは興味深そうに琴音の胸を見つめている。

「おれと全然チガウ。ハジメテ見た。女のオッパイ。先っぽは、おれと同じだ。……ピンク」

　アノニマスはツンと立ち上がった乳首に顔を寄せて、まじまじと見ている。吐息が胸元に掛かってドキドキする。

「触って……」

「ウン。……さっきより柔らかい。……女は柔らかい……へー」

　生乳を揉んでアノニマスは楽しそうだ。だが性的にというわけではなくて知らない物を知った喜びだ。

「んっ……♡　あ、アノさん、気持ちいいです。もっと……ぁ……」

「気持ちイイのか？　こう？　……ギュウ……」

　少し強めに、ぎゅむぎゅむと揉まれて胸が気持ち良い。

(はぁ♡　これ……ん、背徳感も良いですね♡　でもアノさんは全然興奮してませんね)

「コトネ？　……子供の作り方は？」

　揉むのに飽きたのか手を止めてアノニマスはそういう。

(胸にも、そこまで興味ないのでしょうか？)

「そうでしたね。それじゃあ、次にいきましょうか。子供は男の人と女の人がセックスをするとできます。男の人の性器を女の人の性器に挿《い》れて、それから男の人が射精すると赤ちゃんになります」

「セックス？　射精……性器？　……ヨクワカラナイ……、ムズカシイ」

　アノニマスは頭の上にハテナをたくさん浮かべてい

る。

（これは、かなり手強いですね）

　体を見せれば多少は反応するかと思ったがアノニマスの股間は全く膨らんでいない。ローブ越しだが全く反応していないのが見て取れる。

「えっと……、まず男の人と女の人は股間も作りが違います。アノニマスさんのは……棒ですけど、私には穴が空いていて、そこに棒を差し込んで抜き差しすると気持ち良くなって棒からは精液っていう種が出ます。私のお腹《なか》の中でその種を育てて赤ちゃんになるんです、一年くらいお腹の中で育ててから穴から産みます」

　琴音も詳しくはないので、ふんわりとした説明だが、アノニマスは真剣に相槌《あいづち》を打っている。勉強熱心だ。

「種……セー液……おれの棒から出るのか？　穴、見せてホシイ」

　好奇心が強いのかアノニマス自らアソコを見たいといってきた。これはチャンスである。

「良いですよ。それじゃあ脱ぎますね……、棒のことも教えてあげますから、アノさんも服脱いで下さい。ローブも全部脱いじゃいましょ？」

　顔が見たくてそう告げるとアノニマスはビクリと肩を揺らした。

「おれは脱ぎたくナイ。……下ダケ脱ぐ」

（やっぱりお顔は見せてくれないのですね。残念）

「下、脱いだ」

　ローブで上半身は隠されているのに下半身丸出しだ。ブランブランと萎えたモノが揺れている。

「それじゃベッドの上にきて下さい。アソコ拡《ひろ》げますから、その前にきて？」

「ウン。……コトネすっぽんぽん。柔らかそう……おれとチガウ」

　産まれたままの姿になった琴音を見てアノニマスは呟《つぶや》く。

「そうですね。女の人は筋肉が、あまりないので柔らかいですよ」

　お尻や太ももに視線を感じてドキドキする。エッチな視線じゃないのに興奮してしまう。

（はうぅ……。早く気持ち良いことがしたいです）

「……ほら、アノさん。ここが女のアソコですよ……」

　枕に凭《もた》れて上半身を起こす形でベッドに寝転んで足を拡げるとアノニマスは覗き込むようにして見ている。

アソコがアノニマスの前に丸出しだ。

「……コレが穴？　ナンカ、ヘン。……アソコってナンカヘンだ」

アノニマスはアソコを見て困惑したような声を出している。

「ここに穴があるんですよ。気持ち悪いですか？」

くぱっと拡げて膣口《ちつこう》を見せるとアノニマスは顔を近づけてクンクンと鼻を鳴らしている。

「気持ち悪くはナイ。でも穴に見えナイ。酸っぱいニオイ……ナンカ出てる？　オシッコ？　……ちょっとニオウ……クサイ？」

（え？　臭《くさ》い！　確かにシャワー浴びてませんけど！でもそんなに？）

まさかの発言に琴音はショックを受けた。獣人のアノニマスは鼻が良いから余計に匂いには敏感なのかもしれないがアソコを臭いといわれるとは思わなかった。

「っ……！　アノさんっ……。もうアソコを見るのは終わりましょう。すみません。そんなに臭かったですか？」

足を閉じて尋ねるとアノニマスは首を傾げてからフルフルと首を横に振った。

「ウウン。まだ見たい、言葉マチガエタ、クサイじゃなくて、不思議なニオイ。嫌じゃナイ……見せて。おれ、もっと見たい」

閉じた琴音の足をグイッとこじ開けてアノニマスは顔を近づけてクンクンと嗅いでいる。吐息がかかるとヒクヒクとアソコは動く。アノニマスはそれを見てフーッと息を吹きかけて遊んでいるようだ。

「あっ……アノさん……。ん……」

「ハハハ、息かけるとグネグネしてウゴク。……これ、ナニ？　おっきくなった」

「あんっ♡」

ツンツンと指で肉芽を突《つつ》かれて思わず大きな声を出して腰を跳ねさせるとアノニマスもビクリと肩を揺らした。

「コトネ？　痛かった？　コレ……触ったらダメ？ゴメン」

「……っ……いえ、痛くないです。気持ちよかったので声が出ちゃいました。それは陰核っていうお豆さんですよ。アノさんの性器と似ているものです。アノさんはそこを触ったりして気持ち良くなったりしないいんですか？」

アノニマスは首を横に振る。

「シッコ以外で、ここを触ったりシナイ、でも、ここ気持ち良い？」

丸出しの自身の萎えたモノを手に取りアノニマスは不思議そうだ。ぎゅむぎゅむと強く握ってから首を振っている。

「……気持ちヨクナイ」

（あー。触り方……そんなんじゃ気持ち良くなくて当然ですね。なるほど。オナニーも知らないのですね。今までどうしてたんでしょうか？）

「アノさん、ソコが硬くなったり、おっきくなったりしますか？　……白いオシッコとか出ます？」

「……。ウン、たまに朝カタイ。白いシッコ？　ウウン出ない。……よくワカラナイ」

（え？　……アノさんって大人なのに一度も出したことがないのでしょうか？　獣人だから？　それとも不完全ですけど邪神だからですかね。うーん。射精自体しないなんてことないですよね？）

琴音も男性の体のことはよく分からない。でも二十五歳で一度も射精したことがないというのは、おかしいと思う。

（記憶がないだけでしょうか？　確かめてみましょう）

「アノさん。私も触ってみて良いですか？　さっきいっていた種の出し方教えてあげますよ」

起き上がってベッドの上で膝立ちのアノニマスを見上げるとアノニマスはコクリと頷いた。

「イイけど。イタイのは嫌だからイタくなったらやめて欲しい。……種、本当にココから出る？　白いシッコ？　それが種？」

「アノさん、寝転んでもらっても良いですか？」

とりあえずアノニマスに寝転んでもらい琴音は萎えたモノを見下ろす。

「優しく触りますね……」

そっと触れて優しく揉んでみる。

「……コトネ？　ヘンな感じだケド」

あまり気持ち良くないのかアノニマスは、しきりに首を傾げている。

（皮が少し被ってますね……。硬くなりません）

柔らかいモノをきゅっと握って上下にしこしこと動かすが全く硬くならない。これには少しショックだ。

「少しイタイ……」

「あ、すみません……。舐めても良いですか？　種を出すのに必要なんですけど」

「……別にイイけど。シッコしたから汚い……。それでも舐める？　コレを？　……おれは別にイイけど」

（……ん、確かに少しだけアンモニア臭い？　でも、これくらいなら大丈夫そうです）

今はお風呂に入っている時間も勿体《もったい》ないので舌を伸ばして先っぽをぺろりと舐めてみる。

（ん……しょっぱ……っ……ん♡）

パクリと咥《くわ》えて口の中で優しく舐めていると微かに硬くなってきた。

「……なんかムズムズ。かゆい……？　ヘン……ヘンだ……」

アノニマスは困惑して腰をゆらゆらと揺らして逃げようとしている。

「ん……ぷはぁ……嫌ですか？」

ほんの少し勃起したモノから口を離すとアノニマスは、じっと琴音を見つめている。ローブ越しに視線を感じる。

「…………嫌じゃないケド、ムズムズしてオカシイ……。ヘンだ、……硬くなってる。へー、ホントにコから種が出るのか？」

自分の大きくなったモノを見てアノニマスは不思議そうだ。ムズムズしているということは少しは気持ちが良いのかもしれない。だが未開発のそこで快感をしっかりと感じるのは、まだ難しいみたいだ。

（……体は大人ですし勃起してますから、射精はできるはずですけど……、とりあえず続けてみますか）

「ムズムズは種が出る為の準備ですね。痛くなければ続けますから、もし本気で嫌だと思ったら、いって下さいね」

そう声を掛けて、もう一度口に咥える。今度は唇を窄《すぼ》めてじゅぽじゅぽと頭を上下に振る。

「うぁ…………くすぐったい。……ん……っんん……ふ……あ……ナニコレ……ヘンだ……ぁ♡」

アノニマスはビクビクと腰が震えているが嫌だとはいわれないので続ける。

（ん♡　……あ、どんどん硬くなってます♡　んん……皮も剥《む》けてきましたね、これなら……♡）

先っぽから、お汁も出てきたしアノニマスの太ももがピクピクと痙攣《けいれん》している。玉袋も動いている。続ければ射精してくれそうだ。

「コトネ……っヘンだ……はぁ……っ……ジンジンしてムズムズする。ぁあ♡　……っ……あ、んん……」

(可愛い声出てきましたね。そろそろ出ますかね？　射精の気持ち良さを覚えたらアノさんと今回最後までできるかもしれませんね。もっと頑張ります)

　よだれをたくさん出して激しくモノを口に出し入れしているとアノニマスが叫んだ。

「あっ！　あっ！　シッコ出る！　コトネ！　あーーー！」

(射精しそうなのを勘違いしてるんですね？　可愛いですね。……続けちゃいましょう)

　アノニマスは嫌だとはいっていない。そのまま激しくモノを吸い込むと、アノニマスに突き飛ばされた。

「きゃあっ！」

「うっ…………ひぐっ……うぅ……止まらない。……シッコ……ぐっ……はぁ……」

　ブルブルと腰を震わせながらアノニマスは尿をジョボジョボと出している。シーツと床はびしょ濡《ぬ》れだ。

「あ、お漏らし……」

　琴音の呟きに反応してアノニマスからは泣き声が聞こえる。

「ナンデ、……っ……はぁ…………ぐす……」

　放尿を終えたアノニマスはふるふると震えている。

「あの、すみません、アノさん……」

◇◇◇◇◇

「あーー！　大失敗です！」

　自室に帰り琴音は枕に顔を埋めて叫んだ。あの後、アノニマスは泣きじゃくりながら逃げて行った。おしっこを漏らしたことがショックだったらしい。

　今回の周回は大失敗である。

(絶対トラウマになってますよね？　あーー、やっちまいましたよ！)

　初めての刺激にお漏らししてしまったのは仕方ない。琴音が無理に続けたのが悪い。だが、アノニマスは絶対にトラウマになっているはずだ、今回の周回でセックスまで持ち込むのは、もう無理だろう。

　今回ばかりは仕切り直すほかない。途中までは問題なく進めたのだ。それにアノニマスも気持ち良さそうに声を出していた、全く感じないわけでもないしモノも勃起していた。

（問題は、お漏らし……ですね。もし次の周回でも、お漏らししてしまったら、どうしましょうか。うーん。困りましたね……、きっと初めての刺激にびっくりして、おしっこが出ちゃったんでしょうし。次回はトイレに行ってもらってからしないとダメですね。はあ、……そろそろ和泉先生のところに行かないと。仕方ないですね。今回は諦めましょう。切り替えて残りの日数は和泉先生と楽しみますか）


「和泉先生……、今夜は、ずっと一緒にいたいです。駄目ですか？　寂しいんです。お願い……」

　和泉との行為後に上目遣いで、お願いすると和泉は少し困った顔をしている。

「……あー。緑子さん達がいなくて君の寂しい気持ちはわかりますけど、でも他の人達に関係がバレるのは困るのでちょっとそれは……」

（やっぱり駄目なのですか？）

　和泉は、やんわりと琴音を拒否している。

（はあ……でも仕方ないですよね）

「そうですか、わかりました。部屋に帰りますね」

　琴音が、しょんぼりとすると和泉はバツの悪そうな顔をしている。

「ごめんね。琴音さん。次は四日後でどうかな？　ちょっと最近疲れてて……」

（むう……ということは今回の周回のエッチはこれで終わりですか？　はあ……ほんと今回は大失敗です。でも先生、本当に顔色悪いですね。やっぱり寝れてないからでしょうか？）

　和泉の顔色は悪い、うなされて、ろくに眠れていないのに昼間は探索、そして琴音とのセックスで疲れているのだろう。

「和泉先生……。無理しないで下さいね」

　ぎゅうっと頭を抱きしめて撫で撫でしてから離れると和泉はポカンとした顔をしていた。

「あ……はい」

（あまり長居するのも悪いですし、帰りますか）

「和泉先生、おやすみなさい」

　そう告げて部屋を後にする。

「あ……琴音さん。おやすみなさい。……」

（あれ……？　げ……ノアさん、なんで？）

　和泉の部屋から自室に戻る途中、少し離れた廊下から見えた光景に琴音の顔は引き攣《つ》る。琴音の部屋の前でノアが仁王立ちしていてノアの顔はめちゃくちゃ不機嫌そうだ。嫌な予感しかしない。

(もしかしてアノさん、ノアさんにチクリましたか？……口止め忘れてました)

◇◇◇◇◇

「なんでボクがきたか……その顔は分かってるんだ？ふーん？　なら話は早いかな？」

琴音が初めて見た可愛いニッコリ笑顔でノアは、そういった。

(ひいいいいいい！　絶対これチクりましたね！　アノさーーん!!)

「とりあえず部屋で話す……」

そういうノアに琴音は引き攣った顔で頷いた。

「お前、……自分が何したかわかってる？」

ノアはガチギレだ。イライラしたように手に持った杖《つえ》をトントンと床に叩きつけている。

「……アノニマスさんのことですよね？」

そう尋ねるとノアは大きな溜《た》め息《いき》を吐《つ》いた。

「……正直、お前が誰と何しててもボクには関係ないけど、でも……今回のことは見過ごせない。アノニマスが記憶喪失で少し子供っぽいのは、お前も知ってるよね？　知っててアノニマスに性的な行為をしたんだろ？　そして泣かせた」

やはりノアはアノニマスから全部聞いているようだ。

「う……、それは……あの……お漏らしの件は誤解です……あの……」

「別にボクにいいわけとかは良いから。詳しくとか聞きたくないし。はあ……何もわからないアノニマスに無理やりとか、ほんとない。……明日から部屋出ないで。探索も行かない役立たずなんだから問題ないでしょ？　……ほんときもい、今こうして二人きりも吐き気がする……、皆にもいうから……。きも」

そう吐き捨てるとノアは部屋を出て行った、その瞳には軽蔑の色が宿っていた。それを見送り琴音は床に崩れ落ちた。

(……うわぁ……。うぅ流石に罪悪感がやばいですね。ノアさんに泣きつくくらいお漏らしがショックだったんでしょうか？　そりゃそうですよね。皆にいう、ですか……、仕方ないですね。どうせ今回の周回は和泉先生とのエッチもお終《しま》いでしたし、大人しくしておきましょうか……はぁ……やっぱり次回は一度エヴァさんとラブラブ恋人ごっこにしましょう。なんだか私もショックです。癒《いや》されたいです）

今回は残りの三日は大人しく部屋で過ごすことになりそうだ。やはり風紀委員長は厳しい。きもいきもいいわれて精神的ダメージ（小）を受けた琴音はベッドにボフンと倒れ込んで、はあと息を吐いた。

（……、あの感じだとノアさんはかなり難しそうですね。はあ……、アノさんも、一旦仕切り直しですね。一度休んでその後リベンジです。……まあ長い周回そんなこともありますよね。切り替えていきましょうか。引《ひ》き籠《こ》もるのは慣れてますし、オナニーでもして、ゆっくり過ごしましょう）

アノニマスに対して罪悪感はあるが、どうせリセットされる。あまり悩んでも意味はないので琴音は、すぐに気持ちを入れ替えて次のことを考える。

（はあ……癒されたいです。次は最初からエヴァさんに告白してみても良いかもしれませんね。きっとすんなり受け入れて恋人のふりをしてくれますよね。……たくさん好きっていえば、きっと優しくしてくれますよね。でもエヴァさん人気ですし、無理なら無理で、もう一度和泉先生だと、先生との最初の周回をなぞらないと……）

うとうとする頭でぼんやりと考える、今回何故か和泉の部屋の鍵は開いていなかった。思い当たるのは和泉とは今回完全割り切りだったこと。琴音がナスで処女を散らしたこと。大きく違うのはその二点だ。琴音が違う行動をすると些細《ささい》なことが変化するのかもしれない。

（完全にシナリオ外の今はもしかしたら、ランダムに色々起こるんでしょうか？　……謎ですね、……そう思うと今まで結構無駄に過ごしていたのかもしれません。勿体なかったですね）

この期間は琴音が比較的自由に動けるのと同じで、他の人や起こる出来事にも明確な決まりはないのかもしれない。

（それも今後の周回で確かめてみましょうか。ふぁ……）

◇◇◇◇◇◇

「あ……和泉先生」

次の日の昼過ぎ、コンコンとノックされて扉を開けると和泉が眉を顰《ひそ》めて立っていた。ノアから話を聞いて琴音に対して幻滅しているのかもしれない。

「……食事を持ってきました。お部屋を出ないようにノアさんにいわれているのでしょう？　これからは僕が、こうして渡しにくることになりましたから」

（ああ、やっぱり、もう聞いてますよね。気まずいです）

「あ、ありがとうございます。じゃあもらいますね」

和泉が手に持っている食料アイテムを受け取ろうと手を伸ばすと、それはヒョイっと引っ込められた。

「……折角きたんです。お話しましょう。中に入れてくれますよね？」

ニコリと和泉は笑った。

（う……先生からもお説教ですか？　はあ……面倒くさいですね）

渋々部屋に通すと和泉はベッドに腰を下ろした。持ってきていた食料をドサリと床に置いて和泉はニコニコしているが瞳が笑ってない。

（うぅ……、怖いです）

アノニマスの無知につけ込んだことを和泉も激おこなのかもしれない。

「……内容までは詳しくは聞いていませんが。琴音さん、アノニマスさんともエッチなことをしようとしたんだ？　……、そんなにエッチが好きなんですね？」

「……すみません」

琴音が謝ると和泉は苦笑した。

「別に僕に謝る必要はないですよ？　アノニマスさんは言動が幼いだけで成人男性だと思いますし……。本気で嫌なら君から離れることも容易だったのに、やることはやったんでしょう？　ならノアさんが騒ぐ程のことではないと僕は思いますね。それに僕と君は恋人でもなんでもないですし。……まあ少し面白くはないかな。割り切りとはいえ体を重ねているわけだしね……いえ。僕も君をお説教できる立場ではないです……」

（和泉先生？）

「……、琴音さん、お友達が心配？　君が抱いて欲しいっていってきたのは緑子さん達が地下に行ってからですね、夜も寂しいっていってましたね？　……だから僕やアノニマスさんに迫ったんですか？　君も寂しさをセックスで紛らわせてるんでしょう？　そんなに辛い？　……あはは、何いってるんでしょうね、僕は……辛くないわけないのに……」

そういうと和泉は俯《うつむ》いてしまった。

（先生……何か誤解してますね？）

てっきり叱られると思ったのに和泉は的外れなことをいい出した。俯いた和泉の顔色は悪い。

「和泉先生？」

名前を呼ぶと和泉は顔を上げたが表情まで暗い。

「……琴音さん。僕は正直辛いです。毎日毎日怖くて堪《たま》らない。夜に一緒にいたいという君のお願いを断ったのは……悪夢にうなされて、まともに眠れないからです……、っ……僕は、恐怖を忘れたくて君を利用しました。快楽で恐怖を忘れようとしました。そんな僕が君にお説教なんて、できるはずがない……。僕は帰りたい……。もう嫌です。うぅ……」

（……ええ？）

いきなり弱音を吐いて泣き出した和泉に琴音は少し困惑した。

「うぅ……、僕は、教師なのに……大人なのに、もう、無理です……、帰りたい……」

ガチ泣きだ。だが琴音は一応前に慰めた経験があるので慌てずに、そっと抱きしめる。

「っ……、う……ぅ……死にたくないです。僕は……怖い……。毎日、あの化け物に食べられる夢を見るんです。う……いやだ」

（前と同じことといってますね。……やっぱり毎回辛いんですね……、可哀想。すごく震えていますね）

「よしよし、先生。大丈夫ですよ？　……大人だってたくさん泣いて良いんですよ？　今、ここには私しかいませんし、誰にもいいませんから。たくさん泣いて、少し寝ましょ？　ね？」

トントンと背中を叩いてあやすと和泉はスンスンと鼻を啜《すす》って琴音の胸に顔を埋めている。

（これは、想定外ですね……。まさかの展開です）

その後、琴音の胸でスースーと寝息を立てる和泉を眺めて琴音は考える。

（……色々なパターンがあるんですね、なるほど。やはり、シナリオ外は自由度が高いということですね？　まあでも、だからといって私がここを生きて出られることはないでしょうけど）

「和泉先生……貴方《あなた》は死にませんよ、安心して眠って下さいね。……よしよし……」

◇◇◇◇◇◇

「琴音さん……、もっと撫で撫でして下さい。……ごめんね、僕は大人なのに君に甘えてしまって、うぅ、でも、もう限界です」

夕方に目を覚ました和泉は顔色が少し良くなっていた。久しぶりに良く眠れたようだ。少し気まずそうにしていたが琴音が頭を撫でるとすりすりと擦り寄ってきた。

（可愛いですね……、先生……本当は甘えん坊ですもんね）

「良いんですよ。和泉先生、……よしよし、たくさん撫でてあげますから安心して甘えて下さいね」

「琴音さんは、……僕が好きなんですか？　だから最初に僕を誘ったの？　なのに僕がセックスだけで一緒に過ごせないからアノニマスさんを誘惑したんですか？　……それとも、男なら誰でもいいの？　……ごめんね、そんなこといわれても困りますよね？　僕、今少しおかしいみたいです」

和泉は琴音の胸に顔を埋めて震える声でそういう。

（……好きだっていえばもしかして残りの日数、一緒に過ごしてくれますかね？　弱ってるところにつけ込むみたいですけど和泉先生も誰かに甘えたいんでしょうし。それも良いかもしれませんね）

どうせ部屋に引き籠もるだけなら、それも悪くはない。

「……和泉先生が好きです。だからエッチしたかったんです。アノニマスさんを誘ったのは先生のいう通りです。寂しくて……」

そう告げると和泉は泣いて赤くなった瞳を琴音に向けた。

「……そう、なんだ。琴音さん、僕達本当に付き合いましょうか？　……そうしたら君は、もう他の男の人とはセックスしない？　……寂しくない？」

おずおずと和泉は、そういう。

（……なるほど、こうなるんですね？）

「……嬉しいです。先生、好き……」

ぎゅうっと抱きつくと和泉はホッと息を吐いた。きっと和泉は琴音を好きなわけではない。ただ甘えられる存在を離したくないだけだろう。

（残り三日だけですけど。たくさん甘えさせてあげましょう……)

「琴音さん……、しましょうか？　勃《た》っちゃいました……」

グリグリとモノを擦りつけられて琴音は内心で、ほくそ笑む。

(やった！　まさかの展開です。なるほど、先生は、やっぱり甘えさせてあげて、慰めると甘々になるんですね。今後も使えますね。今回アノニマスさんは失敗でしたが、これはこれでありですね)

その後、積極的な和泉は、激しく琴音を求めてくれて、今まで以上に甘い愛撫《あいぶ》に蕩《とろ》けそうだ。

「あん……せんせぇ……きもちいよぉ♡」

和泉のモノで激しく中を突かれて、甘い声が止まらない。

「僕のモノが好きなの？　それとも誰のモノでも良いんですか？　ねぇ琴音さん？　ん……、もう他の人とは、させませんからね？　君は、もう僕のですからね？　ふ……んっ……っ！」

「ふぇ……？」

びゅくびゅくと中に放たれた精液に琴音が思わず間抜けな声を出すと和泉はクスリと笑った。

「ああ、中で出ちゃいましたね？」

(え？　中出し？　先生が？)

「……赤ちゃんできてしまうかもしれませんね？　ふふ、困っちゃいますか？　……もしできてしまったら責任は取りますから安心して下さいね？」

そういって和泉は、まだ硬いモノを中でグリグリと擦りつけている。いつもなら一度で萎えるのに今は萎えていない。

(……これも変化？)

その後、和泉は二回琴音の中に出して幸せそうに琴音のお腹を撫でている、正直困惑した。いくら今回の周回で和泉と元々体の関係があったとはいえ、お互い割り切っていた。それが今は、まるで両思いの恋人のようだ。いくら付き合うことになったとはいえ態度の変化が急すぎる。そんな琴音の様子に気づいたのか和泉は琴音にキスをして、それから苦笑している。

「……琴音さん？　困惑してますよね？　実は僕もです……。なんて単純だと自分でも思いますけど、君に慰められて嬉しかったんです。それに他の男に取られると思うとすごく嫌な気分になりました。……好きです。君を本気で好きになっちゃいました」

ぎゅうっと抱きしめられる。

（……先生ちょろすぎません？　嫌な気はしませんけど……、まあでも辛い時に優しくされたら、それも仕方ないのかもしれませんね。嫌われたり喧嘩《けんか》になるよりは全然良いですね）

エヴァと喧嘩になった周回に比べれば全然良い。むしろ嬉しいくらいだ。好きだといわれて悪い気はしない。

「琴音さん、好きです。琴音さん」

甘えてくる和泉の頭を撫でて琴音も愛の言葉を返す。

「和泉先生。私も大好きです！」

◇◇◇◇◇

「センセ？　顔が怖いッス。誤解ッスよ!!　ちょっと添い寝しただけッスよ？　なんでそんなに怒るんスか？」

「別に怒ってないですよ？　ちょっと添い寝ねえ？　へえ？」

青い顔の太陽に和泉は、にっこりと笑いかけているが瞳の奥は笑ってない。次の日の朝に太陽が部屋を訪ねてきて添い寝したことがバレた。

『あれ？　コトちゃん、先生とも寝たんスか？』

扉を開けて中にいる和泉を見て太陽が問題発言をしたからだ。太陽とは添い寝だけしかしてないと弁明したが、和泉の機嫌は、めちゃくちゃ悪くなった。

『……やっぱり男なら誰でもいいんですか？』

ハイライトの消えた瞳で、そういわれて琴音は震えた。

（ひえええええ、先生ヤンデレ属性まであるんですか？）

結局太陽は拾い物のお礼に食べ物を持ってきただけで、すぐに帰った。ノアから詳細は聞かされていないようだが琴音にあまり近づくなといわれているようだ。

「そういえば和泉先生はお部屋に帰らないんですか？　ここにいてノアさんに怒られませんか？」

太陽を見送って、そう尋ねると後ろから琴音を抱きしめていた和泉は、はあと溜め息を吐いた。

「恋人なんですから問題ないです。それとも帰って欲しい？　……ですけど君は見張ってないと他の男を誘惑するかもしれませんからね。ほんと困っちゃいますね」

（うぅ……太陽君の件は本当に誤解なんですけど……、先生って嫉妬深いんですか？　意外な面がどんどん出てきますね？　ああ、でも前もチクチク嫌味《いやみ》いってましたっけ？　なるほど……）

「いえ、嫌じゃないです、先生とずっといられるなら嬉しいですよ？　先生……」

すりすりと擦り寄ると和泉は琴音の機嫌は少し直る。ちょろい。その後、本当に和泉は琴音にベッタリで、ほとんど部屋でセックスやイチャイチャして過ごした。和泉は、もう完全に中出しだ。子供が欲しいとしきりにいっている。

「もし今、子供ができたら、君の親御さんには、なんて説明しましょうか？　僕の職業を話すのは少し気が引けますね。……卒業までは隠すにしても、出産予定日でバレてしまいそうだし……。勿論《もちろん》結婚して責任は取りますが、世間体は悪いですよね。その後の進学等もありますし」

完全に結婚する気の会話だ。ここから琴音は出られない、でも和泉はそれを知らないし、わざわざ否定するのも意味がないので琴音は話を合わせる。

「赤ちゃんができたら進学は諦めますよ。ふふ、先生との子供なら男の子でも女の子でも、きっと美人になりますね」

そう告げると和泉は頬《ほお》を染めて琴音にキスをした。

「ここにきたことをすごく後悔してましたけど、君に会えました。嫌なことだけでもないですね。……愛してます。琴音さん」

「……先生、私も愛してます、きっと、ここから無事に出られますよ」

（和泉先生は明日にはね……）

今回は和泉とずっと一緒だったのだが、やはり時間になると強制力が働くようだ。和泉はソファーで眠ってしまった。

（そろそろですね。先生さよなら、……）

ちゅっとキスをして和泉に背を向け歩き出す。琴音の意志ではない。体が勝手にアノニマスの元へと向かう。今回の周回も結末は変わらない。琴音はやっぱり死ぬのだ。

（なんだかんだ最後は楽しめました。さてと次も頑張りましょうかね）

【ループ六回目】

「……ミドリコ。ドコ行くんだ？　おれも行く……。サミシイ」

「探索だよ？　アノも行く？　良いよ。それじゃあ一緒に行こうか」

仲良く探索に出掛ける二人を眺めて琴音は、ふうと息を吐く。今回の周回の緑子はアノニマス狙いだった。

（ならアノさんは無理ですし、やっぱり当初の予定通り今回の周回はエヴァさんとラブラブしますか。処女のままの方が良いのでしょうか？）

自由タイムはたったの一週間しかない。なのでセックスをたくさん楽しむ為には先にナスで処女を喪失しておくのが一番良いのだが、非処女の場合エヴァと上手《うま》くいくか分からない。

（処女じゃないと分かれば、めちゃくちゃされそうですし、手酷く扱われるのは嫌です。……処女だと最初は痛いですけど我慢しましょうか。今回はできるだけ一番最初の周回をなぞって行動しましょう）

ちょっとした琴音の行動で周囲も変化するのなら今回は処女のままでエヴァに抱かれることにする。甘々のラブエッチをしたいからだ。前回は思いがけず和泉と楽しく過ごせたが、まだ足りない。

（……さて、自由タイムまではまだ二週間程ありますし。エヴァさんにできるだけたくさん会いに行っておきますかね……）

今は、まだゲーム開始から一週間目だ。部屋を出てアイコンを確認するとエヴァはノアと談話室にいた。共通ルート中も世間話なら問題なく行えるので少し話して親交を深めておこう。

談話室に入るとエヴァとノアは会話を止めて琴音を見た。まだ、そこまで親しくないのでペコリと頭を下げて挨拶するとエヴァがソファーから立ち上がった。

「やあ。……珍しいね。君が談話室にくるなんて、あまり部屋から出てこないから心配していたんだよ」

エヴァは琴音に近づいて、そういうとニコリと笑った。

（え？　……共通ルート中に向こうから話しかけてくるなんて……初めてです）

緑子達といる時なら何度か話しかけてもらえたが一人で行動している時は、ほとんど琴音はいない者扱いだった。琴音が思わずポカンとしてエヴァをじっと見るとクスクスと笑われた。

「…………間抜けな顔……」

ボソリとノアが呟いた。

「良かったら私達と少し話さない？　……これから共に過ごす仲間なんだから、お互いをもっと知った方が良いんじゃないかと思うんだ。無理にとはいわないけどね。どうかな？」

◇◇◇◇◇

エヴァとノアとしばらく談笑していると太陽と和泉もやってきた。

「皆で集まって楽しそうッスね、オレも交ぜて欲しいッス！」

「おや？　……珍しい組み合わせですね。……観音坂《かんのんざか》さん、でしたっけ？　今日は緑子さん達と一緒じゃないんですね」

和泉は琴音とエヴァとノアを見て首を傾げている。

最初の一週間、琴音はほとんどを緑子達と過ごす以外は部屋で過ごしていた。だから今回の周回では、まだ誰とも親しくはない。

「あ、はい。観音坂琴音です。……緑子ちゃんはアノさんと探索に行っちゃいましたし美奈《みな》ちゃんはお昼寝中なので」

琴音が、そう答えると和泉は、じっと琴音を見てから、ぼうっとしていた。

「折角集まったのだから、皆で話をしよう」

そういうエヴァに太陽も和泉も頷く。ノアは面倒くさそうにしているが異論はないようだ。五人で和《なご》やかな会話が始まり和泉やエヴァは時々琴音にも質問をする。それに答えながら琴音は胸がドキドキとした。

共通ルート中に琴音が攻略キャラから興味を持たれるのは初めてだ。例えば今までなら世間話でも琴音から質問をして攻略キャラがそれに答えるということがほとんどだった。向こうからはあまり質問もなかったので話は広がらず、少し話してすぐに解散になる。

なのに今は、まるで自由タイムのように皆と話ができている。

（なんでしょうか？　これも初めてのことですね……。もしかして……今なら……）

「あの、皆さん。皆さんは、ここが乙女ゲームだと知ってますか？」

そう尋ねてみるが誰にも琴音の声は届かない。今までだって一度も届かなかったのだ。

（なんだ……。何かが変わったわけじゃないんですね……。なんだ）

ほんの少しガッカリして琴音は溜め息を吐く。

（……これも世間話の延長線上ってことですね。……はあ。期待してても無駄なのに。また期待しちゃいました。……なんだかテンション下がりますね）

情報収集のチャンスではあるが、なんだか皆と話す気分じゃなくなってしまった。

（……情報は何時《いつ》でも手に入りますし、もう今日は部屋に戻りましょうか……。ふう）

「あの、すみません。私そろそろお部屋に帰ります。あの、お話楽しかったです。それじゃあ失礼します」

琴音が立ち上がるとエヴァも立ち上がった。

「部屋まで送るよ」

（え？）

これにも琴音は驚く。今まで共通ルートで部屋まで送ってもらったことなんてない。まあそれはそういう状況になったことがないからなのだが。

（……これも初めて。ですけどもう期待はしないのです。……はあ……）

「あ、いえ。……大丈夫です。ノアさんの結界がありますし」

そう琴音が答えるとエヴァは眉を寄せた。

「……確かにそれはそうだけど。結界だって完全に安全とはいえないし」

そうエヴァがいうとノアがエヴァを睨んだ。

「エヴァ。……それどういう意味？　……ボクの結界は完璧……。広範囲は無理だけどここは絶対安全……」

ムスッとして、そういうノアにエヴァは苦笑した。

「あー。……うん。それはそうなんだけど……、ノアの魔法を疑っているわけじゃないんだけど……。なんだか心配で……。とりあえず私は琴音を送って行くよ。だから皆は気にせず話していてくれ、さあ。行こうか」

そういわれて琴音は何か違和感を覚えたのだが、それがなんなのかは分からなかった。談話室を出て、エヴァと廊下を並んで歩いて琴音は首を傾げていた。

（……なんでしょうか？　なにか……引っかかります

ね……）

　先程から、なにかよく分からない違和感を覚えて気持ちが悪い。こう、分かりそうで分からない。あの嫌な感覚だ。

（うーん？　なんでしょうか？）

「……琴音？　どうしたんだい？　何か悩みごとかな？　私で良ければ話を聞こうか？」

　うんうん頭をひねる琴音にエヴァが声を掛けた。その心配そうな顔を見て琴音は気づいた。エヴァが琴音を呼び捨てで呼んでいるのだ。

（あ、違和感はこれですね。だってエヴァさん、共通ルートでは琴音【殿】って呼びますもん。……エッチしたら呼び捨てでしたけど……。おかしいです）

「エヴァさん、名前……何で呼び捨てなんですか？」

　思わずそう尋ねるとエヴァは少しだけ眉を顰めた。

「もしかして嫌だったかな？　私は基本的に誰でも名前で呼ぶんだけど、気分を害したのなら済まない。なんて呼ぼうか？」

　そういわれて琴音も眉を寄せた。

（確かにエヴァさんって皆を呼び捨てますけど。でも琴音殿って私には、いってたじゃないですか……。なんで今更……。はあ。だからもう期待はしないのです。……長い周回、そんなこともきっとあるんですね）

「あ、いえ。嫌じゃないですから……」

　そう答えて足が止まる。部屋に着いたのだ。

「ねえ、琴音。少し二人で話さない？　部屋に入っても良いかい？」

　そうエヴァから告げられて琴音はまたポカンとした。今日はありえないことが立て続けに起こりすぎる。また期待する心を琴音は無理やり抑えつけてエヴァをじっと見た。

（……どうなってるんでしょうか？　二人きりにはなれないはずです。だって強制力がありますもん。…………でも向こうからのお誘いですし。もしかして……二人きりになれる？）

「あ、あの…………」

　オッケーだと言おうとした琴音の言葉を遮るように声がした。

「あ、エヴァ！　丁度良いところにいてくれたー☆　あのさ、ちょっと今から探索行かない？　俺ちょっと気になることがあるんだよねー」

　桜島《さくらじま》だった。

「ハルト、気になること？　何か手掛かりを見つけたのか？　……ごめんね。琴音、話はまた今度にしようか」

そういうとエヴァは桜島と歩いて行ってしまった。

（なーんだ。やっぱりこうなるんですね……）

やはり強制力は絶対だ。今回は少し珍しいことが立て続けに起こったが、それも特に意味はない。

（……私が知らないだけで、色んなパターンがまだあるってことなんでしょうか？　…………退屈はしなくて良いですけど、結局はメタ発言は伝えられませんし、強制力には逆らえません。……むぅ。糠喜《ぬかよろこ》びです）

◆◆◆◆◆◆

「サンキュー、エヴァ☆　俺一人じゃ結界の外は、やっぱり怖いしさー。んでも意外だね。あの子と仲良かったんだ？　あの子全然部屋から出てこないのに、いつの間に仲良くなったの？」

そう不思議そうにいうハルトにエヴァはニコリと笑った。

「いや、まだ仲良くはないよ。……これから仲良くなれたら嬉しいけどね」

「ふーん？　そっか☆　まあ、良いんじゃん。仲間だし☆　……あ、もしかして好みのタイプとかー？　にしし」

そう茶化《ちゃか》すハルトにエヴァは、うーんと唸《うな》った。

「いや……。どうだろう？　どちらかといえば緑子の方が好みかな。……でもなんだか気になるんだよね……。彼女って」

◇◇◇◇◇

「やあ。琴音、食べ物は足りてるかい？　もし足りなければ何時でもいってくれれば、持ってくるよ。たくさん見つけたからね」

キラリと歯を光らせてエヴァは笑う。

「あ、……ありがとうございます。エヴァさん。ご飯は今のところ足りてますから大丈夫ですよ」

エヴァはニコニコと微笑んで琴音を見つめている。

共通ルートも残すところあと三日。緑子とアノニマスは順調に仲を深めている。そして何故か琴音とエヴァも二人きりになることはないが頻繁に会っていた。

琴音を見つけるとエヴァから近寄ってくるのだ。だが少し会話をすると、すぐに誰かがエヴァを呼びにきて、それ以上親密になることはない。強制力は絶対だ。

（ですけど今までで一番仲は良くなりましたね、ノアさんのことも少しだけ聞けましたし。これはこれで悪くはないです）

会話内容も他愛のない世間話からエヴァやノアの世界の話など、今まではあまり聞けなかったこともエヴァは話してくれる。ノアの情報を手に入れられたのは嬉しい。今後の攻略に何か役に立つかもしれない。

「なんや琴音っちとエヴァさん良い感じじゃやん、緑っちもアノっちといい感じじゃやし。うちだけ仲間外れやんなー、辛いわー」

そうぼやく美奈に苦笑いをして琴音は考える。

「そんなんじゃないですよ」

（……何なのでしょうか？　強制力は確かにあるのに、エヴァさんの態度が少し軟化してますね。まさかバグ？　………それとも、ただの気まぐれでしょうか？）

相変わらず他の人達は琴音に興味はない。いや、だがおかしい点が、もう一つあった。談話室や廊下で視線を感じて振り向くと大体、和泉がいる。話しかけてはこないので勘違いかと最初は思ったのだが何度も同じことが続いたので、琴音は手鏡でこっそりと背後を窺ってみた。和泉は間違いなく琴音を見ていた。振り向くと視線をそらされたが、こっそりと背後に向けた手鏡には、こちらをじっと見つめる和泉が映っていた。

（エヴァさんと和泉先生？　……まさかね。……やめやめ。このことは考えないでおきましょう。きっと偶然です。私は一体何度期待を裏切られたら懲りるんでしょうか。……はあ）

他の周回で琴音と関係を持った二人のこれまでにない行動に、この地獄から抜け出せるんじゃないかと期待してしまいそうになる。だがそんな都合の良いことは起きない。琴音は、この地獄からは抜け出せない。そんなことは何千回もループして、とっくの昔に理解したはずだ。

◇◇◇◇◇

自由タイム初日、去って行く緑子達を見送り琴音は廊下を歩く。今回はアノニマスルートなのでノアも不在だ。

（さてと……。やっと自由タイムですね。今回は結構エヴァさんとは仲も良いですし、最初の周回のようにあっさり抱いてもらえますかね？　あ、ですけどノアさんがいないということは少し変化するのでしょうか？）

最初の展開をなぞろうと思っていたのだが、ノアはいない。そうなるとシャワー後にバッタリイベントはなくなるわけだ。

（ふむ、ということは叱られたりしないので私にエヴァさんの真意がバレるイベントも発生しませんね。エヴァさんは恋人のフリを罪悪感なく続けるってことですよね？　……前程は優しくはしてもらえないんでしょうか？　……それとも、ちゃんと告白して好き好き伝えれば罪悪感を抱く？　そしたら優しくしてもらえますかね？　私はエヴァさんの恋人だと勘違いしているってことになるわけですし）

元々今回の周回では好きだと伝えてみるつもりだった。割り切りだとエヴァとまた喧嘩になるかもしれないので、それは避けたい。うーんと考えていると曲がり角で人とぶつかる。


「あっ！　すみません！」

「おっと…………、大丈夫ですか？　観音坂さん。こちらもすみません。余所見《よそみ》してました」

衝撃でグラリと倒れ込みそうになる体を和泉が支えてくれた。

「あ、いいえ。…………ありがとうございます」

抱きしめられるような体勢で支えられている。顔を上げてお礼をいうと和泉は、じっと琴音を見下ろしていた。

「あの……、もう大丈夫です。あの？　先生？」

何故か和泉は琴音を腕の中に収めたまま、ぼうっとしている。さわさわと手のひらが琴音の腰を撫でた。

（えっ？）

驚いてビクリと体を揺らすと和泉はハッと目を見開いた。

「おっと、すみません。怪我《けが》がないか心配で…………。ですけど大丈夫そうですね。それでは僕はこれで失礼しますね」

パッと琴音から離れて和泉は早足で去って行った。

（びっくりしました……。いきなりセクハラかと思いました。そんなわけないのに。やっぱり私の自意識過剰なのですかね？　先生、あっさりと行っちゃったし。まあ、今回は先生とは何もないですすし、気にしなくても良いですね。それよりもエヴァさんです。やっぱり少し展開は変わるんでしょうか？　今回は喧嘩にならないように気をつけないと）

夕方にエヴァのところに行こうと思っているとコンコンと部屋の扉が音を立てた。誰かきたようだ。

（……？　誰でしょうか？　人がくるなんて…………）

このタイミングで人が訪ねてきたことなんて一度もない。本当に今回の周回は変なことが多い。（バグ周回と名付けましょう。…………）

カチャリと扉を開けるとエヴァが立っていた。その手には食べ物がある。

「やあ、琴音。君は遠慮していたけど本当に食べ物はたくさんあるから持ってきたよ。中に入っても良いかな？」

キラリとエヴァは歯を光らせた。

（エヴァさんからきてくれました。なら、丁度良いですね。さくっと告白しちゃいましょう）

「ありがとうございます。エヴァさん、どうぞ、入って下さい」

エヴァを部屋に通して琴音は、ほくそ笑んだ。体感的には久々のエヴァとの行為だ。前回は喧嘩してしまったので、ろくに楽しめなかったが今回はたくさん楽しもうと内心で、むふふと笑う。

「なんだか君とこうして二人きりは初めてで少し緊張するね。…………いつも誰かの邪魔が入ってしまうし、だけど今日は大丈夫そうだ」

ソファーに腰掛けたエヴァは、そういうとニコリと笑う。小さなソファーなので隣に座ると密着することになるが琴音はエヴァの隣に腰を下ろす。

「二人きりになれて私、嬉しいです。エヴァさんが好きなんです！　エヴァさん。好き。抱いて下さい」

甘い声でいって、ぎゅっと胸を押し付ける。これでエヴァは琴音を抱くはずだ。期待の眼差《まなざ》しを向けるとエヴァは眉を顰めていた。

（え？）

思わずポカンとするとエヴァは、そっと琴音の肩を掴んで身を離した。

「…………琴音、君の気持ちは嬉しいけど。でも駄目だよ？　まだ付き合ってもいない男にそんなに体をくっつけるなんて……。抱いてなんて……。駄目だよ、琴音」

（はあ？）

今までなら鼻息荒く琴音を抱き潰してきた男の口から出た言葉とは思えない。思わず耳をほじるとエヴァは変な顔をしていた。

「琴音、……とりあえず一度離れて？　普通に話をしよう。嫌なわけじゃないけど……急すぎて少し驚いたよ」

そういって頬を染めるエヴァを琴音は信じられない物を見る目で見つめた。

（え？　ええ？　………なんでですか？）

唖然《あぜん》としているとエヴァは慌てたように口を開いた。

「あ、勘違いしないでくれよ？　本当に気持ちは嬉しい。私も琴音に対して少なからず好意は抱いているさ。だけどまだ私達は出会ったばかりだし、二人きりになるのも今日が初めてだし。もっとゆっくり時間をかけてお互いを知って行く必要があると思うんだ。……そうだろう？　だからまずは、その……清い交際から始めないかい？」

そういって頬を染めてキラリと歯を光らせるエヴァに琴音は、また唖然とした。

（えええええ？　何いってんですか！　ゆっくり時間をかけて？　いやいや、その時間が私にはないんですっ！　なっ……なんでですか？）

あまりの出来事に琴音はプチパニックだがハッとする。今回の周回はエヴァと、かなり仲が良くなった。エヴァの発言からも結構琴音に対して好意がある様子が窺える。

（なるほど……？　攻略まではいかなくても私に対して少なからず好意がある。だから酷い扱いはしないということですか？　……なるほど。親しい相手を騙して行為に及んだりはしないのですね）

本来のエヴァ・フリーズは高潔で清廉な騎士だ。いくら性欲が溜《た》まっていても知人に軽々しく手は出さないようだ。今回は仲良くなりすぎたことが裏目に出た。

（うわぁ。最悪です……。清いお付き合い？　そんなの別にしたくないです）

「あの、エヴァさん……。私、魅力ないですか？　エヴァさんとエッチなことがしたいです。抱いて欲しいです……」

諦めず、うるうると瞳を潤ませてエヴァを見つめるとエヴァは視線をそらして溜め息を吐いた。

「………もちろん君は魅力的だけど。でも、大事にしたいんだ。それに実をいうと私は女性と、そういう行為をしたことはない。……君だって初めてだろう？　まだ私達には早すぎると思うんだ。だから、まずは話をしよう？　琴音のことをたくさん知りたいし私のことも知って欲しい。……もちろん私達は、もう恋人だ。……私も君のことが気になっていたし、好きだといわれて今、胸がドキドキしているよ。嬉しいよ。琴音、きっと、これから君をすごく好きになれると思う。……体を繋げるのは、それからさ」

はにかんで、そういうエヴァに琴音は内心で舌打ちした。

（はあ？　ちっ……。そういうのは別に求めてません。どうしましょう。エヴァさん本気で私と付き合う気ですか？　……清いお付き合い。はあ……嘘《うそ》でしょう？　それなら振ってもらった方が良いです）

エヴァは琴音に熱い眼差しを向けている。本人はすでに両想《りょうおも》いで付き合っているつもりだろう。今更やっぱりなしでとはいえない。

（……ですけど残り一週間はありますし。エヴァさんは性欲すごいですから。なんとか誘惑すればセックスに持ち込めませんかね？）

そう考えるのだが目の前で困ったように、はにかんで笑うエヴァの顔を見るとそれも難しそうで琴音はガッカリとする。

（最悪なバグ周回なのです……。こんなこともあるんですね。はあ、……こんなことなら今回も和泉先生にしとくか桜島君か太陽君に迫ってみれば良かったです）

◇◇◇◇◇

「えー、付き合ったんだ☆　おめでとー！　めっちゃうらやましーじゃん☆」

桜島の言葉にエヴァは、はにかんでありがとうと返している。

（あー。やっぱり皆に、いっちゃうんですね。……これで完全に他に行けませんね）

エヴァは琴音と恋人になったと残っている皆に告げた。

「おめでとッス！　良いニュースッスね！」

「…………おめでとうございます」

　太陽と和泉も祝福してくれている。琴音はニコリと愛想笑いをして皆に礼をいう。

「ありがとうございます。皆さん」

（……あと六日。実質五日でセックスまで持ち込めますかね？　………………はあ）

　嬉しそうなエヴァを見て琴音は、こっそりと溜め息を吐く。

（ですけど付き合っているんですし、キスくらいは、してくれますよね？　流石に）

「はぁーー。こんなの生殺しですよ」

　自室で琴音は項垂れた。エヴァとの清く正しいお付き合い（笑）は本当に健全なお付き合いだった。あれから二日。手を繋いで、お散歩しかしていない。夜はお互いに部屋に帰り昼間は談話室や廊下でお話だ。エヴァは琴音が二度ほど、いやらしく迫ったら二人きりになってくれなくなった。

『駄目だよ、琴音。……もっとゆっくり進んでいこう？』

　そういわれて琴音はガッカリした。流石に人前でエッチしたいと迫ることはできない。今回は完全に無駄な周回だ。

（……何もしてくれない癖に他の人と話すと不機嫌になりますし……、何なんでしょうか？　今回のエヴァさん。バグエヴァさんです……。はあ……つらぁ……）

　せめて情報収集しようと桜島や太陽と会話をするとエヴァはムスッとする。桜島達も空気を読んで琴音にあまり話しかけてこなくなった。なのにエヴァは何もしてくれない。こんなの生殺しだ。

「キスすらなしって……。恋人の意味あります？」

　そう独《ひと》りごちて琴音はベッドに倒れ込む。そうするとムラムラしてくる、セックスしたい。ろくな娯楽もないこの場所で甘い快感を知ってしまった若い体は熱を持て余す。一人でオナニーだけでは、もう物足りない。

（……そういえばここ二日、和泉先生の姿をあまり見てませんね？　…………やっぱり体調を悪くしてるんでしょうか？　寝れてないんですもんね）

　和泉は談話室にもこないし廊下でも見かけていない。部屋に籠もっているのかもしれない。

「はあ…………エッチしたいです。和泉先生にしておけば良かったです」

和泉の気持ち良い愛撫を思い出しながら琴音は思案する。

（……夜中ならエヴァさんにバレずに先生に会いに行けますかね？　いえ……でも流石に誘ってもエヴァさんと恋人の私とエッチなことなんてしてくれませんよね。しかも私、処女ですし。……それに流石に浮気は駄目ですよね）

和泉は処女は面倒で嫌だと思っているし更には今の琴音はエヴァの恋人だ。

（……馬鹿なこと考えてないで、さっさと寝ましょう。はあ……）

琴音はゴロンと寝返りを打って不貞寝《ふてね》した。

◇◇◇◇◇◇

「琴音。すごく可愛いよ！　やっぱりよく似合うよ」

珍しくエヴァとは二人きりだ。エヴァが探索から戻り、琴音に可愛らしいワンピースドレスを数着持って帰ってきた。早速着てみて欲しいといわれてエヴァの部屋でファッションショーだ。

「……嬉しいです。エヴァさん、ありがとう」

可愛らしい服に琴音のテンションもほんの少し上がる。ヒラヒラのレースがくるりと回ると、ひらひらと揺れて可愛い。

「琴音……。君が好きだよ。……ずっと一緒にいたい」

エヴァは、そっと琴音を抱き寄せた。その瞳は甘く蕩けている。

（…………エヴァさん、私を本当に好きなんですね？……まあ、これはこれで。そこまで悪くはないですかね。それに久しぶりのスキンシップです）

「私も大好きですよ」

琴音からも、ぎゅっと抱きつくとエヴァは一瞬息を呑《の》んで琴音から、そっと離れた。

「琴音……。ごめん。離れて？　そろそろ部屋に送るよ、もう時間も遅いし」

甘い言葉を吐いて抱きしめてきたのはエヴァなのに、いきなり突き放すようにされて琴音はムッとした。

また生殺しだ。だけどあと三日。実質ちゃんと過ごせるのは二日だ。いくら今回はセックスできないといっても、わざわざここで喧嘩して険悪になる必要もない。なので素直に従う。

「わかりました。エヴァさん。服、ありがとうございます、とっても嬉しいです」

そう告げるとエヴァはホッとしたように息を吐いていた。

自室に送ってもらいエヴァとは別れる。服を着替えようとしているとコンコンと扉が鳴った。

（エヴァさんでしょうか？　何か伝え忘れ？）

ついさっき去って行ったばかりなのにと扉を開けると和泉が立っていた。ほんの少し顔色が悪い。やはり眠れていないのだろうか。

「こんばんは。観音坂さん、少し良いですか？

…………ちょっとお話があるんです」

（…………お話？　なんでしょうか？）

不思議に思ったが特に断る理由もない。どうぞと部屋に通すと和泉は、じっと琴音を見ていた。

（…………やっぱり変な周回ですね）

今回ほとんど関わっていない和泉が訪ねてくるなんて珍しい。

「…………可愛らしい服ですね」

「え？　……あ、はい。エヴァさんが見つけてくれて」

いきなり服を褒められてキョトンとするが、今はエヴァがくれたワンピースドレスを着ていることを思い出す。ニコリと笑って、そう告げると和泉の顔が曇った。

「先生？　お話ってなんですか？」

ソファーに座った和泉に尋ねると和泉は、ぼんやりとしている。

「…………」

「……あの、和泉先生？　お話って？」

要領を得ない和泉の態度に琴音が、もう一度尋ねるが、やはり和泉は何も答えず、ぼーっと琴音を見つめている。その視線が胸元に向いている気がしてドキリとする。

（まさかね？　ですけど……。先生、胸を見てる？）

胸の谷間が顕《あらわ》になったデザインのワンピースドレスだ。もしかして和泉は琴音の、この姿に興奮しているのでは？　と期待で胸がドキドキする。

（お話がなんなのか謎ですが、それが終わったら、もしかして先生とエッチなことできちゃいます？）

今回は処女なので最後までは無理でもエッチなお勉

強ができるかもしれない。思い切って、こちらから誘惑してみようかと考えるがエヴァのことが頭に浮かぶ。

（っ……ですけど、一応エヴァさんと付き合ってますし……。でもバレなければ良いんでしょうか？　どうせ、この周回だってあと、実質二日で終わりますし。でも…………浮気は流石に……）

今回のエヴァは本気で琴音と付き合っていると思っている。もしこれが割り切った付き合いなら同時進行もありだろうが、今の状況で他にいくのは流石に罪悪感がある。琴音も、そこまでクズにはなれない。

（ですけど。……どうせなかったことになるし……。いや、でも……うーん……）

琴音の中で天使と悪魔が戦っていると、いつの間にか和泉がソファーから立ち上がって琴音を見下ろしていた。

「……和泉せんせ……っ！　……っん……!!」

いきなり抱きしめられてから、ぐいっと顎を掴まれて強引にキスをされて琴音は思わず和泉の胸元を押し返す。だがビクともしない。

（なっ！　なんですかっ？）

舌が唇を這い強引に割り入ってくる。

「んっ…………っ……。ふ…………」

「んん！　………っ………ぁ……」

れろれろと口内を舐め回されて琴音は体から力が抜けた。約一ヶ月ぶりの和泉との激しいキスだ。和泉はキスも上手い。気持ちが良い。

（はあ……♡　あ……和泉先生？　どうして？　先生もバグ？）

疑問はあるが琴音も欲望のままに和泉に舌を絡めると和泉の手が琴音の背中や腰を撫でた。完全に、いやらしい触り方だ。くちゅくちゅと舌が何度か絡んでから唇は離れた。

「っ……観音坂さん……、っ……一度だけで良いので僕ともセックスしてくれませんか？　…………エヴァさんとは、もうしてるんでしょう？」

和泉は辛そうにそういう。

（え？）

「和泉先生？」

「ごめんね。無理にキスなんてして、でも僕は……、僕も少し前から君を見てました。こんな気持ちは、きっと一時的な気の迷いだと思って伝えずにいたんだけど。君がエヴァさんと恋人になったと聞いて……。

悔しくて悲しくて……。僕、君が好きなんです。多分一目惚《ひとめぼ》れなんです。お願いです。観音坂さ……いえ。琴音さん、一度だけ、抱かせて？　そうしたら、ちゃんと諦めますから」

和泉の言葉に琴音は絶句した。

（ええええええ？　和泉先生が私に一目惚れっ？　やっぱりバグ！　なにがどうなってるんですかっ！　今回はっ？）

琴音が絶句していると和泉は琴音をぎゅっと抱きしめた。

「お願いです……。琴音さん、……一度だけで良いんです。けして後から君に迷惑はかけませんから、僕に思い出を下さいっ！　君を抱きたい、琴音さん……好きです」

まるで、いつかの和泉と琴音の立場が逆転したみたいだ。琴音はハッとする。呆《ほう》けている場合ではない。

（先生が私を好き？　一目惚れ……？　だから頻繁に視線を感じたんですか？　……でも一度セックスすれば諦める？　……とんでもないバグです。強制力が働かないのは今回和泉先生は緑子ちゃんに選ばれなかったのでシナリオには影響がないからですかね？　……どうしましょう）

状況はなんとか理解できた。だが、どう返事を返すか悩む。琴音的にはセックスできるならしたいが今回の周回の琴音は処女だ。和泉はエヴァと琴音がすでにセックスをしていると勘違いしているようだが。なんならキスもまだだったので今回の周回の初キスは和泉だ。

（…………したいですけど、でも）

脳裏をよぎる幸せそうなエヴァの姿に琴音は罪悪感が湧く。周回がリセットされたのなら気にしないが、今の周回で好きだといってくれるエヴァを裏切ることは流石にできない。

（流石に……今回は駄目ですよ。エヴァさんは本気で私を好いてくれてますし。私から告白したからそうなったわけですし裏切れません。……だって、もしバレたら、きっと傷つきます）

和泉の気持ちに応《こた》えられないのは心苦しいが、それは仕方がない。琴音は一人しかいないのだ。どちらの気持ちにも応えることはできない。選ぶならどちらか一人、そして琴音は今回はエヴァを選んだ。不要に傷つけるのも本意ではないからだ。いくら周回毎にリセットされるとしても故意に人を傷つけるようなことはしたくない。

「……和泉先生。あの、私エヴァさんとは、まだ何もしてません。キスも先生が初めてで。……だから先生とセックスはできません。これ以上エヴァさんを裏切れません」

そう告げると和泉の目がギラギラとした光を宿らせた。背筋がぞわりとするようなそんな瞳だ。

「じゃあキスは僕が初めてなんだ？　……そう。…………っ……僕が初めて。ふ……」

ムクムクと和泉の股間が膨らむのがズボン越しにも分かる。初めてのキスだと告げたのは失敗だったかもしれない。

（おっと……、火に油でしたか？　もしかして無理やり、レイプされちゃったりします？　……無理やりなら仕方ないですかね？）

抵抗せずにヤラれちゃいなよ。不可抗力だから浮気じゃないよと悪魔がまた琴音に囁《ささや》くが、和泉は琴音に襲い掛かってくるでもなく股間を漲《みなぎ》らせて琴音のことを上から下まで舐め回すように見ている。

（うわぁ……………。和泉先生ってそんな顔もするんですね？）

今までの周回のセックスでは興奮していても常に余《よ》裕綽々《ゆうしゃくしゃく》な大人の男の顔だった。なのに今の和泉はハァハァと息を荒くして琴音の谷間を食い入るように見つめている。太ももやお尻にも視線を感じる。いつもは優しげに細められている瞳は血走っているようにすら感じられる。ぺろりと無意識なのか唇を舐める姿は少し怖い。

（い、和泉先生……。な、なんだかイメージが崩れちゃいます……。これもバグの影響なんでしょうか？）

これでは最初のエヴァのようだ。和泉とエヴァが入れ替わってしまったようにすら感じる。

（……そういうバグなのでしょうか？　……うわぁ。地味に嫌なバグですね）

そう考えていると和泉はハァハァと呼吸を荒らげながら口を開いた。酷く興奮しているからだろうか、その声は少し掠《かす》れていた。

「こ……琴音さん。お願いです、流石に処女なら、それを僕が奪うわけにはいきませんよね。……なら最後までしなくても良いので、僕に少し君の体を見せて下さい。…………見るだけで良いですから……、ね？　お願いです。琴音さん……ハァハァ……見ながら僕が自分でしますから、琴音さんは僕を見ていて下さい。……お願いします……、絶対に手は出しませんから。……ハァハァ……服を脱いで下さい」

（……それってどうなんでしょうか？　浮気になりますよね？　…………。どうせなら無理やり襲ってくれれば良いのに。そうすれば不可抗力なのに）

そうは思うが優しい和泉は、いくらバグ和泉でも、無理やりレイプなんてしないだろう。

「あの……、先生、流石にそれは……」

琴音が断りを入れようとすると和泉は土下座して、頭を床にこれでもかと擦りつけている。

「お願いしますっ！　お願いしますっ！　…………いつ死ぬかも分からない、こんな状況です。思い出が欲しいんです……。君が好きなんです。……でもエヴァさんと君の仲を壊そうなんて考えてません。ちゃんと諦めますから……だからお願いです、一度だけ僕に夢を見させて……琴音さん。……そうすれば、こんな状況でも、頑張って生きていけます」

困惑と驚愕《きょうがく》で琴音の心はグラグラと揺れ動く。そんな琴音の様子に気がついたのか和泉は、またお願いしますと何度もいうと頭を下げ続けている。必死なその姿に琴音の心は決まった。

（……和泉先生は絶対に死なないって知らないんですもんね。なら仕方ないかなぁ？　見せるだけですもんね？　ならギリギリセーフですよね？　うん。そうです。ギリセーフです）

琴音は内心でいいわけをするが、十分アウトだ。

琴音が服を脱いでベッドに寝転ぶと和泉はガチガチに勃起したモノを取り出して全裸の琴音を見下ろしてシコシコと扱いている。

「琴音さん……。すごく綺麗です♡　……小柄なのに、おっぱいは大きいんですね♡　すごい……想像以上です♡　すごくエッチな体です……。琴音さん……自分で胸を触ってみて？　もみもみって優しく揉んでみて下さい」

指示を出されるので琴音はそれに従う。

（和泉先生に指示されるの、すごく久しぶりな気がしますね……）

和泉に指示を出された最初のエッチな行為は体感的には、すでに半年程前だ。なんだか懐かしい。

(あの頃は本当にエッチできるとは実際思ってませんでしたけど、今はこんなことしちゃってます……。でもまだ二人だけなんですよね。…………一応アノさんとも途中まではできましたけど。……先は長いですね)

「琴音さん。……次は足を開いて僕にアソコを見せて下さい……。絶対触りません。見るだけですから」

「…………ん。はい、先生」

　いわれるがまま足を開くとクチュリと水音が鳴る。見られて興奮したアソコは、ぴちょぴちょだ。

「……………すごく濡れてる」

　そう呟くと和泉は吐息が掛かる程の距離で琴音のアソコを見ながらシコシコと自分でモノを扱いて泣きそうな声を零《こぼ》している。

「ああ……、すごい……っ……これが琴音さんのアソコ。……っ……はあ…っ……琴音さん、琴音さん、君が好きです。好き……、君の処女が欲しい……っ……は……ごめんね。……でも無理やりなんて……しませんからっ……っ琴音さん……ふ……ん……、っ……」

(……処女は面倒だっていっていたのに。本気で好きになるとこうなるんですね)

「琴音さん……キス……。キスだけお願いします。さっきしたんですから良いですよね？　お願いです。キスしながらイきたい」

(和泉先生のいう通り。キスは、さっきしちゃいましたし、二回も三回も一緒ですよね？　……これも浮気じゃないです)

「はい、和泉先生。キスして下さい」

　瞳を閉じると、すぐに唇が重なり舌が入ってきて、しばらく舌を絡めていると和泉はぶるりと震えて白濁を手のひらに吐き出す。それからポロポロと涙を流した。

「……琴音さん。ありがとう……ございました。僕、これでまた頑張れます。ごめんね。ちゃんと諦めますから……ぅ……好きです……うぅ……すき………」

　泣いている和泉を琴音は、ただ黙って見ていることしかできなかった。それから三十分が経過したが和泉は、まだ泣き続けている。ボロボロと涙を零してしゃくりあげる姿を見ていられなくて頭を優しく撫でると和泉は目を見開いた。ボロリと大粒の涙がベッドに落ちる。

「…………。どうして君はそんなに優しいんです？　そんなに優しくされると諦められなくなっちゃいます……、でもやめないで……。もっと撫でて……。あと少しだけで良いですから」

（……こうして近くで見ると酷い隈《くま》。やっぱり、ずっと眠れていないのですよね？）

悪夢を見るといっていた。それは今回のバグ周回でも変わりないようだ。

（……添い寝くらいなら浮気じゃないですよね？　……いや、でもアウトでしょうか？　前回の周回では和泉先生は太陽君に怒ってましたし、エヴァさんも嫌がるかも。うーん）

それに和泉の気持ちに応えられないのに期待させるようなことをするのはどうかとは一瞬思ったのだが、こんなボロボロの和泉を部屋から追い出せない。何度か恋人として過ごした周回のことを思い出す、いくら周回毎に相手の記憶がなくなるといっても琴音は全て覚えている。情も湧くというものだ。

（…………和泉先生が断れば、しつこくはしないでおきましょう）

一応そう決めて琴音は撫でるのをやめて和泉の頭をぎゅうっと抱きしめた。

「……よしよし。もしかしてあまり眠れてないんですか？　目の下の隈が酷いですよ？　……少し寝て下さい。こうして、ぎゅうってしててあげますから……」

「こ、ことねさん。どうして……、っ……」

和泉は琴音にすがりつくように腕を回して胸に顔を埋めている。あやすように背中をポンポンとすると和泉はグリグリと顔を擦りつけて甘えるように吐息を漏らした。

「……琴音さん、本気で好きです。……僕はっ……初めて君と出会った時……。何故だが胸が締め付けられて、苦しいのに、なのに、すごく嬉しくて……。それからは毎日君の姿を探して見つけたら目で追って……。君が視界に入る度に胸が喜びで溢れました。……ここにきてから、ずっとずっと見てました。……こんな気持ち生まれて初めてだったのと君が学生だから僕は……この気持ちを気のせいだと思い込もうとして、君にもなんのアピールもしてこなかった。なのに……。君がエヴァさんを選んだことがすごくショックで。僕は、どうして、初めから、この気持ちを受け入れなかったんでしょうか？　……やり直したいです、琴音さん」

和泉の告白とも懺悔《ざんげ》とも取れる言葉に琴音は何も返

せない。

（やり直したいなんて……。そんなに良いものじゃないですよ？）

その後、すうすぅと寝息を立てる和泉を胸に抱きしめてベッドに寝転んでいると琴音まで眠くなってくる。

時折擦り寄ってくる和泉の背中を優しく撫でたりポンポンと叩きながら欠伸《あくび》を零す。

「………和泉先生。一体どうしちゃったんですか？　おーい」

返事を期待してはいないが小声で尋ねて、ちょんちょんと頭を突くと和泉は、むにゃむにゃと言葉にならない音を口にしている。顔は穏やかに緩んでいるので悪夢は見ていないようだ。

（……もし、今後似たようなことがあれば今度は和泉先生を選びますよ。……でも今回は、ごめんなさい）

心の中で謝って額に優しくキスをすると和泉は、寝ながらも琴音の胸にスリスリと擦り寄る。しばらく和泉を眺めて、それから訪れる眠気に琴音の意識は緩やかに遠のく。

（……次回こそはアノさんをなんとしても攻略したいです。……ノアさんの情報も少しですけど手に入れましたし、一度普通に親睦を深めてみるのも良いかもしれません。それに太陽君も…………、…………）

乱暴に体を揺すられて琴音は目を覚ます。ぼんやりとする意識の中で一番最初に視界に飛び込んできたのは顔を顰《しか》めたエヴァ。それから、その後ろには真っ青な顔の和泉がいた。

（え？　エヴァさんと和泉先生。……？　あっ！）

目を見開いて慌てて起き上がる。エヴァを見上げるとエヴァは冷たい瞳で琴音を見下ろした。

「おはよう琴音。その様子だと今の状況を理解しているんだ？　……そう。それなら話は早いね。…………どうして私を裏切ったの？　琴音…………」

（ひぃぃぃぃ!!　これ完全に修羅場ですよねっ？　鍵を掛け忘れてました！　私の馬鹿ぁ！）

エヴァは朝、琴音を起こしにきて和泉と抱き合い眠る琴音を見たのだろう。ひんやりとした冷気が琴音の周りを包む。よく見ると真っ青な顔の和泉の両足は凍りついている。あれでは逃げられない。エヴァの魔法だ、伊達《だて》に氷の騎士とは呼ばれていない。

「ひ…………エ、エヴァさん。誤解ですっ……ひぃ……」

　部屋の温度がガクンと下がった。

「誤解？　………あれ？　おかしいな。世界が違っても私達の言葉は通じているはずなんだけど、あれ？　君の言葉が私にはよく理解できないな？　これの何処《どこ》が誤解なんだろうか。ベッドで仲良く眠っていて誤解だなんてね。ふふ、無理があるだろう、それは……そうは思わないかい？」

　真顔で、そういわれて寒さと恐怖で琴音の歯がカチカチと鳴る。

（ひぃぃぃ！　エヴァさんのマジギレモードです！　この目で見てみたいとは思ってましたけど、こんなところで拝むことになるなんて！　全然嬉しくないですっ！）

　エヴァのルートで緑子が地下で影に襲われた際に発生するガチギレイベントがある。本気でキレたエヴァは影の化け物相手に無双するのだ。湧いてくる化け物を魔法で次々と氷漬けにして思い切り砕く。

（ひぃえええええ！　殺されるぅ！）

　ペキペキと音が鳴ると床が凍りついていく。琴音の足元まで氷が這ってきて、泣きそうになる。普通に怖い。実際は琴音がここでエヴァに殺されることは強制力が働いて絶対にないのだが、恐怖でおしっこをチビりそうだ。

「そんなに怯《おび》えないでよ。琴音……、そんな目で私を見ないでくれ、傷つくよ………」

　スッと手が伸びてきて頬をそっと撫でられるが、その手は痛いくらいに冷たい。

「………私が君を抱かなかったから、カエデとしたの？　………ねえ琴音？」

（してません！　してません！　誤解です！）

　セックスはしていない添い寝しただけだといいたいのに、ドンドンと寒くなる部屋と恐怖から声が出ない。カチカチと歯が鳴る音だけしか今の琴音は出せない。

　そんな琴音をエヴァは見下ろして、ふうと息を吐いた。

「………カエデ。貴方にも失望した。まさか、できたばかりの恋人を抱く前に寝盗《ねと》られるなんてね。……最悪な気分だ」

「っ………違います。エヴァさん……僕達は何も……」

　震える声でそういう和泉の息は白い。和泉の体も寒さから震えている。

「……どうだか？　貴方は先程からそういうけど琴音は否定しないしね？　信じられないよ。……だけど、そこまでいうなら確かめる必要があるね。琴音、服を脱いで。…………早く、じゃないと私が無理やり脱がすことになる。そうなれば優しくはしてあげられない。服が駄目になるのは嫌だろう？　なら自分で脱ぐんだ」

　エヴァは震える琴音を見下ろしてそういう。

（ええ？　今、ここで脱ぐんですか？　クソ寒いのにっ！）

　吐く息は白く体は小刻みに震える。部屋の中には白く霜が降りて、まるで真冬の外のようだ。

（っ…………この状態で服を脱ぐ？　……全裸ってことですよね？　マジですか？）

　琴音が黙ってぶるぶると震えているとエヴァは小さく舌打ちした。

「脱げないのかい？　……それはやっぱりカエデとセックスをしたから？　私に体を調べられると困る？」

　そういって瞳を細めている、怖い。

「ち……ちが……。すぐに……脱ぎますから……」

（うぅ……。でもこうなったのは自業自得です……。ですが調べるとは何を？　……膜を見るのでしょうか？　それなら、すぐに私が処女だって分かりますよね？）

　和泉にも、すぐに処女だと見抜かれたし自分でも手鏡で見たが処女膜があるのは分かりやすい。少し見せてこの場が収まるのなら寒さを我慢できる。別に裸を見られるのも、もう慣れっこだ。そこは特になんの問題もない。

「…………っ……琴音さん……」

　心配そうな和泉にアイコンタクトで大丈夫だと送ると、また部屋の温度が下がった。やらかした。

（あ……、駄目です。今、あまり和泉先生と絡むとエヴァさんの怒りに火に油です。セックスはしてないとはいえ恋人が他の男と添い寝していただけでも普通に嫌ですもんね……。ごめんなさい、エヴァさん。私の考えが浅はかで……傷つけてしまいましたね。…………浮気じゃないなんて自分にいいわけしてましたけど、完全に浮気です、あちゃー）

　震える手を懸命に動かして服を脱いでいく。エヴァはそれを黙って見下ろしている。琴音がブラを外して

寒さからツンと乳首が立ち上がった胸を完全に顕《あら》わにするとエヴァの股間が微かに膨らんだことに琴音は気づいた。

（……エヴァさん。やっぱり性欲は強いんですね？　……ならば私の裸を見て興奮してるんでしょうか？　……ならさっさと抱いてくれれば良かったのに）

そんなことを考えながら琴音がパンツを脱いで全裸になるとエヴァはベッドを指差す。その股間はパツパツだ。少し間抜けな姿だが無表情なので怖い。

「琴音……。そこに寝転んで足を開いて。確かめるから……」

そういうエヴァに大人しく従う。だがベッドは冷えていて寝転ぶと全身に鳥肌が立つ。だけど根性でそれに耐えて足を広げる。和泉は、ぎゅっと目を瞑《つぶ》り顔を背けているが特に何もいわない、きっと琴音と同じでエヴァが調べれば、すぐに身の潔白は証明されると思っているのだ。和泉は昨晩、琴音のアソコをしっかりと見ている。

「随分と簡単に股を開くんだ？　経験がないんじゃないのかい？　君は恥じらいもしないいんだね」

そう冷たくエヴァがいう。

（えっ？　エヴァさんが脱げっていったのに？　理不尽です！）

だがエヴァのいうことにも一理ある。琴音は服を脱ぐのを寒いから少しためらいはしたが処女なのに恥じらいもなく男の前で股をパカリと開いている。

（うぅ……確かにこれは少し不味《まず》かったかもしれませんね。…………またやっちまいました。感覚が麻痺《まひ》してます）

自身の行動を振り返り後悔しているとエヴァは琴音の足の間に体を持ってきてアソコに顔を近づけ、それから指でピチリと閉じたスジをグイッと開く。怒りからなのか興奮からなのかは判断はつかないがエヴァの呼吸は荒く力は強い。アソコは思い切り左右に皮膚を伸ばされて引き攣れる、正直痛い。だが今は大人しくしておく。これを見れば、すぐに処女だとわかるはずだからだ。しばらくエヴァは琴音のアソコの肉を広げて、じっと眺めている。

（……これで私が処女だとわかりますよね？　誤解が解けたら、きちんと添い寝のことは謝罪しましょう。……でも、なんて説明しましょうか）

そんな風に考えているとズンッと衝撃が走りアソコ

に激痛も走る。思わず背中が弓なりに反る。

「いっっっ！　ぁあ！」

寒さと恐怖から今の琴音のアソコは全く濡れてはいない。カラカラだ、そんな場所にエヴァは慣らしもしないで思いっきり指を奥まで押し込んだのだ。痛みに思わず叫ぶとエヴァはアソコを見つめていた顔を上げた。まだアソコには指が突き刺さっている。

（な？　なんですかっ？　痛い！）

非難の声は出さずに浅い呼吸で痛みに耐えてエヴァを見つめると目が合った。その瞳はギラギラとしている、ヒッと息が詰まる。

「……琴音？　簡単に指が入ったよ。初めての女性には膜があるんだよね？　なのに指が入った。………やっぱり処女じゃない、私を騙したんだね？　痛がるフリなんてしなくても良いよ？　もう嘘だってわかっているんだから」

そういうエヴァの言葉に琴音は目を見開く。和泉も驚いたように息を呑んだ。

（な、何をいってるんでしょうか？　エヴァさんは……。そりゃ指くらいは入りますよ。……あ、もしかして童貞だから見たことなくて分かってないんですか？　本気で膜が覆ってるとでも思ってます？　膣が処女なら完全に塞がってると勘違いしてますか？）

琴音も処女膜をよく知らない時はそんな想像をした。しかし実際は完全に膣が塞がっているわけではない。そういう人もいるだろうが琴音は違う。指だって入るし小さなタンポン等も入るだろう、そう思いそれを伝えようと琴音が口を開く前にエヴァは指を激しく抜き差しした。指一本だったが今のそこは冷えから縮まり濡れてもいない。それに今の琴音は処女だ。今回の周回では、まだ何も挿れたことのないアソコは更に激しい痛みに襲われる。

「いやぁぁっ！　エヴァさんっ！　痛いですっ！　やめてっ！」

「エヴァさんっ！　何を！　乱暴は駄目です！　琴音さんは間違いなく処女ですよ？　酷いことはやめて下さい！」

琴音が痛みから声を上げ和泉が制止の声を出す。だがそれは火に油だ。

「……うるさいな。貴方は少し黙っていてくれるかい？　……腹が立つよ、二人して私を馬鹿にして。……&＊％§∀∇√ρχπ」

聞き慣れない何かをエヴァが呟くと和泉の声が聞こえなくなる。琴音が痛みに耐えながら、そちらを見ると和泉は口をパクパクとさせて表情を驚愕《きょうがく》の色で染めている。エヴァが和泉に何か魔法を使ったのか声が出ないようだ。喉を押さえて目を見開いている。

「…………琴音も、痛がるフリはもうやめてくれ。…………別に、処女じゃないのは、もう仕方がない、それが理由で君と別れたりなんてしないさ。ああ、だけど君は私と別れたいのかな？　…………私よりカエデが良いんだろう？　同じ世界の男の方が良いんだろう？　……っ……くそ……」

指を引き抜いてエヴァは琴音を見下ろす。その瞳に光はない。琴音は弁解しようとするのだが声が出なかった。エヴァは琴音にも魔法を掛けたようだ。

(またとんでもない誤解が生まれてます!!　ド修羅場です！　否定しないと…………なのに声が出ませんっ！　……ひええ……どうしましょう？)

殺されることは絶対ないのだが、それでも恐怖心が湧き上がってくる。

「琴音……。私は、ずっと我慢していたんだよ？　恋人にはなったけど君と私は住む世界が違う。…………もしかしたら、いつかは別れがくるかもしれない、ここを出たらお互いに自分達の世界に帰り一生会えなくなるかもってね。だからこそ本当に抱いて良いのかとすごく悩んだ。セックスをすれば子ができてしまうかもしれないだろう？　もしいつか別れがくるなら、それは駄目だと思ったんだ。だから、君から何度いやらしく誘われても我慢した。理性が飛びそうになっても、それを必死に抑えて、せめてノアが戻ってきて、その問題を解決する方法がないかと相談するまではって、抱きたいのを我慢してたんだ。それに、もし私の世界に君を連れ帰れるとしても君が頷いてくれるか不安だった。……それでも君と離れたくないって思ったし、無理やり連れ帰ろうかとも何度も考えたよ。それくらい私は君を好きになってしまったんだ……。なのに君は、私を裏切って同じ世界のカエデを選んだんだね？……許せないよ、琴音。私は君と別れるつもりなんて絶対にないのに……。君はそうじゃないんだろう？　そんなの許せないよ。こんなに私を好きにさせておいて、君は私を裏切るのかい？　君から好きだといったのに……。他の男に渡すくらいなら、さっさと抱いて孕《はら》ませれば良かったたね？　……いや、今からそうすれば良いのかな？　……そうだよ。そうしよう、……琴音。絶対に別れない。私は君を本気で愛しているんだ。…………ああ、そうか。私が抱かなかったから君は寂しかったんだろう？　……ごめんね。だから好きでもないカエデとしたんだろう？　…………これからたくさん抱いてあげるよ。だから…………捨てないでくれ……。……愛してる。……愛してる、…………琴音」

琴音の返事がないとわかっているからかエヴァは一人でブツブツと呟いている。その内容はめちゃくちゃだ。瞳は暗く濁っているように見える。

（おげぇぇぇぇ！　エヴァさんがヤンデレ化したぁぁぁぁ！　こ、怖いですっ！　ひぃぃっ！　こ、これもバグですか？）

琴音がぶるぶると震えているとエヴァはカチャカチャとベルトを外してズボンと下着を脱いだ。それからビンビンに勃起したモノをカラカラのアソコへと押し当てている。

（ぎえぇ！　嘘でしょう？　一切濡らしもしないで挿れるんですか？　無理無理無理無理！　裂けますって！）

琴音は涙を流してブンブンと首を振るのだがエヴァは理性がぶっ飛んでいるのか琴音の様子には気づかない。和泉が必死の形相で叫んでいるが声にはなっていない。足は凍りついていて動くこともできない。更には部屋の扉も凍りついていて外から誰かが入ってくることもないだろう、今この場にはエヴァを止められる者は誰もいない。

（っ…………セックスは別に良いですけど……、痛いのは嫌ですっ。うぅ……でも自業自得ですか？）

今回のセックスは過去一最低な初体験になりそうだ。

（今回は本当に最低です！　早く終わって下さい……。寒いし……痛い……うぅ…………）

無理やり濡れていないアソコへとエヴァのモノが入ってくる。琴音は必死に痛みに耐えて早く終わることを祈った。

「はぁ♡　琴音っ……！　琴音っ！　妊娠させてやる！　琴音ェ！　っ……ぁ……んぐっ……♡　琴音っ♡」

激しく振られる腰から逃げようとしても逃れられない。琴音は泣きながら痛みから逃げようと暴れるがエヴァは更に抜き差しを激しくした。

「琴音っ！　どうして私から逃げようとするんだい？　こんなに濡らしているのにっ！　そんなにカエデの方

が良いのかい？　っ……そんなの許せないっ！　ほら、気持ちいいんだろう？　ほら！　気持ちいいだろう？　私のことが好きなんだろう？」

（んぎゃあ！　いだっ!!　濡れてるっ？　はあ？　血ですよ？　なんで気づかないんですか？　馬鹿ですかっ！　こんの下手くそ！）

　アソコは血がダラダラと流れ出して最初よりは確かに滑りが良くなっている。だが裂けたソコは激しく痛む。琴音の顔は真っ青で体は冷えきりぶるぶると震える。

「琴音っ……、琴音……。絶対に別れない……。君は私の恋人だ……っ……君は私の子を産むんだ。そうだろ？　私と共に私の世界へきてくれるだろう？　なあ？　そうだろう？　きっと幸せにしてみせる！　ねえ、琴音………愛してるんだ……。だからほら、琴音も私を感じて？　ほら！　ほら！」

（あっあ！　もう嫌です！　こんなのいやぁぁっ！）

　自業自得だと一度は思ったがエヴァから与えられる激痛に琴音は耐えられない。いつ終わるともわからないのだ。生理的な涙がボロボロと溢れて頬を伝う。エヴァに聞こえていないとわかっていても琴音は泣き叫んだ。

（やめてぇ！　痛いんです！　やだぁ！　うぁぁぁあん！）

　駄々《だだ》を捏《こ》ねる子供のように必死に泣いて懇願してもエヴァはやめてくれない。

（あっ………も、やあ……）

　一体どれだけ続くのだろうか。すでに時間の感覚はなくただ痛みに泣き叫びながら琴音はエヴァに揺さぶられ続けた。琴音は、もはや人形のようにだらんと体から力が抜けていた。それに寒さから体は冷え切っている。なのにエヴァはブツブツと何かを呟きながら、ずっと琴音を好き勝手に犯し続ける。

（…………っ……、っ……ぁ……なんだか、もう、痛みも何もっ……よく、わかりませんね………）

　すでにアソコの感覚は寒さと痛みで麻痺したのか、よく分からない。だがエヴァが出した精液に血が混ざったピンクのドロリとしたモノが泡立っていた。朦《もう》朧《ろう》とする意識の中で和泉をちらりと見ると顔を涙でぐちゃぐちゃにして、すすり泣いていた。目の前で好きな女が乱暴に犯されているのだ。当然だ。

（………先生。とんでもないものを見せてしまって、修羅場に巻き込んで、ごめんなさい…………）

心の中でそう謝って琴音はエヴァに視線を向ける。

（ああ、……エヴァさんもごめんなさい。…………泣かせてしまいましたね）

エヴァも泣いていた。泣きながら腰を打ち付けていた。薄れゆく意識の中で琴音は思う、今回の周回は本当に最低最悪だと。

（っ…………やっぱり、一周回につき一人に絞らないとだめですね……。こんなのは、もうごめんですよ。…………痛いのは、もう嫌…………）

◇◇◇◇◇◇

次に琴音が目を覚ますと薄暗い部屋の中だった。

（っ…………は……いた……い……）

身動きすると体中が痛む。特にアソコは酷い痛みだ。すうと息を吸い込むとゲホゲホとむせた。喉も痛い、まるで風邪をひいた時みたいだ。体もだるくて重い。

咳《せき》が落ち着いたので、のそりと体を起こすと、そこは琴音の部屋ではなくて誰もいない。いや、少し離れたソファーで誰かが寝ている。

（…………太陽君？）

暗くて見えにくいが太陽だ。スヤスヤとソファーで眠っている。

「…………なにがどうなったのでしょうか？　……う。けほ……」

またゲホゲホと咳き込むと、その音に太陽は身動《みじろ》ぎしてから目を開けた。そして目を見開いてすぐに琴音の側に寄ってきた。

「コトちゃん！　目ぇ覚めたんスね？　良かったぁ……。あ！　水飲むッスか？」

太陽はコップに水を注いで渡してくれる。

「あ……ありがとうございます、太陽君……あの……？　どうして太陽君が？」

コップを受け取って戸惑い気味に尋ねると太陽は苦笑した。

「ちゃんと説明するッスから、まずはお水飲むッスよ。…………なにか食べるッスか？　コトちゃんもう二日も眠ってたッスから……」

（えっ？　二日も！　ということは、今回の周回は今日で終わり、……ですね）

壁に掛かる時計は五時過ぎを指している。多分朝の五時だ。琴音に残された時間はあと、半日もない。その後、太陽が用意してくれたお粥《かゆ》を食べながら話を聞く。

「コトちゃん、二日間ずっと酷い熱を出してたんスよ？　………二日前にセンセーが運んできて。……あー。その、エヴァさんと喧嘩したって聞いたッス。それにセンセーとも？　二人は部屋に籠もっちゃって出てこないし。……だからオレとハル君で交代で看病してたッスよ」

（………和泉先生とエヴァさんと私が喧嘩？　ある意味間違ってはないですけど……それに私、熱を出してたんですか？　……まあ、寒い中でずっと裸で抱かれてましたし。風邪ひいたんですかね？　それにしても、はあ……、っ……酷い体験でした）

琴音が大きく、はあと溜め息を吐くと太陽は慰めるように頭をポンポンと撫でてくれる。

「………元気出すッスよ。詳しくはわからないッスけど、きっとすぐに仲直りできるッスよ！」

「………ありがとうございます。太陽君」

（エヴァさん、まだ誤解してるんでしょうか？　それに和泉先生。二人を酷く傷つけてしまいました。……はあ。このまま喧嘩してお別れなんて嫌ですね）

エヴァに無理やり抱かれたのは琴音が悪いのだ。かなり痛くて正直ムカついたが、それでもやはり元を正せば琴音が悪い。だから、きちんと謝りたい。残された時間は少ないが後で謝りに行こうと琴音は決意した。

◇◇◇◇◇◇

「……はあ。結局駄目でした。……エヴァさんとは、また喧嘩別れ……。あんなに別れないとか愛してるとかいってた癖に………何も無視することないじゃないですか……馬鹿。それに和泉先生も……残念です」

探索に行くから大人しく部屋で休んでてという太陽と桜島を見送り琴音は痛む体に鞭《むち》を打ってエヴァの部屋を訪れた。しかし何度ノックしても名を呼んでも出てこなかった。留守かと思ったが中から時折物音が聞こえたので故意に無視しているようだ。その後、和泉の部屋も訪れたがエヴァ同様、出てはこなかった。

もう二人からは完全に嫌われたようだ。そうして琴音は強制力に従いフラフラと廊下を進む。

「………エヴァさん。和泉先生。本当にごめんなさい」

迫るアノニマスの大きく開いた口を見ながら琴音は小さく呟いた。

（……ふう、まあしゃーないですね。今回はバグ周回でしたし。…………切り替えないと）

ぐちゃり

【閑話　和泉楓《かえで》の後悔②】

サラサラと揺れる黒髪を眺めて、和泉は、うっとりと息を吐く。

（……今日も可愛らしい……はあ……。おっと……）

バッと振り返る琴音から視線をそらして、壁を見つめる。彼女が自分を見ていると思うと胸が高鳴った。だけど同時に、きゅうっと胸が締め付けられる。

（…………はあ。琴音さん……こうして君を見守ることだけは許して下さい）

意味の分からない洋館に教え子の太陽元気《げんき》と共に迷い込み閉じ込められて数日が経った。この洋館には和泉達の他にも数人の男女が閉じ込められていた。

その中の観音坂琴音という少女を一目見た瞬間、和泉は頭から全身に電気が走ったようなショックを受けた。

その場は、なんとか顔には出さなかったが、心臓はドクドクと鼓動を速めて、胸がきゅうっと締め付けられて何故か泣きそうになった。嬉しい、悲しい、愛《いと》しい、苦しい。その全てが混ざったような感情《きもち》になった。

琴音とは自己紹介以外は一言も言葉を交わしていないのに、和泉は琴音に夢中になり、今はこうやって琴音のことをひっそりと見守っているのである。

◇◇◇◇◇

（ん…………、はぁ……っ……んんっ）

あまり勢いはないが、びゅるっと出た白濁が和泉の手を汚した。

（はぁ……、琴音さん……、ふぅ……。ああ……最悪です。僕はなんてことを……こんなことはやめないと……はあ……くっ……）

常に死と隣り合わせ。そんな状況なのに和泉は琴音をおかずにして、ここ最近は、毎晩毎晩こうして精を自身の手の中に放っていた。

歳下の小柄な少女を頭の中で組み敷いて、その腹の中へと精液をたっぷりと出す妄想をすると、胸が幸福感で満たされる。まるで自慰を覚えたての童貞のように、必死に竿を扱いて射精した。もう自身は、涸れたと思っていたのに、一晩で多い時は三度精を放つ。こんなことはやめなければと思うのに、どうしてもやめられず、今日も精液を何度も吐き出す。

（琴音さん……。っ……）

『もし今、子供ができたら、君の親御さんには、なんて説明しましょうか？　僕の職業を話すのは少し気が引けますね。……卒業までは隠すにしても、出産予定日でバレてしまいそうだし……。もちろん結婚して責任は取りますが、世間体は悪いですよね。その後の進学等もありますし』

たっぷりと精液を注いだ、琴音のお腹を撫でながら和泉はうっとりといった。

『赤ちゃんができたら進学は諦めますよ。ふふ、先生との子供なら男の子でも女の子でも、きっと美人になりますね』

『ここにきたことをすごく後悔してましたけど、君に会えました。嫌なことだけでもないですね。……愛してます。琴音さん』

『……先生、私も愛してます、きっと、ここから無事に出られますよ』

『…………そうしたら、すぐに親御さんに挨拶に行かないといけませんね。……琴音さんのお父さんには、殴られちゃうかもしれませんけど。ふふ……困っちゃいますね』

ぎゅうっと愛しい少女を抱きしめる。

(ああ……琴音さん。幸せです。…………夢みたいだ)

窓から差し込む朝の日差しに、和泉は顔を顰めて、傍らの温もりを探すように、もぞもぞと動くが、隣には誰もいない。あの幸せな時間は全て夢だったのだ。

「…………………あ……また、夢ですか。ふふ、それはそうですよね。……はあ………困っちゃいますね、僕ってば……っ……」

思わず手のひらで目元を覆ってしまう。じわりと涙が滲んだ。

(彼女は僕とは違う学校とはいえ……学生……。それにまだ若い……、僕みたいなおじさんと結婚なんてありえないのに。…………はあ。駄目です。……こんな気持ちを琴音さんに向けたら……、だって、僕は大人で……彼女はまだ子供です。…………それにエヴァさんと仲が良いようですし、若者同士……お似合いです。……僕の出る幕じゃない。この気持ちは、きっと勘違い……。そうじゃないと駄目だ……。忘れないと、はあ……辛い……)

ここにきて琴音に一目惚れした当初のことを和泉は思い返す。

(琴音さん……。本当になんて、可愛らしい子なんでしょうか。これが一目惚れというものなのでしょうか？　……本当の初恋……？)

今まで生きてきた二十八年間。初恋もして、恋人も何人か作り、初体験も済ませて人並みに恋愛経験を積んできたと思っていた。だけどその全てが覆された。

こんな気持ちを知ってしまったら、過去のアレを恋とは呼べない。恋愛ごっこ。おままごとにも等しい。

(ああ……琴音さん……仲良くなりたい……)

だけど話しかけるタイミングは中々見つからなかった。琴音が部屋から出てくる時は、いつも側に緑子達がいる。だが、ここへきてから一週間目、やっと話しかける機会がやってきた。琴音が談話室にいたのだ。いつも一緒にいる蝶野《ちょうの》緑子も佐藤《さとう》美奈もいない。

「皆で集まって楽しそうッスね、オレも交ぜて欲しいッス！」

「おや？　……珍しい組み合わせですね。……観音坂さん、でしたっけ？　今日は緑子さん達と一緒じゃないんですね」

太陽に乗っかる形で、和泉は初めて琴音へと声を掛けた。心臓はドキドキと高鳴るが、顔には出さずに口からは白々しい台詞《せりふ》を吐く。名前すらよく知らないフリをしたが、心の中ではいつも下の名前で呼んでいた。

「あ、はい。観音坂琴音です。……緑子ちゃんはアノさんと探索に行っちゃいましたし美奈ちゃんはお昼寝中なので」

和泉の質問に、ニコリと微笑んで答える琴音はキラキラと輝いて見える。

（…………あ、僕を見てる。……琴音さんが微笑んで、僕を……、……かわいい……声も可愛いです……琴音さん）

和泉の胸は喜びで溢れて、キュンキュンと締め付けられる。可愛く微笑む琴音をぼけーっと眺めているとエヴァが全員で話そうというので、和泉は即頷いた。

折角のチャンスを逃すわけにはいかない。なんとしてもお近づきにならなくては！　と意気込んだ。だが数日後には、すっかり気分は落ち込んでいた。

琴音とエヴァ、あの日から二人は急激に仲が良くなっていた。エヴァは琴音を見つけると駆け寄って行く。

それを琴音も嬉しそうに受け入れている。そんな光景がここのところお決まりになっていた。

「あ、センセー。またあの二人、一緒にいるッスよ。コトちゃんとエヴァ、すごく仲良しッスね！　……もしかして付き合ってたりして……」

廊下でエヴァと琴音を見かけて太陽がいった何気ない一言は、和泉の胸に深く突き刺さった。

（…………エヴァさんは二十歳。丁度良い年齢差。それに強くて、イケメンで……優しくて……頼りになる。確かにお似合いです。……僕は何を考えていたんでしょうか……。琴音さんと仲良くなりたいなんて。彼女は学生で僕は教師……。年だってすごく離れてる。仲良くなっても……その先はないのに……。………………馬鹿ですか？　僕は……）

自身のその考えに和泉は打ちのめされた。それからは、琴音に対する気持ちを忘れようと必死に努力した。だが、忘れよう、勘違いだと思えば思う程に気持ちは大きくなるばかりだった。そしてここにきてから、二週間が経った頃から、毎晩リアルな夢を見るようになった。

『私、欲求不満なんです、和泉先生。……助けて……。

和泉先生とエッチしたいです』

そういって、琴音がスカートを捲《まく》り上げると、ピンク色のぴっちりと閉じた筋が顕になった。興奮しているのかほんのりと赤く色づいてふっくらと膨らんだ双丘がバッチリと見えている。琴音はパンツを穿《は》いていなかった。

『和泉せんせぇ♡ 私、ノーブラ、ノーパンですよ♡ 見てくれますか？』

『……。とりあえず中に入って下さい。こんなところを誰かに見られたら、僕困っちゃいますよ。さあ、おいで。……僕で良ければ、助けてあげますよ。観音坂さん♡』

これは愛しい少女が部屋に訪ねてきて、いやらしい格好でいやらしく誘ってくる淫靡《いんび》な夢だ。ハッと目を覚ますとパンツは精液でどろどろに汚れていた。

（あ……夢精……、あぁ……僕、なんて夢を……、最低です……）

和泉は頭を抱えた。かなり年下の琴音に対して、自身が欲情することにゾッとした。なのに先程の夢を思い出すと股間はまた硬くなる。

その日が初めて琴音でオナニーをした日だった。その日からは毎晩毎晩、夢を見た。起きた瞬間は現実と錯覚して夢の中では隣で眠ったはずの琴音の姿を探してしまう程にリアルな夢だった。幸せな夢。だけど今の和泉には悪夢だ。

（…………辛い）

夢を見ている間は幸せなのに、目が覚めると死にたくなる程の喪失感が和泉を襲う。

（一度も手に入れていないのに……喪失なんて……、ふふ、馬鹿みたいですね……ほんと……）

乾いた笑いを零してから、はあと溜め息を吐いた。

（こんな僕は、……琴音さんに近づいたらいけませんね。……本当に最低な大人だな。僕は……彼女とは釣り合わない……、こんな汚い欲望をキラキラした琴音さんにぶつけたらいけない）

琴音のいやらしい夢を見始めて、琴音でオナニーをするようになってから、和泉は自分から琴音に近づくのも話しかけるのもやめた。

（…………こんな気持ちは勘違い……。これはただの、性欲で……、彼女に向けて良いものじゃないです。こんな気持ちは忘れないと……。……だけど、姿を見るくらいは良いですよね？ 近づかなければ良いですよね？　……そうですよ、見守ってあげるのは大人の務めですよね？）

そう決めてからは、少し離れた位置から琴音を見守ることにした。そして今日も琴音の少し後ろから、愛らしい姿を眺めていた。琴音にはバレていない。だって、もし琴音が気づいていたら、和泉に声を掛けてくるはずだ。だけど琴音は一度も和泉に話しかけてはこなかった。それがほんの少しだけ悲しかった。

（…………琴音さんにとって……僕は眼中にないんですね。それはそうですよね。琴音さんからしたら、おじさんですもんね。わかってます……）

「んっ！　……あ、……はぁ……はぁ…………」

いつもより勢い良く飛び出した精液がシーツを汚す。だがそんなことも気にならないくらい、和泉は興奮していた。

（ああ！　琴音さんっ！　琴音さんっ！　柔らかくて良い匂いっ！）

まだ硬いモノを扱くと、先程出した精液が潤滑油になり気持ちが良い。

朝に琴音と廊下でぶつかった。その時に触れた体の柔らかさと、甘い匂い。思わずその場で襲わなかった自分を褒めたいくらいだ。感触と匂いを忘れないうちにと急いで部屋に戻り、まだ昼間なのに自慰に耽《ふけ》っていた。夢とは違う現実の琴音に触れたのは初めてだったが、それだけで和泉はイッてしまいそうな程だった。

ただ不注意でぶつかっただけ。琴音は和泉に対して、いやらしい気持ちなんてない。分かっているのに興奮が止まらない。和泉の胸に飛び込んできた琴音を、抱きしめるように受け止めて、感じた柔らかな二つの感触。そっと手を滑らせた腰はほっそりとしていたが、丸みを帯びていた。女の体だった。ふわりと甘く香る匂いも女の匂いだった。

「っ…………！」

もう一度精を吐き出して、和泉はふるふると体を震わせる。

（琴音さん……。琴音さん……。はぁ……抱きたい……、僕の子を産んで欲しい……、琴音さんが……欲しい……）

抑えていた気持ちが溢れ出す。頭の中は琴音でいっぱいだった。

（…………駄目で元々。……僕の気持ちを、明日、琴音さんに伝えよう。…………何もしないで諦めるなんて……嫌です……）


「えー、付き合ったんだ☆　おめでとー！　めっちゃうらやましーじゃん☆」

「おめでとッス！　良いニュースッスね！」

　桜島と太陽の明るい声。和泉も続いて祝福の声をエヴァと琴音の二人に掛けた。

「…………おめでとうございます」

「ありがとうございます。皆さん」

　ニコリと微笑む琴音は可愛かった。だけど和泉は心臓が潰れそうだったし、今すぐに泣き叫びたかった。

　琴音はやっぱりエヴァを選んだ。最初から分かっていたのに、和泉は心が壊れてしまいそうだった。

（ああああ………、まだ、気持ちを何も伝えていないのに……。僕がもっと早く……この気持ちを受け入れていたら……、君の隣には僕がいたの？　琴音さん？）

　幸せそうに並ぶエヴァと琴音を見て、和泉はそう思った。

「嫌です……嫌です…………嫌です……琴音さん……うぅ……」

　自室に戻りベッドに潜り込んで嗚咽《おえつ》を零す。涙は止まらない。

「うぅ…………、どうして……、どうしてエヴァさんなんですか？　どうして…………、どうして琴音さん……」

　今こうしている間にも、エヴァが琴音に触れると思うと、暴れ出したくなるくらい辛かった。

（エヴァさんに抱かれるんですか？　琴音さん……、ずるい！　ずるいずるい！　どうしてエヴァさんなんですかっ！　…………僕の方が君を愛してるのに………、どうして……）

　どうしてなんて本当は分かっているのに和泉は内心で琴音を責めた。

（……琴音さん）

　泣き疲れて眠気が訪れる。

（…………せめて夢の中でだけは……琴音さんは僕の……ものだ……）

　眠気に抗うこともせず、現実逃避のように和泉は目を閉じた。眠れば幸せな夢を見られる。たとえ夢でも、束《つか》の間《ま》幸せな気持ちになれる。そう思った。だけどその日見たのは、血なまぐさい本物の悪夢だった。

『……子供、たくさん欲しいですね。僕、大家族って憧れてたんです。ふふ……少なくとも三人は産んでもらいますよ？』

和泉がそう告げると、琴音はクスクスと笑った。

『わかりました。それじゃあたくさんエッチしないと駄目ですね？　……先生……、好き。たくさん中で出して？』

『おやおや、気が早いですね。でも、どうせ君はこの部屋から出られませんし……僕も君を抱きたいですからなんの問題もありませんね。…………ふふ』

クスクスと笑い合って、幸せな時を過ごす。琴音はノアから部屋から出るなといわれている。だから和泉は琴音と共に部屋に籠もっていた。朝早くから愛しい少女を抱いて、爛《ただ》れた生活を送る。最初はここに閉じ込められてどうなることかと思ったが、意外と悪くない。

（…………琴音さん。絶対幸せにしますからね）

琴音の中にたっぷりと出して、それから二人でお風呂に入り、その後は遅めの朝食。いやすでに昼食だ。部屋にある物で手早く料理を作り、琴音と共に食べる。

『……先生はすごいですね。すごくお料理上手です、美味しい』

『今度一緒に作りますか？　優しく教えてあげますよ』

そう琴音に告げると琴音はキョトンとした後、じゃあ、今度お願いしますね。と困ったように笑った。ほんの少しだけ声のトーンが下がったのを和泉は少しだけ不思議に思ったが、琴音は料理が苦手なのかな？と思った。

（ふふ、……そんなところも可愛いですね。……結婚してからゆっくりと教えてあげましょう）

食後ソファーに座ると眠気が訪れる。隣に感じる琴音の温もり。満たされた性欲と食欲。なら、最後は睡眠欲だ。和泉の意識は眠りへと落ちる。

チュッという小さなリップ音と一瞬額に感じた柔らかな感触、夢現《ゆめうつつ》に琴音がキスをしてくれたのだと理解すると胸は幸福感でいっぱいになった。

（…………ここに閉じ込められて良かった。琴音さんに……会えた…………）

『…………琴音は死んだんだよ。……カエデ……、最期のお別れをしてあげなよ……』

『嘘だ……嘘だ！　…………。違う……違います！　これが琴音さんなんて……、僕は絶対信じない！　酷い冗談です！　お別れなんて！　ふざけないで下さい！』

目の前で顔を顰めるノアに詰め寄ると、ノアを庇《かば》うようにエヴァが立ち塞がった。

『間違いなく、この遺体は琴音殿だよ。私は……食われるところを見たんだ。カエデ……落ち着いてくれ。今はそんな風に取り乱している暇はないんだ。……ゲンキから聞いたよ……。琴音殿とは、恋人になったんだってね？　それは……本当に気の毒だけど、今は悲しんでいる時間はないんだ。　　　を……　　　を追わないといけない、あの化け物を殺せばここから出られるんだ』

『食われたって……なにを……そ、ソレが琴音さんだなんて、そんなの僕は信じない！　嘘ですっ！　こんなのは悪い夢だ！　夢だ！　夢なんだ！　だって琴音さんは僕のお嫁さんになるんです！　僕の子供を産んでくれるっていったんです！　……っ……ぅわぁぁぁぁぁ』

地面に崩れ落ちた和泉を皆は悲しそうな顔で見下ろしていた。だけどすぐに、　　　をどうするかと話し合っている。

（どうして？　琴音さんが……死んだのに……どうして、皆さんそんなに落ち着いていられるんですかっ！　……やっぱり夢……そうです……これは夢だ。夢に決まってます！　覚めろ覚めろ覚めろ覚めろ覚めろ）

必死に願った。ハッと意識を取り戻すと、体は汗でびしょびしょだった。

「あ……夢…………。はは……夢だった。……ほら、夢だ……。ぐ……っうぅ…………ぅぁぁ……」

ボタボタと涙が零れる。夢だった安堵《あんど》と、現実を思い出して悲しみが溢れる。

（琴音さん琴音さん琴音さん琴音さん…………。うぅ……酷い……夢ですら、君は僕から離れて行くんですか？　どうして…………）

夢の中のエヴァは琴音の死をなんとも思っていなかった。分かっている。和泉が勝手に見た、ただの夢だ。それなのに、どうしてそんな冷たいエヴァを選ぶのか、どうして本当に琴音のことを愛している自分が選ばれないのかという思いで胸が引き裂かれそうだった。

（…………琴音さん。好きです。……好きなのに……、どうして……、僕じゃない。どうして今、あんな悪夢なんて……、見るんです。……今度こそは、幸せな夢を……）

しばらく泣いて、今度こそはと眠りについても、幸せな夢はもう見られなかった。見るのは全て地獄のような悪夢。琴音も和泉も、他の皆も影の化け物に無惨に食い殺される夢だった。

◇◇◇◇◇

琴音とエヴァが付き合いだした日から、二日が経った。和泉はこの二日間全く眠れなかった。眠ると必ず酷い悪夢を見るからだ。そして自室からは一歩も出られなかった。琴音とエヴァが共にいる姿なんて見たくなかった。食事もほとんど喉を通らない。

太陽と桜島が、部屋から出てこない和泉を心配して様子を見にきても、体調が悪いといって追い返した。

幸いにも真っ青な顔の和泉を見て二人は納得した様子で、そっとしておいてくれた。

（…………うぅ……辛い……琴音さん……琴音さん）

カーテンを閉めて電気を消した薄暗い部屋の中で、和泉はただ琴音のことを想って涙を流した。今この瞬間にもエヴァが琴音を抱いていると思うと、発狂しそうだった。

（…………琴音さんは、どうしてエヴァさんを好きなんですか？　顔が良いから？　強いから？　……なら僕でも良いじゃないですか……、僕だって……モテるのに……どうして？　何が駄目なんですか？　歳ですか？　……、っ……そんなのどうしようもないじゃないですか……）

ガックリと項垂れる。

（…………琴音さん、琴音さん……。抱きたい……）

毎日見ていた、琴音との甘く幸せな夢を見られなくなって、和泉は気が狂いそうだった。いや、狂っていた。

（……………抱いたら、僕を好きになってくれるんじゃないですか？　そうですよ……。僕とのセックスは死ぬ程良いって、これまでの恋人は皆いってましたよ……。若さや強さは勝ち目がなくてもセックスのテクニックなら僕にも勝ち目があるかもしれません。そう

ですよ。それに夢の中では琴音さんはたくさんイってて、
潮もたくさん噴いてました！　気持ちいいっていって、
僕のモノ大好きっていってましたもんね。はぁ、琴音さん）

碌《ろく》に眠れていない頭は、夢と現実がごちゃまぜになっていた。

（…………そうだ、夜に……部屋に行って…………）

エヴァが琴音を部屋に送り、その場から立ち去るのを近くの空き部屋から確認して、和泉はコンコンと琴音の部屋をノックをした。するとすぐに琴音は出てきた。可愛らしいワンピースに身を包んだ琴音を見下ろして、心臓がドクドクと鼓動を速める。

（ああ、かわいい！　琴音さん）

琴音はそんな和泉に警戒もしないで、簡単に部屋に通すとキョトンとしている。警戒心がない。だけどそんなところも好きだ。かわいい。

「…………可愛らしい服ですね」

「え？　……あ、はい。エヴァさんが見つけてくれて」

ニコリと微笑む琴音は可愛らしい。だが、その口からエヴァの名が出て、少し嫌な気分になる。

「先生？　お話ってなんですか？」

キョトンと小首を傾げる琴音はキラキラと輝いている。

（ああ、可愛らしい、……これから、僕は……現実の琴音さんを抱くんだ）

「……あの、和泉先生？　お話って？」

（…………夢で見た通り、いえ、それ以上に柔らかそうで美味しそうです）

胸元が開いたワンピース、そこからは柔らかそうな谷間が見えている。触ると、きっと気持ちが良い。今は隠れているその先端、琴音の乳首を舐めて吸ったらどれだけ、最高の気分になるだろうか。

（早く抱きたい。ああ……可愛い……）

今夜、和泉が琴音の部屋を訪れた理由。それは琴音を無理やり抱く為だ。頭の片隅に、そんなことをしてはいけないという思いもあった。だけどもう我慢できなかった。どうせすでにエヴァと琴音はセックスをしているはずだ。琴音と恋人になって手を出さないはずがない。こんなに可愛い琴音と付き合って抱かない男がいるはずがない。それなら、和泉とだって良いだろ

う。セックスには自信がある。今までの恋人には褒められてきた。だから一度本気で抱けば、きっと琴音は和泉のことを好きになってくれるはず。あの夢のように和泉のモノを好きになって、エヴァじゃなくて和泉を好きになってくれるはずだ。

（大人の本気を教えてあげますよ。琴音さん……）

ペロリと唇を舐める。だが琴音は、ぼんやりとしていて、和泉の様子には気がついていない。

スッとソファーから立ち上がって見下ろすと、琴音はハッとして和泉を見上げた。

「……和泉せんせ……っ！　……っん……!!」

琴音が不思議そうに和泉の名を呼んだが、最後までいい切らないうちに抱きしめて唇を奪った。

（これが本物の琴音さんの唇……！　甘い。美味しい）

グッと顎を掴んで、琴音の唇にねっとりと舌を這わせて、グリグリと舌を唇の隙間にねじ込む。琴音は簡単に和泉の舌を受け入れた。

（あ。琴音さんからも舌を絡めてくれていますね。……はぁ、琴音さん。美味しい。僕……幸せです）

琴音の口内を舐め回すと、すぐに体から力が抜けて和泉に身を預けるように、もたれかかってくる。更には琴音からも舌を絡めてきた。まるで和泉を受け入れているようだ。その琴音の反応に我慢できなくなって、いやらしく体を撫で回しても琴音は抵抗しない。正直これはイケると思った。

「っ……観音坂さん……、っ……一度だけで良いので僕ともセックスしてくれませんか？　………エヴァさんとは、もうしてるんでしょう？」

ほんの少しだけエヴァに対しての罪悪感はある。頭の片隅に残った理性がこんなことは駄目だと警告してくる。だけど、ここまできて止まることなんてできない。

（琴音さん……、……僕の方が、エヴァさんの何倍も…好きなんだ。……ああ、やっと君にいえる……伝えられる、僕の気持ちを……）

諦める気なんてない。一度抱いてしまえばきっと琴音は和泉とのセックスに溺れるはずだ。一度だけでも抱いてしまえば、こっちの物だ。

優しい琴音はきっと和泉を受け入れてくれる。抱かせてくれる。そう思ったが琴音は、エヴァとはまだ何もしていないといった。そして、エヴァを裏切れないという。その言葉にショックを受けるよりも琴音が処女だった事実と、キスをしたのは和泉がエヴァより先だということに舞い上がった。すでにエヴァとセックスしていると思っていたし、別に処女に拘《こだわ》りがあったわけではないが、琴音の処女が欲しいと心から思う。

ムクムクと股間がテントを張る。早く琴音の中で出したいと訴えている。だがそれを見た琴音が、ビクリと震えるのを見てほんの僅かに理性が戻ってきた。

（……あ……、琴音さん……僕に怯えている？……………抵抗しなかったんじゃなくて……できなかったんじゃ……なら、やっぱりこんなことは駄目だ……やめないと…………琴音さんとエヴァさんの仲を壊したら駄目だ。琴音さんの幸せを……僕が、奪ったら駄目です……）

そう頭の片隅では思うのだが、和泉は欲望を止められなかった。抱きたい。処女を奪いたい。中に出して孕ませたい。無意識にペロリと舌なめずりまでしてしまっていた。だけど、琴音の怯えたような視線と困惑した表情を見て、完全に理性が戻ってきた。

考えた末に口から出たのは、琴音の裸を見ながら自慰させて欲しいという情けないお願いだった。心底自分自身に呆《あき》れた。こんな情けない卑怯《ひきょう》な男が、琴音に選ばれるはずがなかったのだと今更気づいた。

（こんな卑怯で情けない僕が、琴音さんの幸せを奪っちゃいけない……。なら、せめて……、せめて思い出を……そうじゃないと僕……もう耐えられません）

困惑した顔で、断ろうとする琴音に対して和泉は土下座までした。地面に頭を擦りつけて、自分より、かなり年下の少女に乞い願う。内容は最低だ。

（………………最初から僕に勝ち目なんて……なかったんですね……はは）

じわりと涙が滲んだ。

◇◇◇◇◇

和泉を抱きしめて眠る琴音の顔を眺めて、ポロリと涙が零れた。

（琴音さん……。ごめんね。……君とエヴァさんの仲を……僕は壊そうとした……こんなに優しい君の幸せを……僕は壊そうとした……。僕は自分が許せないです）

無理やりキスをされて裸を見せてオナニーさせてく

れといわれて、どれだけ怖かっただろうか。

（………なのに、君は僕の心配をしてくれて……優しく慰めてくれた。………琴音さん……僕、やっぱり君が好きです、愛してます。君に幸せになって欲しいです。例え相手が僕じゃなくても……、構わない。君が幸せになってくれるのなら）

すりすりと琴音の胸元に擦り寄ると、琴音は眠っているのに和泉の頭を優しく撫でてくれる。

（琴音さん……。僕……今日のことは一生忘れません。君の優しさを胸に抱いて生きて行きます。……ずっと君を想うことだけは許して下さいね。……愛してます）

琴音は和泉を愛してはくれなかった。だけどそれでも、一生の思い出と優しさをもらえた。それだけで、もう満足だ。だから、和泉はエヴァと琴音を祝福しようと心から思った。

（………無理やり抱いたりしなくて良かった。………琴音さんの幸せを壊さなくて良かった。ごめんね。せめて朝までは僕の琴音さんでいて……）

琴音の胸に顔を埋めて、瞳を閉じた。悲しいけどスッキリとした気分だった。明日からは、ひっそりと陰ながら琴音とエヴァの幸せを祈ろう。そう思ってもう一度眠りについた。だけど、それは叶《かな》わなかった。

朝部屋を訪ねてきたエヴァに琴音と眠っているところを見られてしまった。

琴音とエヴァの幸せを和泉はぶち壊してしまったのだ。

目の前で激しくエヴァに犯される琴音を見て、和泉は涙を流して慟哭《どうこく》していた。

（あ……僕のせいだ。僕が、二人の幸せをぶち壊した……。優しい琴音さんに、こんなに辛い思いをさせてしまった。……あああああ！　どうして……どうして……うぁぁぁぁぁ！）

本来なら、二人はきっと幸せなセックスをしたはずだ。なのに、和泉がそれをぶち壊しにした。琴音の幸せな初体験を最低な地獄に、変えてしまった。琴音はあんなに優しくしてくれたのに、和泉のせいで琴音は好きな好きな男から耐え難《がた》い苦痛を与えられている。

（僕が……好きだなんて……いったから……僕が琴音さんを好きになったから………。だから……、ああ、どうして僕は……愛し合う二人の間に割り込もうなんて……馬鹿なことを……）

悔やんでも、時は戻らない。力なく、だらんと垂れた琴音の腕が、エヴァによって揺さぶられる度に和泉はすすり泣いた。

（ごめんなさいごめんなさいごめんなさい）

エヴァが正気を取り戻したのは、和泉の涙が涸れ果てて、琴音がピクリとも動かなくなってからだった。

血に染まったシーツと血に濡れた琴音の下半身を見て、我に返ったエヴァは取り乱して泣き叫んでいた。

その後はあまりよく覚えていない。気がつくとエヴァはいなくなっていて、室温は元に戻り、和泉の足の拘束は解かれていた。そして和泉の腕の中でシーツに包《くる》まれた琴音は真っ赤な顔で荒い呼吸をしていた。

酷い熱だった。琴音の体は綺麗に清められていたが、アソコは真っ赤に腫れ上がっていた。その痛々しい姿に和泉は涙を零した。

「………ごめんなさい。エヴァさん……琴音さん……僕のせいだ……僕が、馬鹿なことをしなければ。二人の邪魔をしなければ君はこんなに傷つかなかったのに……」

ぎゅっと琴音を抱きしめて、それから和泉は琴音に服を着せ抱き上げて、太陽の部屋へと向かった。琴音の看病を任せる為だ。

「………僕はもう、君に合わせる顔がありません。ごめんなさい、琴音さん」

もう、琴音と一緒にはいられない。和泉のせいで琴音は苦しんだのだから。エヴァもきっとそうだ。そう思ったから、部屋からいなくなったのだ。

（…………最低です）

その言葉は自分自身にいったのかエヴァに対していったのか、今の和泉にはよくわからなかった。

◇◇◇◇◇

「琴音！　嫌だ！　嫌だ！　ノアっ！　治してくれっ！　早くっ！　早くしないと琴音が死んでしまう！　魔法でなんとかしてくれ！　ことねえぇぇ！　嫌だぁっ！　私を置いて行かないで！　お願いだ……謝るからっ！　だからっ……嫌だ！」

「もう死んでるんだよ。魔法でどうにかなる状態じゃない！　………エヴァ！　正気に戻ってよ。早くここを出ないと二度と出られなくなる！　エヴァァッ！」

泣き叫ぶエヴァと、そんなエヴァに声を掛け続けるノアを和泉は真っ青な顔で眺めていた。体はカタカタと震えて、酷い吐き気がする。

（嘘ですっ。こんなの…………）

琴音が、アノニマスに食われて死んだ。探索に行っていたはずのアノニマスは緑子達を置いて先に戻ってきて、そして廊下にいた琴音を食った。

（僕が無視したから、だから……琴音さんは廊下に？）

琴音が食べられる、ほんの三十分前に琴音は和泉の部屋を訪ねてきていた。それを和泉は無視したのだ。

合わせる顔がなかった。本当は出たかった、会いたかった。だけど、和泉は、もう琴音には近づかないと決めた。もう琴音の幸せを壊したくなかった。なのに、和泉が無視したせいで琴音は死んだ。もう琴音は二度と幸せを感じることはない。

（あああああ。悪夢だ。そうだ悪夢です！　これも悪夢だ。……、だってほら、これは前にも見ました）

琴音がアノニマスに食べられて、アノニマスが邪神で、そしてこの洋館から脱出できる。脱出したら、きっと目が覚める。この夢は前にも見た。

「ちっ……これじゃ埒《らち》があかないっ！　……恋人が死んだのは悲しいってボクにだって理解できるよ！　だけどそれでエヴァまで死んだら元も子もないでしょ？　ごめん。ボクは、エヴァまで失いたくないんだ。本当にごめんね。……全部……忘れてよ……」

ちらりと横を見るとノアがエヴァに杖を向けていた。エヴァに何か魔法を掛けるようだ。

（……あははは、そう、これは夢です。すぐに覚めます……。早く出ないと、ここから出れば夢は覚めます……。悪夢は、それで終わりです）

今回の夢では、緑子はアノニマスと共にこの洋館に残るらしい。緑子と一緒にいればアノニマスも邪神を抑えられる、少しの間なら洋館の入り口を外の世界と繋げることもできるといい残して緑子とアノニマスの二人はエヴァ達から身を隠した。外への道は半日しかもたないらしい。だから早くここを出ないと、外への道は閉じてしまう。

和泉が玄関ホールに着くとすでに太陽や桜島や美奈は集まっていた。

「…………………和泉先生、ノアさん達は？　エヴァの奴……やっぱりまだ、駄目っぽい？」

桜島の問いかけを無視して和泉はフラフラと扉を目

指した。

（早く……早く目を覚まさないと。琴音さん。僕は君が幸せならそれで良いんです。君が幸せなら、僕は……君が誰といても……構わない。もうこんな悪夢は嫌なんです）

【和泉楓】後悔度　★★★☆☆

◆◆◆◆◆

「…………おまたせ」

「すまない、ハルト！　待っててくれたのか？　……他の皆は？」

エヴァが扉前に立っているハルトに駆け寄るとハルトはホッとした顔をした。

「ノアさん、エヴァ……。和泉先生達は、もう外に出たし、後は俺達だけだって。…………エヴァ……あのさ、もう、マジで大丈夫？　あの……琴音チャンのこと……」

おずおずとそういうハルト。それにエヴァは首を傾げた。

「…………琴音？　それは、誰のことかな？」

【エヴァ・フリーズ】後悔度　☆☆☆☆☆

【ループ七回目】

「緑子さん。良ければ部屋でお勉強を見てあげますよ？　数学が苦手なんでしょう？」

「…………う。美奈ちゃんから聞いたの？　だって難しいんだもん」

ぷくっと頬を膨らませる緑子を見て和泉はクスクスと笑っている。

「僕が君にも分かりやすく教えてあげますから大丈夫ですよ。ふふ…………ほら僕の部屋に行きましょう？」

仲良く去って行く緑子と和泉をこっそり廊下の曲がり角から琴音は覗く。

（今回は和泉先生狙いですか。……今のところバグはなさそうですね）

新しい周回が始まって二週間。前回のようなバグは起こっていない。

今回の緑子は和泉狙いだ。和泉も緑子に夢中で琴音は眼中にない。それにエヴァも前回みたいにフレンドリーに琴音に近寄ってはこない。やはり前回は酷いバグ周回だったのだと琴音は胸を撫で下ろした。

（……ですが、ほんの少し気になるのは今回やけにエヴァさんが大人しいということでしょうか？）

現状唯一、違和感を感じることといえば、それだけだ。こっそりと様子を窺ってみるとエヴァの口数が極端に少なく、探索以外では部屋から出てこず、出てきてもノアともあまり会話せず、談話室や廊下で一人でぼーっとしている。

（…………なんでしょうか？　表情も人形みたいですね）

ぼーっとしているエヴァからは表情が抜け落ちて人形のようだ。だがそれ以外は問題なくシナリオ通りに動いている。前回に比べれば本当に些細なことだ。これなら邪魔も入らないだろう。

（…………よし、今回こそはアノさんと最後までしてみせますよ！）

◇◇◇◇◇

「……ナニ？　またキタのか？　用がナイなら、おれは行く。毎日毎日コナイデ。おれ困るし。……サヨナラ」

　駄目元で共通ルート中も毎日アノニマスに会いに行くが、やはり仲良くはなれない。

（……やっぱり今は無理ですかね？　なんだか、うんざりとされてますし）

　二週間なんの用もないのに後をつけ回すのは、なんだかストーカーのようだ。

（アノさんが人との接触を恐れている今、あまりしつこくすると折角自由タイムになっても嫌われてしまって、上手くことを運べないかもしれませんね、明日からは一旦やめておきましょう……）

　アノニマスは自分の姿を人に見られたくなくて人との接触を避けている。それにこの期間（共通ルート）に琴音がアノニマスと同じで影の化け物から襲われない仲間だと告げることはできなかった。緑子がこの場にいる今伝えるとシナリオに影響が出てしまう可能性があるからなのだろうか？　と琴音は考える。

（……もし襲われないという話が緑子ちゃんに伝われば確実に地下へ誘われますもんね？　だから今は伝えられない？　……それにアノさんと共通ルート中に親しくなるのは難しい？　……ならやっぱり自由タイムの一週間で仲良くなってセックスまで持ち込む。……うーん、中々タイムスケジュールが厳しいですね。この間のように性教育から始めるしかないですかね？……………今度はおしっこをちゃんと事前にしてもらって……それから……）

　そんな風に考えていると視線を感じて琴音はバッと振り返る。だが気のせいだったようで後ろには誰もいなかった。

（…………前回のことで大分、私も神経質になってますね。…………はあ、さっさと切り替えないと……。あのことは、もう全部なかったことになっているんですから）

　頬をパンパンと叩いて琴音は一度気合を入れ直してから自室へと戻る。

「んっ……ぁあっ……ん……くぅ……」

　濡れたアソコにナスを抜き差しすると甘い声が零れた。

「ぁ……んんっ！」

　ビクビクと体を震わせて琴音は絶頂した。久しぶりの中イキでの快感にハァハァと荒い息を吐いてベッドにクタリと横たわる。

「はあ……一人エッチも、中々良いですね」

無知童貞の相手をするのに処女だと楽しめないと思い、今回は早い段階からナスで処女をサクッと喪失して、こうして毎日自慰をして、中を慣らしていた。

太いナスが先程まで出入りしていたアソコは、ぱっくりと開いてヒクヒクとしている。これならアノニマスとのセックスも問題なく楽しめるだろう。

（………久々の中イキがナスって……。はあ）

体の熱が冷めてきて賢者タイムになった琴音は溜め息を零した。自慰の後、お腹が空いて荷物を漁《あさ》ったが食べ物がない。仕方なく怠《だる》い体を起こして食べ物をもらいに行くことにする。

（………少し気になりますし、エヴァさんのところに行ってみましょうか？）

エヴァの部屋に向かいノックをするが返事はない。

（おっと。留守ですか？　……探索にでも行っているのでしょうか？）

部屋にいるだろうとアイコンを見ずにきたのだが、エヴァはタイミング悪く留守だ。他の人のところに行こうと思い、アイコンを見てみた琴音は眉を寄せた。


（え？）

エヴァの位置が琴音の横の部屋になっている。隣は空き部屋だ。その空き部屋にエヴァのアイコンが浮かんでいる。

（え？　なんで………？）

見間違いかと思いもう一度見るが、やはりエヴァのアイコンは琴音の部屋の横の空き部屋に在る。

「……また、なにかバグですか？」

その後は桜島に食事を分けてもらい、琴音は部屋に戻る。エヴァのアイコンはまだ隣の部屋に在る。

（……なにをしているんでしょうか？　どうして隣に？　……それとも私が知らないだけで今までも隣の部屋を使っていたのでしょうか？）

共通ルート中、毎回各キャラの動向をずっと確認していたわけではない。だからエヴァが隣の部屋にいるのがバグなのかそうじゃないのか、琴音には判断がつかない。それに選んだ部屋以外を使ってはいけないなんてルールもない。ゲームの仕様上部屋が決まっているだけだ。だからエヴァが何処の部屋にいても問題はないのだが、何故か琴音は嫌な予感がした。

（………で、ですけど。特に接触してくるわけでもないですし問題はないはずですよね？）

そう自分にいい聞かせる。だが得体のしれないモヤモヤは晴れなかった。

◇◇◇◇◇

あと三日で自由タイムだというのに琴音のテンションは下がっていた。

（う…………また、……やっぱりこれは故意ですよね？）

視線を感じてそっと後ろを振り返るが誰もいない。だが少し離れた廊下の角に隠れるようにエヴァのアイコンが浮かんでいる。

（…………隠れて後をつけてくるなんて。ストーカー？……なんでですか？）

エヴァのアイコンが隣の部屋に浮かんでいるのに気づいてから日に何度かアイコンを確認すると、琴音から隠れて後をつけてくるエヴァに気づいたのだ。

夜中は大体琴音の隣の部屋にいる。正直怖いし、意味が分からない。

（……ただ気分で部屋を替えただけ？でもなんで私の隣……。……話しかけてもこないし何を考えているんでしょうか？またバグ？……放っておいて良いのでしょうか？……今のところ、特に実害はないですけど）

気にはなるが前回の件もあるし、今回はアノニマスとセックスすると決めている。なので、こちらからの接触は極力控えたい。

（向こうから、なにかアクションがあるまでは無視しましょう）

エヴァから何か直接的な接触があるまでは琴音は知らないフリをすることに決めた。

自由タイム初日、緑子達を見送り、廊下を歩く。

（よし。では早速アノさんを探しましょう……）

まだ朝だがアノニマスは夜は邪神になるので琴音は早い時間から行動する。それにアノニマスは結界の外にいることが多いので探しに行く必要もある。

（さてさて、今回こそは頑張りますよ！）

ルンルンで廊下を歩いていると腕を後ろから掴まれた、驚いて振り返るとエヴァが立っていた。

「やあ。こんにちは。…………一人でウロウロするのは危ないよ？　……何処へ行くんだい？」

　キラリと歯を光らせるエヴァに琴音は眉を顰める。掴まれた腕が痛い。

（っ……、なんで？　折角今から自由タイムなのに、……）

「あ、あの？　……エヴァさん。こんにちは、あの……腕……痛いですっ……」

　そう琴音が告げるとエヴァは力を緩めたが掴んだ手は離さなかった。

「ああ。ごめんね……。少し力が入りすぎたかな？　……はは。……それよりも何処へ行くんだい？　……まさか結界の外に？　駄目だよ。外は危ないし……一人も危ないよ。良かったら今から私の部屋においで。一緒にいれば安心だよ？　ね？　食べ物もたくさんあるし……。ね？　そうしよう？」

　ニコニコとそういうエヴァに琴音は顔が引きつる。

（………ええ？　やっぱりまたバグってます？）

　今回の周回でほとんど会話なんてしてないのにエヴァは、まるで親しい間柄のように琴音に接してくる。

「い、いいえ。遠慮しておきます。……あの、離して下さい」

腕を離してもらおうと自身の体の方へと引くとエヴァは眉を寄せた。

「どうしてだい？　……私達は共に過ごす仲間だし親睦を深めようよ？　ね、私の部屋においで？　……ほら行こう」

「っ………い、いいえ。あの、私、用事があるので……。すみません、あの……」

　困惑して断りの言葉を口にしてもエヴァは、しつこく琴音を部屋に誘う。グイグイと腕を引かれて琴音はゾッとした。

（な、なに？　なんですかこれ？　……こ、怖いですっ！）

　強引なエヴァに前回の無理やりセックスを思い出した琴音は、顔が真っ青になって足がガクガクと震える。

そんな琴音を見てエヴァが何かを言おうとしたところで第三者の声が割って入った。

「ナニしてる？　………ケンカ？　……」

「エヴァ？」

　アノニマスとノアがいつの間にか側にいた。

「あ……ノアさんにアノさん」

　琴音はホッと息を吐く。他にも人がいたら流石にエヴァも強引に琴音を部屋に誘うのをやめるだろう。

（た……助かりました……）

そう思ったのも束の間。

「…………ちょっとした恋人同士の痴話喧嘩だよ。気にしないでくれ。ね？　琴音。ほらここで押し問答していても皆に心配をかけてしまうから早く部屋に行こう？　恥ずかしがらなくても良いんだよ？　…………可愛いなぁ」

エヴァは爽やかに歯を光らせてサラッとそういう。

（ファッ！）

「コイビト……ちわゲンカ……やっぱりケンカ？　でも、平気？　コイビト仲良し？」

アノニマスは首を傾げている。

「………」

ノアは無言で、じっとエヴァとエヴァが掴んだ琴音の腕を見ている。琴音は真っ青になった。

（えええええ？　恋人同士？　痴話喧嘩？　ち、違いますよっ！　何いってんですか、エヴァさんっ！　さっき仲間同士で親睦深めるとかいってたのに随分と一気に飛び越えましたね？　やっぱりバグってます？）

琴音が半泣きでエヴァを見るとエヴァはニコリと微笑む。掴んだ腕の力が少し強くなって琴音はビビって即、エヴァの言葉を否定できなかった。

（ひっ…………）

ほんの少しのトラウマ。前回のエヴァとの行為は久々に琴音に恐怖を思い出させた。死ぬのは痛みもない。だから慣れたが、痛いのは嫌だ。また無理やり酷くされたらと思うと体が小刻みに震えた。このバグエヴァに逆らったらどんな酷い目に合わされるのか今の琴音には想像もつかない。未知のことは恐ろしい。

（ひいいいい！　このままでは部屋に連れ込まれてしまいますっ！　助けてっ！　風紀委員長！）

一縷《いちる》の望みを懸けてノアに視線を向けるとノアは眉を少し寄せた。

（うぅ……駄目ですか？　……たすけてぇ……）

うるうるとした瞳で見つめているとノアは小さく溜め息を吐いてから口を開いた。

「恋人？　痴話喧嘩？　いつの間に彼女とそんなに仲良くなったの？　…………エヴァ？　それは本当に？

……ボクに嘘は通用しない」

ノアは胡散臭《うさんくさ》そうな目をエヴァに向けた。

（あああああ！　ノア様ー！）

琴音は内心でノアに手を合わせて拝んだ。いつも邪魔な風紀委員長とか思ってすみませんでしたっ！

「…………はあ…………そうだよ？　まあ、確かにまだ正式には恋人ではないかもしれないけど、でも琴音は私を好きだし私も琴音を想っている。ほら両想いなんだから、恋人といっても過言じゃない。だからなんの問題もないさ」

（はぁぁぁぁぁ？　どう考えても過言ですよっ！　な、な、な？　なんでそんな勘違いが？　今回のエヴァさんに一体何があったんですか？　今回の周回で私達、ほとんど絡んでませんよね？　貴方が一方的に私の後をつけてただけですよね？　ええ？　……わ、私、何かしてしまったのでしょうか？）

知らない間に琴音がエヴァを好きなのだと勘違いさせる行動を取ったのかと考え込むが思い出せる記憶の中には心当たりはない。今回は挨拶や世間話もアノニマスに絞っていた。勘違いされるとしたらアノニマスだ。エヴァではない。

（どうして……、エヴァさん。……前回は和泉先生もバグってましたし。この二人の共通点は、私が違う周回で体の関係を持ったから？　……だから？　……いえ。でも、そうなら辻褄《つじつま》が……）

そう考えているとノアが琴音に声を掛けた。

「……ねえ、エヴァのいうことは、本当？　……ちょっとボクには二人の関係性がよくわからないんだけど」

「え…………。っ……あ、……」

ノアからの問い掛けに嘘です！　と元気良く答えたいのだが、掴まれた腕とエヴァの爽やかな笑顔（圧力）が怖い。圧に負けてカタカタと震えているとノアは、また溜め息を吐いた。

「とりあえず。一旦バラバラに話を聞く。……アノニマス、彼女と少し待ってて。……エヴァ。ボクと一旦部屋で話そう？　別件で少し話したかったこともあるし…………」

ノアはそういうとアノニマスと琴音に談話室で待つようにと告げた。だがエヴァはそれに難色を示した。

「ノア。……その必要はない。今、私が説明した通りだ。ただの痴話喧嘩さ、琴音は照れているだけなんだよ。ね？　琴音？　…………それに何故アノニマスと琴音を二人きりにする？　駄目だ……。絶対に駄目だ」

「…………エヴァのその話が本当なら別に彼女にも話を聞いても問題はないでしょ？　……二人きりが駄目ならハルトを呼ぶ。それなら良い？　エヴァ」

ノアは最後にエヴァの名を強めに呼んで、じっとエヴァを見つめた。エヴァはノアと視線を合わせた後、一度チラリと琴音を見てから、そっと手を離す。

「わかったよ。…………話をしてノアが納得するなら、そうしよう、手短に頼むよ」

◇◇◇◇◇

「なになに？　どしたのー☆？　なんで俺呼ばれたの？　アノニマスー？」

ノアに呼ばれて談話室にやってきた桜島は不思議そうな顔で琴音を見てから首を傾げている。ノアは詳しく説明をしないでエヴァと話をしに行ってしまった。

「おれもよくワカラナイ」

アノニマスは桜島からの問い掛けにそう答えた。アノニマスも状況を理解していないようだ。

「なんかすみません…………」

そう小さく呟いて謝ると桜島は別に暇だったし良いけどー☆　とケラケラ笑っていた。とりあえずは琴音とアノニマスと桜島の三人で談話室で待つことになった。ノアがエヴァとの話を終えたら次は琴音に詳しく話を聞くのだろう。

（ふう……、なんとか助かりましたね。ノアさんが戻ってきたら、ちゃんと説明しないと。でもなんていえば良いんでしょうか？　一体今回のエヴァさんに何が起こっているのでしょうか？　……バグ………イレギュラー？）

ほんの少しドキドキと高鳴る胸を琴音は押さえる。

（…………もしかして、やっぱり何か変化が？　……ここから抜け出せる？）

失っていた希望が琴音の胸に微かに芽生える。だがそんなのは違う。これはゲームだから何千回に一度起こった、ただのバグだと冷静に思う気持ちもある。

（つ…………、ですけど……。もし先程考えたことが当たっていたとしたら？　……やはり全員とセックスをしないといけませんね！）

琴音とセックスをした相手がバグるというのが当たっているのなら、やはり全員とセックスをして検証する必要がある。全員バグらせればゲームが終わるかもしれない。もし、この地獄から抜け出せる可能性がほんの少しでもあるのなら、それを確かめないわけにはいかない。

(馬鹿馬鹿しい考えかもしれませんけど。……元々皆さんとはセックスをする予定なんです。だから、……もし違っても……ただの偶然のバグだったとしても、傷ついたりはしません。平気です)

そんな風に琴音は、これ以上心が折れないように自分にいいわけをする。そして、もう一度全員とのセックスを心に誓った。

「ふあー、……ノアさん遅いね？」

桜島は欠伸をしてソファーにゴロンと寝転んだ。

「……本当ですね。……もう三十分も経ってるのに……どうしたんでしょうか？」

(別件のお話が長引いているのでしょうか？　それともエヴァさんがノアさんに何か……？)

自分の考えにゾッとして琴音は小さく頭を振る。

(いえ、流石にそれは、ないですよね。お二人は同じ世界のお仲間ですし。ですけど、今回のエヴァさんは前回よりも不気味です。何を考えているのか全くわかりませんね。先程、私を好きだっていってましたよね？　なんで？　……前回の和泉先生と同じで一目惚れバグ？　……でもそれで、なんで私がエヴァさんを好きなことになってるんでしょうか？　エヴァさんの妄想？　……ストーカーバグ？　……なんか嫌ですね、それは)

バグの種類を考えて琴音は顔を顰めた。

(……今回の周回、ただでさえアノさんとセックスまで持ち込むのは大変なのに、エヴァさんの邪魔が入る可能性が大です。……うう、アノさんとセックスしたいよう)

涙目でアノニマスを見つめているとアノニマスはビクリと肩を揺らした。更に一時間が経過してあまりにもノアの帰りが遅いので様子を見に行こうかと三人で話していると、ノアが談話室にやってきた。何故か、その顔は険しい。

「…………お前。エヴァに何かした？」

ギロリと琴音を睨んでノアは開口一番そういった。

(え？)

「ええ！　私何もしてません！　むしろされた方ですよ！」

思わず即返事を返すとノアは琴音を、じっと見てから小さく舌打ちをして眉間を押さえた。

「…………そう。……なら、……やっぱりエヴァが……いや……でも……」

ノアはブツブツと何かを呟いてから、ふうと息を吐く。

「アノニマス、ハルト。今日からしばらく彼女と過ごして、できるだけ側を離れないで。…………ボクはエヴァを監視するから。…………エヴァが、おかしくなった。一応……貴女《あなた》の話も聞くけど、……多分エヴァが、おかしい……。エヴァと話しただけで理解できた」

ノアは神妙な顔でそういった。

「エヴァがおかしい？　監視？　なにそれ？　新手のギャグ？　……ノアさんでも冗談とかいうんだー☆　あはは」

桜島はキョトンとしてからノアに笑いかけたがノアの顔は真剣そのものだ。

「…………冗談とかじゃない。そうなら……良かったけど。違うから」

そういってノアは額を押さえて溜め息を吐いた。顔色が少し悪い。

（…………ノアさんとエヴァさん。どんな話をしたのでしょうか？）

ノアの様子を窺っているとノアは琴音に視線を戻してから、ソファーに座るようにいう。琴音は大人しくそれに従った。傍らでは桜島が珍しく少し顔を強張《こわば》らせていた。

（桜島君……。エヴァさんとよく探索行ってましたもんね）

今回の周回のエヴァは普段よりも大人しく口数も少なかったが探索は桜島と行くことが多かった、だから二人はそれなりに交流があったはずだ。桜島はノアの言葉に複雑な心境なのだろう。

「……オカシイ？　ナニが？　エヴァが？　ナンデ？」

アノニマスも首を傾げながら側に近付いてきた。四人で小さな机を囲むように座るとノアは口を開いた。

「じゃあ。一応……貴女からも、さっきエヴァと何があったのか最初から聞きたいから、話して…………」

ノアからの問い掛けに琴音は今回エヴァと出会ったところからノア達がくるまでの経緯を話す。一応アノニマスを探しに行こうとしていたことは伏せて、廊下を歩いていたら後ろから腕を掴まれたと説明した。

「……ふーん。もう一度聞くけど、本当にエヴァと付き合ったりとか、親しくしていたとかそういうことはないんだよね？　……確かにボクも貴女達が仲良くしているところなんて一度も見たことないけど……」

「ないですよ。会話だって、ほとんどしたことなかったですし……」

（今回の周回では本当に全然話してませんもん。……うーん。でも後をつけられていたことや隣の部屋にいたことを話した方が良いのでしょうか？　……ですけど、どうして気づいたのかと聞かれると返答に困りますね）

琴音が悩んでいるとノアは、また額を押さえた。

「あー。……そう、わかった。だよね。……はあ」

あっさりと琴音の言葉に頷いて一人納得してから眉間に皺《しわ》を寄せている。だがそんな顔も美少女（男）なのだからズルい。

（随分とあっさりと信じてくれますね？　……それ程エヴァさんとの話はヤバかったのでしょうか？　一体バグエヴァさんと何を？）

「あの？　ノアさんはエヴァさんと、どんなお話を？……どうして監視するって話になったんでしょうか？それに私の監視も、でしょうか？」

「……エヴァが貴女をまた部屋に連れて行こうとするかもしれないから。……だからそうしないように監視する。貴女に対しては護衛のようなもの」

そう答えるノア、そこへ桜島が割り込んできた。

「ノアさん？　あのさ俺、実際よくわかってないんだけど……。ほら俺って、いきなり呼ばれてそのまま特に説明もなかったじゃん？　エヴァがおかしいって話とかもなんかよくわかんないし。……今ちょっと琴音チャンの話を聞いた感じ、エヴァは琴音チャンと仲良くなりたい感じなんじゃん？　それって駄目なの？……まあ、しつこいのは駄目かー。でもさ、それでおかしいっていうのはちょっと酷くね？　俺のファンの子とかでも過激な子はいるけど、それは……ほら。好きだからじゃん☆　……部屋にきて欲しいって思うのがそんなに悪いことかなー？　別に良いじゃん☆　エヴァ良いやつだし、イケメンだし、一度部屋に行くくらいさ☆」

パチンと琴音に向かってウインクする桜島をノアはジト目で見てから、また溜め息を吐いた。

「ハルトは、好きなら。何しても良いとか思う方？　…………好きとか、そういう一方的な感情は時に相手を傷つける。……今のエヴァもそう。…………エヴァの部屋。手錠とか……ロープとか、……女物の服とか……。食べ物もたくさんあった。……意味わかる？」

「え？」

「え？」

桜島と琴音は同時に間抜けな声を出した。アノニマスは興味なさそうに天井を見上げている。

（ええ？　……それって、ガチ目にヤバいやつじゃないですか……？　ひえ……、そういえば食べ物もたくさんあるとかいってましたもんね）

ノアの話が事実なら確実にエヴァは琴音を監禁しようと考えている。バグっているとは分かっていたがまさか、ここまでとは。

「いや、……え？　それマジ？　マジでいっちゃってるー？　やっぱりドッキリとかー？　あはは……」

桜島も同じことを思ったのか茶化してはいるが顔色が悪い。

「…………大真面目《まじめ》な話だよ。……それに会話内容も結構酷かった。……エヴァは未《いま》だに貴女を部屋に閉じ込めるのを諦めてないし。今後も諦める気はないよ。……貴女の本当の気持ちも関係ない、……だからボクもこれはヤバイなって思ったんだよ。……だから、エヴァはボクが監視するし、彼女のことはアノニマスとハルトで交代で護衛して」

ノアは一度琴音にいってから桜島とアノニマスにそういう。アノニマスは名前を呼ばれてノアを見たが首を傾げている。

「別におれはイイけど？」

「いや……、は？　え？　……」

桜島は困惑した様子だ。無理もない。仲間の頼れる氷の騎士が変態騎士にジョブチェンジしたのだ。それもエヴァと同じ世界のノアのお墨付きだ。

「……エヴァは多分、ストレスで少しおかしくなったんだと思う。……昔から思い込むと頑固で突っ走るところも……あった。……エヴァは何故か貴女と両想いだと思い込んでるし、部屋に閉じ込めて、ずっと一緒にいると話してた。……すごく嬉しそうにね……『彼女は照れているだけなんだよ、ね？　ノアからも琴音に照れなくても良いって伝えてくれないかな？　素直じゃないんだ。彼女。そこが可愛いんだけどね』だってさ……。今もボクが貴女を部屋に連れて戻ってくるのを自室で待ってるよ？　監禁する為にね」

ノアはそういうと口をへの字に曲げた。流石に、これを聞いた桜島の顔も真っ青だ。

「うわ……。流石にそれは……。それがマジなら俺も協力はするけど。……でもさ、あー。その、琴音チャン的にはエヴァのこととかどう思ってるの？　ほら二人が両想いなら、問題は……ないはずじゃん？　監禁とかいうのも大袈裟《おおげさ》じゃない？　好きな子と一緒にいたいって思うのは普通だし……それに今だって、ここから出られないんだし、あんまり変わらなくない？」

「……好きじゃないです。お部屋に閉じ込められるのも嫌です」

（…………うぅ。通常状態ならいざ知らず、今のバグエヴァさんに近づくのは絶対にごめんですよ！　残りの日数ド下手くそ監禁レイプとか絶対に嫌です！）

「あ……、そか。なんか、ごめんね」

琴音の返答に桜島はしゅんと項垂れた。桜島の気持ちも分かる。仲の良い相手を庇いたくなるのは当然のことだ。それに多分桜島は性的なことにまで考えが及んでいない。ただ部屋に閉じ込められるだけだと思っているのかもしれない。ピュアだ。

（……そう考えるとノアさんって中立的ですね。ちゃんと冷静に判断してくれてますもんね）

エヴァとの付き合いが長いはずのノアはエヴァの肩を持つわけでもエヴァの言葉を鵜呑《うの》みにするわけでもなく、二人を引き離してから双方の話を聞いてくれて、話を聞き終えてから、ちゃんとエヴァをおかしいと判断して琴音を守ろうとしてくれている。

（確かに……優しい人ですね）

『本当に優しい男っていうのは、ノアみたいな人さ』

前にエヴァがいった言葉を思い出して琴音は、そう思った。

「…………ごめん、も一個良い？　あのさ。……監視とかよりも一度俺達も一緒にいるところでさ、ちゃんと断るとか……どう？　琴音チャンと両想いだって勘違いしてるんならさ。そうじゃないって告げれば良いじゃん」

桜島はそう提案してきた。

（なるほど。……確かにそれもありでしょうか？……でも、エヴァさんってキレると怖いし……それにそんなにすんなり納得するでしょうか？）

「…………駄目。今のエヴァに説得は簡単には通用しない。してたら、もうボクがやってる。……はあ。エヴァは元から人の話を聞かないところがあったけど、まさかこんなにおかしくなるなんて」

ノアは顔を顰めて杖でトントンと床を打ち鳴らす。

かなり参っているようだ。

（あー。やっぱりそうですよね？　エヴァさんって人の話聞きませんよねー）

ノアの言葉に琴音は小さくウンウンと頷いた。

「そか…………。うん、なら監視と護衛の件は分かったけどさ。……実際どうするの？　ほら俺達も、いちおー男だし。……琴音チャンは男にずっと側にいられるとかさ、エヴァのことも怖がってたし……嫌じゃないの？」

「嫌じゃないです！　むしろピッタリと側でお願いしますっ！」

食い気味に返事をすると桜島はビクリとして、ノアは呆れたような視線を琴音に向けた。

「…………やっぱりお前、今みたいな調子で誤解させるようなことをエヴァにしたんじゃないの？

…………そうなら自業自得なんだけど？」


その後、一旦話は纏《まと》まった。琴音をアノニマスと桜島で交代で護衛して、ノアはエヴァを監視しつつ、それとなく勘違いに気づかせる予定だ。

（やったあ！　…………エヴァさんは怖いですが、これで今回桜島君ともアノニマスさんとも合法的に接近できます。交代でということは……、常にどちらかと二人きりですね？）

降って湧いた幸運に琴音が内心でほくそ笑んでいるとノアがソファーから立ち上がる。

「……とりあえず、ボクは一度エヴァのところに戻る。じゃないとこっちにきちゃうかもしれないし。……今夜はエヴァを魔法で無理やり眠らせて、明日からは、なんとかボクが説得してみる」

そこまでいってノアは一旦言葉を切ると琴音をじっと見つめた。

「…………あのさ、エヴァはこんな状況で一時的におかしくなってるだけで……本来は悪い奴じゃないんだ……。いくら貴女を好きだからって無理やり監禁とかする奴じゃない。それだけはわかって欲しい。今はおかしいんだ。……エヴァの奴」

「……はい。それはわかってます」

琴音がそう返すとノアはホッとしたように息を吐いた。

(今のエヴァさんはバグエヴァさんですもんね。……そうですよ、エッチは下手くそですけど本来はエヴァさんも優しい人ですもんね)

ノアは今度はアノニマスと桜島に向き直る。

「ハルトとアノニマスは交代でエヴァが彼女と接触しないように護衛して。……ボクも魔法でできるだけエヴァが彼女に近づかないようにはするけど、この一角の結界の維持もあるし、エヴァ相手だから。完璧にエヴァの動きを抑えられるかわからないから……最悪の時は一時的に彼女を連れて結界の外に逃げて……」

「ウン。…………おれはイイけど。……でも夜はムリ」

「……夜。うん。だよね？ 夜はどうすんのー？ 夜もずっと？」

桜島がノアに尋ねるとノアは眉を寄せた。

「常に側にいてってボクさっきいったけど？ 夜もずっとに決まってるでしょ？ ……とりあえずボクはもう行く……。結構待たせてるし」

そういってノアは談話室を出て行った。また残された三人は顔を見合わせた。

「んじゃ。とりあえず、作戦会議する？」

桜島の言葉に琴音とアノニマスは頷いた。そして今後どうするかを話し合った結果、昼間は琴音の部屋でアノニマスと過ごし夜は桜島と過ごす。そして基本的には、できるだけ部屋からは出ないということで話は纏まった。談話室や廊下でエヴァと鉢合わせると面倒くさいことになるからだ。しばらくは脱出の為の手掛かりを探す目的での探索は行わず。食料調達だけに絞り、琴音も桜島やアノニマスと一緒に三人で結界の周辺で探すことになった。

「ごめんね、琴音チャン。これだと結局監禁されるのとそう変わりないよねー？ でもしばらくは我慢してね、……食料探しも怖いだろうけど遠くまでは行かないし、三人でならそこまで危険はないから安心してよっ☆」

「いえ。なんだかすみません、迷惑を掛けてしまって……」

桜島は苦笑している。

「気にしないで☆ ……それにきっとすぐにエヴァも正気に戻るよ。ノアさんが話もしてくれるっていってるし……。そうなったら琴音チャンが、ちゃんと断ればエヴァもわかってくれると思うし」

「そうですね」

琴音はそう答えるのだか内心ではエヴァがこのままでも構わないと思える。

（……私的にはこの状況はかなり美味しいのです）

琴音的には、ずっとこのままでも問題ない。むしろラッキーだ。合法的に自室で常にアノニマスか桜島のどちらかとは二人きり。風紀委員長のノアもエヴァに付きっきりで邪魔は入らない。エヴァの暴走は少し怖いが、どんな最悪な状況になったとしても精々がド下手くそレイプだ。今回は非処女の琴音なら前回程痛くはないはずだ。それに殺されることは絶対にないだろうし、ノアが魔法でなんとかしてくれるはずだ。多分。

（むふふ。アノニマスさんは兎《と》も角《かく》、桜島君と二人きりになるのは難しいと思っていましたけど、まさかこんな棚ぼたが起こるなんて！　情報収集の大チャンスです）

「じゃあ俺は一旦部屋に戻るね。夕方に琴音チャンの部屋に行くからそれまでは琴音チャンをよろしくねー、アノニマス」

桜島は手を振り去って行った。琴音はソファーに大人しく座るアノニマスを見つめて考える。

（さて…………、今回は思わぬ棚ぼたでアノさんとは二人きりになれましたけど。どうしましょうか……）

これからの一日のタイムスケジュールは朝の六時から夕方の十七時までアノニマスと過ごし、十七時から十九時の間に三人で食料を探しに行く。そして三人で夕食を取ってから大体二十時から朝の六時までを桜島と過ごす。共に過ごす間の細かなことはまだ決めてはいないが、桜島は夜は寝ずに番をするらしい、一旦部屋に帰ったのは仮眠を取る為だ。

「アナタは座らないのか？」

ソファーの近くでアノニマスを眺めて突っ立っている琴音にアノニマスは不思議そうな声で尋ねてきた。

これ幸いと隣に腰を下ろすとアノニマスは少しだけビクリと肩を揺らした。まさか狭いソファーの真横に座られるとは思っていなかったようだ。

「……チカイ。ナンデ、隣……。ベッドに座れば？」

もぞもぞと逃げるように体を縮めてそういうとソワソワとしている。

（……よし、とりあえず今日は様子見と前回の流れを汲《く》んで仲良くなりましょう。エッチなことはその後で

すね。今日は一日目、まだまだこれから時間はあるのです。焦らずにいきましょう）

◇◇◇◇◇

「おれとオナジ？　……。アナタも？　だからおれによく会いにきてたのか？　……そっか。おれ達は仲間なのか。……ウレシイ」

前回のアノニマス攻略と同様に、琴音も影の化け物に襲われないことを告げるとアノニマスは簡単に懐《なつ》いた。共通ルートで挨拶をしておいたのも全くの無駄ではなかったようだ。完全にアノニマスからは琴音に対して向けていた警戒心が消えてなくなった。

（やっぱり攻略方法さえ見つけてしまえば楽勝ですね！　むふふ）

琴音は内心でほくそ笑みながら優しい笑みをアノニマスに向ける。

「……アノさん、仲間ですよ。これからは同じ襲われない者同士で仲良くしましょうね」

更にニコリと微笑みかけるとアノニマスはコクリと頷いた。その後はソファーでくっついてアノニマスの頭を撫でて懐柔する。最初の一撫でにはビクリと体を揺らしていたが、すぐにされるがままになった。本来のアノニマスは寂しがり屋の甘えん坊だ。

（やっぱり可愛いですね。……なんだか癒やされます）

優しく撫でながら琴音は、ふうと息を吐いた。前回のバグエヴァとの酷いセックスと今回のバグエヴァに少し精神的に参っていたようだ。こうして無知なアノニマスを撫でていると癒やされていく。まるでアニマルセラピーだ。

（ふふ……気持ち良さそうですね）

すっかり心を開いたアノニマスは琴音の肩に頭を寄せて気持ち良さそうにゴロゴロと喉を鳴らしている。

「コトネ。……もっと……キモチいい」

スリスリとマーキングするように擦り寄られるとムラムラとしてくる。今日は軽いスキンシップだけにする予定だったのだが欲望が湧いてくる。

（……完全にエッチなことはまだ早いですけど。少しなら良いですよね？）

「……アノさん、もっと気持ちいいことしませんか？」

「ナニする？」

アノニマスは琴音の肩から頭を上げて不思議そうに首を傾げた。

「ん…………柔らかくて……アッタカイ。……」

琴音の胸にアノニマスの頭を抱いて、頭を撫でるとアノニマスは胸に顔を埋めてスリスリとしている。パフパフ状態だ。

「どうですか？　おっぱい柔らかくて気持ちいいですか？　よしよし。たくさん撫で撫でしてあげますからね」

「ウン……。撫でて……、おれ、それ好きだ。……ココトネの体はおれとゼンゼンチガウ。柔らかくてキモチイイ……ナンデ？」

顔を胸に擦りつけながらアノニマスは不思議そうだ。興味を持ったようで時折手のひらでも、やわやわと揉んでいる。

（うふふ。作戦は成功ですね。アノさんは記憶がないからなのか知らないことに興味を持ちやすいみたいですし。まずは女の体に興味を持ってもらって、それから少しずつ気持ちの良いことを教えてあげれば……きっとアノさんもエッチなことを好きになるはずです。そうなればやり放題ですね）

「…………アノさん、そんなに不思議なら私のおっぱい直接見てみますか？　体のお勉強です。……知りたくないですか？　男の人と女の人の体の違いを」

「え？　ベンキョウ？　……チョクセツ見る。ウン！…………、知りたい」

（よし！　やっぱりここまでは簡単ですね）

服を脱いだ琴音の胸をアノニマスはじっと眺めている。ブラも全て脱いだので、アノニマスの目の前にはぷるんとした白い乳房が丸出しだ。先端では小さくてピンクの乳首がプクリと芯を持ち始めていた。

「…………ココはおれとオナジ。乳首？　でもなんか腫れてキタ。……ヘンなの」

「……ふふ、変ですか？　……触ってみます？」

そう琴音が尋ねるとアノニマスは指でツンツンと乳首を突く。その度に琴音の口からは甘い吐息が漏れる。

「ん……♡　っ……♡　は……♡」

（あん♡　……久々に人に触ってもらうとやっぱり良いですね♡）

「あ、また腫れた……もしかして、イタイ？…………ん……」

何を思ったのかアノニマスは突然ぺろりと乳首を舐めた。

「んっ……」

思わずピクンと体が揺れる。アノニマスはぺちゃぺちゃと乳首を舐めながら琴音を見上げている。フードで顔は見えないが心配そうな雰囲気を感じる。

「コトネ……、イタイ？　舐めるのもイタイ？……ゴメン。触るの強かった？」

どうやら自分が強く触ったから乳首が腫れてしまったのだと思い琴音の甘い吐息も痛みに声を上げたと勘違いして消毒のつもりで舐めているようだ。

（ん♡　無知すぎて本当に可愛い♡　でもそのお陰で乳首を舐めてもらえました♡　今回の周回はラッキー続きですね♡　はぁん♡　……ん…舌は普通なんですね？　……ん♡　熱くてすごい♡）

獣人だから、てっきり猫の舌だと思っていたがアノニマスの舌は猫みたいにザラザラはしていない、普通の人間の舌だ。その熱くて分厚い舌が乳首をぺろりと舐めあげるとジンジンと甘い痺《しび》れが走る。

「あ……違います。そこは気持ちよくなると固くなるんですよ。……んっ♡　あ……舌、気持ちいい。……もっと♡」

ぎゅうっとアノニマスの頭を胸に押し付けるように抱きしめるとアノニマスは一瞬困惑して舐めるのをやめた。だがすぐにおずおずと乳首を舐めるのを再開した。

「コトネ？　おれが舐めるのがキモチイイのか？」

「ん……。気持ちいいです♡　アノさん♡　ぁん♡もっと強く舐めて吸って下さい♡」

「……ワカッタ。コトネも撫でてくれたから。おれもしてあげる……こう？　キモチイイ？」

ちゅうちゅうと乳首を吸われて体がぴくんぴくん震える。

「あっ♡　ぁん♡　アノさん♡　気持ちいいです♡ん♡　乳首好きぃ♡」

「ちゅ……ここってそんなにキモチイイ？　……へー」

強く吸ってから、ちゅぽんと音を立ててアノニマスが口を離すと乳首の先端は真っ赤に色付いてぷっくりと膨れ上がっていた。そこをアノニマスはしばらく見つめてから自分の胸をローブの上からゴソゴソと触り始めた。

「アノさん？」

「おれもソコって、キモチイイ？　オナジ？　……おれは乳首腫れたコトナイケド……。腫れる？　それともおれは男だからチガウ？」

琴音が乳首で気持ち良くなっているのを見て乳首にも興味が出てきたようだ。

（………あらあら。これなら計画通りに進みそうです）

「どうでしょうか？　男の人も気持ち良いとは思いますけど……。今度は私がアノさんの乳首を触ってみましょうか？」

そう尋ねるとアノニマスはコクリと頷いた。ベッドに寝転んで、ローブで頭を隠したまま服をたくし上げて自分から乳首を出すアノニマスの姿は少し間抜けだ。

「………出した。ハヤクしてみて……」

白い肌にピンクの薄い乳輪の小さな乳首は、まだなんの反応もしていない。

（……アルビノだからすごく白い。綺麗なお肌です）

「おれのヘン？　……チガウ？」

琴音が無言でアノニマスの顕になった上半身を見つめていると不安そうな声でアノニマスはそう尋ねてくる。

「いいえ。全然変じゃないですよ。アノさんの体が綺麗だから、見惚《みと》れてました♡　……白くて綺麗なお肌。すごく好きです」

サワサワと胸元を撫でるとアノニマスはピクンと体を揺らした。

「……好き？　……キレイ？　ホント？　……ん、くすぐったい……んん……」

「すごく好きです♡　このピンクの乳首も、可愛くて好きです。ほら、優しく優しく触りますからね♡」

すりすりと人差し指の腹で乳首を撫でるとアノニマスはビクビクと震えた。

「ん………。くすぐったい……ケド。なんか、コレ……キモチイイ？　……は……ムズムズ？　もっと…撫でて……もっとツヨク……。おれ、コレも好き」

（おっと？　……もしかしてアノさんって乳首が感じるタイプですか？　ふむふむ）

すごく反応が良い。乳首はプクリと膨れて、その周辺の肌も上気している。

「ほら、私と同じで気持ち良くなって乳首が腫れてきましたよ？　同じでしょう？　ここ、ペロペロして欲しいですか？　もっと気持ちいいですよ？」

爪でカリカリと乳首の先を軽く引っ掻《か》くとアノニマスの体は面白いくらいに跳ねた。

「んぁっ！　……んん。………ウン、舐めて……腫れた乳首……舐めて……。もっとキモチイイことして……っは……ふ……」

（可愛いですね♡　そんなにエッチな反応してるのに、エッチなことだって知らないんですもんね？）

アノニマスはビクビクと体を震わせて自ら乳首を琴音の指に擦りつけてくる。股間の辺りも膨らみ始めている。

「ほら、……この舌で今からたくさんペロペロして気持ち良くしてあげますからね♡」

れろれろと見せつけるように舌を出すとアノニマスはコクコクと頷いている。それを見て琴音は、にんまりと笑うと、アノニマスの乳首を舐めて吸う。

「あっ！　あ……！　コトネっ！　それ、イイ！　キモチイイ！　もっとシテっ！　おれこんなキモチイイの知らないっ！」

（ふふ♡　アノさんってば……、そんなに乳首が感じちゃうんですね♡　アソコも元気になってます♡）

アノニマスのモノは完全に勃起してズボンがテントを張っていた。

「そんなに気持ちいいこと気に入りました？　……これから、たくさんしましょうね？」

ぢゅるるっと少し強く乳首を吸うとアノニマスの体が強張る。

「んひぃ……！　ヘン……、ナンデ……？　……ムズムズする……コトネ……」

アノニマスは困惑した様子で膝を擦り合わせている。どうやら自分でも股間の異変に気づいたようだ。

「ムズムズ？　……乳首がですか？」

分かっているが素知らぬフリでそう尋ねるとアノニマスはフルフルと首を横に振った。

「……しっこ……したい。おれ……しっこしてくるから、後でまた乳首シテ？」

琴音の肩を押して起き上がるとアノニマスはフラフラとした足取りでトイレに向かって行った。それを見送り一人になったベッドの上で琴音はむふふと笑う。

（アノさんが乳首が感じるなんて意外です。ですけど、これなら簡単にセックスできちゃいそうですね）

性的なことが恥ずかしいことだと分かっていないア

ノニマスは、これから琴音が教える性的な快感にどっぷりとハマることだろう。

　正直何もわからない無知なアノニマスを騙している罪悪感は少しあるにはあるがそれは仕方ないと割り切る。そこを気にしていたらいつまで経ってもアノニマスとのセックスなんて無理だ。

（二十五歳ですし、本人も喜んでましたし、アノさんに関しては少し無理やりでも仕方ないですね。……それに毎回食べられるんですから、これくらい大目に見て下さい。……すみません。アノさん）

　一応心の中でアノニマスに向けて謝っておいた。

（……それにしても遅いですね？）

　トイレに向かったアノニマスが中々戻ってこない。

　少し心配になる。

「アノさん？　大丈夫ですか？」

　コンコンとトイレをノックすると中からアノニマスの情けない声がして少しだけ扉が開く。

「コトネ……。ヘン。……しっこ出ない」

「ん？」

　視線を下に向けるとお腹につく程に勃起したモノが目に入る。

「コトネ……。しっこ出ない。ムズムズするのに出ない。……おれ、病気？　……いつもなら朝すぐに収まるのに……硬いまま治らない」

（え？　……何ででしょうか？　別に今、おしっこが溜まっているわけじゃないからですかね？）

　アノニマスが尿意だと感じたのが射精感だったのなら、おしっこは出ないだろう。

「大丈夫ですよ。病気じゃないですから安心して下さいね」

「なら、ナンデ？　………しっこ出ない。ケド出そう……。ムズムズ。キモチワルイ」

　アノニマスは出したいのに出せない不快さを感じているみたいだ。

「アノさんが嫌じゃなければ私がお手伝いしましょうか？　私がお手伝いしたら、きっとすごく気持ちよくなって、おしっこも出せますよ？　どうしますか？」

「すごく……キモチヨク？　……しっこも出る？　ウン。手伝ってホシイ」

　また少しモノは大きくなる。

（……へー。無知でもこんな風に反応するんですね？　あーあ、アノさんってば体が気持ちいいこと覚え

ちゃって……。ふふ……これは責任とってあげないといけませんね）

「ナンデお風呂？　……コトネ？」

ズボンとパンツを脱いで頭にローブを巻き付けて顔を隠した完全不審者スタイルのアノニマスは不思議そうだ。

「……汚れても良いようにですよ。もし、おしっこしたくなったら、ここでしちゃって良いですからね？」

（ふふふ。お風呂場ならその場でおしっこしても大丈夫ですし）

「ふーん？　……ワカッタ。…………コトネも裸？　ヘン、……おれとチガウ。女だから？」

アノニマスは琴音の股間部分を興味深そうに眺めている。

（自分から、こうして私の体に興味を示してくれるのは良いですね。これなら上手く丸め込めば簡単にセックスできそうです。……ですけど今日は時間もそんなにないですし、最後まではしないでおきましょう）

桜島がくるまでにセックスまで持ち込むのは難しそうだし、慌ただしいのは嫌だ。なので今日はアノニマスに手か口で射精してもらうことが目標だ。

（よーし、さっそく始めていきましょう！　無知無知童貞の初射精。すごく濃いのでしょうか？　……楽しみです！）

「コトネ？　ナニするの？　……ん……」

ビンビンに勃起したモノに涎《よだれ》で濡らした手を伸ばすとアノニマスはピクリと体を揺らした。

「白いおしっこを出す為にコレをしこしこします。そうしたら、すごく気持ちよくなれますからね♡」

「ん……白いしっこ？　……っあ……」

完全に勃起したモノをぬるぬると上下に擦るとアノニマスは腰をビクンビクンと跳ねさせた、今回は痛みは全くなく最初から感じているようだ。モノが完全に勃起しているし先に乳首への愛撫で体が快感に慣れているからかもしれない。

（うふふ♡　アノさんは乳首を責めるとエッチな体になっちゃうんですね？　可愛いです♡　…………なら、こっちも♡）

しばらく乳首を舐めながら、手でしていると、アノニマスが一際大きく喘《あえ》ぎだす。

「もっと、もっとシテ……！　ふぁ……あ……、しっこ出そう！　……ん……出してイイ？　このまま……出したい……あ………」

そろそろ出そうだ。今度こそ、おしっこじゃなくて、きっと射精だ。

（今度こそ精液ですよね？　……ですけど一応注意しておきますか）

この反応なら、おしっこではないと思うが、もしまたおしっこだったら嫌なので、体にかからないように少し避けつつアノニマスの乳首とモノを更に激しく責め立てる。琴音の涎とアノニマスのお汁で擦ったところが白く泡立っている。

「あっ♡　あっ♡　コトネっ♡　……出るっ……♡」

「良いですよ♡　たくさんしーしーして下さいね♡　ほら、しっこして気持ちよくなっちゃえ♡　乳首噛《か》まれるのが好きなんですか？　ん……♡」

竿を擦りあげながら、ビンビンの乳首に歯を立てて、コリッと強目に噛むとアノニマスは背中を反らせた。

「あぁっ！　コワイっ！　んぁっ♡　あーーーっ！」

どびゅどびゅと濃い精液がお風呂場に飛び散る。

（うわぁ♡　すごい量です♡）

琴音の手はアノニマスの濃い精液でドロドロに汚れた。

「あ………、白いしっこ……出た。ふぁぁ……しっこも出るっ……あ……あ……キモチイイ」

長めの射精を終えると萎《しぼ》んだモノからチョロチョロと尿が出ている。

（あーあ、やっぱりお漏らしも、しちゃいましたね）

ローブで顔が見えないがアノニマスからは、すすり泣く声が聞こえる、だが前とは違い、射精の気持ち良さから感情が昂《たか》ぶって泣いているようだ。

「ひぃ……しっこ……キモチイイ……♡　ンン……っ白いしっこもイッパイ出た……。しっこも出た……」

「良かったですね、初射精おめでとうございます♡　ふふっ…、この白いおしっこは精液っていうんですよ。それを出すことを射精っていいます。……ん♡　アノさんの童貞精液、濃くて美味しいです♡」

琴音が手についた精液を舐めているとアノニマスは、それを不思議そうに見ていた。

「それオイシイ？　白いしっこ……セー液？　ドーテイ？　シャセイ……。へー。おれ、すごくベンキョウできた」

「……ふふ、そうですね。んー……自分のは美味しくないと思いますよ？　苦いですし」

「ニガイ……、でもコトネはオイシイ？　フーン？　よくワカラナイ……」

「ふふ。ほら、体洗っちゃいましょう？」

　アノニマスの体をシャワーで綺麗に洗っているとアノニマスは琴音をぎゅうと抱きしめた。股間が、また硬くなっている。

「アノさん……。ん、ちょっと待って下さい」

　アノニマスの胸を押し返すとアノニマスは琴音の胸を揉んだ。

「コトネもキモチイイ？　こう？　乳首。はむ……」

「あっ♡　アノさんっ……あんっ♡」

　アノニマスは琴音の胸を鷲掴《わしづか》みにして乳首をぢゅぱぢゅぱ吸ってモノをお腹の辺りに擦りつけてくる。

「コトネのその声……おれ。好きカモ……もっと出して、コトネもキモチイイ？　コトネもシャセイする？……アレ？　でもコトネには、ぶらぶらがナイ。……？」

　疑問に思ったのかアノニマスは乳首から口を離すと首を傾げている。

「…………見てみますか？　私のお股」


　琴音が浴槽の縁に腰掛けて足を開くとアノニマスはその間に座り込んでアソコをじっと見ている。

「アノさん。これが女の人のお股です。男の人のモノがここに入ります。……ほら、穴が空いてますよね？」

「へー、ココに入れる？　ナンデ？」

　アノニマスは不思議そうな顔で膣に人差し指を差し込んでから、すぐに引き抜いた。中の蠢く膣壁の感触が少し気持ち悪いらしい。

「どうしてアソコに入れるのかは、また明日、詳しく教えてあげますよ。精液の役割も、ちゃんと教えてあげますからね…………んぁっ♡」

「……なんか穴から出てキタ。これ……セー液？　オイシイ？」

　アノニマスは舌を伸ばしてアソコをベロリと舐めた。いきなり舐められて、琴音の体は、ビクンと震える。

「……しょっぱい……ヘンな味。オイシクナイケド……でも……おれ好きカモ……」

　肉芽をグニグニと指で触りながらアノニマスは膣から流れる愛液を舐め取り、琴音のアソコに舌を抜き差ししながら自分でモノをシコシコしている。自慰のやり方なんて教えていないのに学習が早い。だが、そろそろやめないと桜島がきてしまう。

「アノさん、もう終わりにしましょう？」

「もうオワリ？　ナンデ？」

「アノさん、……これは人には内緒にしないといけないことなんです。もし誰かにバレたらもう二度とできなくなっちゃいますよ？　それでも良いなら続けますけど。桜島君がきたら絶対にバレますよ？　良いんですか？」

「え？　……ナイショ？　……もしかして、コレってイケナイこと？　ワルイこと？」

「……そうですね。少しだけイケナイことです。悪いことではないですけどノアさんに知られたら怒られるかもしれません。だから誰にもいわないで欲しいんですけど……」

（う……。内緒にして欲しいなんていったから流石にこれが駄目なことだと気づかれちゃいましたね。またノアさんにチクられたらどうしましょうか。折角ここまで進んだのに）

「いったら、もう、キモチイイことできない？　なら、おれ誰にもいわナイ……」

その言葉に琴音はホッとした。

「良い子ですね。アノさん。……今日は我慢して下さいね、その代わり明日、今日したことよりも、もっと気持ちいいことをいっぱい教えてあげますから」

「もっと……キモチイイこと？　……ワカッタ。おれ、我慢スル。ヤクソク……コトネ……」

すりすりとアノニマスは琴音に擦り寄ってきた。

◇◇◇◇◇

「あれー☆？　……そんなに二人って、仲良かったっけ？」

琴音の部屋にやってきた桜島は怪訝な顔をしている。アノニマスの方から琴音にベッタリとくっついてソファーに座っているからだ。

「……ウン。おれとコトネは仲ヨシ！」

「あはは……お話したら意気投合しちゃいまして……」

「……。そうなんだ？　まあ仲悪いよりは良いけどさ……」

桜島は少しだけ眉を寄せている。

（う……。怪しまれてます？　だから離れて下さいっ

ていったのに）

　気持ち良いことをしてからアノニマスはスキンシップが急激に増えた。桜島がきたら離れるようにといったのだが、結局アノニマスは琴音から離れなかった。

　今もゴロゴロと喉を鳴らしてご機嫌でくっついてスリスリと体を擦り寄せている。桜島相手だから、まだなんとか誤魔化せたがノアに見られたら、何かあったと絶対にバレる。

（こんな時にアノさんとエッチなことしたのがバレたら絶対に殴られます。ノアさんには絶対に隠し通さないと）

　そんな風に琴音が考えていると桜島はキョロキョロと部屋を見渡して、それから壁際に近づいて行った。

「桜島君？　どうかしましたか？　そろそろ食料探しに行きますか？」

　琴音が尋ねると桜島は、にひひと笑う。

「うん☆　も少ししたら行こーか。……ねえ、琴音チャンはさー部屋の額縁の裏とか見た？　こういうとこって気にならない？　俺は気になるタイプなんだよねー☆　御札とかあったりしてー☆」

　どうやら桜島は壁に掛かった何枚かの絵の額縁の裏側が気になるようだ。

「えー？　見てませんよ。そんなところ……御札なんてないと思いますよ？　……流石に……」

「どうかなー？　俺の部屋にはなかったけどさっ☆ほら。例えばこっちの絵の裏とか…………、…………え？」

「……え？」

　桜島が壁に掛かった絵を取り外すと琴音と桜島は同時に間抜けな声を上げた。壁には、そこそこ大きな穴が空いていたのだ。隣の部屋の中が見える。

「うわ………、え？　……こっちも？　……目のところに穴が……」

　桜島は青褪《あおざ》めた顔でそう呟く。桜島の手元をよく見ると取り外された絵に描いてある女の目の部分にも穴が空いていた。

「え……嘘。これって覗き穴ですよね？」

　琴音がそう呟くと桜島はハッとした顔になった。

「あ……、琴音チャン……、ごめ……俺。少し場を和ませたくて……冗談のつもりで……。まさかこんなのがあるなんて思ってなくて……、っ……マジかよ……これ、もしかして、エヴァ？　……エヴァがやったの？　マジ？」

　桜島は手に持った絵と壁の穴を交互に見て青い顔だ。壁の断面は何かで綺麗に切り取ったみたいだ。

（これって剣で？　やっぱりそうですよね？　桜島君もそう思いますよね？　……エヴァさん。……どうして隣の部屋にいたのか不思議でしたけど隣の部屋からずっと見てたんですね。なるほど。……ん？　ずっと……？）

　覗き穴には少し驚いたが、エヴァのアイコンの謎が解けて琴音は胸のもやもやが晴れるような気がした。

　覗いていたのなら隣の部屋にいたのも納得だ。そこまで考えて琴音は、ふと頭にあることが過《よぎ》る。

（…………ナスオナニー見られてました？　…………絶対に見られてましたよねっ！　い、一体いつから？）

　今回の周回は結構早い段階からナスで処女を喪失した。その後も、ほぼ毎日ナスオナニーをしていたのだ。見られていないわけがない。

（うわあぁぁぁっ！　和泉先生に引き続きエヴァさんにまでナスオナニーを見られちゃったんですか？　嘘ぉ！　……うぅ恥ずかしいよぉ）

　顔が羞恥心から真っ赤になって体がふるふると震えだす。やはりナスオナニーを人に見られるのは恥ずかしい。だってナスだ。ナスなのだ。普通はお股に挿れる物ではない。

（…………死にたい）

「こ、琴音チャン……。だ、大丈夫……じゃないよね？　……っ……。マジでごめん、……う、エヴァ……。マジかよ、これは駄目だろ？　隣から見てたの？　……マジかー……」

　俯いて震える琴音に桜島は心配そうに声を掛けてから壁の穴を覗き込んでいた。

「コトネ……？　ドウシタ？　ナニ？　……穴？　ナンデ？」

　アノニマスも壁に近づいて不思議そうに穴を見ている。

「琴音チャン、俺ちょっと隣の部屋見てくる。暗くてこっちからは、よく見えないし、……アノニマスは琴音チャンといて？」

　穴を覗き込んでいた桜島は振り向くとそう告げて部屋を出て行った。琴音は羞恥心に震えながらも、なんとか落ち着こうと、ふうと息を吐く。

（……見られてしまったものは、もう仕方ないです。……この穴、いつの間に空けたのでしょう）

顔を上げて壁に近寄り穴をマジマジと観察する。縦五センチ横十センチ程の穴。断面は綺麗に切り取られている。今は向こう側が真っ暗で、こちらから隣の部屋の中はよく見えない。だがすぐに扉の開く音とパチッという音がして部屋の中が明るくなった。桜島が電気を点《っ》けたのだ。これで、こちらからもよく見えるようになって、唖然とした顔の桜島と目が合う。

「…………うわ……なんだよ。これ」

そう呟くと桜島の顔は更に青褪めた。琴音側から見える範囲には特に隣の部屋に変わった様子は見受けられないのだが、桜島は琴音を見て、というより壁を見てドン引きしているようだ。

「桜島君？　……何かありましたか？　私もそっちに行きますね」

壁の穴越しに声を掛けると桜島は慌てたように手を顔の前で振った。

「いやいやいや！　駄目！　琴音チャンはこっちきちゃ駄目！　……あー。……もう、本当にエヴァの奴、マジでおかしくなってんのかよー……はあ。ごめん。琴音チャン、後で口で説明するから、こっちにはこないで？　…………見ない方が良いと思うし」

その後すぐに部屋に戻ってきた桜島は、壁の穴を他の穴の空いてない絵で隠してソワソワと落ち着きなく部屋の中を歩き回っている。琴音とアノニマスはソファーに腰を下ろして、戻ってきてから様子のおかしい桜島を眺めていた。

「桜島君、隣のお部屋に何があったんですか？　……こちらから見えた範囲には特におかしいところはなかったと思いますけど？」

「ハルト？　ナニ？　ナニがあった？」

桜島は足を止めて琴音とアノニマスに視線を向けるが目があちこち泳いでいる。

「いや、その。……なんて説明して良いか。俺もよくわかんなくて……。その、俺もまだ確信が持ててなくて……」

そういって額を押さえている。

「いいにくいのなら、やっぱり直接見た方が良いですか？」

琴音がソファーから立ち上がると桜島は、また慌てて手を顔の前でブンブンと振った。

「駄目駄目駄目！　……いや、どうしても見たいっていうなら、俺が止めるのもアレだけどさ。でも琴音チャンは見ない方が良い……と思うし。その、…………あー。……なんていえば良いんだろ？　……んー……でもなぁ……、やっぱり見ない方が……」

　桜島は唸って頭を抱えてしまった。

（……逆に気になるんですけど。……一体何が？　壁ですよね？　……うーん？　こういう場合だと……血文字とか？　壁一面に私の名前が血で書いてあるとか？　確かにそれは怖いですね……）

　そんな風にホラーな光景を想像して少しゾッとする。それなら桜島が琴音に見せないといったのも納得だ。しかしそれなら何故そこまで、いい渋るのか理解はできない。確信が持てないというのも腑《ふ》に落ちない。

「おれ気にナル。……見てクル」

　アノニマスは立ち上がり部屋を出て行こうとする。どうやら桜島の様子に興味を引かれたようだ。

「あ、待ってアノニマス。…………」

　桜島がアノニマスを止めようとした時。部屋の扉が外からコンコンとノックされた。部屋の中に緊張が走る。

◇◇◇◇◇◇

「なんだ、ノアさんかー。良かったぁ……、エヴァかと思ってマジでビビったよー。…………エヴァ大丈夫なの？」

　訪ねてきたのはノアだった。どことなく疲れた顔だ。

「……エヴァなら今は魔法で眠らせてるから明日の朝までは絶対に起きない。だからボク、こっちの様子を見にきたんだし、……それで？　この空気何？　何かあったの？」

「ノアさんこそ大丈夫ですか？　顔色が少し悪いです」

「……眠らせるのに結構魔力使ったから疲れただけ。別に平気……」

　ノアはそう答えてから、はあと溜め息を吐いた。

「で？　……それ、何？　…………絵？」

　ノアは机にポツンと置かれた壁から取り外された目の部分に穴の空いた絵に気づいたようだ。

「あー。ノアさん……、ちょっとこっちきて。俺が説明するから……。ノアさんにも見て欲しいし。あ、アノニマスも行く？　……今ならエヴァも寝てるし大丈夫かな？　……、ごめん。琴音チャン、ちょっと一人で待ってて……」

　そういうと桜島はノアとアノニマスを連れて隣の部屋に行ってしまった。

（…………私に気を使ってくれているのはありがたいですけど。そんなに隠されると気になります）

　しばらくして戻ってきた三人の様子は三者三様だった。桜島は更に真っ青な顔で、ノアは何故か額に青筋が立っている。アノニマスは首を傾げて不思議そうだ。

「…………ノアさん、落ち着いて？」

　桜島が声を掛けるとノアは桜島をギンっと睨みつけた。

「無理。……本当にエヴァには失望した。ボク……、許せない。エヴァが覗きをしてたのも……アレも。……気持ち悪い」

　そういうとノアはギュッと杖を握りしめた。

「……う、確かにアレはヤバイって俺も思うけど……でもさ。ノアさんもいってたじゃん？　……エヴァは少しおかしくなってるってさ」

「だとしても、これは駄目だよ。……ボクだって信じたくなかったけど、エヴァの様子やアレを見てたら。もう……庇えない……。話し合いなんてしても無駄……ボクの考えが甘かった……」

「でも、それでも……流石に……」

　何故か桜島とノアは琴音そっちのけで、いい合いを始めた。

（な、なんでしょうか？　アレってなんですか？　……何故お二人は喧嘩を？）

「コトネー。…………二人がコワイ……おれケンカやだ……」

　アノニマスはトテトテと琴音の側にくると肩にピッタリとくっつく。桜島とノアのいい合いが嫌らしい。

「アノさん……よしよし、隣のお部屋に何があったんですか？」

　いい合い中のノアと桜島は、こちらの様子には気づいていない。今のうちにアノニマスから聞き出してしまおうと尋ねる。

「…………白いしっこ？」

　アノニマスは脈絡もなくそう呟いた。これに琴音は焦る。

（ちょっ！　アノさん！　それは内緒ですよ？　ここでいっちゃ駄目です！　約束したでしょう？）

小声でアノニマスを叱ってからノアと桜島の様子を窺うと二人はまだいい合っている。アノニマスの発言は二人には聞こえなかったみたいだ。琴音はホッと息を吐いた。ギリギリセーフだ。

「…………デモ、コトネがキイタのに？　……ナニがあったのかおれ答えたダケ……。ナンデ怒る？　ヒドい……」

琴音から叱られてアノニマスは小声で不貞腐《ふてくさ》れたようにいう。

「え……？」

「白いしっこ壁にイッパイ。…………コトネもミテくればイイ。……おれ、ウソいわない。……………ア、レは絶対に、しっこだ」

「…………白いおしっこが壁にいっぱい？　……精液が……壁に？」

「…………ウン、そうソレ。ウソじゃナイ。ノアもハルトもセー液っていってた。……セー液って白いしっこのことデショ？　おれ覚えた……。……ニオイもしっこだった。すごくクサイ……床もドロドロ……」

「…………え、なにそれ怖い」

（覗きながら壁にぶっかけてたってことですか？……………、私のナスオナニーを見ながらオナニーしてたんですか？　……まあ元々オナニーする人だし、おかしくはないですけど。でも、ちょっと引きます……。血文字のほうがマシなんですけど……）

アノニマスから聞かされた、想像よりも酷い壁の状態に思わず後退《あとずさ》りするとノアと桜島が顔を顰めてこちらを見ていた。

「アノニマス……。いっちゃったの？　琴音チャンに……。マジか……」

「…………っ……、仕方ないよ。彼女も知るべきことだし、……ボクがちゃんと話す」

眉間に深く皺が寄ったノアが近付いてきた。桜島はハラハラとした様子だ。だがノアを止めたりはしないみたいだ。二人はアノニマスが精液のことを知っていることに特に疑問はないようだ。アノニマスとの関係がバレなくて琴音はホッと胸を撫で下ろした。

（流石に、それでバレたりはしませんか。…………はあ良かったです。……おっとノアさんがきました。……平常心平常心）

「………エヴァのこと、信じたかったからボク、……一時的なものだと思いたかった。説得もできると思ってた。……でも、今のエヴァは本気でヤバイ。貴女に対して本気で何をするかわからない。……だから、さっきハルトとも話し合った。………エヴァの時を魔法で止めようと思う。いつになるか分からないけど緑子達が帰ってくるまでは止めておこうと思ってるんだけど……、貴女はそれについてどう思う？」

（え……、時を止めるってアレですか？）

琴音が皆とセックスすると決意して挑んだ一番最初の周回の苦い思い出が蘇《よみがえ》る。琴音もキレたノアに魔法で時を止められたのだ。

「ノアさん……、流石にそれはやりすぎじゃない？それにさっきもいってたけどさ、そんなことが本当にできるの？　エヴァ相手にさ」

桜島がおずおずと口を挟んだ。どうやら先程揉めていたのはその件のようだ。

（……エヴァさんの時を止める？　そうなると桜島君達の護衛はなしになりますよね？　それは勿体ないですね、折角桜島君と交流するチャンスなのに……）

正直壁に精液がいっぱいというのにはドン引きだが最悪エヴァに拉致されても無理やりレイプされるだけなら、そこまで実害はない。それよりも折角のチャンスを無駄にする方が嫌だ。アノニマスとセックスができそうな今、次回以降の為に桜島とも少しでも交流をして情報を手に入れておきたい。またこんな琴音に都合の良いバグが起こるとは限らないからだ。琴音がそう考えている間にもまた桜島とノアは揉めている。

「ハルトがエヴァを庇う気持ちはボクも分かる。ボクだって友達だ……。……でも、エヴァのしたことは最低、これは友達だとかそういうのは関係ない。……ねえ、貴女はどう思ってるの？　部屋を覗かれて……、多分着替えとか、……見られてたんだよ？」

ノアは嫌そうな顔で琴音に話を振って一度口を閉じた。琴音の返答を待っているのか、じっとこちらを見ている。

（着替えだけで済めば良かったんですけどね……。ふふ、実はナスオナニーまで見られてるんですよ。ノアさん。……ふふ）

琴音は心の中で乾いた笑いを零した。

「……、あ、あの、私も時を止めるのは、その、少し可哀想かなって思います。覗かれたのは少し驚きましたけど。……時を止めるのは、しばらく様子を見てからでも良いのではないでしょうか？」

（……やっぱりこのチャンスを逃すのは勿体ないですし。現状維持でお願いしたいですね）

琴音の返答にノアの眉間の皺は更に深まる。

「……貴女もきちんと隣の部屋の惨状を自分の目で見ておいた方がいいと思う。エヴァが何をしたのか、ちゃんと知っておく必要がある。……見てないからそんな甘いことがいえるんだ。…………ちゃんと自分の置かれた状況を理解したほうが良い。じゃないと…………エヴァに無理やり犯されるかもしれない、そうなってからじゃ遅いんだよ？　…………心の傷は簡単には治らないんだから」

最後の言葉をノアはすごく小さな声で呟いた。

（ノアさん？）

「う……これは…………」

地獄のループで鍛えられた鋼メンタルの琴音は、ちょっとやそっとのことではもう驚かないと思っていたが眼前の光景に普通に驚いた。

壁に黄色い染みがたくさんベッタリとついている。覗く為に切り取られた穴。その少し下、穴を覗きながら背を丸めて立ったエヴァの丁度股間の辺りくらいの位置の壁は恐ろしいくらいにガビガビになって変色している。一体どれだけの量の精液を壁にかけたら一ヶ月も経たないうちにこんな風になるのか。

（っ…………、これって毎日毎日してたんですか？　…………うわぁ……もしかして昨日も？）

壁から床にドロリと垂れた跡があり、そこから繋がる床部分に溜まる黄色いドロドロした物は、まだ真新しい。量が多く下の方は乾ききっていないのか誰かが動くと空気が動いてすえたような臭いがムワッと部屋を満たす。琴音は少しだけ気分が悪くなった。換気しようにも窓は開かない。

（隣でこんなになってたのに、私は、どうして気づかなかったのでしょうか？　うぅ臭い……）

「…………エヴァが貴女に向けている感情や欲望がこれでわかったでしょ？　……壁相手にこれだよ？　ならエヴァの部屋に連れ込まれたらどうなるかわからないはずがないよね？　わからないなんてカマトトぶるなら分かるように説明してあげるけど？　…………どうする？　もしかして、これが何かもわからないとかいわないよね？」

　精液を指差していうノアの顔は真顔だ。

「…………ノアさん。う……、あんまりそういうのいわない方が良いんじゃないの？　…………琴音チャン女の子だし。男の俺らがそういう性的な話をするのって……やばくね？　……これも実際セクハラじゃん。琴音チャン、ごめんね……、俺は見ない方が良いと思ってたけど。ノアさんを止められなくて……本当ごめんね」

　桜島は心配そうに琴音を見ている。

「い、いえ。……私、ちゃんと理解しました。大丈夫です。ありがとうございます、桜島君」

（…………桜島君ってこういうの苦手かと思ってましたけど意外と平気なんですか？　先程から私に対しての気遣いがすごいですね。あれ？）

　なんだか意外だ。てっきり性的な知識はあまりなくてピュアだから太陽みたいに真っ赤になってオロオロしたりするかと思っていたが、桜島は琴音を気にしてくれている。エヴァのやらかしには引いていたが、それは誰でも引くと思う。それに引き換え本当に性的な知識のないアノニマスは、しゃがんでエヴァのガビガビになった精液を不思議そうに見ている。

「白いしっこ。……クサイ。おれのはクサくないのに……ヘー……エヴァのはクサイのか……うえっ……クサイ……ナンデココで出したんだろ？　……トイレじゃナイのに」

「………………アノニマス、ちょっと黙っててくれる？」

　ノアがアノニマスをギンっと睨んだ。

「…………コトネー。ノアが怖い……ナンデ？　おれ、ナニカした？」

　ぷるぷると震えてアノニマスは琴音の後ろに隠れた。なんだか、カオスな状況である。

（……想像の百倍くらいヤバイですね、これ。…………こんなことをしちゃうくらい私を好きなんですか？　エヴァさん）

　エヴァが壁に出したモノを見て琴音は少しだけ可哀想になった。前回の和泉のことが頭を過る。

（私を好きだっていって先生、泣いてました。……もし今回のエヴァさんも前回の和泉先生みたいに一目惚れバグで私を好きなら。気持ちに応えてあげたほうが良いんでしょうか？）

前回エヴァを裏切った罪悪感も少しある。

（今のエヴァさんと前のエヴァさんは違うエヴァさんだってわかってますけど……、でも）

一同は一度琴音の部屋に戻った。

「これでわかったでしょ？　エヴァの時を止めるのが最善。…………ボクの独断でそうしても良いけど。やっぱり全員の賛成があった方が良い、……後から揉めたくないしね。……これからも集団で生活していくわけだから、独裁はしたくないし。ちゃんと多数決を取りたい。……被害者の貴女の意見が一番必要。……どうするの？」

「…………俺は、まだやっぱり賛成できない。……確かにアレはめちゃくちゃヤバいけど、一回琴音チャンがエヴァに、ちゃんと断った方が良いんじゃない？　覗いてたのバレてるって伝えてさ。だから無理っていうとかさー？　…………時を止められるっていうならその後でも良くない？」

桜島は、まだ反対のようだ。

「…………………ハルト、君って馬鹿なの？　もしそれでエヴァが逆上したら？　……今ならスキをついて魔法で先制攻撃できるけど、もしエヴァが本気でキレたらボクの魔法でも勝てるかわからない……。結界の維持だってあるんだ。……今、眠らせてるのだって大変なんだ。……時を止めるのも早くしないとエヴァにバレたら抵抗される。そうなったら最悪のことが起こるよ……。ボクはエヴァにそんなことさせたくない」

ノアは琴音を見て辛そうな顔をした。だが琴音を見ているようでその瞳は何処か遠くを見ているような気がする。

「ノアさん……。あの、とりあえず明日の朝まではエヴァさんは起きないんですよね？　なら少し考える時間をもらえませんか？　…………桜島君のいうように一度エヴァさんと、ちゃんとお話をしてみても良いかもしれませんし」

（…………エヴァさんは私を好き……なんですもんね。ここまできてアノさんと最後までエッチができないのは残念ですけど、やり方はわかりました。今後いくらでも機会がありますし、桜島君と近づける折角のチャンスをふいにするのは勿体ないですけど……、でも、…………）

覗き穴と壁へのぶっかけには正直ドン引きだが、それだけ琴音を想ってくれている。そう思うと少し同情心も湧いてくる。監禁は怖いが、どうせあと六日。琴音がエヴァの気持ちを受け入れれば酷いことはされないかもしれない。それならそこまで悪くもない。

「ちっ……あのさ、アレを見ても、まだそんなこといってるわけ？　お前も馬鹿なの？　……、危機感が足りないんじゃないの？　それともエヴァにヤラれたいわけ？　違うでしょ？　なのにエヴァと話をするって？　馬鹿じゃないの……頭お花畑かよ」

（う……、ノアさんガチでキレてますね。当たり前ですよね、ノアさんは私を心配してくれてるんですもんね。なのに何いってんだコイツって普通は思いますよね……）

ギロリと睨まれて思わず俯いてしまう。そんな琴音とノアの間に桜島が割り込んできた。

「ノアさん、……マジでさ一旦冷静になって考えない？　だってさ、……エヴァがいなくなったら今後の探索はどうなるの？　……ただでさえマトモに戦える人がいないのに戦力が減るじゃん。それに魔法だって絶対に成功する？　もし、それで失敗してさ絶対に結界に影響ないっていえる？　それこそ、そんな状況になってエヴァが逆上したらどうすんの？　そうなったら本気で八方塞がりじゃん……、ノアさん、さっき俺には、いってたじゃん。エヴァ相手じゃ最悪の場合魔力が切れるかもしれないって。……そのことを琴音チャンに隠すのは、ちがくない？　それを隠してさ、ロクな話し合いもしないで今すぐ決められることじゃないじゃん？　……琴音チャンもこういってくれてるしさ。エヴァと話す話さないは兎も角……。とりあえず今夜は一旦この話題はやめない？　ノアさんも疲れてるんでしょ？　なら、今のうちに少し休んでおいたほうが良いって……。一旦休んでさ明日エヴァが起きる前に皆で、もっかいちゃんと話そーよ？　俺も……色々考えたいし……お互い頭冷やそ？」

「っ……何それ？　ボクが冷静じゃないっていいたいの！　…………、魔力のことも別に隠してたわけじゃないし…………くそ……、……」

眉間を押さえてノアはしばらく唸るような声を出してから顔を上げた。かなり渋い顔だ。

「っ……確かに、ハルトのいうことにも一理あるよ、……エヴァを眠らせただけでも、今こんなにヘトヘトだしね。……時を止めるにしても今、睡眠魔法を掛けてる状態での重ね掛けは無理だし、一度ボクも魔力を回復する必要がある。だから本当は急ぎたいけど、どの道今すぐってわけにはいかない。…………分かった。明日の朝までにどうするのか決めておいて。その後、全員で話し合って結論を出そう。エヴァは……昼前くらいまでは起きないはずだから。はぁ……」

「ノアさん……、俺……」

「……そんな顔しないでハルト、……確かにボク、少し感情的になってた……。ハルトのいう通り。ちゃんと全部説明しなかったのはボクが悪い……。デメリットも話した上で多数決を取らないと結局後で揉めるよね。……焦ってことを進めても事態が悪化する可能性だってあった。……でも……、それでもボクは……あーくそ、…………確かにこれじゃ駄目だね。一旦頭を冷やす……。ボクの私情を挟むのは…………駄目だ……ふう……ごめんね、ハルト」

ノアは桜島に謝罪の言葉を口にした。どうやらエヴァの時を止めるのには少しデメリットもあるようだ。だから桜島とノアは最初に隣の部屋を見に行って帰ってきた時に揉めていたらしい。

（……なるほど？　それで桜島君は反対していたんですね？　……魔力が切れて結界の維持ができなくなる？　……それはシナリオ的にはありえるんでしょうか？　強制力があるのなら問題なく魔法は行使できるんじゃ？　……ならそこは心配しなくても良いのに）

そう思うがそれを伝えることは、その強制力により不可能だ。

「ノア……コワイ。コトネー、ナンデ？　ノア……ナンデ怒ってる？　おれのせい？」

アノニマスは琴音の背中にピッタリとくっついている。

「……はあ。それじゃボクは一度エヴァのところに戻る。絶対に起きないはずだけど一応近くで見張りながら魔力を回復させる…………。ハルト達も一応護衛はしておいて。……それじゃ朝にくるから」

怯えるアノニマスを見てノアは小さく溜め息を吐くと部屋を出て行った。

「アノさんのせいじゃないですよ。……よしよし」

ローブ越しに頭を撫でるとアノニマスはゴロゴロと喉を鳴らしてホッと息を吐いている。時刻はまだ二十一時前だ。琴音のお腹が小さく、ぐぅと鳴った。

「あー。とりあえず晩御飯にする？　……探しに行くのは……今日はやめとこっか。俺、部屋から何か持ってくるから、ちょっと待ってて☆」

ウインクしてから桜島は部屋を出て行った。

「コトネー、エヴァがドウかしたのか？　おれよくワカンナイ……。ナンデ皆ケンカ？　おれやだ。コワイ」

アノニマスはグリグリと頭を琴音に擦りつけて不安そうだ。

「喧嘩じゃないですよ。大丈夫です。アノさん。……よしよし」

優しく頭を抱きしめて、よしよし撫でるとアノニマスは顔を胸に埋めて甘い声を出す。

「コトネ柔らかい。ハヤク、キモチイイことシタイな……。ハヤク明日にならないカナ……。またベンキョウも教えてくれるんでしょ？　おれ楽しみ……」

「はい、たくさんお勉強と気持ちいいことしましょうね。……よしよし、桜島君が戻ってきたら離れて下さいね？　……皆さんには絶対に内緒ですからね？」

「ウン……。ワカッテル、足音聞こえたら離れる……マダ平気……」

（……可愛いです。……もしエヴァさんを受け入れることになるにしても、やっぱりその前にアノさんとは一度エッチしたいですね。上手く時間を作らないと……）

今の仲間うちの空気は最悪だ。それもこれも全部バグエヴァのせいだが、それでも琴音がエヴァを受け入れれば全部丸く収まるんじゃないかと思う。アノニマスとエッチした後、エヴァを受け入れれば良いだけだ。

そうすれば琴音もアノニマスとエッチするという目的も果たせて、皆もこれ以上仲間うちで険悪な空気になることはないしエヴァも琴音と過ごせてハッピーだ。

桜島とも今夜一晩は交流する時間がある。それなら少しは情報を手に入れられるはずだ。それにアノニマスは別に琴音を恋愛的に好きなわけじゃない。だから今回は浮気にはならない。当初の予定とは大分違うが結果的には、そう悪くはない。

（……でもノアさんは、めちゃくちゃ反対しそうですね。なんていいくるめましょうか。……まあ、それさえなんとかなれば意外と悪くない周回になりそうですね。あ、でも次の周回で、またエヴァさんがバグってたらどうしましょう？　……まあ、それはその時に考えましょうか、次は太陽君？　それとも、もう一度ア

ノさんでも良いかもしれませんね。……ふふ)
すでに琴音の意識は次の周回へと向いていた。
「コトネー。撫で撫で。やめナイで……」

◇◇◇◇◇

食後アノニマスは部屋を去って行った。今は桜島と二人きりだ。琴音はベッドに座り桜島はソファーに座っていた。アノニマスが去ってからは、ほとんど会話がない。

桜島はチラチラと琴音を見ては気まずそうに視線をそらして溜め息を吐く。そしてションボリと俯いてしまう。

(折角二人きりなのにこれじゃ、全然話ができませんね……。どうしたのでしょうか？……ションボリしてる桜島君ってレアですね。ちょっと可愛いです。……でも、このままじゃ情報が手に入りません。私から話しかけてみましょうか？)

「桜島君……？」

琴音から声を掛けると桜島はビクリと肩を揺らした。それから眉尻を下げた情けない顔を琴音に向けた。


「……琴音チャン。俺さ、君にお願いがあるんだよね」

「…………お願い、ですか？」

脈絡のない桜島の言葉にキョトンとして、そう返すと桜島は顔を顰めた。

「…………………めちゃくちゃ最低なお願いだと思う。でもさ、聞いて欲しい。……もし、そのお願いを聞いてくれたら俺……、琴音チャンのお願いも何でも聞くし何でもするよ」

「ん？　今何でもするっていった？」

何故かその台詞《セリフ》をいわないといけない気がして琴音はそう口にした。

「え？　あ……うん。お願い聞いてくれたら、俺も琴音チャンのお願いなんでも聞くよ？」

桜島は少し変な顔をしたが特に琴音の発言に突っ込むでもなく暗い表情だ。

「…………えっと。それでお願いとはなんでしょうか？」

首をコテンと傾げて琴音が尋ねると桜島は唇を噛んで視線を泳がせた。

(私にお願い？　エヴァさん絡みですよね？　大体の

察しはつきますね）

「………先に謝っておくね、ごめん。…………あのさ、琴音チャンはエヴァを好きじゃないっていってたけどさ、少しの間だけ我慢してエヴァを好きなフリしてくれない？　……そうすれば、全部上手くいくし……。俺はやっぱりエヴァの時を止めるのは反対だからさ……琴音チャンはエヴァと話してエヴァの気持ちを断る気でしょ？　……それはやめてくれないかな？」

（あー、やっぱりそういうお願いでしたか……。なるほど）

桜島のお願い。その内容を琴音は何となく察してはいた。

「ごめん。俺、最低なことを琴音チャンに頼んでるよね？　……でもさ、エヴァってイケメンだし、琴音チャンのこと好きなわけじゃん。ならさ……きっと楽しく過ごせるんじゃないかな？　ほら、エヴァって良い奴だし……ノアさんは監禁されるとかいうけどさ……大袈裟じゃない？」

桜島はニコッと笑う。だが本心からそう思っているわけではなさそうだ。顔は真っ青で口の端が引き攣っている。それにぎゅっと握りしめられた手は微かに震えている。それもそうだ。隣の部屋の惨状を見て桜島だって琴音がエヴァの部屋に行けばナニをされるのか流石に大体の想像はついているだろう。

「………桜島君」

琴音が何か返事を返そうとすると桜島はそれに被せるように早口でまくし立てた。

「っ……、はは。俺、マジで最低なこといってるよね？　……アレも見てんのに。しかも琴音チャンを心配する素振りまでして……、エヴァにちゃんと断ったら？　なんていっておいて何いってんのって感じ？　……でも本当は、ずっとどうすれば琴音チャンがエヴァと上手くいくかって考えてた。……だってさエヴァがいなくなったら、俺達を誰が守ってくれんの？　もし時を止める魔法に失敗してさノアさんの結界がなくなったらどうなんの？　エヴァとの関係に亀裂が入ったら？　そうなったら、もうエヴァは俺達を助けてくれなくなるかもしれないじゃん」

そういうと桜島はカタカタと肩を揺らして震えだす。

「………そんなの嫌だよ。俺は死にたくない。……死ねない……だって……皆が俺を待ってる。ファンの子達も……仲間も皆…………、だから君が少し我慢してエヴァの相手をしてくれれば……、今まで通り皆で過ごせるじゃん。……そのうちにきっと緑子チャン達が何か手掛かりを見つけて戻ってきてくれるはずだし。そうじゃなくてもエヴァがいて結界もあればしばらくは安全に過ごせるよね？　ね？　だからお願い琴音チャン。俺は皆にも死んで欲しくない。だからこのお願い聞いてくれたら……、俺何でもしてあげるよ？　元の世界に戻れたら欲しいだけお金もあげるし……。紹介して欲しいっていうなら、他のアイドルの子も紹介してあげる……。ね？　悪い話じゃないよね？　琴音チャンだって死にたくないよね？　ね？　そうだよね？　俺はやだ。絶対に……嫌だ……死にたくない。……皆にも死んで欲しくない。……だからお願い琴音チャン。エヴァと仲良くしてよ」

そういって媚《こ》びた引き攣った笑顔を浮かべて琴音を見る桜島の瞳には薄っすらと恐怖が滲んでいる。

（あ……、やっぱり桜島君も、怖いんですね？　……死ぬのが。当たり前ですよね、だって普通の男子高校生ですもんね）

いつも楽しそうで、時折空気を読まない冗談を口にしてケラケラと笑う。太陽とは、また違った明るさがある。一見チャラチャラして軽薄そうに見えるがその内面は真面目で純粋な心を持った頑張り屋なアイドル。それが琴音が知っている桜島晴人《はると》だ。だが今、琴音の目の前で媚びた笑顔を向ける桜島は死に怯えるただの男子高校生だ。いっていることは最低だが、その気持ちは琴音も理解はできる。誰だって死にたくないし、その為なら最低なことだって考えてしまっても当然だ。死に慣れてしまった琴音の方が異常なのだ。

（……そうですよね。やっぱり皆さん私の知らないところでは怯えて悩んでるんですね？　……ふむ。……でもこれってかなりチャンスでは？　元々エヴァさんの気持ちを受け入れようと考えてましたし、その上で桜島君が私のお願いを何でも聞いてくれる？）

琴音がエヴァを受け入れれば全部丸く収まるという考えは桜島と同じだ。そこへ桜島からの、このお願いだ。断る理由がない。むしろラッキー、一石二鳥だ。

（……ここを出た後なんて私には関係ないですから、お金もアイドル紹介もどうでも良いです。……それよりエッチなお願いとかは聞いてもらえますかね？　桜島君とこのままセックスできちゃいます？　……いえ、ですけど流石にそれは……。うーん。それだと脅してするのと変わりませんよね？　どうしましょう、……でも何でもお願いを聞いてもらえる、またとないチャンス……。なら、今回は桜島君とアノさん二人と一気にセックス？　でも、できれば弱みにつけ込むセックスよりは仲良くなってしたいです。……ならどうするか）

琴音が眉を寄せて悩んでいると断られるとでも思ったのか桜島が琴音の肩を掴んだ。

「……琴音チャン！　俺のこと、軽蔑した？　でもさ、よく考えてよ。死ぬよりはエヴァと……。っ……、エヴァに抱かれる方が良くない？　ほら、エヴァってイケメンで強くて優しくて……。めちゃくちゃ格好良いじゃん！　それにさ琴音チャンは今まで探索にも行かないで安全なところで一人だけ過ごして食料も皆からもらってさ……。それって狡《ずる》くない？　戦えないんだったらさ、せめて体を使って、皆の役に立ちなよ？別に減るもんじゃないじゃん？」

（え？）

桜島の台詞に琴音はポカンとした。まさか桜島からそんな台詞が飛び出すとは思わなかった。流石に意外すぎる。いった桜島も琴音の反応を見て自分の発言のヤバさに気づいたのかハッとした顔をした。だが一度口から出た言葉は消えてなくならない。桜島は顔を盛大に顰めたが、すぐに開き直ったのか薄く笑った。今まで見たことのないような軽薄な笑みだ。

「あ………あはは☆　いっちゃった……。俺……ははは……あーあ。隠してたのになぁ。マジで最悪……、でも、もういいや。いっちゃったし。………はー、だるっ」

そういうと桜島は怠そうに頭をボリボリと掻いた。

「え？　桜島……くん……」

（え？　え？　……桜島君もバグ？）

チャラ男でもない、真面目でもない、純粋な頑張り屋でもない、今まで見たことのない桜島の態度に琴音の頭に過ったのは、桜島もバグったのかということだった。驚く琴音に桜島は小馬鹿にした笑みを向けた。

「……琴音チャン。その顔、すげえ馬鹿っぽい。……もうさ、なんか面倒になってきたから、下手《したて》に出るのはやめるわ。……もっかいハッキリいうけどさーエヴァに抱かれてよ☆　別に減るもんじゃないしさ。……ちょっとヤるだけじゃん。それで生き残れる可能性が上がるんならお得っしょ？　それに俺も金払うっていってるじゃん、何が駄目なわけ？」

（ふぁっ！）

「え……？　桜島君……？　ええ？」

困惑する琴音に対して桜島は大きく溜め息を吐いた。

「あのさー。早く返事してくんない？　……マジでだるいって、そういうの。……まあ気持ちは分かるよ？　驚いた？　俺がこんなクソ野郎でさ？　……でもさ、もう無理。マジでだるい。……ハルトでいるの、疲れた…………。はぁー」

桜島はしゃがみ込む。ヤンキー座りだ。バッチリ似合っている。

「…………実際の俺ってこんな奴よ？　なんか夢とか見てたのか知んねーけどさ。いつもの俺は演技っつーの？　アイドルのハルト。キャラ作ってんの。……ま、そんなことはどうでも良いか。……ねー琴音チャン。頼むからさ、エヴァとヤッてよ？　……良いじゃん。だってエヴァだよ？　めっちゃイケメンで女なら皆したがるんじゃねーの？　ああいう男とさ。……アイドルとかも皆、裏ではオッサンとかババアと枕とかしてるし、……それに比べたら楽勝でしょ？　それに、ちゃんと報酬も払うっていってんじゃん。ね？」

（キャラ作りっ！　いきなり何いってんですか？　……………え？　アイドルの人達っておじさんとかおばさんと枕してるんですか？　…………ええ？）

一気に入ってきた情報量に琴音は困惑した。まさかの桜島からのキャラ作りカミングアウトとアイドルの裏側の暴露に慄《おのの》く。

「さ、桜島君……、一体何を？」

「……だからさぁ。もう、疲れたんだって。キャラ作り、はあ。本当はこっちの俺を出す予定はなかったんだけど。……あはは☆　……やっぱさ俺も、もうこんな状況でずっと演技続けんのは限界みたい。……バレちゃったんだし、もう琴音チャンの前では、こっちでいく。……はあー」

（え？　でも、チャラく見えるのが演技で本当は優しくて、真面目で……純情ボーイなのでは？　アレ？　やっぱりバグ？　……桜島君とはセックスしてませんから。やっぱりバグはランダムなのでしょうか？　……これが？　それとも本当にこっちが桜島君の素？　性格悪っ！）

「…………ねー？　だんまりやめてくんない？　俺一

人で喋《しゃべ》っててさ馬鹿みたいじゃね？」

ジト目を向けられて琴音は慌てて口を開く。

「あ、ごめんなさい。桜島君……、あの、私、少し驚いてしまって……」

「……まーね。それはそうだよね。……でもさ、こっちが俺の素。いつものは演技だよ、演技。だってさ普通に考えて、こんな状況で毎日へラへラ笑えるわけないっしょ？　……そんな奴の方がおかしいとか思わない？　……まー思わないか。はあ」

そういうと桜島は頭を掻きむしった。

「もーさ。本当最悪。なんで俺がこんな意味わかんねぇことに巻き込まれなきゃなんねぇの？　最初はドッキリかと思ったけどさ……。マジで人死んでるし……。ありえねぇよ」

「さ、桜島君……。大丈夫ですか？」

「大丈夫なわけなくね？　……つーかさ。俺、前からマジでいいたかったんだけど。琴音チャンさー、本当に全然何もしてないよね？　緑子チャンとか美奈チャンは探索もしてるし、今も地下の調査に行ってくれてんじゃん。なのに、琴音チャンは部屋に籠もって食料だけもらいにくるしさ。……俺らが命懸けで手に入れてんのに当たり前みたいな顔でさ。……マジでそれムカつくんだよねー。今だってさ、なに悲劇のヒロインぶってんの？　……エヴァの何が不満なの？　確かに隣の部屋とか覗きとかには、ちょっと引いたけど。でもさーそんだけエヴァは琴音チャンを好きってことじゃん。……俺が琴音チャンなら喜んで抱かれるけどなー、琴音チャンも本心では満更でもないんじゃないの？　人が心配して結構気とか使ってたのにさ……、あんまショック受けてる感じとかなかったし、しかもアノニマスとイチャついてるしさ……。もしかしてこの状況楽しんでる？　俺らに守ってもらってお姫様気取りなわけ？」

（ひ、ひぃ！　怒りの矛先がこちらに向きました！　な、なんでですか？　なんでこんなことに？　あれー？）

「さ、桜島君。落ち着いて下さい……」

「いやいやいや。俺、落ち着いてるよ？　……もうこの際だからハッキリしようよ？　琴音チャンはさー。楽しんでるよね？　……俺さそういうのわかるんだよねー。……人の顔色とか、そういうの見て何考えてるとか、その感情とか？　……んでさ今日近くで琴音

チャン見ててさ。マジでなんなの？　この子って思ったもん」

（え……ええ？）

「……俺さ。前からずっと思ってたけど探索に怖くて行けませんって部屋に籠もってた癖に随分とお気楽だなーって。皆だって怖いけど、生きる為に頑張っててさ。……緑子チャンなんか震えながらでも気丈に振舞って、自分も怖いのに俺のこととか皆のこと励ましてくれてんのに……。なのに琴音チャンはさー普段部屋に引き籠もってばっかでさ。んで腹減ったり物が欲しい時は当たり前みたいに皆に食べ物とか服とかもらいにきてさー。マジでなんなの？　そういうのマジでないわー。怖いとかいって可愛子ぶってれば良いとか思ってんでしょ？　……今日もさアノニマスに取り入って、何するつもりだったの？　……俺にも色目使ってきてさ。なら、エヴァとヤるくらい簡単っしょ？　部屋にいるだけで服も食事ももらえんだし……それに琴音チャンって男好きなんでしょ？　ならエヴァで良いじゃん。何が不満なの？　ねえ？　どうせエヴァにも色目使ってたんじゃないの？　自業自得でしょ？」

（そ……。そんな風に思ってたんですか？　桜島君）

ゲーム初日のチュートリアル後の探索パートになると一応全員で行こうと誘われるのだが琴音はシナリオ上、参加できないのだ。

『………うぅ。私、怖いです。探索になんて行けません』

『琴音ちゃん……。泣かないで？　わかった。大丈夫だよ？　私に任せておいて、琴音ちゃんはお留守番していいよ。……ね？　皆』

緑子の言葉に数人が頷いた。

『ありがとう……ございます。緑子ちゃん……』

ここで選択肢が現れてその後のプレイヤーの選択で攻略キャラクターの好感度が上がるのだ。

↓『良いんだよ。任せてっ！　美味しい物たくさん見つけてくるね』

↓『………うん。それじゃ、また後でね』

↓『…………』

なので強制力のせいで琴音は探索には絶対に参加できない。だから、それを快く思われていなかったなんて考えすらしなかった。だってそんなの琴音にはどうしようもないことだ。

ついて行ってもいない者として扱われてアイテムもドロップしない。稀《まれ》に拾えてもそれは他の誰かが見つけたのだと記憶は書き換えられる。琴音が探索に不参加なのはシナリオ通りなのだから、まさかそれに対して攻略対象の桜島が不満に思っていたなんて琴音にとっても青天の霹靂《へきれき》だ。

（そんなの、いわれても困ります。……うぅ、でも桜島君が思っているってことは他の皆さんも……？　うわぁ……。マジですか？）

　自分のその考えに冷や汗が流れる。

「……何？　その汗？　俺にバレて図星っちゃった？……そうだよね？　だって琴音チャン。実際怖がってないもんね？　俺が今日食料探しに一緒に行こうっていった時は平気な顔しててさ。……俺とアノニマスがいるから守ってもらえるって思った？　邪魔な緑子チャンとか美奈チャンとかがいなくなってお姫様扱いしてもらえると思ったわけ？　…………だるいって……マジでさ。おい、なんとかいえよ？」

　いい返さない琴音に対してイライラとしているのか桜島は更に攻撃的だ。こんな桜島を見るのは初めてだ。それに、ここまで人から明確な敵意を向けられるのは初めてで琴音の体はブルブルと震えた。先程までのエッチな気持ちは全部吹き飛んだ。

（あ……、うぅ……。でも桜島君のいい分もわかります。……う。でもそんなこといわれても……、あー。ですけど、確かに私の行動も駄目……でした？　……やっちまいましたね）

　桜島は今日琴音の行動を見ていて余計に不信感が募っていったのだろう。確かに時折怪訝な瞳を向けられていた。それなのに琴音は、ラッキーな展開に浮かれてそれに気づけなかった。

　あの時、談話室で琴音を心配してくれた桜島。

『そか…………。うん、なら監視と護衛の件は分かったけどさ。……実際どうするの？　ほら俺達も、いちおー男だし。……琴音チャンは男にずっと側にいられるとかさ、エヴァのことも怖がってたし……嫌じゃないの？』

『嫌じゃないです！　むしろピッタリと側でお願いしますっ！』

　これは駄目だ。最悪すぎる。その後のアノニマスと仲良くなった琴音に対しての桜島の態度も思い出す。

『あれー☆？　……そんなに二人って、仲良かったっけ？』

この時微かに眉を顰めていた。自分がエヴァに監禁されるかもしれないという状況での琴音の危機感のない行動の積み重ねと命が懸かった今の状況に、桜島の不満に限界がきたのだろう。桜島爆発である。

（…………思い返すと結構……いや。かなりやばいですね。私……）

「桜島君。ごめんなさい……。わ、私……そんなつもりじゃなくて。……でも桜島君にそう思わせる行動を取ってしまっていたのは事実ですから。……だから、ごめんなさい」

琴音が震える声でそう告げると桜島の眉は更に寄った。

「なにそれ……。しおらしくしてれば俺が優しくなるとでも思ってんの？」

「い、いえ。そんなつもりはないです。それに私もエヴァさんのところに行こうって考えていました。それが一番丸く収まるって思って……、だから……。あの、……本当にごめんなさい」

深く頭を下げると頭上から舌打ちが聞こえてきた。

「なにそれ。…………俺だけが悪者ってわけ？

…………なんだよそれ。いい返したりとかしないの？

……っ……」

（う……。謝ってるのになんで不機嫌なんですか？

……むぅ……）

琴音も少し桜島に対して腹が立つ。確かに琴音の行動も悪いところはあった。だがエヴァに色目を使ったとかは完全にいいがかりだし探索に行けないのは琴音にだってどうしようもないのだ。それに素直に頭を下げているのに何が気に入らないのか。

（ムカつきますね。むぅ……、次の周回で無理やりヤッてやりましょうか？）

そんな考えが頭に浮かぶ。セックスをするにあたって無理やり行為をしないと決めていたが桜島相手なら良いんじゃないかと思う。だってゲス野郎だ。

「ならさ、……何が欲しいわけ？　一応約束だし。琴音チャンがして欲しいことしてあげるよ？　お金？　いくら欲しいの？」

琴音に冷たい視線を向けて桜島はいう。一体何がそんなに不満なのだ。

「…………お金なんて要らないです」

琴音がそう答えると桜島はまた眉を顰めた。

「んじゃあ。アイドルの紹介？　誰が良いの？」

「………アイドルの紹介も別に良いです。……ただ一つだけお願いがあります」

琴音がそういうと桜島は片眉をピクリと動かした。

◇◇◇◇◇◇

桜島が自室に帰って行って琴音はベッドに寝転ぶ。

（うーん。…………最低な人でした、桜島君。……まさかあんなに性格が悪いなんて、はあ。…………絶対に今度犯してやります！）

ぎゅっと掌《てのひら》を握りしめて琴音はそう誓う。エヴァにヤラれろというのなら今度はこっちがヤってやる。

（……まあ。ですけど、ある意味では新鮮でしたね。あんな風にいわれるなんて。もしかしてバグだったのかもしれませんね？　……でも皆さんは私に対して不満に思っているのでしょうか？　……仕方ないこととはいえ、なんだか申しわけないですね）

少しだけしょんぼりとする。確かに、どうせ誰も死なないからと食料アイテムや服などを簡単に受け取っていた。もらえるのが当たり前だと思っていた。だけど、それは記憶を持ち越してループする琴音だから、そう思うのであって、他の人達は常に命懸けなのだ。

（やっぱり……、私もおかしくなってきてますね……。はは……今更ですけど）

溜め息を吐いて枕にポフンと顔を埋める。

（でも、仕方ないのです。だってここはゲームなんですもん。……ふう。切り替えましょう、どうせ次の周回では、この喧嘩もなかったことになります。…………うん）

◆◆◆◆◆◆

「くそっ…………あー。もうマジで最悪……」

自室に帰り桜島は頭を抱えて座り込んだ。完全に、やってしまった。

（俺……最低。八つ当たりして……あんな顔させて……、マジで……なんなんだよ）

桜島を見つめる琴音の真っ青な顔が頭から離れない。あそこまでいうつもりはなかった。

（で……でも、琴音チャンが早く返事しないから、俺だっていいたくなかったけど。いっちゃったんだし……なのにっ……なんで何もいい返さねぇんだよ？　しかも、お願いも、なんだよあれ……。もっと我儘《わがまま》とか金とかいってくれれば俺だって……こんなに罪悪感抱かないで済んだのに……。なんなの？　マジで……。

…………くそ）

琴音に酷い言葉をたくさんぶつけて我に返った時には全部遅かった。震える声と青い顔でこちらに謝り頭を下げた琴音を見て、桜島は罪悪感で押し潰されそうだった。前々から琴音に対して不満を抱いていた。なんであの子だけ探索に行かないんだと思っていた。それにアノニマスを追い回しているのも何度か見かけていて、そこに今日の琴音のあの行動だ。

（…………俺だけが、悪いんじゃねーし。だって……、そうだろ？　……皆、命懸けなのにあの子だけなんもしてねーじゃん。だから、エヴァとヤるくらい、なんてことないっしょ……？）

そうは思うのだが、それとこれは別問題だと桜島も本当は気づいている。探索に行かないから好きでもない男とセックスしろなんておかしい。桜島は自分が助かりたい一心で途中からは必死に尤《もっと》もらしい言葉を並べ立てて琴音を責めて自分の罪悪感を減らしたかっただけだ。

（…………んだよ。結局……余計に苦しいじゃん。くそ……）

◇◇◇◇◇

「コトネ……。おはよう。おれ、早くシタイ！」

朝になりアノニマスが部屋にやってきた。部屋を見回してから桜島がいないのを不思議そうにしていたが、そんなことはすぐにどうでも良くなったのか、アノニマスはぎゅうっと琴音を抱きしめてスリスリと体を擦り寄せる。

「アノさん、そんなに焦らないで下さい。まだ朝ですよ？　ふふ。……ノアさんや桜島君がきちゃいますから一旦離れて下さいね？　その後たくさん、白いおしっこをぴゅっぴゅっしましょうね？　お勉強もしましょうね」

琴音が優しく頭を撫でてそう告げるとアノニマスは渋々離れた。

（…………ふふ、やっぱりアノさんはもう完全に堕ちてますね）

琴音は、むふふと笑う。それから時計を見る。もうそろそろノアがやってくるし桜島もくるはずだ。これからまた全員での話し合いを行うのだ。

（…………ノアさんの説得は桜島君も協力してくれますし、きっとなんとかなりますよね？　……とりあえずエヴァさんのところに行くのは明日にしてもらいましょう。今日はアノさんとたくさんエッチしたいですし……）

「はあ！　今更何をいい出すわけ？　エヴァのことが好き？　嘘でしょそれ！」

声を荒らげるノアにアノニマスがビクリと肩を震わせて、琴音の背中に隠れた。

「いいえ。ノアさん、嘘じゃないですよ。私、一晩ゆっくり考えて自分の本当の気持ちに気づいたんです。お部屋を覗かれたこととか……その……、隣のお部屋でエヴァさんがしてたこととか……。昨日は驚きましたけど、よくよく考えるとすごく嬉しいなって思って……。それで私もエヴァさんが好きなんだなって気づいたんです。だからエヴァさんのお部屋でエヴァさんとずっと一緒に過ごしたいなって……」

琴音がそういうとノアは目をこれでもかと、ひん剥《む》いた。

「ばっかじゃないの！　…………昨日のボクとハルトとの会話を聞いて、そんなこといい出したんじゃないの？　だって……ありえないよ……そんなの……」

「ノアさん……。あー。そのさ、琴音チャン。マジでエヴァのことが好きみたいだよ？　いっとくけど俺がいわせてるわけじゃないから……。ホント誤解しないで」

「ノアさん、桜島君のいう通りです。私、本心からエヴァさんを好きだなって思ってます。…………だから、もうエヴァさんの時を止めるのも眠らせるのも、しなくて良いんです。これからも今まで通り過ごしていきましょう？　……ノアさんはエヴァさんのしたことに怒ってると思いますけど。私はもう怒ってないです。…………むしろすごく嬉しくて胸が、ドキドキしてて……。早くエヴァさんに会いたいです」

はにかんでそう告げるとノアは息を呑んだ。

「…………嘘、じゃないの？　……本当に？　後悔はしない？」

じっと目を見つめられてそう聞かれる。琴音もノアの瞳をじっと見つめてからニコリと微笑む。

「嘘じゃないですよ。私、エヴァさんが好きです。だから、ノアさん。もうエヴァさんを許してあげて下さい……。私は自分の意志でエヴァさんのお部屋に行きたいんです」

「…………っ……馬鹿じゃないの？　……本当に馬鹿。あれだけ昨日ボク達に迷惑かけておいて……なにそれ。……あっそ、なら勝手に……すれば良い。……エヴァならほっといても夕方には起きてくる……。好きにしなよ……。っ……ボクはもう知らないっ！」

ノアはグッと唇を噛むと不機嫌そうに部屋を出て行った。それを見送って桜島はバツの悪そうな顔だ。

「…………思ってたよりアッサリと上手くいきましたね。桜島君……、私は貴方のお願いをちゃんと聞いたんですから、桜島君も私のお願い、ちゃんと聞いて下さいね？」

そう声を掛けると桜島は眉を寄せた。

「…………わかってる。エヴァが起きたら話をしておけば良いんでしょ？　……部屋で大人しく待ってて欲しいってさ。……わかってるって」

「…………なら、良いです。明日の朝に私から行くので今日は部屋にこないようにいっておいて下さい。……少し時間が欲しいんです」

昨夜桜島に頼んだのは、エヴァの足止めだ。今日一日、アノニマスとセックスする時間がどうしても欲しかったからだ。それに今回の桜島に対して妙なお願いをする気にはなれなかった。この周回での桜島に対して琴音は少し腹が立っている。

「…………本当にそんなお願いで良いの？　…………金とか、払うけど？」

苦い顔で桜島はそういう。それに琴音は苦笑した。お金なんて今もらっても意味はないし、琴音はここを出られない。琴音にとってお金なんて、なんの価値もないのだ。

「いいえ。……要らないです。ただエヴァさんの足止めだけ、お願いしますね。夕方には起きるそうですから様子見もお願いします。……明日、ちゃんとエヴァさんのところに行きますから」

「…………うん。わかった。約束は守る……。じゃーね。琴音チャン……バイバイ」

そういうと桜島は部屋を出て行った。アノニマスは頭にハテナを浮かべてキョロキョロしていた。状況を理解してないようだ。暢気《のんき》で可愛い。

（よーし！　これで邪魔は入りませんよね。……今日一日はたっぷり楽しませてもらいましょう）

「コトネ？　ノアとハルト……ナニ？　ナニがあったの？　おれ……ワカラナイ。またケンカ？」

「ふふ。違いますから大丈夫ですよ。喧嘩が終わったんです。もう何にも問題はないんです、だから気にしなくて良いですよ？」

ローブ越しに頭を撫でるとアノニマスはまだ腑《ふ》に落ちない様子だが喉を鳴らしてスリスリと擦り寄ってくる。

「…………コトネ。エヴァが好き？　……さっきそういってた……。ナンデ？　おれも？　……おれのことは……？」

「アノさんのことも好きですよ。…………ここにいる皆さんのことが大好きです」

そう告げるとアノニマスはぎゅうっと琴音を抱きしめる。

「……そっか。おれも好き。おれも……ミンナのコトも好き、コトネのことも好き」

「ふふ。嬉しいです。すごく嬉しい。……それじゃあ、そろそろお勉強始めましょうか？　今日は子供の作り方を教えてあげますね？　……昨日どうしてアソコに挿れるのか気になってましたよね？　……精液の役割も、ちゃんと教えてあげますからね」

スリスリと擦り寄るアノニマスの股間部分をそっと撫でるとすでに硬い。アノニマスは自分から琴音の手に押し付けてきた。

「コトネェ……♡　コドモの作り方……？　おれ……知りたい♡　……ん、乳首も……シテ、コトネ…………」

甘いアノニマスの声に琴音は胸がドキドキと高鳴る。やっとアノニマスとセックスができるのだ。昨日の嫌な気分がスッと晴れていく。

（うふふ。……昨日は腹が立ちましたが、さっさと忘れましょう。どうせなかったことになるんです、悩んだりするだけ無駄ですし、今は楽しまないと損ですよね）

「アノさん♡　たくさん気持ちいいことしましょうね？　私にも、して下さいね？」

琴音からもアノニマスにぎゅうっと抱きつくとアノ

ニマスはコクコクと何度も頷いた。

「乳首気持ちいい？」

　アノニマスのぷっくりと膨れた乳首に舌を這わすとアノニマスの体はピクンピクンと震える。答えを聞かなくてもわかるが琴音はクスクスと笑いながらアノニマスに尋ねる。

「ん♡　コトネ♡　……っぁ……キモチイイ♡　コトネ……っ……んん♡　モット……強く……んん♡　はぁ……♡」

「……ピンクの乳首、すごくかわいい♡　好きですよ、アノさん♡　……もっと気持ち良くなって下さいね」

　乳首をチロチロと舐めながらすでに完全に勃起したモノに手を這わせるとアノニマスは更に甘い声を出す。

「んぁ！　イイ！　キモチイイ！　コトネ……っあ……また、しっこでるぅ……♡」

　昨日より簡単に精液が飛び出す。びゅびゅっと飛んだ白濁がシーツと琴音の手を汚した。

「精液出ましたね♡　ほら、すごく濃い♡　……美味しい♡」

　見せつけるようにぴちゃぴちゃと舐めるとアノニマスは体をビクビク震わせながら琴音を見ている。

「ん……おれの……オイシイ？　コトネ……ナンデ……、おれ……ヘン。コトネがおれの舐めると……またムズムズする……」

　一度射精して萎えたモノがまた緩く勃ち上がっていく。琴音が精液を舐める姿を見て興奮したようだ。

「すっごくエッチになってきましたね？　うふふ♡　嬉しいです♡」

「エッチ？　これがエッチなキモチ？　……コトネ♡　コトネ♡　モット……シテ……」

　アノニマスは甘えたようにいう。すごく可愛い。昨日まで、あんなに無知で無垢《むく》だったのにもうエッチなことに夢中だ。

「アノさん、お勉強ですよ。この精液……。これは子供を作る為の種です……、この精液を私のアソコの中に出すと……赤ちゃんができるんですよ」

「セー液が種？　……アソコに出す？　……コドモ……、ソレをするとコドモができるのか？」

「そうです。……例えばの話ですけど、アノさんが私のアソコに精液をたくさん出したら私とアノさんの子供が産まれます。……アノさんの精液と私のアソコの中の卵子が合わさって赤ちゃんになるんです。それから一年くらいお腹の中で育てて、産みます。……赤ちゃんを育てるミルクを出す為に女の人は胸が膨らんでるんですよ」

琴音の言葉にアノニマスはポカンとした様子だ。フードで顔は見えないが唖然とした雰囲気が伝わってくる。

「ムズカシイけど。ワカッタ、……おれのセー液をコトネのアソコに出したらコドモできるのか……。おれとコトネのコドモ……へー」

自身の男性器をニギニギしながらアノニマスはそういう。その声は嬉しそうだ。

「出したら絶対にできるわけじゃないですけど、たくさん出したら子供ができる可能性は上がりますね。……………アノさん、試してみますか？　子作りしちゃいます？」

◇◇◇◇◇

待望のアノニマスとのセックスが始まった。アノニマスは琴音のアソコを舐めて、ぢゅるぢゅると肉芽に吸い付く。琴音がアノニマスの頭をぎゅっと押さえると更に強く吸われて腰がガクガクと揺れる。最高に気持ちが良い。

（はうぅ♡　最高です♡　……ですけど。どうせならお顔が見たいですね。今回の周回は、この後はずっとエヴァさんのところですし、…………顔を見てエッチしたいです）

琴音は男性陣の中でアノニマスの容姿が一番タイプだ。緑子がアノニマスルートに入るとアノニマスはローブのフードを脱ぐ。その姿を陰から何度もこっそりと眺めては、うっとりとしていた。だけど今、琴音のアソコに吸い付いているアノニマスは相変わらずローブのフードを被っていて顔が全く見えない。それがすごく残念でならない。

（ここまできたのならキスもしたいです、でもアノさん嫌がるでしょうか？　……そうなったら、またセックスもお預け？　……うーん。それは嫌ですね）

琴音が考えているとアソコを舐めるのをやめてアノニマスが琴音をじっと見ていた。ほんの少しだけフードの陰から赤い瞳が見える。

「コトネ？　キモチクナイ？　ナンデ？　……おれ、

ヘタ？」

不安そうに首を傾げるアノニマスに琴音はハッとする。考え込みすぎて反応が悪くなっていたようだ。

「すごく気持ちいいですよ。そろそろ、赤ちゃん作りましょうか？　ここにたくさん精液をびゅーびゅーして下さい♡」

アソコを自らくぱぁと広げるとアノニマスはシコシコと自分でモノを扱いている。

「コトネェ♡　……おれとコトネのコドモ。ここに入れればイイのか？　……こう？」

アノニマスはグイグイと押し入ってくる。

「あっ♡　アノさん♡　そう、そのまま、んんっ♡　はぁっ♡　アノさんの熱くて硬くて、すごい♡」

「コトネもアツい♡　……は……すごい……おれ、溶けそう……。はぁ♡　すぐ……しっこ。でるぅ……、コドモできる？　……おれ、ウレシイ……」

教えていないのに本能でわかるのかアノニマスは腰を振って激しく抜き差しを始めた。

（アノさんとのセックスも成功ですね！　んん♡　すごっ♡　腰の振り方なんて教えてないのに……、はぁん♡　ちゃんとセックスしちゃってます♡　ん……あっ♡）

「コトネェ！　出るっ！」

琴音を激しく揺さぶるとアノニマスはブルブルと震えて中に射精した。

（あ……♡　お腹……熱い♡）

耳元で聞こえるアノニマスの獣のような荒い息遣いにアソコがきゅうきゅうと締まる。

「はあ……コトネ……」

ズルリとモノを抜くとアノニマスは放心していた。よっぽど初エッチが気持ち良かったらしい。

「……。おれのコドモできた？　……マダ？」

琴音のお腹を撫でながらアノニマスはそういう。

「ふふ……、そんなに直《す》ぐには赤ちゃんはできませんよ。もっと何度も精液出さないと駄目です。まだまだできますよね？　たくさんアソコに精液くれますか？」

「ウン……。おれ、たくさん出す……♡」

ゴロゴロと喉を鳴らすアノニマスは可愛い。

「それじゃ、少し休憩したら、またいっぱい子作りしましょうね」

「ウン♡　おれコトネとコドモ作る♡　コトネェ♡」

（…………はー、やっとアノさんと最後までエッチできたのに。今日一日だけとは。……残念ですけど仕方ないのです。せめてたくさんしないとですよね♡）

その後も何度も中に出される。

「コドモできた？　コトネ？　おれとのコドモ」

またアソコの中に射精するとアノニマスは琴音に全体重をかけてのしかかってくる。流石に疲れたようだ。だけどまだまだモノは中でビンビンだ。

「どうでしょうか？　……まだわかりませんね。でも、こんなにたくさん出したのでアノさんと私の赤ちゃん、もうできてるかもしれませんね？」

そんな風に言葉を返すとアノニマスのモノが更に膨れ上がる。琴音のいった言葉に興奮しているようだ。またゆるゆると腰が動き出す。

「コドモ……♡　おれとコトネの……、どんなのダロ？」

「きっとアノさんに似て可愛いですよ♡」

「おれに……似る？　……ウソ……」

アノニマスの動きがピタリと止まった。それから中に入っていたモノが萎えてずるんと抜かれた。

（あ。やってしまいました。アノさんは自分の容姿を嫌いなんでした。しまった……。失言です……。はあ。何だか、いつも失言で相手に萎えられてる気がしますね）

思い返せばエヴァや和泉にも行為途中で萎えられていた。琴音は苦笑する。

（いけませんね。……折角のセックスが、これじゃ台なしです）

「……えっと、今のは……その……なんでもないです。……あの……アノさん？」

そっとフードの上から頭を撫でるとアノニマスはふるふると震えている。きっと子供が自分に似たら、どうしようと怯えているのだ。

（あーあ。…………どうせ赤ちゃんなんてできないのに。はあ。次からはこの話題は避けないといけませんね……。また一つ情報が手に入りました。……やっぱり容姿の話題は駄目ですね）

琴音が次の周回のことを考えているとアノニマスが震える声でいう。

「…………コトネは……、おれを……好き？　……おれのコドモ……産む？　……おれ、……おれ」

（まあ、どうせできないんですけどね。でも、これは

フォローするチャンスです。これで今回のアノさんとのエッチが終わりは嫌ですもん）

「…………好きですよ。赤ちゃんができたら絶対に産みます！」

ニコリと微笑んで産むと告げる。するとアノニマスはグッとフードを掴んだ手に力を込めた。そしてフードを自ら外した。

「これでも？　……これでも、おれを好き？　ソレトモ、キライになった？　……おれ……ミニクイ？」

頭になったその顔は泣きそうに歪《ゆが》められていて、頭の上の白い猫耳はしゅんと垂れていた。

「はうぅ…………アノさん可愛い♡　めちゃくちゃ好き♡　しゅんとした猫耳ハムハムしたいですぅ♡」

ぽうっとして思わずそう呟くとアノニマスは赤い目を大きく見開いた。

「コトネ♡　コトネ♡　コトネェ♡　好き♡　おれも好き♡　好き好き好き♡」

「私も好きですよ♡　ふふふ♡　猫耳かわいい♡　お顔も素敵で大好きです♡」

「おれ……ウレシイ♡　コトネェ♡」

ゴロゴロと喉を鳴らしてアノニマスはずっと琴音に頭を擦りつけている。琴音の反応がよっぽど嬉しかったようだ。あれだけ頑《かたく》なに隠していた顔も今は丸出しだ。頬をスリスリと擦りつけてチュッチュッと琴音の顔中にキスをしている。琴音はされるがままだ。

（はうぅ。アノさん、可愛い。……やっぱり、めちゃくちゃアノさんのお顔好きです。幸せぇ）

アノニマスは完全に琴音に心を許してくれたようだ。やっぱり容姿を褒めてあげると簡単に落とせる。

（…………はあ。でも、折角こんなに良い感じになれたのにアノさんとエッチできるのって今日だけですもんね。……はあ……）

明日からのことを考えると少しだけ憂鬱だ。

（桜島君は、ちゃんとエヴァさんに話をしてくれるんでしょうか？　…………まだ起きてないですよね？）

チラリと見た壁の時計は、まだお昼過ぎ。ノアがいうにはエヴァが起きるのは夕方くらいらしいので、今は、まだ眠っているはずだ。

（…………………ん？）

ふと違和感を覚えて琴音は壁を見た。なんの変哲もない絵の掛かった壁。だけど感じる違和感。何かがおかしい。だが何がおかしいのかは分からなかった。

（…………？　なんでしょうか。まあ、でもエヴァさんが寝ている今は大丈夫なはずです。……昨日桜島君も違う絵で穴を隠してくれましたし……あれ？）

そこでようやく違和感に気づいた。桜島が昨日穴の空いてない絵で覗き穴を隠してくれたはずだ。それなのに今見ている壁は琴音がこの部屋で何度も過ごして見てきた絵の掛かった壁。絵の位置は変わっていなかった。

（…………え？）

「コトネェ。……好き好き。……コトネ？　ナニ…………？　壁……？」

アノニマスはスリスリと琴音に頭を擦り寄せていたが反応のない琴音に不思議そうな視線を向けた。

「あ。……すみません。……ちょっと良いですか？……アノさん？　少しだけ離れて下さい」

アノニマスにそう告げると一瞬ムッとした顔をされたがアノニマスは渋々、琴音から離れた。良い子だ。

「ウン……。壁がキニナル？　……昨日……アナ」

アノニマスは不機嫌そうに呟く。

「少しだけ、見たらすぐ戻りますから、ね？」

ハムハムと猫耳を食《は》んでからそう告げるとアノニマスはコクコクと頷いた。その顔は真っ赤で瞳はキラキラと揺れている。嬉しそうで可愛い。

（チョロいですね。アノさん可愛い）

ほんの少し癒やされるが今はそれよりも壁が気になる。

（位置が変わってない？　どうして？　……私の勘違いでしょうか？）

そう思い壁に近づいて絵を取り外す。

（う…………、なんで？　やっぱり穴が空いてます）

取り外した女の絵、目の部分には穴が空いていて、壁にもバッチリ穴がある。今こちらから見える向こう側は真っ暗だ。隣の部屋はカーテンが閉まっている。誰かがいる気配はこちらからでは感じられない。

（…………っ……もう一度隠しておきましょう）

そっと隣の絵と入れ替えて琴音はふうと息を吐く。手が少しだけ震えた。

「コトネ？　……隣の部屋キニナル？　……おれミテクル？」

アノニマスが後ろから近づいてきてぎゅうっと抱きしめてくれた。それに琴音はホッと息を吐く。

「…………、そう。ですね、一緒に見に行きましょうか？　何も無ければすぐ戻りましょう？」

（……一応、もう一度確認だけしておきましょうか。……はあ、何なんでしょうか？　この嫌な感じは……もしかして、これもバグ？）

　なんともいいようのないモヤモヤとした感覚。それが胸に広がって琴音は、そっと胸元を押さえた。

　服を着て隣の部屋に入る。やはり暗い。パチリと電気を点ける。部屋の中には誰もいない。琴音は、またホッとした。

　ただムワッとした匂いと壁の惨状にはやはり眉を顰めてしまう。アノニマスも鼻を押さえて嫌そうな顔だ。

「クサイ…………、エヴァのセー液。……ナンデ？　壁に出してもコドモデキるのか？」

　アノニマスは首を傾げている。中途半端に知識を得て疑問に思ったのだろう。琴音は苦笑した。

「壁に出しても赤ちゃんはできませんよ？　シコシコって自分でしても気持ち良いでしょ？　一人ですることを自慰行為。えーっと、オナニーっていうんですよ。エヴァさんはここでオナニーしてたんです。子作りじゃないですよ」

　アノニマスはじっと穴を見ていた。今は穴の空いていない絵で隠れていて、こちらから琴音の部屋の中は見えない。

「…………へー。オナニー……。ここでエヴァが一人で？　フーン……。コトネ、クサイ、もう戻ろう？　おれ、鼻がイタイ」

　顔を顰めてアノニマスはそういう。

（確かに鼻が良いアノさんだと痛いくらい臭く感じるかもしれませんね……、私でもすごく臭く感じますし……、誰もいなかったですし、そろそろ戻りましょう）

　そう思う。だがふとベッドの下が気になった。昔テレビで見た怖い話が脳裏に浮かぶ。

（…………ベッドの下？　まさか……流石にそれは……ないですよね？）

　そう思うのだが何故か視線がベッドから離せない。琴音はゆっくりとしゃがみ込みベッドの下を覗きこもうとした。だが……。

「コトネ！　ハヤク……おれ、もうヤダ！」

　アノニマスの声に琴音はハッとする。見るとアノニマスは耳をしゅんとさせて鼻を押さえて泣きそうだ。

（あ……）

「コトネェ……もう、ヤダァ。おれ……」

「すみません、戻りましょうか？」

立ち上がって琴音はアノニマスに近寄り頭を撫でる、それからすぐに部屋を後にした。

（…………いくらなんでもベッドの下なんて……、人がいたらアノさんが気づきますよね？　流石に）

アノニマスは鼻が良い。誰かいたら真っ先に気づくはずだ。

（ふう……。絵のことで少し疑心暗鬼になりすぎですね……。だってエヴァさんは、まだ寝てますし。きっと絵は桜島君が穴を隠そうとして間違えたんです。……ですよね？）


部屋に戻るとアノニマスは執拗《しつよう》に琴音を求めた。チュッチュッと頬にキスをするアノニマスに琴音はクスクスと笑う。

「ん。くすぐったいですよ。……アノさん。ちゅうならお口にしましょう？　ほら……ん」

チュッと琴音がアノニマスの唇にキスをするとアノニマスは耳をピンッと立たせた。それからすぐにへニャリと垂れた。

「……今のナニ？　ぞわぞわ……だけどヘン。心臓きゅうって……イタイ……でも、おれ……もっとシタイ……ん」

顔を真っ赤にして胸を押さえてアノニマスはチュッ、チュッ、と何度も唇にキスをする。どうやらキスも気に入ったようだ。

「アノさん。……私ずっとアノさんのこと見てたんですよ？　……アノさんとずっとキスしたかったです」

（やっとアノさんとお口キスまでしちゃいました。……ここまで長かったです）

「コトネ！　おれ……おれ、シアワセ……」

また硬くなったモノを琴音にスリスリと擦りつけるとアノニマスは顔を真っ赤にしてそういう。

目の前の可愛い猫ちゃんに夢中になって琴音は隣の部屋のことや絵のことが頭から飛んで行った。バグだったとしても、どうせ明日からはエヴァの部屋で過ごすのだ。気にしても仕方ない。

「……アノさん可愛いですね」

たくさん出して疲れて眠ってしまったアノニマスの耳をツンツンとするとピルピルと震える。それを見ながら琴音は溜め息を吐く。

（…………エヴァさん、絶対にエッチなことしますよね？　……下手くそだし。嫌ですね、今回私のナスオナニー覗いてたってことは私が処女じゃないって知ってるってことですよね？　……非処女相手だとエヴァさんって乱暴そうですし、はあ、手酷くされないと良いですけど……。はあー。もっとアノさんとのラブエッチしていたかったです。……アノさん）

「アノさん……。私、嫌です……。エヴァさんのところに行きたくないです」

眠るアノニマスの頬を撫でながら琴音はポツリと呟いた。


「コトネ？　ナンデ？　明日は駄目？　ナンデ？」

目を覚ましてベッタリくっつくアノニマスに明日からはしばらくエッチはできないと告げると泣きそうな顔でアノニマスはナンデナンデと繰り返した。

（あー。困りましたね、少し親密になりすぎました？……むぅ、どうしましょうか）

泣きそうなアノニマスの顔を見てると琴音も離れるのが辛くなる。やっとアノニマスとセックスができたのに。たった一日だけとは残念すぎる。


（でも、桜島君と約束しましたし。ふう、仕方ないです。また別の周回で楽しみましょう……。落とし方は覚えましたし）

「えっと……少しだけ我慢して下さい。……あと五日。我慢してくれたらまた、アノさんと一緒にいられますから……ね？」

優しく耳をハムハムしてそう告げるとアノニマスはグッと眉を寄せた。

「……五日後？　……ウン。でもナンデ？　その間はナンデ会えない？　ナンデ……子作りできない？……おれがキライ？　やっぱりおれがミニクイから？」

「…………違いますよ。……大好きです。でも、少しだけ事情があって……。だから、ごめんなさい。五日後には、また会えますから。……ね？　そしたらずっと一緒にいられますから」

泣きそうなアノニマスにそっとキスをするとアノニマスはぎゅうっと琴音を抱きしめた。

「……ゼッタイに五日後には会える？　……ゼッタイ？」

「絶対に会えます、……何があっても絶対に。それからは、ずっと一緒です」

(だって…………私。アノさんに食べられちゃいますから)

日付が変わる前にアノニマスはフラフラと無言で部屋を出て行った。意識が邪神に乗っ取られたのだ。琴音はソレを見送って小さく溜め息を吐いた。

◇◇◇◇◇

「おはよう。琴音チャン……。エヴァは、ちゃんと大人しく部屋で待ってるよ」

早朝、部屋にやってきた桜島の顔色は悪い。

「桜島君。おはようございます。そうですか、それじゃそろそろ向かいますね」

琴音がいうと桜島はコクリと頷いた。いつもの笑顔はその顔に浮かんでいない。目の下に酷い隈がある。徹夜でエヴァの足止めをしてくれていたのかもしれない。

「桜島君、お願い聞いてくれてありがとうございました」

琴音がペコリと頭を下げると桜島は苦虫を噛み潰したような顔をした。

「…………そういうのやめて。マジで……、お互いに約束だから。礼なんていらねえっつーの…………ちっ……」

舌打ちすると桜島は足早に立ち去って行った。その背を見送り琴音はエヴァの部屋へと向かう。

(さて。エヴァさんの様子はどうなっているのでしょうか？)

コンコンとノックをするとすぐに扉は開いた。

「琴音！　……さあ、入って」

「おはようございます。エヴァさん、お邪魔します」

「はは、そんなに畏《かしこ》まらなくて良いんだよ？　これからは琴音の部屋でもあるんだから」

甘い声、蕩けた瞳でそういうエヴァ。はにかんだ笑顔。こんなイケメンから好意を向けられて喜ばない女はいないだろう。だけど琴音は顔を顰めた。

(…………これは……う。想像以上ですね)

部屋に入ってすぐにエヴァは後ろ手にガチャリと鍵を掛けた。

「…………琴音。ここにいれば安心できるよ。絶対に私が守ってあげるからね！　はは」

甘く囁かれて、抱きしめられて琴音は小さく溜め息を吐く。

（…………安心？　この部屋がですか？　全然安心できませんけど？）

あちこちにロープや鎖。床には手錠も落ちているし、女物の服が散乱している。何度も暴れたのか壁やクローゼットに大きな傷。剣で切ったような跡もある。その中でベッドだけは異様に綺麗で琴音はゾッとした。

（…………やっぱり今回のエヴァさん、まともじゃないですね）

「琴音。やっと素直になってくれたんだね？　私は嬉しいよ」

甘く蕩ける声。だけど絶対に逃がさないとでもいうように抱きしめる手に力が籠もってそれは少し痛かった。

「あ、あの？　エヴァさん？」

「何かな？」

目の前でニコニコと笑うエヴァに琴音は引き攣った笑顔を向けた。

「い。いえ、あの。私逃げたりしませんよ？　……その、流石にこれは」

琴音が動くとジャラリジャラリと金属の擦れる音が鳴る。足首に付けられた鎖の音。それから、手にはめられた手錠の鎖が擦れる音だ。

「琴音、君が逃げるなんて私も思っていないさ。だけどここは危険だから。だからこの部屋から間違っても出ないように……。それを付けていてくれないと私は不安なんだ。ね？　君ならわかってくれるよね？」

（うう……。自主的にきたのに、拘束監禁されるんですね？　とんでもないバグエヴァさんですね……。でもこれだとトイレとかお風呂とかどうするんでしょうか？　…………う。まさか……）

ベッドに繋がれた足元の鎖のせいで琴音はほとんど動けない。手に付けられた手錠の鎖も短い。かなり動きを制限される。これでは日常生活にすら支障が出る。

そんな琴音の不安をエヴァは察したのか安心させるようにニッコリと笑って琴音の頬を撫でた。

「大丈夫、琴音。君の世話は私が全部してあげるからね。食事も服も……たくさん集めておいたんだ。ほら。プレゼントもあるんだよ？　探索中に見つけたのさ。

…………ああ。やっぱりよく似合うよ。琴音。愛してる……」

琴音の髪に優しく髪飾りをつけるとエヴァは、ぎゅうっと琴音を抱きしめた。

◇◇◇◇◇

（不自由なこと以外は今のところ、問題はなさそうですね）

ベッドの上で後ろから琴音を抱きしめて幸せそうに髪に顔を埋めるエヴァ。特に今のところは乱暴に何かをされたりということはない。部屋にきてすぐに無理やり犯されるかと思っていたが意外にもエヴァは性的な意味で体に触れてはこない。今も髪を撫でながら時折クンクンと匂いを嗅いで髪に顔を埋めているだけだ。

（まあ。まだ昼間ですもんね。夜にはエッチするんでしょうか？　ん……トイレ、行きたいです）

琴音はふるりと震える。朝早くにエヴァの部屋にやってきて今はお昼過ぎ。その間一度もトイレに行ってない。何度か行きたくなったが我慢していた。

（エヴァさんがお世話してくれるって……。いってましたよね？　ということはおしっこしてるところを見られるってことですよね？）

エヴァは琴音の世話を全てするといっていた。実際先程食事をしたが、その時も飲み物を飲ませるのも食事を口に運ぶのも全部エヴァがしていた。まるで介護のようだなと琴音は思って内心で苦笑した。

（う………。ん、も。駄目ぇ……。我慢できません）

もじもじと体を揺らしているとエヴァが不思議そうに身を起こす。

「琴音？　どうかした？　ああ、トイレに行きたいのかい？　………おしっこかな？」

「あ……！　エヴァさん、ひっ……、あ。駄目です、お腹押さないでぇ……んん」

後ろから腕を回してお腹をぎゅうっと圧迫されて琴音はビクビクと体を揺らす。

「……そんな声。出したらいけないよ？　………我慢できなくなってしまうだろう？　………それともわざと？　私を誘っているのかな？　はは……。可愛いなぁ。私の琴音は。………おしっこしようか？　我慢は体に良くない」

エヴァは琴音の体を持ち上げて仰向《あおむ》けにした。

「ひゃ……。あの？　エヴァさん？」

（え？　……あれ？　トイレに連れて行ってくれるんじゃないんですか？　なんで……）

琴音は青ざめる。エヴァは上から琴音を押し倒す形で見下ろして、そしてぺろりと唇を舐めた。

「琴音、飲んであげるからたくさん出してね？　…………さあ、遠慮しないで」

「え？　……や、いやです。エヴァさん、流石にそれは……。あの、お手洗いに連れて行って下さっ……あっ！」

グッと上からお腹を押されて琴音は悲鳴をあげた。

（ひぃぃぃぃ！　おしっこを飲むっ？　嘘！）

必死に尿意に耐えるのだがエヴァはグッグッとお腹を押してくる。鎖に繋がれた状態では自分でトイレにも行けない。このままでは確実に漏らす。

「ん……。エヴァさん、……はぁ……。もう出ちゃいます。お願い……します。…………おしっこしたいです！　でも飲まれるのは嫌です」

「仕方ないな。じゃあ、目の前でして見せて？」

エヴァはバケツを持ってくると爽やかに笑った。

（うう……。見られながらおしっこするのってこんなに恥ずかしいんですね。色々と失った気分です……。…………んっ……あ。それにしても、なんだか舐めるの上手くなってませんか？　んあん！）

エヴァは琴音の放尿シーンを見た後、アソコを綺麗にするといって舐め始めた。

「すごく濡れてるよ？　……はは。琴音はエッチな子だもんね？　……これからは毎日こうして気持ち良いことをたくさんしてあげる。だから、たくさん声を出して？　……ほら、琴音はここが好きだろう？」

肉芽を吸いながらエヴァは自身の硬くなったモノを取り出すとシコシコと扱き始めた。

（やっぱり上手くなってます。私のオナニーを毎日覗いていたからでしょうか？　これは嬉しい誤算ですね）

「……、たくさんイケたね？　すごく可愛いよ。でも疲れただろう？　少しお休み？」

クンニだけで十回以上イかされて琴音はグッタリとしていた。

（最後までしないんでしょうか？　壁越しにオナニーするくらい性欲強いのに）

エヴァは自分でモノを扱いていたが射精はしてない

ようだ。てっきり、このまま最後までセックスすると思っていたのにエヴァは琴音を一方的にイかせるだけイかせて、琴音がグッタリすると優しく髪や頬を撫でて体を離した。

「エヴァさん？　……しないんですか？」

琴音が尋ねるとエヴァは困ったように微笑む。

「…………、そうだね。したいけど、でも。それはまた今度にしよう？　……これからはずっと一緒にいるんだ。焦らなくても大丈夫さ、今はゆっくり休んで？　……君と一緒にいられて私はすごく、幸せだよ」

（エヴァさん？　…………ならどうして泣きそうなんですか？　……今回のエヴァさんは本当に変です。全然、何を考えているのかわかりませんね。行動に一貫性がなさすぎます。……バグだから当然といえば当然ですかね？　…………、皆さんは今どうしてるんでしょうか？　……アノさんは大丈夫でしょうか？）

優しく髪を撫でられて、琴音は瞳を閉じる。アノニマスやノアや桜島はどうしてるのかなと疑問に思いつつも、緩やかに訪れる眠気に身を委ねる。

（考えても無駄ですね。今回はもう最終日までは、この部屋からは出られませんし…………。…………）

◆◆◆◆◆◆

「くそ…………、くそくそ。マジで……だるい……」

桜島はムカムカとする胸を押さえてしゃがみ込む。

（…………。俺、間違ったのかな？　……でも、ああするしかなかったし……くそ……）

何度も何度も自問自答しても答えは出ない。ただドンドンと苦しさが増すだけだ。

（……………なんでお礼なんていうんだよ？　だって……、嫌な女のはずだろ？　なのに……、なんで琴音チャン……。なんで？　…………っ……んだよ。マジで……わけわかんねー）

ぐしゃぐしゃと髪を掻きむしる。それから顔を上げて鏡を見ると目元にどす黒い隈を作った自分の顔が見える。

（……俺、やっぱり間違ったのかな？　…………まだ今なら間に合う？　……いや、でも。もう……今更）

ふらりと立ち上がって桜島はエヴァの部屋を目指した。今更行ってどうなるわけもない。だが足がそちらに向いたのだ。部屋の前に着いてノックをしようと拳を握るが、どうしても躊躇《ちゅうちょ》してしまう。

（いや……。やっぱり……駄目だ。戻ろ…………。二人は何してんだろ？）

そっと扉に耳を押し当てると微かに甘い、琴音の泣くような喘ぎ声が聞こえてきて桜島は口元を押さえた。

そのまま勢い良く走り出して廊下を曲がったところで盛大に胃の中身をぶちまけた。

（う…………。そりゃそうだよ。そうなるよな？　普通に。それに俺が……。俺が抱かれろって……いったんだし。そうなるのはわかってたじゃん……。うぅ……。くそ……マジかよ。エヴァ……）

聞こえてきたのは間違いなく行為中の声だった。桜島はフラフラと壁に背を預けてズリズリとしゃがみ込んだ。

（…………マジかよ。…………俺。マジで最低………）

◇◇◇◇◇

「琴音……。お腹は空いてないかい？　その服は気に入ってくれたかな？」

エヴァは甲斐甲斐《かいがい》しく琴音のお世話をする。エヴァの部屋に監禁されてから、もう三日が経った。お風呂はエヴァと一緒、トイレは琴音が嫌がったから扉の前でエヴァが待機するのを条件に一人で行かせてもらえた。

それでも音が聞こえたらどうしようと琴音は気が気じゃなかった。

（うう……。やだぁ……）

半泣きになる琴音だったが、意外なことにそれ以外は特に困ったことはない。エヴァは琴音を一方的に愛撫してイかせるが自身は一度も射精しなかった。要するに三日間共に過ごしているが甘やかされているだけで無理に抱かれることはなかったのだ。

（どうして最後までえっちしないんでしょうか？　少しだけ欲求不満です……）

肉芽や胸だけで一方的にイかされて琴音は物足りないと感じる。

「琴音？　どうかしたかい？　何か欲しいものがあるなら探してこようか？」

サラサラと琴音の髪を撫で、手の中で遊ばせてエヴァはそういう。その顔は幸せそうで、時折髪飾りを優しく撫でて瞳を細めている。

「いえ、…………あの、エッチは最後までしないんですか？　私……したいです」

（だってエヴァさんの中では一応両想いって設定なんですよね？　なら抱いてくれても良いのに）

　何故か今回のバグエヴァは琴音にすごく甘い。でろ甘だ。ならセックスも気持ちいいはずだ。実際に愛撫は気持ちが良い。今回の琴音は、もう非処女だし中でも感じる、だから早く犯して欲しい。なのにエヴァは困った顔で笑うだけだ。

「そんなに焦らなくても良いだろう？　…………ね？　キス、しようか？　琴音。愛してるよ……」

　エヴァは琴音に優しいキスをする。それに琴音は不満だ。

（むう……。エヴァさんって本気になるとセックスしないタイプなんでしょうか？　…………はあ。そんなぁ……、中途半端は逆に辛いです。はあ……、まあでもあと、二日の辛抱……。今回はどんな風に強制力が働くのでしょうか？　エヴァさんも和泉先生みたいに寝ちゃうんでしょうか？　……足枷《あしかせ》と手錠はどうなるのでしょう？）

◇◇◇◇◇◇

「…………ねえ。琴音はもし、騎士の私が本当は死にたくなくて……あの化け物を怖がっていたら、どう思う？　本当は今すぐ逃げ出したいと……そう思っていたら…………軽蔑するかい？」

　後ろから琴音を抱きしめて肩に顔を擦り寄せてエヴァはそんなことをいう。その声は震えていた。

（そういえば前もそんなことをいってましたね？　……そりゃ騎士でも怖い物は怖いでしょうに。当たり前です……、やっぱりバグってても怖いんですね？　震えて可哀想……）

　微かにエヴァの体は震えている。

「エヴァさん……。騎士とか関係ないですよ？　怖くて当たり前です。……きっと大丈夫ですよ。ほら、前にきて下さい。…………ぎゅうってしてあげますから、たくさん泣いても良いんですよ？」

　琴音が告げるとエヴァは息を呑む。それからノロノロと琴音の前に回ると胸に顔を埋めた。すぐに熱い雫《しずく》が琴音の胸元を濡らす。エヴァは泣いている。縋《すが》るように琴音の背に腕を回して、ぶるぶる震えている。

（エヴァさん。可哀想に……）

エヴァは桜島の様子からもわかる通り頼られている。皆もなんだかんだと戦闘はエヴァに頼っていた。

エヴァ自身もそれを薄々察していたんじゃないだろうか？　それでプレッシャーに押し潰されたのかもしれない。優しくエヴァの背を撫でながら琴音はそう思う。

（…………シナリオの都合上、皆さん結構、別行動してますけど。本来ならこの中で化け物とまともに戦えるのってエヴァさんだけですもんね？　桜島君とのルートだとエヴァさんがほとんど一人で戦ってますし。それにノアさんは結界の維持で大変ですから戦力には数えられない……。だから騎士であるエヴァさんが必死に頑張っていたんですか？　本当は怖いのに必死にそれを隠して……。無理して、それで壊れちゃったんですか？　エヴァさん……）

しばらく琴音の胸で泣いて、それから顔をあげたエヴァの瞳は今まで以上に蕩けていた。

「琴音……。ありがとう。もう大丈夫、私はもう、大丈夫だよ。…………琴音……、琴音。愛してるよ、本当に愛してる。…………君を抱いても良いかな？」

そっと琴音の頬を撫でてエヴァはそういう。

（え？　抱いてくれるんですか？　……ふふ。やったぁ。慰めて正解ですね。……なんだかよく分かりませんけど久々のエヴァさんとのラブエッチです！）

「琴音。愛してるよ」

エヴァは優しくキスをして、そっと舌を入れてくる。琴音から舌を絡めるとエヴァも絡めてくれた。優しく丁寧にお互いに舌を絡め合い琴音はうっとりとした。

その後の愛撫も丁寧で気持ちがいい。流石に和泉と比べると雲泥の差ではあるが、乱暴なエヴァを知っている琴音からしたら感動だ。

（はうぅ♡　やっぱり今回のエヴァさんは、でろ甘です♡　これなら監禁も悪くないですね♡　そろそろ欲しい）

「エヴァさん♡　もう挿れて？」

琴音がねだるとエヴァは幸せそうに目を細めた。

「うん。…………琴音、愛してる。挿れるよ？　痛かったらいって？　……ん♡」

ガチガチに勃起したエヴァのモノがぬるぬるのアソコへと飲み込まれていく。

（あ♡　エヴァさん♡　んんぅ♡　はうぅ♡　やっぱ

りエヴァさんのは最高です）

ずちゅずちゅと良いところを擦られて琴音は甘い声を上げた。エヴァは琴音の様子を窺いながら優しく優しく気持ちの良いところを突く。けして乱暴にはしない。それに琴音はとろとろに蕩ける。

「んぁ♡　エヴァさっ♡　んん♡　良い♡　好きぃ♡　エヴァさん♡」

「は……♡　琴音♡　琴音♡　私も好きだ♡　愛してるよ♡　琴音♡　ん♡」

エヴァの顔は真っ赤で瞳はとろとろに蕩けていた。それを見て琴音のアソコはきゅうきゅうと締まる。

（あ……♡　エヴァさんとのラブエッチ♡　んん♡　やっぱり良いですね♡　はぁん♡　後は中に熱いせーしたっぷり出してもらいましょう♡）

◆◆◆◆◆◆

ムカムカとした気分のまま三日が過ぎて桜島は廊下をフラフラと歩いていた。何度もエヴァの部屋の前までは、きていた。だが、どうしてもノックできない。

エヴァはほとんど部屋から出てきていない。

（ずっとヤりっぱなし？　琴音チャン、大丈夫かよ？　ヤり壊されたりとか……ないよな？　……う…………くそ……）

自分の想像に吐き気がしてくる。だが、どうしようもない。ノアは勝手にすればといった通り、エヴァと琴音のことには関わらない姿勢で素知らぬ顔で過ごしている。だが談話室で読んでいる本が上下逆さまだった。きっと気になっている。でも琴音が自分からエヴァのところに行ったから、何も口出しできないのだ。

今の状況ではノアも頼れない。

（……本当のことノアさんにいったほうが良いのか？……でも、それだと俺が頼んだのがバレるし…………っ……そしたらめっちゃキレるよな？）

どこまでいっても桜島は自分が可愛い。ノアにまで見放されたらと思うと、ノアに真実を告げることもできない。

（マジで俺……最低…………）

そう思いながらも足はエヴァの部屋に向く。どうせ今日も一時間くらい部屋の前で立ち尽くすだけで何もできることなんてない。ただその日は少しだけ違った。

アノニマスがエヴァの部屋の扉に耳を押し付けてい

た。その体はぶるぶると震えていた。

◇◇◇◇◇

「琴音、愛してるよ。はは……たくさん出たから子供ができてしまったかもしれないね？　もし、できてたら産んでくれるかい？」

琴音のお腹を撫でてエヴァは幸せそうだ。

「子供ができてたら産みます♡　産みたいです♡　はぁ♡　お腹熱い♡」

ズルリとモノが抜かれると、コポコポ精液が溢れてくる。琴音に腕枕するエヴァの胸元にすり寄って、ふと見上げたエヴァの顔は泣きそうな表情で琴音は、なんでだろうと思う。

「嬉しいよ。……私と琴音の子供なら、きっと……可愛い」

（たまーに、泣きそうな顔しますよね。嬉し泣き？……そうは見えませんけど。なんでですか？　エヴァさん？）

エヴァとの監禁生活も残すところ、あと半日を切った。意外と楽しめたなとエヴァからもらった髪飾りを撫でながら思う。

「琴音、はい。あーん」

朝ご飯をエヴァが口に運んでくれる。それを琴音は素直にパクンと食べてニッコリと笑顔をエヴァに向けた。

「美味しいです。ありがとうございます」

そう告げるとエヴァも微笑む。幸せそうなその顔に少しだけ胸が痛んだ。エヴァと最後までセックスしてから、エヴァは琴音に何度も何度も一緒に帰ろうといった。エヴァの世界に一緒に行って結婚しようと。それに琴音も調子良く答えていたが、死が迫った今になって少しだけ罪悪感を抱いたのだ。

「琴音……。私の世界で暮らすのは最初は大変だと思うけど、でも私が必ず幸せにするし不自由はさせないよ？　……結婚式はどうしよう？　琴音の世界の式とは違うかもしれないな……、琴音はどんな風にしたい？　はは。楽しみだなぁ」

（…………エヴァさん。ごめんなさい。一緒には行けないんです。……だって私が死んだら全部リセットされますから。この貴方とは今日でお別れなんです）

今回のでろ甘なバグエヴァとの別れ。それに琴音は今までにない寂しさを胸に抱いた。

（…………なんだかんだエヴァさんが私の初めての男《ひと》ですもんね。　……こんなに仲良くなったのに。全部消えちゃうなんて……。　やっぱり少しだけ寂しいです…………）

アノニマスに食べられるまであと、一時間程。だけど琴音はベッドに鎖で繋がれていた。エヴァも、まだ起きている。琴音の髪を優しく撫でてニコニコとしていた。

（どうなるんでしょう？　……あと、一時間もないですけど……）

現状、琴音とアノニマスが会うことは不可能に思える。だが琴音がそう思った時コンコンと扉が鳴ったのだ。

（…………アノさんでしょうか？）

ほんの少し表情を曇らせたエヴァは剣を片手に立ち上がった。それに琴音は眉を寄せた。

（エヴァさん？　……なんで剣なんて）

疑問に思ったがエヴァがドアノブに手を掛けた瞬間、扉ごとぶっ飛んで、その衝撃に琴音はその疑問も頭から吹っ飛んでポカンと口を開けた。

ドゴッ！

扉と壁ごと吹き飛んで奥の壁にエヴァが、おもいっきり叩きつけられた。そして床にドシャリと落ちた。だが気絶はしてないようで何とか起き上がろうとしている。部屋の入り口は、もうもうと粉塵が舞っていた。そして人影が見えた。

「…………ちっ。……一撃で仕留め損なった。起きてくる……！　ハルト！　早くっ！」

焦るノアの声がして、それから煙の中から桜島が琴音の側へと走ってきた。

（え？　……ええ？　なんですかコレ？）

何故か桜島が触れると鎖が跡形もなく消えた。それからいきなり抱き上げられて琴音は桜島にしがみついた。

「ひゃあああ！　桜島君っ？　ノアさんっ？　なんで？」

「ごめん！　琴音チャン！　説明は後でっ！　…………マジでごめん」

泣きそうに顔を歪めて桜島は廊下へ飛び出して走り

出した。

（ひゃぁぁ！　揺れます!!　怖っ！　ング！

………舌噛みました。……ひぃん）

しばらく走るとアノニマスが立っているのが見えた。

すると桜島は走る速度を緩めた。

「アノニマス！　琴音チャン連れてこれたから！　俺はノアさんの加勢に戻るから、早く琴音チャン連れて結界の外に逃げて！　アノニマスなら絶対平気なんでしょ？　後は任せたからなっ！」

「…………コトネ。……」

「ひゃっ！」

まるで荷物を渡すように桜島はアノニマスに琴音を渡すときた道を走って戻って行った。

（……ふふ。なるほど。私を助けにきてくれたんですね？　………強制力ってすごい）

琴音は走り去る桜島の背中を眺めて小さく笑った。

（やっぱり…………。どうしたって私は死ぬんですね）

「………コトネ。……ハルトから聞いた。……おれ達のタメに……コトネェ……ゴメン。………もうダイジョウブ。逃げよう？　おれが守る……。コトネ、約束……ダカラ。これからはずっと一緒……」

ぎゅうっとアノニマスに抱きしめられて琴音はハッとする。

「あ……、アノさん……。っ……いえ。謝らないで下さい……」

（まだアノさんですね。ですけど、もうすぐ……）

きっともうすぐ琴音は食われる。強制力には、どうやっても抗えないのだ。

「アノさん……。そう……ですね、ずっと一緒ですよ？　ふふ………アノさん」

アノニマスの体がふるふると震えだした。それを見て琴音はエヴァからもらった髪飾りを取り外した。

（ああ。……時間切れですね。でもこっちの約束は果たせますね。アノさんのお腹の中でずっと一緒にいられますもんね。……エヴァさん。ごめんなさい、エヴァさんとの約束は……やっぱり無理でした）

ぐにゃりと歪むアノニマスの顔を見て琴音はニッコリと笑った。

ぐちゃり。

緑子の悲鳴と硬い物が床に落ちる音が聞こえた。

【閑話　アノニマスの後悔①】

「……ナニ？　またキタのか？　用がナイなら、おれは行く。毎日毎日コナイデ。おれ困るし。……サヨナラ」

目の前の小さな少女にそう告げて、アノニマスは結界の外へ足を向ける。外へ行けば追ってはこれないはずだ。ここのところ、毎日毎日やってくる少女。

（ナンデ……くる？　おれ……困る）

アノニマスは、気づいた時にはこの洋館にいた。本当に、気づいた時にはいた。その前後の記憶は全くない。だけど何故か、いいようのない不安感、それから自身が醜い生き物だということだけを感じていた。

もうどれだけこの洋館にいるのか。それも覚えていない。だけど何人も何人も人と出会った。そのほとんどは死体だったけど。そのどれもがアノニマスとは違う。頭に獣の耳はない。

（おれ……。ナンデ……チガウ？　それに……）

この洋館の中にたくさんいる人を殺して食べる化け物。影の化け物。アノニマスが生きた人間とほとんど会わなかった理由は、その化け物のせいだ。

なのに、その化け物はアノニマスを襲わない。だからアノニマスは、尚更《なおさら》自分は【違う】と不安になった。

（おれ……、ナニ？　ナンデ……ココにいる？　……おれ……、サミシイ）

孤独な日々の中、珍しく賑《にぎ》やかな声が聞こえて、アノニマスは部屋から顔を出した。生きた人間の男女。それも今まで見た中で一番人数が多い。影の化け物に追われていたのに善戦していた。普通ならすぐに食われるはずなのにだ。

（スゴイ。……戦ってる）

アノニマスの知っている人間は簡単に影の化け物に食われてしまう。何度か助けようかと思ったが、アノニマスが助ける前に皆、死体になってしまった。だけど今回出会った人間達は戦っている。まだ生きている。

（…………あ）

影の化け物が増えた。このままでは、また目の前の人間達が死体になってしまう。そう思った時にはすでに体が動いて飛び出していた。

「影の化け物は倒してもまた湧いてくるし、ここからは出られナイ。だから隠れて過ごす方がイイぞ」

アノニマスが助けると、人間達は安心したように笑って礼をいう。それにアノニマスの胸は温かくなる。寂しい気持ちが少しだけ薄れた。だけどやっぱり、誰の頭にも獣の耳はない。それに赤い目で白い髪もいない。ローブのフードを深く被って、アノニマスは、ぎゅっと唇を噛んだ。

（やっぱり……おれは、チガウ）

その後は、折角出会えたんだから共に過ごそうといわれて、ずっと一人だった寂しさからアノニマスはつい頷いてしまった。

（…………でも。コワイ。……おれ、顔とか耳とか見られたら……、嫌われる？　おれ、ミニクイから……ホントは仲間じゃないってバレる）

皆はアノニマスを仲間だというが、アノニマスはそうは思えなかった。記憶も知識もない、皆とは根本的に何かが違う自分。だから、付かず離れずの距離を保っていようと思ったのに何故か毎日毎日、小柄な少女はアノニマスを見つけては近寄ってくる。

（……………ヤダ。おれ、嫌われたくナイ。……こないで……。おれを知ろうとシナイデ……。オネガイダカラ……）

だけどある日から、毎日きていた少女がこなくなった。アノニマスはホッとしたが、少しだけ寂しいと感じる。

（…………ちょっと、サミシイ。……でも。これでイイ）

そんな風に考えていると、廊下でバッタリとノアと出会った。ノアは煩《うるさ》くないし、アノニマスのことを無理やり知ろうとはしてこない。ただ気に掛けてくれていることは伝わってくる。優しい人間。アノニマスは、ノアのことは結構好きだ。あまり構ってこない、だけど丁度いい距離感で適度に会話をしてくれる。色んなことを教えてくれる。今日も談話室に誘ってもらえた。ノアなら安心だと、アノニマスは付いて行く。

二人で廊下を歩いているとあの少女、琴音がエヴァと何かを話していた。

（……今度はエヴァと仲ヨシしてるのか？　へー……。でもナンカ、様子がヘン？　ケンカ？）

アノニマスは首を傾げた。ノアも琴音とエヴァの妙な雰囲気に気づいたのか足を止めた。

◇◇◇◇◇◇

「なになに？　どしたのー☆？　なんで俺呼ばれたの？　アノニマスー？」

ニコニコ顔のハルトからそういわれてアノニマスは困る。実際アノニマスもよく解《わか》っていないのだ。

あの後、琴音とエヴァは恋人だとエヴァがいった。アノニマスは恋人が何かよく解らないけど、仲良しな相手なのかなと思った。仲良くても喧嘩するのかな？と思ったけど、琴音は恋人じゃないという。その顔は本当に困っていて、ノアも険しい顔をしていたので、流石にアノニマスも二人が恋人ではないと解った。

【コイビト】が何かはよく解らないけど、二人は仲ヨシではない。

（エヴァ？　…………ヘンだ）

エヴァ・フリーズ。一番最初に出会った時、皆を守って戦っていた、優しくて強い男。だけど、時折ぼーっとして、少し変だなとは前々から思っていた。

「なんかすみません…………」

小さな声で謝る琴音はションボリとしていて、アノニマスは少し可哀想だなと思う。小柄で大人しい印象の琴音。ションボリしていると余計に小さく見える。

しばらくして談話室にやってきたノアは、すごく険しい顔だった。

その後ノアが話した内容はアノニマスには難しくて、やっぱりよく解らなかった。エヴァは琴音と仲ヨシになりたい。でも琴音は嫌がっているらしい。

（コトネはエヴァがキライ？　へー？）

エヴァが琴音を監禁するといっていて流石にそれはイケない、駄目なことだとアノニマスにも解った。だから、琴音の側で護衛することを引き受けた。

（でも……おれ。少しコワイ。だってコトネ、おれのこと、すごく知りたがる。ナンデ？　……でも、ハルトもいるからダイジョウブ？　……エヴァ、どうしたんダロ？）

少しだけ琴音が怖い。もし顔を見られたら、皆にアノニマスが【違う】とバラされたら、どうしようと思った。

「ウン。…………おれはイイけど。……でも夜はムリ」

アノニマスは少しだけ困る。護衛は良いけど、夜はどうしても無理なのだ。何故なら夜になると記憶が飛ぶ。そして朝、ハッと気づくと廊下に立っている。毎日、毎日。

（おれ、………それもヘン。だって皆はそんなコト、ナイ。これも、チガウ）

一度ハルトにそれとなく聞いたことがあった。だけど皆は夜はベッドで眠って、朝ベッドで目覚める。夢を見るらしいが記憶が飛んだりはしない。意識を失ったのと違う場所で起きることなんてない。

（ナンデ……、おれはチガウ？　……おれは、ナニ？）

結局ハルトが夜の護衛を引き受けてくれて、アノニマスはホッとした。これで皆にアノニマスが【違う】ことがバレない、また一人ぼっちには戻りたくない。一人は寂しい。そう、ホッとしていたのに琴音はアノニマスに近づいてくる。

（シマッタ……。おれ、馬鹿なコトいった……）

ぼーっとして立っている琴音に声を掛けたのは失敗だった。座るなら空いていて広いベッドに行くだろうと思っていたのに、何故か狭いソファーの隣に琴音は腰を降ろす。

「……チカイ。ナンデ、隣……。ベッドに座れば？」

そういっても、琴音はベッドには向かわない。じっとクリクリとした大きな瞳で、こちらを見ていた。

ほんの少しドキリとした。だけど、それが何故なのかアノニマスには解らない。

「おれとオナジ？　……。アナタも？　だからおれによく会いにきてたのか？　……そっか。おれ達は仲間なのか。……ウレシイ」

アノニマスの胸に温かい気持ちが満ちた。それから全身を包む安心感。

（おれ、………ウレシイ）

アノニマスと同じで琴音も影の化け物には襲われないらしい。

「ホント？　コトネも？　……ナンデおれが襲われないって、知ってる？」

「前にたまたま。見ちゃったんです。ほら、私も結界の外に行けますから。……だからですよ？　私達、同じです！　アノさん」

（そうか！　ダカラ？　ダカラ、コトネはおれに会いにキテタ？　……なら、おれ。少しワルイことシタ？　……ウレシイ……おれだけ。チガウんじゃナイ！）

「……アノさん、仲間ですよ。これからは同じ襲われない者同士で仲良くしましょうね」

琴音のその言葉がすごく嬉しくて、コクリと頷くと琴音も嬉しそうに笑う。その顔は本当に嬉しそうで、何故か胸がぎゅっとした。

（コトネも……不安だったのか？　……でも、おれと同じ。……おれ達、仲ヨシになれる？）

そっと手が伸びてきて頭を触られた時は一瞬驚いたが、優しく撫でるその手にアノニマスは夢中になった。人の温もりなんて初めてだった。

（キモチイイ……、あったかい……。コトネ……優しい。………おれ、コトネのことも好きだ）

ノアに引き続き、アノニマスは琴音のことも好きになった。ローブ越しに優しく撫でられると、ふわふわとした心地で寂しさが消えていく。

（もっと……、おれ、……初めてだ。こんなに、落ち着くの……。コトネ……）

この洋館で、過ごしてきた長い年月。常に怯えと不安と寂しさで一杯だった。なのに今、アノニマスは心が温かくて、撫でられたところは気持ちいい。琴音の優しい声も心地が良くて、気づいたら喉がゴロゴロと音を鳴らしていて、自分でも驚いた。それから少しだけ不安になる。人間は、こんな音を出さない。そっと琴音の様子を窺うと、すごく優しい瞳でアノニマスを見ていた。音に対しても、気にしていない。それどころか喜んでいる風に見える。

（おれ……、ウレシイ。おれの音。ヘンじゃナイ？コトネもウレシイのか？）

「コトネ。……もっと……キモチいい」

自分から体を擦り寄せてみる。するとすごく良い気分になった。自分の匂いが琴音に付くと思うと、胸がドキドキとする。

（もっと……、たくさん。おれの匂い……つける、……ん）

スリスリとしていると琴音は、ふふっと小さく笑った。それから少しだけ不思議な声色でいった。

「……アノさん、もっと気持ちいいことしませんか？」

見上げた琴音の顔は、不思議な表情だった。だけどアノニマスはその表情が好きだな。良いなぁと思って、そんな自分のことも不思議だった。

（なんだろ？　……おれも、少しヘン。……でも、おれ。モット、シタイ。キモチイイこと……。モットー……。知りたい。コトネのこと、コトネのオシエテくれること………）

琴音は自分の体のことをたくさん教えてくれる。

【ベンキョウ】だ。

「あっ♡　ぁん♡　アノさん♡　気持ちいいです♡

ん♡　乳首好きぃ♡」

「ちゅ……ここってそんなにキモチイイ？　……

へー」

ぷっくらと膨れて真っ赤になった乳首。痛そうだと

思っていたけど、今はその腫れた乳首から目が離せな

かった。

（おれのも……腫れる？　……デモ。腫れたことナイ。

おれが男だから？　……それともチガウから？

…………おれ、コトネと同じがイイ）

ゴソゴソと自身の胸に触れてみるがよく分からない。

そんな風にしていると、琴音がアノニマスにも同じこ

とをしてくれるといった。

「おれのヘン？　……チガウ？」

乳首を出すと琴音は黙って、じっと見ていた。少し

不安になる。もしかしたら何か変で、琴音に違うとバ

レたのかと思うと、胸がぎゅっとなる。

「いいえ。全然変じゃないですよ。アノさんの体が綺

麗だから、見惚れてました♡　……白くて綺麗なお肌。

すごく好きです」

（ホントに？　おれを好き？　…………おれの乳首を

好き？　……コトネ。おれ、同じ？）

その後、アノニマスは琴音の教えてくれる、気持ち

いいことに夢中になった。優しく乳首を触られて気持

ちが良い。それにアノニマスの乳首も琴音と同じで、

ぷっくりと腫れていた。

「ほら、私と同じで気持ち良くなって乳首が腫れてき

ましたよ？　同じでしょう？　ここ、ペロペロして欲

しいですか？　もっと気持ちいいですよ？」

（はぁ……、コトネと同じ♡　おれ……ん、同じだ

……。ぁ、キモチイイ…）

もう頭の中は、琴音のことと気持ち良いことで一杯

だった。人との触れ合い。それもこんなに気持ちが良

いなんて。何故か股間がムズムズしてきたが、それよ

りも乳首が寂しくて、もっとして欲しくて、琴音の指

に押し付ける。

（はあ♡　……舐めて……ハヤクハヤク♡）

琴音の舌が乳首に這うと、アノニマスはブルブルと

体を震わせた。

「そんなに気持ちいいこと気に入りました？　……これから、たくさんしましょうね？」

（たくさん？　これから、シテくれるノカ？　んあっ！　……しっこ、したい……、う……ナンデ、今？　……うぅ……ヘンだ）

折角気持ちが良くて幸せなのに、おしっこがしたくなってアノニマスは泣きそうだった。

「……しっこ……したい。おれ……しっこしてくるから、後でまた乳首シテ？」

その後、トイレに行ったのにおしっこが出なくて泣きそうだったアノニマスに、琴音はたくさん気持ちいいことを教えてくれる。白いおしっこの出し方も教えてくれて、もうアノニマスは琴音のことしか考えられなかった。

（おれ……。モットシタイ……）

その後もたくさん色んなことを琴音は教えてくれる。琴音のアソコも見せてくれた。少しグネグネで変だったけど、舐めると出てくる汁が美味しくないのに美味しくて、夢中で吸い付いていると今日は終わりといわれて残念に思う。それに琴音はコレをイケないことだといった。誰にもバレたらイケないともいう。誰かにいったら、もうできないといわれてそれは絶対に嫌だと思った。

（…………おれ。ヤダ……。むぅ）

◇◇◇◇◇

「コトネー。…………二人がコワイ……おれケンカやだ……」

アノニマスは何故かずっといい合う、ノアとハルトが怖くて嫌だった。優しい琴音にぴったりとくっつくと、やっぱり優しく頭を撫でてくれる。

（コトネは優しい……おれ、安心）

「アノさん……よしよし、隣のお部屋に何があったんですか？」

琴音からの問いかけに少しだけ考える。壁に穴が空いていたから、ノアとハルトと三人で見に行った。部屋の中は臭くてアノニマスは鼻を押さえた。隣の二人もすごく嫌そうな顔をしていた。壁には変なシミがたくさんあって、床には黄色くなった精液がたくさん溜まっていた。

ノアとハルトがそういっていたから、間違いない。アノニマスとは違う、すごく臭い白いしっこ。

（これ？　エヴァの？　おれとは少しチガウ。ケド……白いしっこだ。……セー液）

セー液を出すと気持ちが良い。だからエヴァも、しっこしたのかな？　とアノニマスは思った。

「…………白いしっこ？」

琴音の疑問に、アノニマスも少しだけ疑問形で答える。そしたら怒られた。褒めてもらえると思ったのに、酷い。

その後はアノニマスを放置して三人は何か真剣に話をしている。アノニマスには内容すらよく分からない。でも仲間はずれは寂しい。だから疑問に思ったことを口にして、アノニマスも会話に交ざろうと思った。

「白いしっこ。……クサイ。おれのはクサくないのに……へー……エヴァのはクサイのか……うえっ……クサイ……ナンデココで出したんだろ？　……トイレじゃナイのに」

「……………アノニマス、ちょっと黙っててくれる？」

（ナンデ？　怒られた……。むう）

ギンっと、ノアに睨まれてアノニマスはシュンとした。やっぱりヤダ。皆、怖くて変。

「…………コトネー。ノアが怖い……ナンデ？　おれ、ナニカした？」

そういって琴音の背中に隠れると、優しく慰めてくれる。やっぱり琴音の側は落ち着く。

（ハヤク……。シタイ。もっとキモチイイこと……。マダかなぁ……）

ノアもハルトも部屋を出て行った。すぐさま琴音にくっつく。

「コトネー、エヴァがドウかしたのか？　おれよくワカンナイ……、ナンデ皆ケンカ？　おれやだ。コワイ」

怖いし不安。それもあるけど、琴音にたくさん匂いを付けたくて、グリグリと頭を擦りつける。すると落ち着く。安心できる。琴音は優しく撫でて、アノニマスをたくさん甘やかしてくれる。それが嬉しくて、ずっと、こうしていたいと思う。琴音から抱きしめられると、柔らかな肉の感触と琴音の匂いに、また股間がムズムズしてくる。明日が待ち遠しい。

「コトネ柔らかい。ハヤク、キモチイイことシタイな……。ハヤク明日にならないカナ……。またベンキョウも教えてくれるんでしょ？　おれ楽しみ……」

「はい、たくさんお勉強と気持ちいいことしましょうね。……よしよし、桜島君が戻ってきたら離れて下さいね？　……皆さんには絶対に内緒ですからね？」

（ナンデ？　ナンデ内緒なんダロ？　……おれ、バレても良いのに……。コレ駄目なこと？　……仲ヨシ……イケないこと？）

その後、アノニマスは琴音のことで頭が一杯なのに、琴音はぼうっとして何か他のことを考えていた。アノニマスを撫でる手も止まっていて、何だかすごく嫌な気分になる。琴音に抱きしめてもらってるのに、くっついているのに。胸が、ムカムカする。

（ナンデ？　……お腹ヘッタのか？　おれ、ヘンだ）

「コトネー。撫で撫で。やめナイで……」

そう告げると、また琴音は撫でてくれる。でも何かよく分からないモヤモヤは晴れなかった。

（ん……あ。やっぱり……おれ。マタ廊下だ）

ハッと意識を取り戻すと、アノニマスは廊下に立っていた。昨日、琴音とハルトとご飯を食べたところから記憶は途切れている。

（おれ。……ヘンなことしてナイ？　ヘイキ？）

少し不安になったが、やっと待ちわびた朝がきたのだ。頭を振って、切り替える。琴音に会える。気持ちいいことができる。そう思うと胸は高鳴った。

（昨日とチガウ。……ギュウなのに……キモチイイ）

胸がぎゅっとなる。でもそれは甘く痺れるような感覚だった。

「コトネ……。おはよう。おれ、早くシタイ！」

部屋のドアをノックするとすぐに琴音は開けてくれて、笑顔でアノニマスを迎えてくれた。でもハルトがいなくて、少し首を傾げた。護衛をしないと駄目だと昨日いってたはずだ。難しい話は分からないけど、それは覚えている。なのに、ハルトはいない。だけどそんなことはすぐにどうでも良くなる。だって、琴音と二人きりだ。気持ちいいことができるから。

「はあ！　今更何をいい出すわけ？　エヴァのことが好き？　嘘でしょそれ！」

また怒鳴るノアにアノニマスは怯える。一晩経ったのに、ノアは怖い。

（ナニ？　ナンデ？　今日はコトネとケンカ？　むう……ナンデ怒鳴る？　ノア？）

琴音に怒鳴るノアに対して少しだけムッとする。だけど怖くてぷるぷると琴音の背中で震えていた。

（コトネ？　……エヴァが好き……。ふーん。……）

それから、琴音がエヴァを好きだと口にする度にムカムカが湧いてくる。

（……？　ナンデ？　エヴァと仲ヨシ。別に悪くない。……好き……？　コトネ……でも、昨日は好きじゃナイっていってたのに）

その後ノアが立ち去り少しホッとした。でも残ったハルトと琴音の会話を聞きながら、モヤモヤしていた。

全然状況が理解できない間に、話は進んでいく。それが悲しい。琴音が大変なのは、なんとなく分かるけど。アノニマスは何もできない。

「いいえ。……要らないです。ただエヴァさんの足止めだけ、お願いしますね。夕方には起きるそうですから様子見もお願いします。……明日、ちゃんとエヴァさんのところに行きますから」

「…………うん。わかった。約束は守る……。じゃーね。琴音チャン……バイバイ」

（コトネはエヴァを好き？　仲直り？　……でもノアはケンカしてる？　……おれ、わかんない）

ハルトが部屋を出て行って、また二人きり。

「コトネ？　ノアとハルト……ナニ？　ナニがあったの？　おれ……ワカラナイ。またケンカ？」

「ふふ。違いますから大丈夫ですよ。喧嘩が終わったんです。もう何にも問題はないんです、だから気にしなくて良いですよ？」

（ケンカ……、終わった？　なら……仲直り。コトネとエヴァ。…………良かったのに。おれ……、ヘンだ。……コトネはおれも好き？）

喧嘩が終わったことは嬉しい。それに琴音が撫でてくれて、それも嬉しい。今からまた、きっと気持ちいいことができる。そう思うと喉がゴロゴロと鳴る。だけどやっぱりムカムカする。

「…………コトネ。エヴァが好き？　……さっきそういってた……。ナンデ？　おれも？　……おれのことは……？」

「アノさんのことも好きですよ。…………ここにいる皆さんのことが大好きです」

（…………おれを好き？　……おれも好きだ……。お

れも、……コトネはエヴァだけじゃない？　ミンナ好き？　……おれとオナジ……。うん）
「……そっか。おれも好き。おれも……ミンナのコトも好き、コトネのことも好き」
（…………デモ。少しヤダ。……おれだけがイイのに。……コトネとおれ。オナジでウレシイのに、ヘンなの……ナンデ？）
アノニマスには、わからなかった。

その後、琴音は子供の作り方を教えてくれるといった。アノニマスの知識にある子供。それは小さな人間だけど、それが作れるとは知らなかった。

（コドモ……。おれも昔はコドモだった？　……誰かが作った？　ドウやって？　知りタイ……）

「コトネェ……♡　コドモの作り方……？　おれ……知りたい♡　……ん、乳首も……シテ、コトネ…………」

「アノさん♡　たくさん気持ちいいことしましょうね？　私にも、して下さいね？」

自分もたくさん気持ち良いことをしてもらいたい。だけど、琴音にもたくさんしてあげたい。


（………そしたら、コトネ。おれのこと、エヴァより好きになる？　おれだけ？　……そうなればイイな）

そんなことを思いながら、ぎゅっと抱きしめてくれる琴音をアノニマスもきつく抱きしめた。

「すっごくエッチになってきましたね？　うふふ♡　嬉しいです♡」

（エッチ？　……これ、このヘンな気持ちが、エッチ？　…………へー）

エッチな気持ちはすごく幸せ。アノニマスはそう思う。琴音も幸せそうだ。アノニマスはエッチが大好きになった。優しい眼差しで、こっちを見る琴音のキラキラした瞳を見るとアノニマスは胸がぎゅうってなった。

（……これもエッチな気持ち？　……なんかチガウ？）

◇◇◇◇◇

アノニマスの精液を琴音のお腹の中に出すと、二人の子供ができると琴音は教えてくれた。精液は種で、琴音のお腹の中で育つのだと。少し難しかったがアノニマスは必死で理解しようと頑張った。そしてなんとか理解して、琴音との子供が絶対に欲しいと思った。

子供ができたら、きっと、もっと、寂しくなくなる。

（…………それに、コトネとおれのコドモができたら、おれをエヴァより好きになる？）

そんなことを考えながら、たくさん溢れてくる琴音の美味しい愛液を味わっていると、琴音の可愛い声がしなくなった。

（コトネ？　……キモチクナイのか？）

「コトネ？　キモチクナイ？　ナンデ？　……おれ、ヘタ？」

（ナンデ……。コトネ、ナニ考えてる？）

顔を上げると、何処か遠くを見るような琴音の目。アノニマスはすごく嫌な気分になる。一体誰のことを考えてるんだろうと、胸がムカムカとする。エヴァのことだったらすごく嫌だ。

「すごく気持ちいいですよ。そろそろ、赤ちゃん作りましょうか？　ここにたくさん精液をびゅーびゅーして下さい♡」


だけど琴音のその言葉に、モヤモヤは全部吹き飛ぶ。

「……。おれのコドモできた？　……マダ？」

琴音の中に種を出して、琴音のお腹を撫でて、そう尋ねると琴音はクスクス笑う。

「ふふ……、そんなに直ぐには赤ちゃんはできませんよ。もっと何度も精液出さないと駄目です。まだまだできますよね？　たくさんアソコに精液くれますか？」

（そうか……。たくさん出さないとダメなのか……。でも、おれたくさん、出せる！　まだたくさんキモチイイことできる！　……ウレシイ。おれ、シアワセ……）

過去の記憶はないが、アノニマスは生まれて初めて心が幸福感で満たされていた。琴音の中に出す度に、琴音と一つになる感覚。琴音と同じになる感覚。琴音と一緒。もう、寂しくない。幸せで幸せで堪らなかった。琴音は優しくて、可愛くて、アノニマスの知らないことをたくさん教えてくれる。子供まで産んでくれる。本当に幸せで頭がふわふわしていた。

だけど琴音の言葉にアノニマスはサアッと体から血

の気が引いた。ふわふわしていた気分も吹き飛んだ。

「おれに……似る？　……ウソ……」

夢見心地で会話していたのだが、琴音が子供はアノニマスに似るという。

（ウソ……。そんなのダメだ。だっておれはミニクイ……。ひっ……おれ。バレたら……。キラワれる？　コトネにキラワれる）

自分の考えにアノニマスはゾッとした。

（おれ、やだ。でも……。コドモが生まれたら……。おれに似てたら……。もうコドモができてたら……？　……バレるっ……）

生まれたアノニマスに似た子供を抱いて、後悔して泣く琴音の姿を想像してしまい、体が恐怖で震える。

琴音に嫌われるなら子供なんて要らない。琴音が、なにかいっているけど、アノニマスの耳には入らない。

（コトネ……やだ。コトネ……コトネ。デモおれ、やっぱりコドモ欲しい。……欲しい）

嫌われるくらいなら、子供なんて要らないと一瞬思ったが、だけど、欲しい。琴音との子供が欲しい。何故だか分からないけど、欲しくて欲しくて堪らなかった。琴音のことも欲しい。


（っ……。コトネなら、優しいから、おれをキラワナイかもしれない。……だって、コドモの作り方も教えてくれて……。コトネもおれとのコドモが欲しいから……セー液をお腹に出させてくれた）

アノニマスはぎゅうっとローブを握りしめた。

「…………コトネは……、おれを……好き？　……おれのコドモ……産む？　……おれ、……おれ」

いってから泣きそうになる。

（コトネ……おれ。こわい……）

「…………好きですよ。赤ちゃんができたら絶対に産みます！」

ニッコリと微笑む琴音の顔を見て、アノニマスは覚悟を決めた。このまま隠して、それで優しい琴音を傷つけるくらいなら、今ちゃんと自分で言おう。自分から琴音に顔を見せよう。それで嫌われたら、……ここを去って、また一人で洋館の何処かで過ごせば良い。

（でも……おれ、またサミシイのはイヤだ）

たくさん、今まで知らなかった感情や幸福感を知ってしまった。今のアノニマスでは、前と同じように一人で過ごすのは、きっとすごく辛い。

（ナンデ……。おれはミンナとチガウんだろ？　エ

ヴァ、ズルい。ノアもハルトも、ゲンキもカエデも……ズルい……ナンデおれ。……ここにきちゃったんダロ）

また、胸がぎゅうっと締め付けられる。だけど、これはよく知っている。

（……これはカナシイだ）

◇◇◇◇◇

死ぬ程の覚悟をして見せた顔。醜い赤い瞳に白い髪。そして琴音達とは決定的に違う、頭頂部に付いた獣耳。それを見た琴音の反応は、蕩ける瞳と赤く染まった頬。それから甘い声だった。

（え…………。おれがカワイイ？）

琴音がアノニマスを見る目には、一切の嫌悪感はない。むしろ、すごく嬉しそうだ。

（コトネは……おれをキラワナイ？　……おれを……好き？　カワイイって……スゴク好きってことだ！）

アノニマスも琴音を可愛いと思う。すごく好きだと思う。琴音とアノニマスは同じ気持ちだ。

（ウレシイ！　ウレシイ！　ウレシイ！　ウレシイ。おれの姿見たのに……コトネはホントにおれを好きナンダ！）

「おれ……ウレシイ♡　コトネェ♡」

アノニマスの全てを受け入れてくれた、優しい琴音。可愛くて可愛くてアノニマスは胸が一杯だった。ちゅっちゅっと琴音の柔らかな頬に唇をくっつけると、気持ちが良い。股間がムズムズして硬くなる。喉もゴロゴロ音が止まらない。琴音は優しい笑みを浮かべてアノニマスの好きにさせてくれている。完全に受け入れてくれている。

（コトネはおれの！　おれのだ。……挿れたい挿れたい。セー液、たくさんぴゅっぴゅっシタイ！）

グリグリと下半身を押し付けると痺れるような快感が背中を走った。

その後、何故か琴音は隣の部屋をすごく気にするので、アノニマスと二人で様子を見に行く。昨日よりも更に臭く感じてアノニマスは鼻を押さえた。

（おえ……クサイ。すごくヤダ……。エヴァの……おれムカムカする）

壁に視線をやると、やっぱりたくさん精液がある。それから今は塞がっているけど、琴音の部屋に通じる穴。

琴音はエヴァがここで自慰をしていたと教えてくれた。

(自分で触るとキモチイイ。……おれは知らなかったケド。エヴァは前から知ってタのか……。ふーん。オナニー？　ココで？　……アナ。コトネの部屋をミテ？　シテたのか？)

そう考えるとムカムカが激しくなった。エヴァは琴音に精液を出したいのか？　そう思うと、変な気分になる。悲しいとはまた違う。アノニマスの知らない気分。

「………へー。オナニー……。ここでエヴァが一人で？　フーン……。コトネ、クサイ、もう戻ろう？　おれ、鼻がイタイ」

何故だか泣きそうになってきて、早く部屋に戻りたかった。この部屋はエヴァの精液臭い。琴音にその匂いが付くのは耐えられない。嫌だ。他の男の精液を琴音が受け入れるのなんて、絶対嫌だ。

たくさん出したら子供ができると琴音はいった。もしエヴァと琴音が子作りをして、エヴァがたくさん出して、二人の間に子供ができたらと考えると、鼻の奥がツーンとしてくる。臭いからだけじゃない。涙が出そうだ。

(うぅ……ナンデ？　コトネ、ナンデ……。エヴァのニオイ、ヤダっ！)

何故か琴音は部屋から出ない。ベッドを気にして床にかがみ込もうとしている。それがすごく嫌だった。

早くこの部屋から出たかった。

「コトネ！　ハヤク……おれ、もうヤダ！」

叫ぶようにいうと、琴音はビクリと肩を揺らしてアノニマスを見た。

「すみません、戻りましょうか？」

(コトネ、おれを見た……。部屋に戻れる。ヨカッタ……。この部屋はクサイクサイクサイクサイ！　ヤダ。ヤダ、ヤダ)

部屋に戻り琴音を押し倒す。

(ハヤク！　おれのニオイ付けないと！　……おれのコドモ作らないと！　エヴァに取られたくない！)

まだ鼻や体に不愉快なエヴァの臭いがこびり付いている気がして、アノニマスは琴音の体にたくさん自分の匂いを上書きしたかった。何故だか分からないが、そうしないといけないと思った。焦るアノニマスに対しても、琴音は優しい。キスを教えてくれて、アノニマスの胸はぎゅうっとなった。心臓がぎゅーって痛くなるのにゾワゾワして気持ちが良い。

もう、幸せで、幸せで、さっきの嫌なムカムカも少しマシになる。

また、たくさん琴音の中に精液を出して、幸せな気持ちで眠りについた。きっとこれから琴音とはずっと一緒にいられると思っていた。なのに琴音は明日は一緒にいられない、子作りもエッチなこともできないという。そんなの、納得できない。

「コトネ？　ナンデ？　明日は駄目？　ナンデ？」

琴音は、五日経てばその後は、ずっとアノニマスといてくれるという。アノニマスのことを大好きだといってくれる。嫌われたわけじゃなくてホッとして、琴音との約束を交わしてアノニマスは頷いた。


琴音と会えなくなって三日が経った。アノニマスは琴音の部屋のベッドに顔を埋めて、シコシコと性器を扱いていた。

（……コトネの匂い……。……はぁ……コレ、オナニー……。んっ、でるっ……）

もう慣れたもので精液がどぴゅどぴゅと飛び出てシーツを汚した。

（はぁはぁ……………。サミシイ……コトネェ。おれサミシイ……。コトネ何処行った？　エヴァのところ？　デモ……ノアはダメっていってなかった？　……チガウのカナ？）

精液を出すと急激に寂しさと悲しさが、アノニマスを襲う。オナニーは気持ち良いけど、やっぱり琴音の中に出したい。琴音にたくさん匂いを付けたい。約束したのに昨日、アノニマスは琴音に会いたくて、こっそりと部屋にきてしまった。だけど琴音は部屋にいなかった。琴音は事情があるといったけど、何処に行くとか何をするとか、教えてくれなかった。もしかしたら、ハルトやノアと話をしていたのかもしれないけど、アノニマスはよく聞いていなかったので分からない。怒鳴るノアが怖くて耳を押さえていたりもしたからだ。

断片的な言葉や会話は覚えているが、全容はさっぱりだ。怯えてないで、ちゃんと話を聞いておけば良かったと後悔した。

（コトネ、エヴァと仲直りシタ。……エヴァの部屋にいるのか？）

そう考えるとムカムカモヤモヤして、今すぐに部屋に乗り込みたくなる。だけど約束したから、もし乗り込んで琴音がアノニマスを嫌いになったらと思うと、それはできない。

（…………エヴァ、オナニーシテた。コトネの部屋を……ミテ……。部屋じゃナイ？　コトネをミテ？　セー液をたくさん？　……おれ、やっぱりキニナル。少しだけ……）

現在は穴が隠された壁を眺めて、アノニマスはそう思う。

（コトネ、エヴァと、シナイ？　ダッテ……コトネはおれを好きだし……。エヴァより好きダロ？　ずっと一緒って……約束シタ。コドモも作るし……）

頭の中で、そういい聞かせてエヴァの部屋に向かう。

◇◇◇◇◇

耳を押し付けた扉の中からは、二人の幸せそうな声が聞こえた。琴音の甘い声、微かに聞こえる水音。

（コトネ………、ナンデ？　ナンデ、エヴァと……、エヴァとおれ。オナジ好き？　………そんなのヤダ！　おれ……、オナジ……イヤだぁ……）

体がブルブルと震えて涙がボロボロと溢れる。だけどそれを拭うこともできずにアノニマスはただ震えていた。ズルズルと腰が抜けたように、床に座り込む。

（コトネとおれの好きはチガウ？　………コトネ、ナンデ？　おれ、おれ……カナシイ。ヤダ……エヴァと、オナジヤダ！　おれダケ……。おれダケがイイ。エヴァとチガウ好きがイイのに……ナンデ……）

「あ、アノニマス……？　な、何やってんの？　そんなところでさー……、盗み聞きは良くないって……」

ハルトに後ろから声を掛けられて、アノニマスはようやくノロノロと顔を動かした。見上げたハルトの顔は真っ青だった。

「どういうこと？　ハルト？　ちゃんとボクにも分かるように説明してくれる？」

「あ……あの……ノアさん……っ……」

ノアに睨まれて真っ青な顔のハルトをアノニマスは、ぼうっと眺めていた。

（マタ……二人、ケンカ？）

琴音がエヴァと子作りをしていて、アノニマスはすごくショックだった。胸がぎゅーっと締め付けられて喉もきゅっとなって、息ができなくなった。ハァハァと呼吸を乱して倒れたアノニマスを、ハルトはなんとか抱き起こして支えて、談話室まで連れてきてくれた。

談話室にはノアがいて、アノニマスに駆け寄ってくると、すぐに何か魔法を掛けられた。そうすると息は苦しくなくなった。だけど頭が、ぼーっとして何も考えられない。アノニマスは、さっきのは全部夢だったのかな？　そうなら良いな、なんて考えながら、そっと瞳を閉じた。何か膜に覆われているような感じで、ノアとハルトのいい合いはよく聞こえない。だけどノアが、すごく怒っているのは分かった。

（ノアは怒りんぼダ。コワイ……おれ、少し疲れた……）

次にアノニマスがハッと意識を取り戻した時、目の前ではハルトが片頬を腫らして泣きながら謝っていた。

「アノニマスッ！　マジでごめん！　全部俺のせいだ！　…………マジで……ごめん……」

震える声で、涙もボロボロ流れている。

「ハルト……？　アレ、おれ……？　部屋で……？　あ、ハルト！　ホッペ腫れてる！　怪我《けが》シタのか？　ダイジョウブ？　泣くほどイタイ？　ヘイキ？」

アノニマスがそう声を掛けると更にハルトは泣き出した。崩れ落ちるように地面でおいおい泣いている。その姿に少し引いた。

（え？　ナニ……？　ハルト？　ナニ……？　アレ？　ココ、ナンデ、談話室？　おれさっきまで……コトネの、部屋……。ぐ……頭イタイ……）

「アノニマス。……まだ、少し記憶が混乱してる？……ハルトは放っときなよ。……それよりボク、アノニマスに聞きたいことがあるんだけど。……正直に答えてくれる？　……嘘はつかないでね？」

真顔のノアにじっと見られて、アノニマスはきゅっと心臓が締まった。ノアはやっぱり怖い。

（ナニ聞かれるんダロ？　……コワイ）

「アノニマスは、あの子、琴音を好き？」

（え？　……コトネを好き？　……決まってテル。好き、おれすごく好き！）

だからそう答えようとしたのに、何故か喉がきゅっとして涙がポロポロ流れた。

「ウン。大好……き……え？　アレ……ナニ……ぅ……おれヘン……」

ぎゅうっと胸を押さえると、ノアが息を呑むのが聞こえた。

「…………そう。それでよく分かった。ごめんね。アノニマス」

ノアは眉を寄せるとそういう。それから眉間を押さえた。何か困っているみたいだ。

「ノア……？　ノア……。おれナンデ涙……、止まらナイ……ヘンだ……。うぅ。おれ……コトネに会いタイ。コトネ何処？　サミシイ……コトネェ……」

ゴシゴシと涙を拭っても、全然止まらない。苦しくて胸が痛い。それから寂しい。琴音に会いたくて会いたくて堪らなくなってノアに琴音の居場所を尋ねると、ノアは蹲《うずくま》って泣くハルトをギロリと睨んだ。

（ひっ！　マタ、コワイッ！）

ノアの怖い顔を見て、アノニマスの涙は止まった。

「………本当はハルトに説明させたいんだけど、無理っぽいから……。ボクが話すよ。アノニマス……。琴音は……」

ノアが、教えてくれたのはハルトが琴音に頼んでエヴァのところに行ってもらったということだった。だから今、琴音はエヴァの部屋にいるらしい。その話を聞いて、すごく頭が痛くなったけど、それはノアの掛けた魔法の副作用らしい。アノニマスは廊下で倒れていたそうだ。だからノアが、体調を良くする魔法を掛けてくれたらしい。

（おれが廊下で倒れた？　…………デモおれ、記憶なくなるし……。夜だけダッタケド……今日は夕方に？……いつも記憶ナイのは倒れてたから？　ダッテおれ、いつも朝、廊下にいるし……）

アノニマスが覚えているのは琴音の部屋でオナニーをして、それから琴音が何処に行ったのかと考えていたところまで。

「うぁぁッ……ゴメ……ッ、マジでゴメンッ！　琴音チャンがエヴァを好きっていうのは嘘だからっ！　俺がいわせたんだよ！　……アノニマス、本当にゴメン。俺……俺のせいで琴音チャンはエヴァと……んぐぁ！」

ハルトが泣きながら顔を上げたが、途中でノアに頭を踏まれて、また地面に頭を擦りつけていた。

「余計なこと……いわないでくれる？　……記憶魔法掛けたんだから。解けたらどうするの？　………本当に余計なこと、これ以上しないで……。踏み潰すよ？」

ノアは小声でハルトにそういって、ハルトは、くぐもった声で返事していた。

（ナンダロ？　よく分からナイ。……やっぱり二人、ケンカ中？　……ノア、コワイ……。　暴力もスル？　ハルトのホッペもノアのせい？）

そう考えているとノアが、アノニマスをじっと見た。思わずビクリと肩が跳ねた。

「……アノニマス。随分落ち着いてるね？　あの子が気にならないの？　エヴァの部屋に……いるんだよ？」

ノアの言葉にアノニマスは少し考える。確かに、琴音がエヴァのところにいるのは、すごく嫌だ。何故かムカムカするし、胸がぎゅーってなる。でも、琴音は五日後からはアノニマスとずっといてくれるって約束した。琴音がエヴァを好きだから部屋に行ったんじゃなくて、ハルトに頼まれたからでエヴァを好きなのは嘘だと聞いて、すごくホッとした。

（コトネ……。エヴァを好きじゃナイ。……ふふ……、そうだ！　ダッテ、コトネはおれのことが好きダカラ！）

「おれ、ヘイキ。ダッテ、コトネは明後日には、おれとずっと一緒。約束した。ダカラ、ヘイキ。五日ダケでしょ？　あと二日ダ！　ダカラヘイキ。戻ってきたらずっと一緒ダカラ！」

アノニマスが弾《はず》んだ声でそういうと、ノアの足の下でハルトが潰れた蛙《かえる》みたいな声を出した。

「ウソ！　ウソ！　ウソだ！　コトネは五日後には、会えるっていった！　おれとずっと一緒っていった！　ハルトもノアもウソつきだ！　おれ、そんなことというなら二人のことキライだ！」

ノアとハルトは、琴音はずっとエヴァのところからは出てこれないという。だけどそんなのは嘘だ。だって琴音は絶対約束を守るっていった。絶対にずっと一緒にいるっていった。

「アノニマス。落ち着いて……。何で、あの子がそんな約束したのかは知らないけど。今のままじゃ絶対に無理だよ。……エヴァがあの子を手放すはずがない。…………部屋に行く前なら、スキを見てなんとかなったのに……。今のエヴァに魔法を掛けるのは絶対無理。……近づけば、警戒される。…………いつ部屋を出てくるかも分からないし」

そういってノアはハルトを睨む。そして隣に立ってるハルトの足をナチュラルに踏んでいる。

「う…………。すみません……」

ハルトは項垂れている。その顔は目元は泣き腫らして赤いのに、他は真っ青だった。そのハルトの様子を見てアノニマスの顔もローブの下で真っ青になる。

（ウソ……じゃナイ？　なら、ハヤク助けないと！　ダッテ、コトネはエヴァを好きじゃないのに……。ソウダ、監禁……ダメだってノアもいってた……。なのにナンデ、ハルトは頼んだ？　ナンデ？　コトネをエヴァのところに行かせた？）

「ハルト……、ナンデ？　ナンデ、コトネに頼んだ？　ナンデ、ハルト？」

アノニマスがそういうとハルトはぎゅっと手を握りしめた。

「ごめん。…………俺、死にたくなかったから。琴音チャン一人が犠牲になってくれたら、全部丸く収まると思った……。ごめん……。俺、マジで最低だよな？…………っ……殴ってくれよ。アノニマス……、頼むから……」

そういって泣きながら笑うハルト。その顔を見て、ハルトの頬の傷はやっぱりノアがやったんだとアノニマスは思った。そして、頭で考えるよりも先に体が動いていた。アノニマスがそれに気づいたのはハルトが吹っ飛んでいってからだった。

「ハルト……、殴ってもらえて良かったね？　君はスッキリしたでしょ？　…………本当に自分勝手な奴だよね。君ってさ」

そう、ノアが冷たい声でいった。

「ナンデ？　すぐに行かナイ？　ナンデ？」

アノニマスがノアにそういうと、ノアは顔を顰めた。

アノニマスはビクリと肩が跳ねる。ノアは怖い。

「…………アノニマス。そんなに怯えなくても、別にアノニマスに怒ってないから。……エヴァとハルトには腹が立ってるけどね。…………ボクも本当は早く助けてあげたいけど。でも、今は無理。エヴァを眠らせたのと……アノニマスとハルトに魔法を掛けたのとで魔力が回復してないし。……それに、無計画で突っ込むなんて駄目だよ」

（…………デモ、おれ……やだ）

五日後に会えると思ってたから我慢できた。でも、そうじゃないなら嫌だ。ムカムカする。エヴァと琴音が一緒にいるなんて嫌だ。アノニマスの不満な雰囲気がノアに伝わったのか、ノアは大きく溜め息を吐いた。

それにハルトがビクリと体を震わせて反応した。先程ノアとアノニマスに負わされた怪我はノアの回復魔法で綺麗に治っている。だが目は腫れて瞳も光を失っているので、酷い顔だ。

「…………すみません。……俺……」

震える声のハルト。アノニマスは胸がぎゅっとなる。カッとしてハルトを殴ってしまった。怪我は治ったけど、その罪悪感は晴れない。

「アノニマス、……気にしなくても良いよ。ハルトの自業自得……、殴られたくらいで許されることじゃないし、ね？　自分でもわかってるよね。ハルト？」

ノアが尋ねるとハルトはコクリと頷いた。

「…………デモ、おれ。殴ったのはやりすぎた。おれ、ナンデ、あんなに怒ったのかワカラナイ。……殴るつもりなんてナカッタのに」

確かにハルトのせいで琴音がエヴァのところに行ったのには、少し腹が立つ。でも、あんなに殴る程のことじゃないし、ノアがどうして、こんなにゴミを見る目でハルトを見るのかアノニマスには分からない。

「…………アノニマスは、分からなくて良いよ。……ハルトは分かってるから」

ノアの言葉にアノニマスは首を傾げた。そんなアノニマスを見て、ハルトが唇を噛んだのが見えた。

（ハルト……？）

ハッと気づくと朝だった。結界内から離れた廊下にアノニマスは立っていた。いつものことだ。

「朝だ……」

昨晩は、ハルトとノアが何か作戦を立てていて、アノニマスはエヴァの部屋には近づかないようにといわれた。アノニマスが、部屋に近づくとエヴァが警戒して、作戦を実行するのに困ることになるかもしれないといわれたら、頷くしかなかった。それにノアが約束通り二日後に琴音を救出するから、それまでの辛抱だよ、といったのでアノニマスは素直に頷いた。

（…………おれは、ハルトが琴音を連れてキタら、結界の外に逃げる）

詳しいことは分からないが、ハルトとノアで琴音を救出したら、アノニマスは琴音を連れて結界の外に逃げて、しばらくは外で琴音と二人で過ごすというのがノアの作戦だ。

『そう、なんだ。……アノニマス、……今は詳しく聞かないけど。そのうち、ちゃんと話を聞かせてよ。…………もしかしたら、ここを出る為の何かヒントになるかもしれないし』

　アノニマスが影の化け物に襲われないとノアに告げたらそういわれた。琴音が襲われないことは黙っておいた。何故だか、それはいわない方が良い気がしたからだ。

『アノニマスなら。琴音チャンを守れるよな？　……俺がいうのもおかしいけど……、絶対守ってあげて……。俺……全部解決したら、ちゃんと琴音チャンに謝りたいし』

　アノニマスはぎゅっと手のひらを握った。

（コトネはおれが……ゼッタイに守る……）

　エヴァの部屋に近づかないようにして、談話室に向かう。すると真っ青な顔のハルトがアノニマスに気づく。

「あ、アノニマス。おはよ。……」

「ハルト……おはよ？　ドウシタ？　……おれ。もう怒ってナイケド？」

　ふるふると震えるハルトにそういうとハルトは首を横に振る。

「いや、……それで震えてるんじゃないから……。平気だし、アノニマスのせいじゃないから。……気にしないで」

（ハルト？　……ナニがコワイ？　エヴァがコワイ？）

　何かに怯えるような様子のハルト。アノニマスが怪訝な顔で眺めているとノアもやってきた。それからハルトを一瞥《いちべつ》して、また溜め息を吐いた。ハルトはノアを見て泣きそうな顔をする。だけど昨日みたいな喧嘩中という感じではない。

（ナンダロ？　ヘンなの……）

　様子のおかしい二人。だけど、どうしたのかと聞くことはできなかった。

　その後、結界から出て、食料や服を探す。それから部屋も。この洋館内には部屋は腐るほどあるが折角なら広くて綺麗な部屋が良い。結界外の部屋は影の化け物に殺された人間の血や、体の一部で酷く汚れた部屋も多数ある。そんなところで琴音を過ごさせるわけにはいかない。数日立ち入らなかった部屋は何故か綺麗になるが、今は時間もない。だからアノニマスは綺麗な部屋を探して、そこに拾った物を集めて生活環境を整えた。

（……おれだって、たくさんタベモノも服も用意デキル……。コトネ、喜んでクレルかな？）

笑顔でお礼をいってくれる琴音の顔を思い浮かべると胸が温かくなる。

『………あの子とずっと一緒にいるって約束したんでしょ？　なら二日後に、絶対に助け出すよ』

ノアはアノニマスにそういってくれた。それも思い出してアノニマスはニコニコと微笑んだ。

（明日ダ……。コトネ……おれ、ハヤク顔みたい）


遠くの方から爆発音が聞こえてきて、アノニマスは耳をピンっと立てた。こっちに走ってくる足音が聞こえる。一人だけ、何か重たい物を抱えている足音。

（ハルトッ！　コトネ！）

すぐに曲がり角から琴音を抱えたハルトが現れた。

荷物でも渡すようにハルトはアノニマスに琴音を受け渡した。落とさないようにしっかりとアノニマスは琴音を受け取って抱きしめる。

（コトネ……。元気そう……。おれ……ウレシイ。おれ、もう離れない）

驚いた声を出して目を白黒とさせている琴音は、やっぱり可愛い。それにアノニマスの腕の中で安心したのか、小さく笑った。

（コトネ……。コワカッタ？　ごめんコトネ……）

「………コトネ。……ハルトから聞いた。……おれ達のタメに……コトネェ……ゴメン。………もうダイジョウブ。逃げよう？　おれが守る……。コトネ、約束……ダカラ。これからはずっと一緒……」

（大好き……、もうゼッタイ、離さない。おれ……コトネが大事……）

ぎゅうっと琴音を抱える腕に力を入れると胸がキューッと、また甘く締め付けられる。

「あ……、アノさん……。っ……いえ。謝らないで下さい……」

琴音は優しく微笑んでくれる。アノニマスは幸せで、このまま時が止まれば良いのにと思った、

「アノさん……。そう……ですね、ずっと一緒ですよ？　ふふ………アノさん」

（ずっと……一緒………コトネ）

そう思って、フッと気を緩めた。すると何故か琴音は髪飾りを外して、それから今まで見た中で一番可愛い笑顔をアノニマスに向けた。

（…………………オイシそう）

緑子の悲鳴にハッと意識を取り戻した。何故か腹が満たされた感覚と口元に甘いモノが付いていた。ペロリと舐めると鉄臭い匂いが口の中一杯に広がる。それから琴音の匂い。……血の臭い。

（アレ……？　……コトネ……？　え？）

「いけません！　緑子さんっ！　見ては駄目です！」

「いやぁアアァ！」

「嘘やろっ！　嘘やぁぁぁ！」

「アノニマス！　なんでッスか？　なんで……コトちゃんを……この化け物っ！」

アノニマスを見て叫ぶ緑子。緑子を抱きしめる和泉。泣き喚《わめ》く美奈。アノニマスに声を荒らげる元気。

そしてアノニマスの足元の血溜《ちだ》まりには、人間の下半身が倒れていた。濃厚な血の臭いに紛れてはいるが、琴音の匂いがする。

（え？　………あ、ァアアアアア！）

そうして、ようやくアノニマスは全てを思い出した。自分が何者なのか、そして、琴音を食ったことを。

（アアアあああ）

背後から走り寄ってくる更に数人の足音が聞こえて、アノニマスは反射的に駆け出した。自我を保つので精一杯で、今は何も考えられなかった。

（おれが、おれが、おれが食った！　クッタクッタクッタ！　おれがバケモノダッタ！　あああぁ！）

走って走って、琴音と過ごす為に用意した部屋に逃げ込んで、アノニマスは震えた。

（ウソダウソダウソダウソダ！）

ぶるぶると震える身体、気を抜くと何かに意識を乗っ取られそうで、アノニマスは壁に何度も何度も何度も頭をぶつけた。血が滴《したた》り落ちる。だけどすぐに傷が消えた。

（おれ……おれ。ホントにバケモノナンダ……。おれ……コトネを……）

先程の光景と口の中にこびり付いた臭いで吐き気がこみ上げてくる。だけどアノニマスは口を押さえて必死に耐えた。琴音を吐き出したくなかった。吐いてしまえば、本当にお別れになってしまう。そう思った。

（コトネ……ずっと一緒……。おれ……、ずっと……、コトネ……ごめんゴメンゴメンゴメンゴメンゴメンゴメンゴメン、おれ……おれが近づいたカラ……。おれが……好きになったから……。だから……コトネは死んだ……）

激しい後悔、どうして近づいてしまったのか。自分は皆とは違う。だから近づくべきじゃなかった。仲良くなるべきじゃなかった。好きになんてならなければ良かった。邪神を抑えながらアノニマスは後悔した。

「やっと、見つけたよ？　アノニマス」

そう声を掛けられて、ノロノロと顔を上げるとエヴァが無表情でアノニマスを見下ろしていた。緑子達も遅れて駆け付けてきた。

「ハヤク……殺して……おれを、ハヤク……じゃないと……もう、抑えられナイ……」

（おれ、このまま……自分のままで、コトネと……一緒に……死にたい……死にたいシニタイシニタイシニタイシニタイシニタイシニタイ……ハヤクハヤクハヤクハヤク！　アアアアア！）

エヴァの後ろにいる緑子が息を呑むのが見えて、和泉が緑子を抱きしめていた。

（……………アアア……アア……ぐっ……ぁ……おれも……コトネ）

琴音を抱きしめたい。だから、せめてお腹の中の琴音を。ぎゅうっと自分のお腹を抱きしめるようにして蹲る。上からエヴァの声が降ってくる。

「…………お望み通り殺してやる。……百万回、首を刎《は》ねても、……私は君を……許せない。…………醜い化け物め」

最後に聞こえたエヴァの声は憎悪に塗《まみ》れていた。

（………………おれ、……ミンナと仲良くなんて、シナケレバヨカッタ……。おれはミニクイ……バケモノダ）

【アノニマス】　後悔度★☆☆☆☆

◆◆◆◆◆◆

太陽は一人廊下を歩いていた。エヴァがアノニマスの首を刎ねてから、影の化け物は全て消滅した。

緑子達の得た情報が真実なら、後は洋館の玄関に向かえば、皆、元の世界に帰れる。だが桜島やノアは茫《ぼう》然自失《ぜんじしつ》で、すぐには動けそうもない、なので今は和泉と緑子と美奈で様子を見ていた。二人が回復しだい、全員で玄関ホールへと向かう予定だ。

その前に太陽は琴音の遺体をせめてベッドに寝かせてあげようと思った。だけど、その場には、すでに先客がいた。エヴァだ。シーツを被せた琴音の遺体のところでしゃがみ込んでいる。てっきりエヴァも琴音の遺体を片付けにきたのだろうと思った。

「エヴァ？　何してるッスか？　エヴァも少し休んだ方が良いッスよ？　……コトちゃんの遺体なら、オレが片付けるっスよ？」

太陽は廊下にしゃがみ込むエヴァに後ろから声を掛ける。エヴァは立ち上がるとゆっくりと振り向いた。

その口元は血に濡れていた。

【閑話　桜島晴人の後悔①】

「なになに？　どしたのー☆？　なんで俺呼ばれたの？　アノニマスー？」

ノアに談話室にきてといわれ、向かった先には珍しい組み合わせの男女。アノニマスと観音坂琴音がいた。

正直桜島は琴音のことは良く思っていない。あまり、こちらからは琴音に話しかけたくなくてアノニマスに声を掛けると、アノニマスも分からないと答えた。

(は？　なんでわかんねえの？　……ならなんでここにいんだよ？)

「なんかすみません…………」

琴音がこちらを見てそういう。

(なに？　…………この子絡みで何かあったの？　……めんど……)

正直、面倒事に巻き込まれたくない。そう思ったけど、今の桜島はアイドルのハルトだ。だから笑顔を作って答えた。

「別に暇だったし良いけどー☆」

その後はノアが戻ってくるのを待つしかないといわ

れた。だから、ソファーに座って待つ。

（ノアさん……。なんで俺を呼んだんだろ？　……なんかあったなら俺よりエヴァとか呼んだ方が良いのにさー）


三週間程前、自身が属するアイドルグループ『オアシス』のメンバー全員での、写真集の撮影で訪れた古い廃墟《はいきょ》。自分の撮影は終わったので休憩室として用意された比較的綺麗な空き部屋で、桜島は疲れて眠ってしまった。そして起きたら世界が一変していた。眠った時とは違う部屋。見知らぬ洋館の中。移動した記憶なんてない。てっきり最初はドッキリ番組だと思った。

移動させられて起きないとかある？　睡眠薬でも飲まされた？　マジかよ。そこまでやる？　なんの番組だろ？　そんな風に思って、大袈裟にリアクションを取りつつ見知らぬ洋館の中を進んだ。途中途中、結構グロい死体の人形とかと出くわして、結構マジに叫んだりして。

『うぇ……グロっ。美術さん本気出しすぎっしょ？……これ、何時終わんの？　早く帰りたいんだけど……。ギャラいくらだろ？　結構デカイ番組じゃん？』

なんて暢気《のんき》に考えていた。一時間程彷徨《さまよ》って少しだけ、もしかしてドッキリじゃねーの？　と思いもしたが、影みたいな化け物に襲われて、そこに魔法使いの美少女（後で男だと分かってがっかりした）が現れて、桜島を救った。

（あー、やっぱりドッキリじゃん。……すっげぇ美少女顔なのに、男？　モデルにしちゃ背が低いし、ハーフの新人俳優か？　俺が知らないってことはこれから売り出す感じ？　……コスプレまでしちゃって、頑張るなー。普通に顔良いんだし、そんなに体張らなくても売れそーじゃん。将来、絶対黒歴史になるって……。でも、そんだけ本気ってこと？　俺も負けてられないな…………）

その後、騎士まで現れて、桜島は内心で失笑した。

（……外人？　日本語ペラペラだしこっちもハーフとか？　……ありえない設定すぎない？　……でも、結構金とか掛かってるっぽいし……。あれか？　リアリティ番組ショーみたいな？　……………あ、そういや社長が映画とかドラマとかにも、進出したいっていってたっけ？　……なるほどなぁ。それ絡み？

「良いって、気にしないで☆　じゃーね」

手に缶詰を持ち、去って行く琴音に笑顔で手を振って見送り、自室に戻った桜島は悪態をつく。

「ありがとうじゃねーんだよ、……何もしてねえ癖に食べ物ホイホイもらいにきやがって……。マジ、ムカつく……」

ドッキリだと思っていた時は、琴音が怖くて探索に行きたくないと泣くのを何とも思わなかった。緑子が、琴音は留守番でも良いかと聞いてきた時だって笑顔で頷いた。優しくて明るいハルトならそうするはずだし、視聴者に対して好感度を少しでも上げる為、自身のイメージアップの為。そんなことを考えていた。


だけど、ドッキリなんかじゃなかった。ここでは、気を抜くといつ死ぬか分からない。食べ物も服も部屋も、生活する為の物は揃《そろ》っているが、それは命を懸けて探しに行かないと手には入らないのだ。

（くそっ！　最初からドッキリじゃないって分かってたら、反対したのに……。今更探索行けとかいえねーし……。それに俺以外の皆は、何も思ってないっぽいし……。俺だけ食料あげたくないとかいえねーよ。今更…………）

…………ふーん）
不自然に若い男女の集団。皆、容姿はそこそこ良い。その中でも群を抜いて可愛い、蝶野緑子と名乗った子は『ハルト』を知らない設定だった。今時の女子高生が、ハルトを知らないなんてありえない。間違いなく仕掛け人だ。
（女子が好きそーな設定だよな。なんだ？　ドッキリじゃなくて恋愛バラエティ番組とか？　なんか趣旨がハッキリしないな。……ま、とりあえず設定に乗っかって俺は『ハルト』として、上手くやろう。……デカイ仕事に繋がるかもしれないしな）
現実感のなさ、無理のある設定。自身の職業。つい先日社長と話した内容との一致。その全てが合わさった結果、桜島はしばらく勘違いに気づくことができなかった。だから、アイドルのハルトとしての顔で皆と接した。これがドッキリじゃないと理解した頃には、素の桜島晴人を出すことなんてできなくなっていた。

◇◇◇◇◇

「あの、ありがとうございます。桜島君」

桜島は項垂れた。そして、ここにきて四日目に怪我をした時のことを思い出す。あの日はエヴァと探索しているフリをしていた。

（流石に長すぎねえ？　……隠しカメラとか、何処まで撮ってんだこれ？　……かなりギャラもらわないと割に合わねえよ……）

そんな風に思いながら、エヴァと並んで探索しているフリをする。ドッキリだと思っていたから、危機感なんてないし、カメラを探してたから余計にだ。だから横から自身に襲いかかった化け物にすぐに反応できなかった。

「……え？　ぅアアアぁぁ！　なんだよこれっ！　やりすぎだろ！」

深く右腕が切り裂かれて、痛みに桜島は叫んで蹲る。

「ハルトッ！　そのまま動かないで、じっとしていてくれ！　私が倒すっ！　ハアッ！」

化け物はエヴァがすぐに倒してくれて、傷だってノアが魔法で治してくれた。逆再生のように、切り裂かれた肉が再生するのを唖然と眺めて、やっとこれがドッキリじゃないと気づいた。

（は？　…………嘘だろ……。こんなの……、これ、現実かよ……。ドッキリじゃ……ない？）

「ハルト？　大丈夫かい？」

心配そうなエヴァの声に、ノロノロと顔を上げて桜島は引き攣った笑顔を作る。

「へ、平気。ほら、もう完全に治ったし☆　……ノアさんもありがと☆　エヴァも助けてくれて……サンキュー」

声が少し震えたが、桜島は真っ青な顔で明るい声を出した。本当は叫んで、暴れ出したかった。だけど皆にとっての自分は、常に明るいアイドルの『ハルト』なのだと思うと、それはできなかった。それに、桜島自身もハルトとして振る舞わないと、もうこの状況で冷静でいられる自信がなかった。

「緑子チャンはさー、怖くない？　平気？」

「え？　…………もちろん怖いよ？　でも自分でこうやって食料や服とか探すのって……宝探しみたいで楽しいよ、悪いことだけじゃないよ。ね？　美奈ちゃん」

「そやねー。でも、うちはそこまで楽しくは考えられへんけど。流石は緑っち」

「えー？」

楽しそうに笑う緑子の震える手を見て、桜島はバレないように眉を寄せた。

（……楽しい？　……手、震えてんじゃん。はぁ……、緑子チャンと美奈チャンは頑張ってんのにさ……。あの子は……）

今もお気楽に、部屋に引き籠もっている琴音のことを考えるとムカムカした。

（…………なんで、探索行かねーの？　狡くね？　あの子だけ……）

ここ数日のことを思い出しながら、桜島はソファーで俯く琴音を眺めた。

（……何もしないお荷物なのに、何しでかしたわけ？　……ノアさん……遅いな）

時計を見ると談話室にきてから、三十分が経っている。会話も特にないこの空間では、余計に時間が長く感じて苦痛だ。

（ねむ…………）

「ふあー、……ノアさん遅いね？」

ゴロンとソファーに寝転び、無言に耐えかねて、琴音に話しかけると琴音も時計を見上げた。

「……本当ですね。……もう三十分も経ってるのに……どうしたんでしょうか？」

そういって、また沈黙。何故か琴音がアノニマスを見ると、アノニマスは肩をビクリと揺らしていた。

（そういや……さっきは意外な組み合わせって思ったけど。結構二人でいた……よな？）

よくよく思い出してみれば、何度か琴音がアノニマスを追い回しているのを、廊下で見かけたことがある。仲良しという感じでは、なかった。

（…………でも、アノニマスは嫌そうだし。……それ絡みの話？　でもならなんでノアさんここにいないんだ？　……この二人を二人っきりにしたくないから、俺が呼ばれたとか？　……なら、やっぱりエヴァを呼んだ方がいいんじゃね？　俺より強いしさ）

そんな風に考えていたが、戻ってきたノアが口に出したのは思いもよらない言葉だった。

「アノニマス、ハルト。今日からしばらく彼女と過ごして、できるだけ側を離れないで。…………ボクはエヴァを監視するから。…………エヴァが、おかしくなった。一応……貴女の話も聞くけど、……多分エヴァが、おかしい……。エヴァと話しただけで理解できた」

（は？　監視？　エヴァを？）

「エヴァがおかしい？　監視？　なにそれ？　新手のギャグ？　……ノアさんでも冗談とかいうんだー☆　あははは」

流石に意味が分からなくて、そう茶化す。だけどノアは真剣な顔だ。

「………冗談とかじゃない。そうなら……良かったけど。違うから」

額を押さえるノアの顔色は悪い。

（え？　…………エヴァに何かあったってこと？）

「…………エヴァさんからは部屋においでと誘われて。でも、あまり仲も良くないので……、お断りしたんですけど。エヴァさんは腕を離してくれなくて……。その、何度も何度も誘われて困っていたところにノアさん達がきたんです。後はご存知《ぞんじ》の通りですけど……」

「……ふーん。もう一度聞くけど、本当にエヴァと付き合ったりとか、親しくしていたとかそういうことはないいんだよね？　……確かにボクも貴女達が仲良くしているところなんて一度も見たことないけど……」

（は？　…………エヴァが、この子を部屋に誘った？　しつこく？　……はぁ？　そんだけ？）

目の前で話す琴音とノア。その話に耳を傾けながら、桜島は内心で盛大に呆れた。ノアが深刻な顔をするからどんな内容かと思えば、男女の色恋話。

（くっだらねぇー。……そんなことに巻き込むなよなぁ……。心配して損した……はあ）

エヴァに何かあったのかと焦ったが、蓋を開けてみれば何でもない。

「あの？　ノアさんはエヴァさんと、どんなお話を？　……どうして監視するって話になったんでしょうか？　それに私の監視も、でしょうか？」

（…………だよな？　なんで監視？　しかも、俺とアノニマスでこの子の側に付いてるって……なんで、そんな必要があるわけ？　面倒い……。それにエヴァが変って……なんだよ？　まあ、エヴァみたいなイケメンが、この子を気に入ったっていうのは少し変……かもしれないけどさぁ）

「……エヴァが貴女をまた部屋に連れて行こうとするかもしれないから。……だからそうしないように監視する。貴女に対しては護衛のようなもの」

（は？　ちゃんとした説明もなく、何勝手に決めてんだよ？　…………つーか、……え？　何？　変な理由って、それだけ？　はあ？　護衛とか、意味わかんねぇ……）

現場を見たわけじゃないし話も全部を聞いたわけじゃないが、今聞いた話だけじゃ、ノアがなんでそんなに深刻な顔で話してるのか桜島には分からない。エヴァが琴音を気に入っていて、仲良くなりたいから部屋に誘った。だが、何故か琴音はそれを断って、その後もエヴァが引き下がらなかった。要約するとそんな話だ。

（……部屋に行くくらい、良いだろ？　何勿体ぶってんの？）

しゅんと俯く琴音にイライラする。思っていた内容とは少し違ったが、やっぱり琴音絡みだった。

（…………くっだらねぇー。勝手にやってろよ。……もっと考えなきゃならないことは他にあるだろ？……脱出の方法とかさ……。なのに……痴話喧嘩とか……。ノアさんもなんで？　意外と他人の色恋に口突っ込みたいタイプ？　顔だけじゃなくて、そういうところも女っぽい感じ？）

たまに女アイドルとかが、この手の話を大袈裟にしてキャーキャー騒いでるのを見たことがある。

（…………大袈裟なんだよなぁ）

内心では、正直こんなしょうもないことに巻き込まれるのはゴメンだったが、『ハルト』はきっとこう答える。だから、ほんの少しだけ本音を混ぜてエヴァのことも、悪くいわないようにしつつも説得しようと口を開いた。

（あまり仲良くない？　話したこともそんなにない？……その、仲良くない相手から食料や物はホイホイもらってんだろ？　……マジで勝手な子だな。この子。部屋くらい行ってやれば良いだろ？　物もらって良い顔してたんじゃねーの？）

物だけもらって仲良くしたくないなんて、都合が良すぎる。何もしてない癖に好意を向けてもらえたのなら、多少は応えてあげても良くねえ？　エヴァって良い奴だしイケメンだし。そんな風にすら思う。しかしその後聞かされた、ノアの話に内心で焦る。

（手錠、ロープ、女物の服？　食い物……。それって……え？　部屋に誘うってそういうこと？）

部屋に遊びに誘われて、それを琴音が断ったくらいの認識が、一気に物騒な話になる。

（監禁？　いや、……いやいや。エヴァが、そんなこと……するわけ……）

そう思うのだが、そういえばこの間一緒に、探索に行った時、エヴァの様子が少しだけ、おかしかったなと思い当たる。

『エヴァ？　……まだ探索すんのー？　結構食料とか手に入ったし☆　そろそろ帰らない？』

『……………うん。そうだね。でも、もう少し必要なんだ。……少し待っていてくれ』

エヴァはそういって探索を続けていた。その時は真面目だなー、でも多くて困ることはないか、なんて考えてそこまで気にならなかった。だがノアの言葉に、エヴァのその時の行動の意味が分かった気がした。

（え……？　マジで？　その為に……）

サアッと顔から血の気が引くが、桜島はそれを誤魔化すかのように、おちゃらけた声を出した。

◇◇◇◇◇◇

アノニマスが引き受けたせいで、桜島も護衛を断ることができないまま話は進んだ。ノアがいうにはエヴァがおかしくなったのはストレスのせいらしい。

（ストレス？　……まあ、そうだよなぁ。こんな状況だし、気持ちは分かるし俺だって……）

桜島だって、もし最初からこれがドッキリじゃないと気づいていたら、素の桜島晴人で周囲に当たり散らしていたかもしれない。勘違いから『ハルト』の仮面を被っていたから、ドッキリじゃないと分かった後も自分を抑えられた。今だって冷静でいられる。いや、こんな状況で演技を続けているのは、ある意味ではすでに狂っているのかもしれない。ヘラヘラとこんな状況で笑っているなんて異常だ。

（……大なり小なり、皆おかしい……。緑子チャンもて……、教師なのに………）

和泉先生と……良い感じだったし……。和泉先生だっ
教師で大人の和泉と十八歳とはいえ学生の緑子は、ここ最近誰が見ても良い感じの雰囲気になっていた。

普通に考えたら問題だ。だが二人は気にした様子もなく、人前でイチャついていた。こんな最低な場所で、

現実逃避に走るのは何もおかしくはない。エヴァもその口だろう。

（……それが、監禁っつーのはヤバいけど……。でも、監視とかしてエヴァがキレたらどうすんの？　監禁とか、ちょっと大袈裟に捉えすぎなんじゃね？　……ロープとか手錠は、確かにヤバいけど……。それを琴音チャンに使うって確証はないわけだし、……仲が拗《こじ》れるくらいなら、部屋に行くくらい……仕方なくね？）

桜島は何よりもエヴァの機嫌を損ねることが怖い、食料やアイテムの探索だって、エヴァがいるから比較的、安心して行ける。なのにエヴァとの関係に亀裂が入ったら、それも難しくなる。死ぬ可能性が上がるのだ。琴音がエヴァと仲良くしてくれれば、全部が丸く収まる。そう思って、エヴァへ助け舟を出しつつ、ちらりと視線を琴音に向けると、琴音は即否定した。

「……好きじゃないです。お部屋に閉じ込められるのも嫌です」

（だよなーー）

一応しゅんとしてみせて謝ったが、桜島の内心は荒れていた。

（……………、マジで空気読めよ……。なんの役にも立たねえくせに贅沢《ぜいたく》いってんじゃねーよ。どうせ、いつも部屋に閉じこもってんじゃねーか？　何が違うってんだよ？）

ノアのいうことにホイホイ乗っかって琴音の護衛をして、万が一エヴァに敵だと思われればここでの安全な暮らしが詰む。桜島はできるだけ自分とエヴァとの関係性を悪くはしたくない。折角今までだって仲良くやってきたんだ。エヴァを良いやつだと本心から思っている。憧れだってある。それから多少の計算も。

エヴァと仲良くなれば守ってもらえる。探索も常に一緒に行けば安全だ。だから、頻繁にエヴァに話しかけて、探索に誘って自分の安全な立ち位置を作り上げてきた。それを、お荷物《琴音》のせいで台なしにされてたまるか。そう思う。

（………俺はこれからも、エヴァとは仲良くやっていきたいんだよ。……くそっ……面倒なことに巻き込みやがって……、そうだよ……。琴音チャンだけが嫌われれば良くね？　……どーせ、今後も部屋から出てこないんなら問題ないだろ？）

「………ごめん、も一個良い？　あのさ。……監視とかよりも一度俺達も一緒にいるところでさ、ちゃんと断るとか……どう？　琴音チャンと両想いだって勘違いしてるんならさ。そうじゃないって告げれば良いじゃん」

閃《ひらめ》いたのはそれだった。琴音がエヴァに好きじゃないと断れば良い。あっさりエヴァが身を引けばそれはそれで良いし、もしエヴァが失恋してショックを受けたら、桜島が慰めてやれば良い。ないとは思うが、エヴァが逆上したって、怒りの矛先は琴音に向くはずだ。桜島とエヴァとの関係は悪くはならない。

（…………結構……良い案じゃね？）

だがその考えも、ノアに即却下された。

（くっそ……、あー、マジで最悪だな！　…………ちっ……護衛とかしたくねえよ。何か理由…………）

「そか…………。うん、なら監視と護衛の件は分かったけどさ。……実際どうするの？　ほら俺達も、いちおー男だし。……琴音チャンは男にずっと側にいられるとかさ、エヴァのことも怖がってたし……嫌じゃないの？」

「嫌じゃないです！　むしろピッタリと側でお願いしますっ！」

（は？　なんだよ、こいつ？　マジで空気読めよ。しかも、なんで嬉しそうなわけ？）

桜島の言葉に被せるように大きな声を出した琴音に、桜島は肩をビクリと揺らした。琴音は目をキラキラとさせている。その表情と声のトーンは先程とは全然違う。見知ったその表情に不快感を覚える。ファンや女アイドルから向けられる視線。媚びた声色。

（…………………こいつ。……エヴァは無理とかいって、俺とアノニマスを狙ってんの？）

「…………やっぱりお前、今みたいな調子で誤解させるようなことをエヴァにしたんじゃないの？　…………そうなら自業自得なんだけど？」

ノアのその言葉に桜島は内心で同意した。

一旦話がまとまり桜島は部屋を出る。しばらく歩いたところで、舌打ちをした。

「ちっ…………マジで……なんなのあの子？」

ノアが、なんとかエヴァの説得をしてみるといった。だから護衛を渋々引き受けたが、当の琴音本人は楽しそうにしている。実際に顔に出していたわけじゃないが、子供の頃から芸能界の荒波で揉まれて生きてきた桜島には、なんとなく分かる。その人が今、何を考えて、どんな感情なのか。よっぽど隠すのが上手い相手じゃない限りは百発百中といっても良い。琴音は、その中でも分かりやすい方だ。だから桜島はイライラした。

　しばらくは昼夜時間を決めてアノニマスと交代での護衛になった。その間に食事もしなければならない。正直、駄目元でいってみた言葉だった。

『……こんな状況でもさ、食べ物は必要だし探しに行かないと駄目だからさー、琴音チャンも一緒にきてくれる？　ほら、側から離れられないし……一人で行くのは駄目だし。……どう？』

『食事……。そうですよね、わかりました。三人で行くってことですか？』

　何でもない顔で、琴音はアッサリそういった。その時、琴音の瞳が楽しげに光った。

（…………探索も行けるんじゃん？　……はあ？　怖くて行けないっていうのは何だったんだよ？　……………マジでないわ。あの子。くそムカつく……。妙な目で見てきやがって……。キモいんだよ……。男好きなら、素直にエヴァのところ行けよ。ちっ……靡《なび》かないのを落とすのが好きとか？　…………だるっ……）

　琴音は、この状況を間違いなく楽しんでいる。

（…………マジでクソ女かよ。……アイツみたいで、マジで気持ちわりぃ）

「はぁ……でも、引き受けちゃったし……。仕方ないか……」

　溜め息を吐いて、自室に戻る。少しでも仮眠をしておかないと、もし夜に眠くなったら困る。寝てしまったら護衛の意味がなくなる……、それにアイツに似た、琴音《あの子》の前で無防備な姿を晒したくない。

（…………緑子チャンや美奈チャンがいなくなって、本性出してきたってわけか？　……ちっ……、大人しそうに見えて……。やっぱり、ああいうタイプが一番ヤバいんだよなぁ……）

　夕方に琴音の部屋に向かい、不自然な程にベッタリとくっつく二人を見て、思わず素で眉を顰めてしまった。

（アノニマスを手《て》懐《なず》けたってわけか？　……こんな短時間で？　……アノニマス嫌がってたのに？　…………しかも何その表情。分かりやす……）

何故か気まずそうな琴音。桜島に対して何か隠してるのはバレバレだ。

（もうアノニマスとナニかやった？　……いや、流石にそんな時間はなかったか。なら、これから？）

桜島が怪訝な視線で見ていたのが、琴音にも分かったのか、少し居心地の悪い空気になる。

（っ……はあ。これから朝まで一緒だし。この空気はとりあえず、なんとかしないとな……、タダでさえだるいのに。空気悪いとか最悪だし……）

なんとか、場の空気を変えようとハルトモードに切り替える。キョロキョロ周囲を見回して、壁の絵が目に入った。

（あ、アレで、いっか。……ちょっとムカつくし怖がらせてやろ……）

メンバーとツアーやロケに行く時は、よくホテルの額縁の裏を見て御札を探して盛り上がる。ついでに少し琴音に対してストレス発散のつもりだった。なのに、それが最悪の展開になるなんて思いもよらなかった。

エヴァの更なる奇行が判明して、桜島とノアは口論になった。ノアはエヴァを眠らせる気らしい。もちろんそんなの桜島は反対だ。ノアは口では皆の意見を聞くというが、そんなのは綺麗ごとだ。このままじゃ、桜島の意見なんて通らない。

（エヴァがいなくなったらどうなる？　探索は？　……緑子チャン達が帰ってきたとして……。なんの情報もないかもしれないじゃん？　はあ？）

ノアのいい分も分かる、だけど今エヴァという戦力を失って、無事にここから生きて出られる気がしない。しかも、エヴァと戦闘になって、万が一があれば結界もなくなるかもしれないとノアはいう。

（は？　…………なんで……、どうしろってんだよ。っ…………なんでお荷物のせいで……俺が悩まなきゃいけねえんだよ……くそっ！）

ノアが去って行くまでも、桜島は色々と考えた。どうすれば上手くいくのかと。なんとか朝まで時間稼ぎはできた。だけど、ここからどうすれば良いのか良い考えは浮かばない。アノニマスも部屋を去り、今は琴音と二人きり。会話はない。流れる空気は重い。

（っ…………、くそ……、琴音チャンがエヴァのところに行ってくれれば……）

そう思うのだが、行ったら琴音がエヴァに何をされるのかわからない程、自身はピュアではない。

（いや、でも、そんなすぐにヤられるわけじゃなくね？　……実際覗いてシコってただけで、無理やり襲ったりとかしてねえし……。好きな女の、……部屋を覗いてシコるくらいは別に。実害はないし……）

　エヴァは騎士だ。ここで過ごした三週間の間だって、誰に対しても紳士的で大人な振る舞いをしていた。エヴァが本気で琴音を部屋に連れ込む気があればいつでもできたはずだ。だけど、しなかった。今日のことも話を聞いた限りじゃ、しつこく誘っていただけ。

（ちょっとヤバいはヤバいけど。全く話が通じないわけでもないし……、それにエヴァは、すげえイケメンなんだし……）

　桜島も職業柄、色んな変態に付きまとわれたり、盗撮盗聴されたことだってある。枕営業に近いことを強要されたり、無理やり体を触られたことだってある。だけど、芸能界で生きて行くには仕方がないことだ。生きて行くには……仕方がないのだ。

（…………琴音チャン、精液《アレ》にもあまりショック受けてなかったよな？　……人が折角心配してやったのに……。もしかして、処女じゃねーの？　…………経験済み？　……ビッチ？　……男好きだもんな？　そうだよ……。こいつ……くそ女だし。…………いや、でもそれは、俺が勝手に思ってるだけで……）

　チラチラと視線を向けると琴音はキョトンとした顔だ。

「桜島君……？」

　声を掛けられてビクリと肩が跳ねる。

（確かめてみるか？　……コレで本性を現してくれれば、俺だってこんなに悩まなくて……良いんだし。……もし琴音チャンがアイツと同じクソ女なら……、この話に乗ってくるよな？）

「……琴音チャン。俺さ、君にお願いがあるんだよね」

「…………お願い、ですか？」

「……………めちゃくちゃ最低なお願いだと思う。でもさ、聞いて欲しい。……もし、そのお願いを聞いてくれたら俺……、琴音チャンのお願いも何でも聞くし何でもするよ」

（乗ってこい……っ……）

◇◇◇◇◇◇

「くそっ………あー。もうマジで最悪……」

琴音の部屋から、自室に戻ってきて頭を抱えて座り込んだ。完全にやってしまった。琴音に桜島の隠していた素の顔が全部バレた。

（俺……最低。八つ当たりして……あんな顔させて……、マジで……なんなんだよ……）

桜島を見つめる真っ青な琴音の顔が頭から離れない。あそこまでいうつもりはなかった。

（で……でも、琴音チャンが早く返事しないから、俺だっていいたくなかったけど。いっちゃったんだし……なのにっ……なんで何もいい返さねぇんだよ？しかも、お願いも、なんだよあれ……。もっと我儘とか金とかいってくれれば俺だって……こんなに罪悪感抱かないで済んだのに……。なんなの？マジで……。……………くそ）

その後も自問自答を繰り返し、何度も琴音を責めては自己嫌悪の繰り返し。

（…………んだよ。結局……余計に苦しいじゃん。くそ……）

考えれば考えるほどにドツボにはまる。


（なんで、乗ってこないんだよ……）

桜島の思惑とは違い、琴音は話に乗ってはこなかった。何でもしてあげる、そういったら飛びついてくると思っていたのに、琴音は桜島のお願い内容を聞いて眉を寄せていた。正直、琴音の反応には焦った。もし、琴音に断られたら詰む。全部終わる。きっと琴音が嫌だといえばノアは、話し合いをしたってエヴァを眠らせるに決まっている。そんなのは駄目だ。

（は？　断るつもりか？　……っ……）

思わず畳み掛けるように話し続けて、同情に訴えるようなこともたくさんいった。それでも琴音は眉を寄せて何かを考え込んでいた。なんと断ろうとでも思っているのか？　そう思ったら益々《ますます》焦って、つい本音がポロリと出た。

『戦えないんだったらさ、せめて体を使って、皆の役に立ちなよ？　別に減るもんじゃないじゃん？』

その後は開き直って、本音を全部ぶつけた。正直、一度堰《せき》を切った思いは止められなかった。もう、桜島も限界だったのだ。

その後の琴音の反応も桜島の思ったのとは違い、大人しい普通の女の子そのものだった。桜島の言葉にショックを受けて顔を青くしたり、目を白黒させたりしていた。その顔を見て、これでは自分が悪者だ、それは困ると更に強い言葉を投げつけた。だけど、そのどれにも琴音は感情的にいい返したりしなかった。しおらしく、頭を下げて微かに震えていた。

（は？　良い子ぶってんなよ？　本当はクソなんだろ？　……なぁ？　そうなんだろ？　そうじゃないと…………くそっ……）

その後も、琴音は桜島の期待した反応はしてくれなかった。

ベッドに横になって、桜島は歯を噛み締めた。琴音の反応を思い出すと、酷い罪悪感でイライラする。何度も自己嫌悪に陥っては、その後で琴音を責める無限ループに陥っていた。

（くっそ……。だるいって……マジでさ。……俺だけが悪いのかよ？　違うだろうが……。エヴァがいなくなったら、全員死ぬかもしれないだろ？　なら、死ぬよりはマシじゃん……。そう思ったから琴音チャンだって、引き受けたんだろ？）

そう。何も桜島が無理やり了承させたわけじゃない、思惑とは違ったが琴音は桜島のお願いを引き受けてくれた。その条件だって提示してきた。だけど、そのことでも桜島はイライラとした。

（……時間が欲しいから、エヴァを足止めして欲しい？　はあ？　……なんだよ。そのお願いってさ……、ちっ……）

金も男も、何一つ要求しない琴音に桜島は腹が立つ。これでは、桜島だけが、悪者で性格が悪いみたいだ。

（良い子ぶってるだけで……、本当は嫌な女なんだろ？　今日だって……こんな状況を、楽しんで嬉しそうにしてたじゃねーか……、……時間が欲しいって……何するつもりなんだ？）

ふと思う。一体時間を稼いで何をするつもりなのか？　心の準備？　いや、違う。そんな女じゃない。琴音はアイツと同じクソ女に決まってる。

（…………確かめてみるか？　……明日朝に、こっそり絵を戻しとけば、……。でも、覗くのは、やりすぎ？　……、ちっ……）

ごろんと寝返りを打つ。また、自己嫌悪のターンだ。琴音は文句もいわずに、引き受けてくれた。なら、いってみれば自分で望んでエヴァのところに行くということだ。行ってそこで何をされるかは琴音だって分かっているはずだ。それを承知で選んだのは琴音だ。条件も提示したのは琴音だ。だから、自分がこんなに悩むことじゃない。だから、もう放っておけば良い、そう思う自分と、琴音に対して負い目を感じる自分に挟まれて、ムカムカする。

（…………死ぬよりはマシだろ？　エヴァはイケメンだし……、もし、エヴァにヤラれたって、……それで命が買えるなら安いもんだろ？　……そうだよ。何かを得る為には対価が必要で……あの子はそれをしないで、安全な場所で引き籠もってて……。だから……、仕方ない。……そうだよ。母さんも……社長も……アイツも、そういってた。…………俺だって我慢して、それで……ここまできたんだ、あの子だけが辛いんじゃない……）

枕に顔を埋めて昔のことを思い出す。

（……そうだよ。俺に比べれば、琴音チャンは全然マシだろ？　………自分で選べただけ、マシだ）

何度も何度も自己弁護を繰り返し自身の考えを、正当化する。本当は桜島だって分かっている。こんなのは理不尽なことだと。だけどそれでも、自分は我慢してきた。だから、琴音も我慢するべきだという思いが拭えなかった。

（…………あの子だけ……狡いだろ）

◇◇◇◇◇

物心ついた時には、父親はいなかった。だけど母の彼氏という男は、何人も家に出入りしていた。名前を覚えるのも大変だった、彼氏はコロコロと変わる。一度名前を呼び間違えてぶん殴られてからは、統一して、誰であってもおじさんと呼ぶことにした。それでもたまに理不尽に殴られたが。

桜島の母はモテた。容姿が良かったからだ。だから、その母に似た桜島も十歳になった頃には、周りから容姿を褒められることが多くなっていた。そんな時に、今の事務所の社長と出会った。最初は母の彼氏として紹介されたが、何度か会ううちに、何時の間にか桜島は社長の事務所に入る流れになっていた。

正直、最初は芸能界とか興味はなかった。むしろ嫌だと思っていた。学校も休まされて、レッスンやら何やらで友達とも遊べない。それでも、母親が社長といる時は今までの彼氏といる時より幸せそうに見えたし桜島も殴られることはないし、この頃から彼氏は社長から変わらなかった。だから、桜島は頑張った。頑張れば、この状態を維持できると思ったからだ。

　そのうちに、楽しくなってきた。ダンスや歌のレッスン、演技の勉強。たまに入る小さな仕事。現場ではチヤホヤされて意外にも楽しかった。社長と母親は桜島を褒めてくれた。それも嬉しかった。

（芸能界って楽しーな☆　俺、向いてるかも☆）

　そんな風に純粋に思っていた。だが、それも一二歳になるまでの二年間だけだった。

　ある日、母と社長から紹介されたのは優しげな女の人だった。社長曰《いわ》く、桜島のファンでこれから『応援』してくれるから、『仲良く』しなさいとのことだった。この時の桜島にはその意味がよく分からなかった。『仲良く』という言葉に深い意味があるなんて、思いもしなかった。それに大人しそうで、優しげな地味な女性だったし、最初は本当に優しい良い人だった。服や玩具《おもちゃ》を買ってくれたり、手作りのお菓子やお弁当を持ってきてくれた。この頃から仕事も増えた。何か裏で手を回してくれているのだと、幼い桜島でも分かった。『応援』してくれてる、優しいお姉さん、そう思っていた。

　半年程は何事もなく過ぎた。その頃には、お姉さんを信頼していたし、母にはない母性を感じたりもして懐いていた。母は美しかったが家庭的な人ではなかったからだ。この頃から、よくお姉さんの家に預けられて泊まることが多くなった。母と社長も、たまには二人で過ごしたいとか、そんな理由だった。だけどお姉さんは手料理を食べさせてくれるし、家も大きくて綺麗な豪邸で、桜島もお泊まりを楽しみにしていた。そんな時にアレは起きた。

　夜中に違和感に目を覚ますと、お姉さんが桜島の下半身に顔を寄せていた。その時は意味が分からなかった。もちろん、今ならその行為の意味が分かる。

　突然のことに怯える桜島に、お姉さんはいつもの優しい笑みを向けた。その後は、色々と体を触られてお姉さんの体も触らされた。だけど一切、桜島の体は反応しなかったし、恐怖から体を震わせて泣いていた。それでもお姉さんは、笑っていた。

『ハルト君……。我慢してね？　じゃないともう『応援』してあげられなくなるよ？　……お母さんや社長さんが悲しむよ？　良いの？　……それに人にいっても誰も信じてくれないんじゃないかなぁ？』

　優しい笑顔でそういわれて、桜島は嗚咽《おえつ》を零した。裏切られたのが悲しかった。涙がボロボロ溢れた。だけどやっぱりお姉さんは笑っていた。桜島が抵抗しないと分かると、色々なことをしてきた。

　この日を境に、何度も同じことが繰り返された。

　何度も繰り返せば、これがどういう行為か、なんとなくは分かる。口止めもされていたから、人にもいえなかった。それに、この女は本当に外面《そとづら》は良かった。

　桜島もしばらくは信じられなかった。何度も夢じゃないのかと思った程だ。

　しばらくは、そんな日々が続いた。そして、また泊まりに行く日、ついに限界がきて、母親と社長にお姉さんからされたことを打ち明けて泊まりに行きたくないといった。いってしまった。だけど二人は眉を顰めて、桜島を叱った。

『晴人？　……前にも、仲良くしなさいっていったでしょ？　……お仕事も増えたのは、あの人のお陰なの。分かる？　……晴人が我慢してくれたら、ママも社長も助かるの……。ね？　………我慢しなさい。芸能界では、皆やってることよ？　……我儘いわないの』

『ハルトが少し我慢すれば皆が幸せになれるんだぞ？　……あの人は良い人だろう？　……これも仕事のうちだ。……我慢して、頑張ってこい。我儘いうんじゃない。…………ハルト？　芸能界を辞めるか？　事務所……辞めたくないだろ？　ママが困るし、俺だって……もう一緒にいられなくなるぞ？』

　母と社長から、我慢しろ、皆やっている。そういわれて逆らうことはできなかった。

（皆……やってる？　俺が我慢すれば……、皆が幸せになれる？　……仕事の為）

　結局桜島が十四歳になるまで、お姉さん《アイツ》との関係は続いた。

　一つだけ救いがあるとしたら、最後まではしなかったということくらいだ。しなかったというよりはできなかった。どうやっても桜島は反応しなかった。それでもアイツはお構いなしに桜島に奉仕するようにと強要してきた。そのせいで、桜島は女が嫌いになった。特に外面の良い、裏表のある大人しそうな女は。

　だが、母や社長のいう通り仕事は増えたし、悪いことだけでもなかった。アイツ《クソ女》はショタコンだったみたいで、桜島が成長したらアッサリと関係は終わった。

その直後にアイドルグループ結成の話がきて、トントン拍子にデビューが決まって、結果『ハルト』は売れた。あの女が最後の手切れ金代わりに手を回したんだと思う。

事務所もデカくなったし、母と社長は今も仲が良い。『ハルト』を大事にしてくれている。生活も楽になった。欲しい物は何でも買えるくらいには裕福だ。

それに男も女も、芸能界での枕の話は良く聞く。自分だけじゃない、皆やっている。芸能界では当たり前。

(…………ちょっとの我慢で、これだけリターンがあるなら、お得だし……。別に皆やってるし……、全然良いじゃん☆)

『ハルト』が売れてからは、ファンからの過激な行為はあっても、関係者と枕をするなんてことは一切ない。

それに、本気でアイドル活動は楽しい。本来の自分と真逆の『ハルト』を演じて、ステージに立っている間は嫌なことも何もかも忘れられる。だから、ただ我《が》武者羅《むしゃら》にアイドル活動を頑張った。

◇◇◇◇◇◇

ハッと目を覚まして、時計を見て項垂れた。

「ちっ……まだ夜中じゃん。……くそ……昔の、夢とか……なんでこのタイミングで……」

過去の夢を見て、そして中途半端な時間に目が覚めた。朝に琴音の部屋に集まるまでには、まだまだ時間がある。

「やっぱり……似てる、……はぁ」

琴音に対して感じる腹立たしさと不信感。それは、琴音の行動もあるが、琴音があの女に似ていることも理由の一つだ。顔が似ているわけじゃないが、雰囲気が似てる。大人しそうに見えて、何かを隠しているような雰囲気。桜島やアノニマスを見る目が、あのくそ女の目と似ていた。

熱を孕んだ瞳。そう感じた。だけど今日、素がバレて本音をぶつけた後に青ざめて桜島を見た琴音の目は、あの女とは少し違う気もした。

(……くそ……俺、やっぱり八つ当たりなのかな？　あの女に、重ねてるだけ？　……でも、……、俺……。やっぱり腑に落ちねえ……。絶対あの子、何かを隠してる、……本性は嫌な女に決まってる。だから、……だから、俺は何も悪くない……。怖くないくせに怖いフリして、探索も行かないような女だし。俺とアノニマスに色目使うような男好きのビッチなんだろ？　だから、エヴァとのセックスだって……。別に……そんなに辛くないだろ？　……芸能界なら、皆やってるし……、琴音チャンだって、助かる可能性が上がるんだ。……今までの三週間、何もしてこなかったんだから、皆の為に我慢しろよ……）

　そう自分にいいわけをしながら、朝を迎えた。結局夜中に目が覚めてから一睡もできなかった。

（…………最悪）

　琴音は桜島との約束通り、ノアにエヴァを好きだという。その様子は嘘だと知っている桜島から見ても、嘘をついているようには見えない。本当にエヴァを好きな風に見える。抱いていた罪悪感が少しだけ薄らいだ。ほら、やっぱりこの女は取り繕うのが上手い。あの女と同じだ。

（…………なんだ。結構演技うめーじゃん。やっぱり……、そういうの得意なんだ？）

「ノアさん……。あー。そのさ、琴音チャン。マジでエヴァのことが好きみたいだよ？　いっとくけど俺がいわせてるわけじゃないから……。ホント誤解しないで」

　そういって、桜島も話に加わった。その後、不愉快そうに部屋を出て行くノアを見送って、桜島は内心でふうと息を吐く。

（……ノアさんを騙すことになっちゃったけど……、でも仕方なかったんだ。これが一番……良い方法だし）

「…………思ってたよりアッサリと上手くいきましたね。桜島君……、私は貴方のお願いをちゃんと聞いたんですから、桜島君も私のお願い、ちゃんと聞いて下さいね？」

　なんでもない顔で、そう話しかけてくる琴音に思わず眉が寄ってしまう。

（…………人がこんだけ色々考えてんのによ。マジで……ケロッとしやがって……、平気で嘘ついて……。やっぱりそっちが本性なんだろ？）

　自分がノアに嘘をいうように頼んだ癖にまた内心で琴音を責めてしまう。もうほとんど無意識だ。琴音が悪い女じゃないと自分が悪くなってしまう、そうなると罪悪感に押しつぶされそうになる。だから桜島は、琴音の粗《あら》を探してしまう。

「…………なら、良いです。明日の朝に私から行くので今日は部屋にこないようにいっておいて下さい。……少し時間が欲しいんです」

(ちっ……、良い子ちゃんぶるなよ？　……それも演技で俺に対しての、意趣返しのつもりかよ？　性格悪ぃ女)

やっぱり琴音は桜島のして欲しい反応はしてくれない。嫌な女だ。

(外面が良いだけ、……そうだよな？　じゃないと……困る……くそっ……)

ちらりとアノニマスに視線を向けると、大人しくソファーに座っている。桜島達の会話も、今の状況もアノニマスは分かってない。お気楽で羨ましい。その少し後ろの壁に目を向けて、桜島は唇を少し噛んだ。

(……絵、戻したけど気づかれてない。……後でこよう。……まだエヴァも起きないっていってたし……)

自室に戻ると、罪悪感と自己嫌悪に押しつぶされそうになる。

(違う違う違う違う、俺は何も悪くない……。悪いのはこの状況だろ？　……それに……)

先程見た、アノニマスと琴音の様子はやっぱりおかしかった。琴音が前からアノニマスを追いかけ回しているのは、よく見ていた。アノニマスは迷惑そうにいつも逃げていた。だけど昨日から、アノニマスの琴音に対する態度は一変した。

(なんか、やっただろ？　……ちっ、……)

アノニマスは多分桜島より年上。顔をハッキリと見たことはないが、骨格はしっかりとした大人だ。だが記憶喪失らしく、言動は子供そのもの。そんなアノニマスと琴音が、昨日桜島が仮眠の為に部屋に戻っていた、たった数時間で不自然に仲良くなっている。そのことに桜島はいいようのない嫌悪感を覚えた。

今の琴音とアノニマスは、まるで何も知らない子供だった桜島と、あの女《アイツ》との関係性に似ていた。

(緑子チャンや美奈チャンとか、他の人の目がなくなって……、それで本性出したんだろ？　アノニマスを狙ったのは……、簡単そうだったから？　時間が欲しいってのも……アノニマスと何かヤる為だろ？　……後で確かめてやる)

琴音とノアが話している時、こっそりと覗き穴を隠した絵を元に戻しておいた。

もう、半分は意地になっていた。どうしても琴音を悪者にしたかった。

（だってさ……そうじゃないと俺は……俺は…………）

少し眠ろうと思っていたのだが、結局眠れず、ベッドの上でモヤモヤとした時間を過ごしてから、昼頃にこっそりと琴音の部屋に向かう。目的は隣室だ。正直部屋の中に漂うエヴァの精液の臭いを思い出すと吐き気がするが、それは我慢だ。琴音がクソ女だという証拠さえ手に入れれば、それでこの嫌な気分や罪悪感は消えてくれる。そうすれば、今夜はスッキリとした気分で眠れるはずだ。

（……、やっぱ外からじゃ、あんま聞こえねえな……。それにノアさんに見られたら厄介だし……）

琴音の部屋の扉に耳を押し当てるが、微かに話し声はするが内容までは聞こえない。

（やっぱり、こっちに行くしかないか）

静かに隣室の扉を開いて、暗い部屋へと体を滑り込ませて、桜島は顔を顰めた。

（マジで……臭え……）

おえっとなりながらも、静かに扉を閉めて、ふうと一息。部屋はカーテンが閉められていて、昼間なのに暗い。だが電気を点けたらバレる。だから、壁の穴から漏れる微かな光を頼りに、そこへと向かう。

「コト……コ……コトネェ……き……おれも……き……す……、」

「私も……す……ふふ……い……顔も……で大……」

微かに聞こえる声。だがそれは桜島が思った声とは違う。アノニマスと琴音は一緒にいるようだが、普通に会話をしているみたいだ。

（……まだ、ヤってねぇ？　……これから？）

そう思った時、足がローテーブルに結構な強さで、ぶつかって、ガタンと大きな音が鳴った。

「いっ……！　っ…………」

（いってぇ！　あ、……ぶねぇ……）

思わず痛みと驚きで叫びそうになったが、なんとか堪える。暗闇の中、微かな光を頼りに部屋を歩くのはやはり難しい。しかも、漏れ聞こえてくる音に意識が向いていた。だから足元が疎《おろそ》かになった。

（つ〜〜〜〜〜！）

強《したた》かに打った脛《すね》は涙が出る程痛い。しゃがみ込み、息を整えて耳を澄ませる。

（…………今の音……向こうに聞こえてないよな？）

「あ。……すみませ…………さん、……ちょっ…………すか？　……アノさん？　少……」

「ウン……？　……昨日……ア…………」

「…………少し……すぐ……ますから、ね？」

話し声が壁に近づいてきて、桜島は身を固くする。

カタンと音がして光が消えた。代わりにハッキリとアノニマスの声が聞こえた。

「コトネ？　……隣の部屋キニナル？　……おれミテクル？」

「…………、そう。ですね、一緒に見に行きましょうか？　何も無ければすぐ戻りましょう？」

（やっべぇ！　絵戻したのバレた！　こっちくんのかよ？　マジかよ！　ヤバイヤバイ！）

焦るが、今、部屋から飛び出すのは無理だ。廊下で鉢合わせする可能性が高いし、何よりまだ足が痛い。痺れていて、早く走るのは無理だ。

ガチャリと隣の部屋の扉が開く音がして、桜島は青褪めた。猶予はない。

「っ…………！」

薄暗い部屋の中。ある場所が頭に過って、桜島は慌てて立ち上がり、そこへと隠れた。間一髪、身を隠し終えた時に、ガチャリと部屋の扉が開いてパチリと電気が点いた。


「コトネェ……もう、ヤダァ。おれ……」

「すみません、戻りましょうか？」

部屋の電気が消えて、扉が閉まる音がする。桜島はホッと息を吐いた。心臓はバクバクで、冷や汗がすごい。

（あっぶね～～…………はぁ……。ギリセーフだったけど、こっちにしといて正解だったな）

そっとクローゼットの扉を開いて隙間から部屋の中の様子を窺う。暗闇に慣れた目でベッドを視界に入れて、もう一度深く息を吐く。

（ベッドかクローゼット《こっち》かで迷ったけど、……こっちにしといて良かった。……はあ）

クローゼットの隙間から様子を窺っていたら、琴音はベッドの下を覗こうとしていた。結局は、アノニマスに止められていたが、隠れる場所にあっちを選んでいたら結構ヤバかったなと思う。

（はあ～～～。穴、隠されちまったし……）

クローゼットの中に座り込み脱力する。

（何やってんだよ、俺は……、ホラー映画かよ？

………ちっ……）

何だか力が抜けて立ち上がる気力もなくなる。相変わらず部屋の中は臭い。だが暗闇と安堵《あんど》から、眠気が訪れる。

（っ……はぁ……ヤバ……ここで寝るのは、やばいって……俺……）

ウトウトしていると、隣から声が聞こえてくる、かなり大きな声だ。それは桜島が求めていた声だった。

（……ヤってる？　……ヤってんなコレ？　……ハハ……ほら、ビッチなクソ女だった……。…………なら、エヴァとヤるのも……平気だろ？　…………）

隣から聞こえる男女の営みの声。それを聞きながら桜島は意識が闇に落ちた。

（…………でも……なんか……違う……）

漏れ聞こえてくる音は、桜島が知っているものと少しだけ違った。桜島の知っている行為の音は、うるさい女の声だけしかしないものだった。

だけど、今、隣から聞こえてくるのは甘い男女の声。幸せそうに聞こえる。


（…………）

◇◇◇◇◇◇

（………ん？　ぁ……ヤベ……俺寝ちまった……、静かだな？）

琴音がクソ女だと確信して、安心して眠ってしまったようだ。

（っ……何時だ？　早いところエヴァのところに行かねーと、やばいよな？　……隣、いないのか？）

琴音の部屋からは物音は一切しない。暗闇に慣れた瞳で壁に近づいて、耳を澄ませる。

（……なんも聞こえねえな？　今なら部屋出ても大丈夫かな？）

ホッと息を吐いた時に微かに声が聞こえた。

「アノさん……。私、嫌です……。エヴァさんのところに行きたくないです」

小さな声、なのにハッキリと聞こえた。その声を聞いた途端、桜島の胸はぎゅっと締め付けられた。喉もぎゅーっとなってヒューヒューと、か細い息が漏れた。

（は？）

その後は、また静かになった。だけど、桜島は間違いなく聞いた。琴音の言葉を。

琴音は泣きそうな声で、エヴァのところに行きたくないといった。

フラフラと廊下を歩いて、桜島は口を押さえた。

（んだよ……。それ……、行きたくないって……なんで……、……）

泣きそうな琴音の声が頭から離れない。アノニマスの返事はなかった。アノニマスが眠ってしまっていたのか、部屋にいなかったのかは桜島には分からないが、アレは琴音の本音だ。

『行きたくない』

その言葉が胸に刺さった。

（……アノニマスとヤってたんだろ？　処女じゃないんだろ？　なら……別に……良いじゃん、なんで……あんなに……泣きそうな声で……）

琴音は嫌な女で、あの女と同じで、男好きのクソビッチ。何も知らないアノニマスを騙して誑《たぶら》かしてセックスをしていた。きっとそうに違いない。なら、助かる為にエヴァに抱かれるくらい、別にどうってことはないはずだ。

（……でも、ほんとにそうなのか？　……だって、二人、ヤってたけど）

あの時はウトウトしていたのと、琴音を悪者にしたかったのとで、ちゃんと考えていなかった。ただ聞こえてきた声に、二人はセックスをしている。やっぱり琴音はアイツと同じだ、ということしか思わなかった。

だけど少し寝て、ハッキリとした頭でしっかりと思い出した。あの漏れ聞こえてきていた声は、愛し合う男女の声だった。一方的なアイツと桜島との行為とは全然違う。

（あの二人……。マジで、お互いに好きなのか？……ビッチとか、男好きとか……俺の、勘違い？……アノニマスを騙して、ヤッたわけじゃねーの？お互いに合意で？　……いや、でも……そんなの……）

琴音がアノニマスをつけ回していたのは、アノニマスを好きだったから。二人きりになって琴音が気持ちを伝えて、その気持ちにアノニマスが応えて二人が両想いになっていたのだとしたら？　それなら、桜島が琴音に頼んだお願いは最低だ。

（………で、でも。行くって決めたのは琴音チャンだし……、だって琴音チャンが行かないと皆……死ぬかも……しれねぇし……）

そこまで考えて、ハッとする。

（……だから？　アノニマスの為に……、俺達の為に？　……時間が欲しかったのは……、アノニマスとただヤりたかったからじゃなくて……、好きな相手と……、エヴァにヤラれる前にしておきたかったからら？）

自分の考えに胸が苦しくなる。

（違う違う違う。……これだって俺の勝手な妄想だ……。わかってることは……、琴音チャンが自分でエヴァのところに行くって選んだってことと、もう処女じゃないってことだけだし、……別に死ぬわけじゃないんだ。……ちょっと我慢すれば良いだけだし……。俺は悪くない悪くない悪くない悪くない。……だから、ちゃんと約束は果たさないと……、ヤラれるって決まったわけじゃないし）

自分にいいわけをしながら、真っ青な顔でフラフラとエヴァの部屋へと向かった。エヴァの部屋のドアノブは簡単に回った。鍵は掛かっていない。

（まだ、寝てるのか？）

今の時刻は十八時過ぎ、起きていてもおかしくはないと思ったがエヴァとは廊下でも鉢合わせていない、まだ魔法は切れていないのかもしれない。そう思って扉を開くと部屋の中は暗い。

（やっぱりまだ寝てんのか？　……電気っと……）

パチリと電気を点けると、ベッドの上で座るエヴァと目が合った。

「ひぃ！」

思わず桜島は叫ぶ。エヴァは眩《まぶ》しそうに目を細めていた。

「そう……、琴音は明日くるんだね？　わかったよ。伝言ありがとう、ハルト」

「あ…………。う、うん」

いつもの爽やかな笑顔のエヴァに桜島は引き攣った笑顔を返す。

（つ……、これはマジでヤバいな……）

部屋の中は爽やかなエヴァとは対照的だった。何故か壁やクローゼットには無数の刀傷。床に散乱する女物の服に、無造作に放られた鎖や縄。ベッドの枕元には手錠も落ちている。

そんな異常な空間の中、エヴァはニコニコと微笑んでいた。部屋に入ってすぐに叫んだ桜島を気にした様子もなく、立ち上がり部屋を出て行こうとするエヴァの腕を掴んで止めた。微かに手が震えた。

ジッと桜島を見下ろしたエヴァの瞳からは、恐ろしい程に感情が読み取れなかった。エヴァは、自身が何故眠っていたのか何故桜島が部屋にきたのか、琴音のことも、何も聞かない。ただ無表情でジッと桜島を見下ろしていた。

焦った桜島が、明日琴音が部屋にくるからそれまでは部屋で大人しく待っていて欲しいと伝えると、やっとエヴァはニコリと微笑んだ。そして、ベッドに座り直した。

（…………、確かにコレはマジでやべぇな。でも、会話はできるし……）

異様な部屋と覗き見オナニーのことにさえ、目を瞑れば、やっぱりエヴァはいつものエヴァだ。頼れる騎士、紳士的で格好良い仲間だ。

「な……なぁ、エヴァ？　あのさ……、琴音チャンにさ、無理やりとか……。その、嫌なことはさ……しないよな？」

「当たり前だろう？　……そんなこと、私がするはずないさ。ハハ、……ハルト？　どうして震えているのかな？」

「あ、……べ、別に震えてないけどー☆？　ははは、だよなー☆　エヴァは、女の子に酷いことなんてしないよな？　……んじゃ、俺は部屋に戻るから……。エヴァはさ、部屋から出ないで……。はは……。おやすみ……」

エヴァの部屋を後にする。廊下をしばらく歩いて、ふらりと壁に、もたれ掛かる。腰が抜けた。

（………………ほら、エヴァは酷いことなんて、何もしないって、だから。大丈夫。…………俺は悪くない）

そう何度も何度も、自分にいい聞かせる。だけど、体の震えは止まらなかった。

◇◇◇◇◇

「桜島君、お願い聞いてくれてありがとうございました」

ペコリと頭を下げる琴音に、桜島は顔を顰めた。

「……………そういうのやめて。マジで……、お互いに約束だから。礼なんていらねぇっつーの…………ちっ……」

　なんでもない風に、琴音はケロリとして見える。だけど、昨日のあの言葉が頭から離れない。

『行きたくない』

　この言葉は、呪いのように桜島を苦しめる。昨夜エヴァの部屋を後にしてから一睡もできなかった。お陰で気分は最悪だ。琴音の礼にすら苛《いら》ついて、思わず舌打ちをしてしまった。すぐに琴音の部屋を足早に去る。これ以上琴音の顔を見ていられなかった。

　自室に戻って、ベッドの中に潜り込む。体は、ぶるぶると震えて手汗が酷い。

（は……、大丈夫。大丈夫、エヴァも昨日、酷いことはしねぇっていってたし……。俺の、せいじゃない。それに、琴音チャン平気そうだったし。満更でもないんだろ？　本当はさ……）

　何度も何度も繰り返す。いいわけ、自己保身、責任転嫁。本当は全部分かっている。自分が助かりたい一心で、桜島は琴音をエヴァに差し出した。

『行きたくない……、やっぱり行きたくない、だって……、あの人、酷いことするんだもん。行きたくないよ……、気持ち悪いよお……。母さん……、やだよぉ』

『……、晴人？　どうして？　ママが嫌いなの？　晴人が我慢してくれないと、社長もママも……、一緒にいられなくなっちゃうよ？　ね？　晴人、我儘いわないで？　少し我慢してくれれば、皆で幸せになれるのよ？　……晴人は良い子だよね？　だから、……お姉さんと仲良くできるわよね？』

『…………うん。わかった。……ぼくが我慢したら、母さんは嬉しい？　幸せ？　……社長も？』

『…………そうよ。晴人が少しだけ我慢したら、ママも社長も晴人も皆幸せになれるの。皆の為に頑張れる？　晴人は良い子よね？　ママの自慢の息子よね？　ほら、笑って？　泣いてちゃ駄目よ？　ほら、ママに似て晴人は可愛いんだから、笑って？』

　ボロボロ溢れる涙を母さんは拭いてくれた。笑う気分なんかじゃなかったけど、母さんの目が、少し苛ついてるように見えて、ぎこちない笑顔を作って母さんに向けた。

　ハッと目を覚ますと、体は汗でびしょ濡れだった。

（は……夢……。くそっ……胸糞《むなくそ》悪い……、なんで今更……）

　昔の夢を見て、気分は最悪だ。寝る前だって最悪だったのに、まだ下があるのかと思う。とりあえずシャワーを浴びようと、ベッドから起き上がった。だけど、その場にしゃがみ込む。

「くそ……、くそくそ。マジで……だるい……」

（なんで……、今更、しかもあの夢なんだよ……）

『行きたくない』そういった昔の自分と琴音が、重なって胸が激しく締め付けられた。

（俺だって……、行きたくなかった。……でも、皆の為に……、我慢しないといけなかったんだ……）

　だから、今回のことも仕方がないことなのだ。琴音が桜島と同じように少し我慢してくれれば、全て上手くいく。

（…………………。俺、間違ったのかな？　……でも、ああするしかなかったし……くそ……）

　何度も何度も自問自答しても答えは出ない。ただドンドンと苦しさが増すだけだ。

（……………なんでお礼なんていうんだよ？　だって……、嫌な女のはずだろ？　なのに……、なんで琴音チャン……。なんで？　…………っ……んだよ。マジで……わけわかんねー）

　ぐしゃぐしゃと髪を掻きむしる。それから顔を上げて鏡を見ると、目元にどす黒い隈を作った自分の顔が見える。あの夢のせいで疲れは全く取れていない。

（…………俺、やっぱり間違ったのかな？　……いや、でも。…………まだ今なら間に合う？　もう……今更）

　琴音が、桜島が立ち去ってからすぐにエヴァの部屋に向かったのなら、もう結構な時間が経っているはずだ。

　だが、桜島はふらりと立ち上がってエヴァの部屋を目指した。今更、行ってどうなるわけもない。だが足がそちらに向いたのだ。結局桜島はエヴァと琴音の行為中の音を聞いても、何もしないで逃げ出して、罪悪感から嘔吐した。

◇◇◇◇◇

「……なに？」

　読んでいた本から顔を上げて、ノアは不機嫌そうにいう。

「………えっと。別になんでもないけど」

桜島がそう返すと、ノアは鼻を鳴らして、また視線を手元の本に戻した。逆さまな本に。

（っ……無理、やっぱり、いえねえよ……。いったらノアさんとエヴァ、完全に対立するだろ？　……そうなったら……、結界がなくなるかもしれないし……。それにもう、琴音チャンはヤラれてるんだし。エヴァの気が済むまで……我慢すれば……、緑子チャン達が何か情報を手に入れてきてくれるかもしれないし……）

談話室を後にして、また自分自身に都合の良い、いいわけをしながら廊下をフラフラ歩く。

（………あれからアノニマスも何もいってこないし、やっぱり二人のことは俺の考えすぎだったんじゃ……。エヴァとヤる声がなんか違って聞こえたのも全部俺の、勘違いで……やっぱり琴音チャンは、ビッチなのかも……あ、）

気がつけば、足はエヴァの部屋の方へと向いていた。この三日間、何度も部屋の前まではきたが、何もできずに帰っていた。その間エヴァは一度も出てこない。

（ずっとヤりっぱなし？　琴音チャン、大丈夫かよ？　ヤり壊されたりとか……ないよな？　……う………くそ……）

考えると吐き気がしてくる。

（……本当のことノアさんにいったほうが良いのか？　……でも、それだと俺が頼んだのがバレるし…………っ……そしたらめっちゃキレるよな？）

どこまでいっても桜島は自分が可愛い。ノアにまで見放されたらと思うと、ノアに真実を告げることもできない。

（マジで俺……最低………）

そう思いながらも足はエヴァの部屋に向く。どうせ今日も一時間くらい部屋の前で立ち尽くすだけで何もできることなんてない。ただその日は少しだけ違った。

アノニマスがエヴァの部屋の扉に耳を押し付けていた。その体はぶるぶると震えていた。

「どういうこと？　ハルト？　ちゃんとボクにも分かるように説明してくれる？」

「あ……あの……ノアさん……っ……」

目の前のノアの剣幕《けんまく》に体が震える。泣いて過呼吸を起こしたアノニマスを談話室に運ぶと、ノアがすぐに駆け寄ってきた。琴音の名前を途切れ途切れに呼ぶアノニマスを見て、ノアは顔を顰めると、何か魔法を掛けた。するとアノニマスの呼吸は落ち着いて、眠りに落ちた……ように見えた。そしてノアは、桜島に顔を向けると地を這うような声で、何があったのかといった。

(っ…………なにが、あったって……んなの……いえるわけ……)

この期に及んで、まだ桜島は真実を隠そうとした。だが、ノアが、それを許すはずがなかったのだ。

「……アノニマスがこんな状態で、……それで、まだボクに隠し通せると思う？　…………いいたくないなら、無理やりいわせてやるよ」

そういってノアはこちらに杖を向けた。

(は？　…………魔法……そんなこともできるのかよ？……)

未知の魔法から逃れる術《すべ》は桜島にはなかった。結局全部吐くことになった。琴音とのやり取りも、過去のことも、全部。洗いざらい。それを聞いたノアの瞳は、どんどん曇っていった。

「へー？　……要するにハルトは、勝手ないい分であの子を責めて、生贄《いけにえ》に差し出したんだ？　……自分勝手すぎない？」

「ち、違っ……、それに、琴音チャンは、アノニマスとか俺に色目向けてきて……、嫌な女で……、だから……。それに、もうアノニマスとヤってたし処女じゃねーし、ならちょっと我慢するくらい良いだろ？　それで全部上手くいくんだから、何が悪いんだよ？　仕方ねーだろ、そうしなきゃ、皆死ぬかもしれないんだし！　俺は皆の為を思って！」

全てを知ったノアに対して、今更キャラを演じても無駄と悟って、桜島は素を出した。だけど口から出てくるのは、自己保身のいいわけばかり。ノアにも嫌われるわけにはいかない。なんとか上手くこの場を収めないと、全部が無駄になる。頭の中はそれしかなかった。

「はあ？　……皆の為に？　よくいうね……。さっきハルトはさ、あの子が、アノニマスを騙して誑かしたって話もしてたよね？　…………アノニマスは記憶がないから無知だし、そういうの多分よく分かってない。それにつけ込んで、あの子が何かしたんだとしたら……、そうだよね。ハルトのいう通り、嫌な女かもしれないね」

　ノアの言葉に桜島は頷いた。

「だ、だろ？　……だから、エヴァとヤるくらい……」

　だが、いい切る前にノアが続ける。

「ならさ、どうして見てみぬフリしたの？　……アノニマスが、あの子に何かされるって分かってて、ボクにいったり、二人を引き離すとか……何もしないで、ハルトはただ見ていただけなんでしょ？　……それはそうだよね？　あの子を悪者にしないと、ハルトが困るから、……本当に皆の為だって思うのなら、ハルトはボクに話をするべきだった。アノニマスを助けるべきだった。まあ、もしそれをしてたとしても、それはきっと無駄だっただろうけどね。あのアノニマスの様子を見て、無理やりされたと思えるのって……すごいよ。……ハルトは自分が助かりたいだけでしょ？　本当に呆れる……、見損なった……。自分の行いを人のせいにするなよ」

　そんなことは、本当は自分でも分かっている。だけど、他人からこうして事実を突きつけられると体がぶるぶると震える。

「は？　……んだよ、それ。……琴音チャンがマジで嫌なら、話に乗ってこないだろ？　行くって決めたのは最終的にあの子だろ？　俺が、俺だけが悪いのかよ！　……くそっ……俺が……どんだけ、悩んで、苦しんだかなんて、ノアさんは知らねーだろ！　俺は我慢したのに！　あの子は何もしないで、狡いだろっ！」

　いってから桜島はハッとして口を押さえた。

「………それが本音でしょ？　狡い……か、確かにハルトの過去には同情するけど。それとこれとは話が別だよ。……あの子は、確かに何もしない役立たずだったけど、それでもハルトが思うような子じゃない。……一応後で確認はするけど、……アノニマスがあの子を好きなら、二人の行為も問題はない。……アノニマスは成人してるはずだしね。……ねえ、ハルト？　お前、自分が何をしたか分かってるよね？　……分からないっていうなら……分からせてやるっ！」

　そういうとノアは杖で桜島の頬を本気で打った。その衝撃に尻もちをついて、倒れ込む。

「いっ……てぇ……」

　押さえた頬はジンジンと痛み、唇が切れて血が出た。

「ハルト……、痛い？　でもね。アノニマスと琴音はもっと痛いんだ。……どうして、琴音がボクに嘘をついて、君の話に乗って自分からエヴァのところに行ったのか、わかるよね？　……、ハルトなら、わかるでしょ？」

そういわれて、涙が滲む。本当は分かってる。ずっと、分かっていた。

琴音は昔の自分と同じだ。嫌だけど、皆の為に我慢するしかない。そうしないといけない。

桜島は母親に幸せになって欲しかった。だから我慢した。笑いたくないのに無理やり、笑顔を作った。

琴音はきっと、アノニマスの為だ。アノニマスの為に、行きたくないのに桜島のお願いを引き受けて、なんでもないフリをしてエヴァのところに自分から、行ったのだ。皆の為に、その身をエヴァに差し出した。健気《けなげ》な少女だ。

琴音は嫌な女なんかじゃない。色目を使っていたというのも、全部桜島がそうだったら良いなと思っていたから、そう見えただけだった。あの子《琴音》は昔の自分だった。あの女とは全然違う。

「俺……、本当は分かってた。『行きたくない』っていってたのに……俺……、……俺……ご、ごめ……ごめん、ごめん……！」

（俺……、母さんや社長や、あの女と同じじゃん。…………琴音チャンじゃなくて……、あの女と同じなのは俺だった……。俺……、なんで…………）

犯してしまった過ちに、また吐き気がこみ上げる。忘れようとしていた、記憶が蘇《よみがえ》ってくる。

（俺…………、嫌だった……。誰かに、助けて欲しかった。したくなかった……『行きたくなかった』なのに……、同じこと。琴音チャンにしちまった……。くそ……くそぉ……。う……ごめん……アノニマス……、琴音チャン……）

ボロボロ涙が溢れて止まらない。

「謝るのはボクにじゃないよね？　……お前は自分勝手にアノニマスと琴音を引き裂いたんだ。……はあ」

ノアは桜島を見下ろして、冷たい声でそういうと、溜め息を吐いた。

「アノニマスのアレって……ひっ……」

談話室を出て行くアノニマスを見送り、ノアに声を掛けるとギロリと睨まれた。

「…………ショックを受けた記憶を一時的に抑え込んだんだよ。すぐじゃないけど、そのうち思い出す。消したわけじゃないから……、だからさっきみたいに余計なことをいうと魔法が解けるのが早まるから、……だから、余計なことはいわないで」

「あ……。そうなんですね。……すみません……」

「…………」

お互いに無言になる。桜島は手を握りしめた。アノニマスは、一時的にさっきエヴァの部屋の前でのことを忘れている。だけどそれでも、桜島を殴った。あの後のアノニマスの困惑からも無意識の行動だと分かる。

それ程にアノニマスは琴音を大切に思っている。

(俺……、謝っても……許されないことしちまった)

『アノニマスなら。琴音チャンを守れるよな？　……俺がいうのもおかしいけど……、絶対守ってあげて……。俺……全部解決したら、ちゃんと琴音チャンに謝りたいし』

アノニマスにはそう伝えたが、謝っても琴音が許してくれるはずがない。かなり酷い言葉をたくさんぶつけた。

ほとんど、いいがかりだった。だけどそれに何もい い返せないくらい、大人しい少女。初めて会った日に、探索に行くのを怖いと泣いていた姿を思い出すと、胸が苦しくなる。

(俺が探索に三人で行こうっていった時……、断れる状況じゃなかったもんな？　………無理して元気よく振る舞ってくれてたのかもしれないのに……、俺の目が腐ってた。……全部悪いフィルター掛けて……。何が人の感情が分かるだよ……。くそ……、琴音チャンは、その後だって、心配掛けまいと、なんでもない風に振る舞ってくれてたのに…………)

「…………ねえ？　いつまで辛気臭い顔してるつもり？　……今は落ち込んでる暇はないよ。エヴァをどうするか考えなきゃだし……。無駄に魔法を使わされたから……、すぐには無理だけど、せめて……約束の日には助けてあげたい……。でしょ？」

ノアの言葉にハッとする。琴音が何故、五日後なんていったのかは分からない。アノニマスにエヴァのところに行くと知られたくなかったから、適当にいったのかもしれない。だけど約束を守らせてあげたい。それがせめてもの償いだ。

(でも……、エヴァに勝てんのか？　……っ……怖え……）

　エヴァの瞳を思い出すと体が震える。

「…………………俺に何ができる？　ノアさん……俺、囮《おとり》くらいには、なれる？　……償いたい……」

　震える声で尋ねるとノアは片眉を上げた。

「ハルト……。本気であの子に対して悪いって思ってる？　本気で償いたい？　……命を懸けられる？」

「ハルト？　そろそろ行くけど、……はあ……。あのさ、アレは冗談だっていったよね？」

　ジロリと睨まれて、肩が跳ねる。

「……マジで爆発四散とかしないんだよな？」

　恐る恐る手を閉じたり開いたりしながら尋ねると、ノアは大きく溜め息を吐いた。

「平気だよ……。この洋館内部は数多《あまた》の異なる世界が繋がってる……と思う。だから、本来魔力のないハルトにも、問題なく強化魔法は掛かった。爆発四散なんてしないよ。……多分」

　ノアの言葉に桜島の顔は引き攣った。エヴァのところから琴音を助ける為に立てられた作戦は、極めてシンプルだった。不意打ちで、エヴァに魔法で攻撃して、その間に琴音を部屋から連れ出してアノニマスに結界の外に逃げてもらうというものだ。

　ただ戦力が足りなくてどうするのかと思っていたら、ノアは桜島に魔法を掛けるといった。

『…………失敗すれば体が爆発四散するかもね。本気で償いたいなら、命がけになるよ？　どうする？』

　そういわれて桜島は震えたが、それでも構わないと答えた。するとノアは呆れたように笑った。

『…………………死ぬの怖かったんじゃないの？』

　その後は、ノアの魔力の回復を待って昨夜ノアから強化魔法を掛けてもらうことになった。爆発四散は冗談だといったが、後から副作用はあると聞いて、正直死ぬ程怖かった。アノニマスにも心配されるくらい桜島は怯えた。

（はあ……あんだけビビり散らかして俺ってマジで締まらないよなぁ。……これ本当に掛かってんのかな？　別に、何も変わんないけどな？）

　ノアは、一時的に身体能力の向上と、対象の物質に触れて壊したいと思えば、物を壊せる魔法が使えるといった。だけど回数に限りがあるから、本番以外では使うなといわれたので試すこともできない。少し不安になる。

「ハルト、早く……。少しでも早く助けてあげたい……そうでしょ？」

ノアの言葉に体が強張る。

「………うん。わかってる。……っ……」

桜島はバチンと自分の頬を打って、それから、ノアの後を追い、エヴァの部屋へと向かった。

（くっそ……、くそ……マジで俺……。俺は自分を、許せない……）

その後ノアの放った魔法で扉とエヴァと壁は吹き飛んだ。粉塵《ふんじん》で視界の悪い部屋に飛び込み、琴音の姿を視界に入れて、桜島は本気で過去の自分をぶん殴りたくなった。

琴音の手には手錠。足は鎖でベッドに繋がれていた。

（何が、楽しく過ごせるかもだ……。エヴァは酷いことなんてしてない？　馬鹿かよ……。くそっ……）

そっと駆け寄り鎖と手錠を破壊する。問題なく魔法が使えてホッとした。目の前で琴音は目を白黒させていた。そこに桜島への怒りは浮かんでいなくて、胸が、締め付けられた。

（……………怒ってねえの？　……なんで……）

抱き上げた琴音の細くて軽い体に涙が出そうになる。

「ひゃあああ！　桜島君っ？　ノアさんっ？　なんで?!」

「ごめん！　琴音チャン！　説明は後でっ！」

…………マジでごめん」

（こんなに、小さくて……、か弱くて……優しい子に俺は……何してんだよ……何させてんだよ……）

「アノニマス！　琴音チャン連れてこれたから！　俺はノアさんの加勢に戻るから、早く琴音チャン連れて結界の外に逃げて！　アノニマスなら絶対平気なんでしょ？　後は任せたからなっ！」

なんとかアノニマスと合流してホッと息を吐く。だが、ここでのんびりしている場合ではない。ノアの加勢に戻らないとならない。

強化魔法も問題なく使えた。軽いとはいえ人を一人抱えて問題なく走ることができた。エヴァはノアの攻撃で深手を負っているだろう。なら、二人が逃げる間の足止めはできるはずだ。

エヴァの部屋に戻りながら、ほんの少しだけ、腕から消えた重さと温もりに寂しさを感じた。

（……琴音チャン、さっきは怒ってなかったけど……

ちゃんと謝りたいな……、全部……)

自己満足かもしれない。だけど、ちゃんと、琴音と向き合って、酷いことをいったことも、酷いことをさせてしまったことも全部謝りたい。琴音が望むならどんな償いだって、する覚悟がある。

(…………でも琴音チャンは優しいから、……俺を許してくれるんだろうな。……それでも、俺は……)

◇◇◇◇◇◇

「…………桜島君、落ち着いて下さい。観音坂さんは死んだんです。……アノニマスさんが、邪神だったんです」

「……琴音チャンが死んだなんて…………嘘だ！　アノニマスが邪神なんて……嘘だ」

和泉の言葉に桜島がそういうと、その場にいた緑子と美奈は、悲しげに目を伏せた。

「ハルト、ノア。…………嘘じゃない。琴音は死んだよ。アノニマスも死んだ、ほら…………醜い化け物の首だ」

部屋に入ってきたエヴァがアノニマスの首を放り投げると、床にドンと落ちてゴロリと転がった。

桜島は悲鳴を上げて飛び退きたかったが、強化魔法の反動で碌に動かない体では、無理だった。ただ目を見開いて唇を震わせることしかできない。隣では、ノアが茫然自失《ぼうぜんじしつ》で、ただ反射的にその首を目で追っていた。

見開かれたアノニマスの赤い瞳には、真っ青な桜島の顔が映っていた。

(は…………？　……え？　嘘……だ。嘘だ……、……だってそれじゃ……俺のせいで……琴音チャンは…………)

【桜島晴人】後悔度　★☆☆☆☆

【閑話　ノア・タイタンの困惑】

「エヴァ？　……大丈夫？　……どうかした？　……最近少し変じゃない？」

　静かにソファーに座り、ぼんやりと宙を眺めるエヴァ。ノアはその姿に違和感を感じた。長く共にいるが、エヴァのこんな姿は初めてだった。いつも無駄に元気があり余っていて、家に引き籠もるノアをよく外へと連れ出してくれる。大人しいノアとは正反対で、だからこそ、上手くやっていられる。なのに、ここ最近のエヴァは大人しく口数が少ない。そして今ノアの目の前にいるエヴァは心ここにあらずだ。エヴァはノアに視線を寄越《よこ》すと、いつも通りの笑顔で笑った。

「…………いや？　どうもしてないさ。……まあ、こんな状況だからね。元の世界と同じってわけにはいかないだろう？　……私は、大丈夫。心配してくれてありがとう。ノア……」

　そういうとエヴァはまた、ぼんやりと宙を眺めていた。ノアは少しだけ眉を顰めたが、エヴァのいい分には同意する。

（…………それも、そうか。流石のエヴァでも、参るよね。……もう、二週間近く。なんの手掛かりもないし……。はあ……、引き受けるんじゃなかったな）

　幼馴染《おさななじみ》のエヴァの頼みだったから、普段なら引き受けない騎士団の調査任務を引き受けた。まさか、それがこんなことになるとは夢にも思わなかった。

　町外れの人が消えると噂《うわさ》される廃墟、足を踏み入れた時、何か変な感覚がした。それからすぐ、一緒にきていた他の騎士達とは、はぐれて、気づいたらエヴァと二人で見知らぬ洋館の中だった。正直最初は、ワクワクした。空間転移や時空魔法。それらはかなり高位の魔法だ。そうそうお目にかかれる代物《しろもの》じゃない。洋館内部を夢中で調べていたら『本当にノアは、魔法オタクだね』と、エヴァに苦笑された。

　だが、はしゃいでいられたのは一時間程だ。何故なら影のような姿の見たこともないモンスターに襲われた。

　魔法や物理攻撃は問題なく効いたが、倒しても倒しても、何処からともなく湧いてくる。

　結局、全てに交戦するのはやめて、逃げ回りつつ、洋館内部からの脱出を試みたが、それは無理だった。

空間がねじ曲がっていて、外にはどうやっても出られなかった。延々と続く廊下には驚いた。そのうち、同じように閉じ込められた者達と合流して、一応仲間になった。年若い男女が数人。ノアやエヴァとは違い、魔力を全く持たない異なる世界の人間。

（なるほどね、……人が消えるって噂はそういうことか……。色んな世界の人間が餌として……ここに誘い込まれるってわけ？　……へえ。すごい……この魔法が解明できれば、ここは宝の山だ……。ふふ……すごい…………だけど出られないことには、そうもいってられないか……………はあ）

原理は解ったが、一方通行。ここに誘い込まれた者は、皆化け物の餌になるというわけだ。幸いにもノアは結界を張ることができるし、回復魔法も使える。エヴァも剣の腕と氷魔法の腕はかなりのものだ。そうそう化け物にやられることはない。ただ問題は、戦えない魔力なしの足手まといのお荷物達。正直守ってやる筋合いはない。だけど、一度知り合った人を見捨てられる程ノアは薄情ではなかった。

（はあ…………足手まといのお守《も》りとか、最悪。……ボクやエヴァばっかり働かされるのかな？）

最初はそう思ったが、意外と皆頑張ってくれている。食料や、服や生活用品も手に入る。ノアの考察では、ここは様々な世界の廃墟と繋がっている。だから、見つかるアイテムは、迷い込んだ人が持っていた物や、廃墟にあった物じゃないかと推測していた。

洋館内部自体空間が捻《ね》じれていて、果てがなく、かなり広い。だから拠点と決めた一角に結界を張り、空間を固定し化け物を排除し、探索で食料や情報を探すというのが、すぐに日課になった。そして、ここにきてからすでに二週間近くが経とうとしていた。

（…………そりゃ疲れるよね。流石のエヴァでも…………だけど、やっぱり何か引っ掛かるんだよね……。エヴァ？）

何か胸騒ぎのような、虫の知らせのような、そんな感覚。

（はあ……。なんてね。ボクも疲れてるのかな？）

◇◇◇◇◇

「っ…………痛っ……」

ズキリと、痛む頭を押さえる。このところ、決まった条件下で頭が痛む。

（また……。……？　なんで？）

視線の先には、小柄な少女。観音坂琴音がいた。アノニマスと一緒にいるようだが、二人は仲良くない。嫌がるアノニマスに琴音が無理やり付きまとっているのだ。

（……エスカレートする前に注意した方が良いのかな？　……探索もしない役立たずなのに、面倒事を起こされると困るし……。……それに……っ……痛い……）

何故か、琴音とアノニマスが一緒にいるのを視界に捉えると、頭が酷く痛む。

（…………あのことを二人に重ねてしまってるのかな？　はぁ……、やっぱりエスカレートする前に止めよう。どう見たってアノニマスは嫌がってるし……ボクも頭痛いのは……嫌だしね）

ふうと溜め息を吐く。次に琴音がアノニマスにしつこく付きまとっているところを見かけたら、問答無用で杖でぶん殴ってお説教しよう。そう決めた。

だけど、その後二人が一緒にいるところを見ることはなかったので、琴音に対してのお説教（物理）はなしになった。

だが、代わりにエヴァが琴音をしつこく部屋に誘っている場面に遭遇することになるなんて夢にも思わなかった。

ある日アノニマスと廊下を歩いていると、揉めているエヴァと琴音に出くわした。正直面倒くさかったけど、ただならぬ二人の様子を見て、見てみぬフリはできなかった。それはノアが一番嫌いな行為だからだ。だから、渋々仲裁に入った。

「エヴァ？」

ノアが名を呼ぶと、エヴァはいつもの爽やかな笑顔をノアに向けた。

痴話喧嘩だと説明されて眉を顰める。

（痴話喧嘩？　ふーん。アノニマスに付きまとうのをやめたと思ったら、今度はエヴァ狙い？　……二人って付き合ってたんだ？　それもエヴァが惚《ほ》れてるの？

……へぇ？）

二人が仲良くしているところなんて、見たことはなかったが、ここ最近エヴァは、ふらりと一人でいなくなることが多かった。夜に部屋を訪ねてもいないことが多かった。その全部が琴音と過ごしていたのなら説明がつく。

（一体何処に行ってるのかと思ったら、……こそこそ会ってたの？　……琴音《この子》と……？）

　エヴァの様子がおかしく感じて、一度話をしようとは考えていた。だからそれが、琴音と隠れて付き合い出したからなら、納得できる。一度はそう思ったが、真っ青な顔でこちらに助けを求める視線を送ってくる琴音を見て、その考えは一旦脇に置いた。

「恋人？　痴話喧嘩？　いつの間に彼女とそんなに仲良くなったの？　………エヴァ？　それは本当に？

……ボクに嘘は通用しない」

「…………はあ………そうだよ？　まあ、確かにまだ正式には恋人ではないかもしれないけど、でも琴音は私を好きだし私も琴音を想っている。ほら両想いなんだから、恋人といっても過言じゃない。だからなんの問題もないさ」

　そう、エヴァは溜め息混じりに答えた。思わず眉を寄せて、琴音に視線を向けると、琴音は目を見開いている。

（……この子は嘘をついてるようには見えない、……何処から何処までが本当で……嘘？　どっちが嘘をいってる？　……エヴァは……少し誇張したと認めたけど……、でもお互いに好き合ってるっていってたし……）

　琴音には、アノニマスに付きまとっていた前科がある。エヴァをその気にさせて勘違いさせたとしてもおかしくはない。そうなら、エヴァもある意味では被害者だ。だけど、そうじゃないなら、エヴァの行為は許されることじゃない。

（片一方のいい分で決めつけるのは駄目だ………。それぞれ話を聞こう。……ボクは冷静に見極める……。一旦先入観は捨てないと……）

　ノアはエヴァの部屋に向かう。

（そういえば、ちゃんと部屋に行くのって……、久しぶりかも）

　ここにきた当初に何度か行ったきりだ。訪ねてもいないことが多かった。

（やっぱり二人、隠れて会ってたんじゃないの？

……ただの痴話喧嘩なら良いけど……、でも、そうなら後であの子にはお説教……かな）

「エヴァ？　…………何これ？」

ノアは震える声でそう尋ねた。

「これ？　……何って……見ればわかるだろう？　琴音へのプレゼントさ。……どれも彼女にきっと似合う」

服を一枚手に取り、うっとりと眺めるエヴァ。その顔を見て、ノアはゾッとした。

（…………そっちじゃないよ。……鎖に……手錠？　…ロープまで……。っ……。これは……本当にヤバいんじゃないの？　エヴァ？　……それに何この部屋……）

壁やクローゼットは傷だらけ、床には物騒な物が散らばっている。

（…………エヴァ？　今、ボクの目の前にいるのは……エヴァだよね？）

そんな考えが浮かんでくる程に、エヴァはノアが、今まで見たことのない瞳《め》で笑っていた。暗く淀《よど》んだ瞳《め》だった。

この目の前の男は誰？　その自分自身の考えに、ノアは頭を振った。

（っ…………いや、いくらなんでもそれは……その考えは、馬鹿げてる。とりあえず話を聞かないと。……エヴァにはエヴァの理由があるのかもしれないいし……）

見たことのない、エヴァの表情《かお》。だけど、こんな状況下で今まで知らなかった一面が見えてきたっておかしくはない。ノアだってエヴァのことを何もかも全部知っているわけじゃない。主観で決めつけるのは駄目だ。

「エヴァ？　…………話をしよう？　……彼女とは、本当に両想いなの？　彼女は否定してたけど？」

様子がおかしいエヴァ。だけどそれについては、口を出すのを一旦堪えて、先程の話の続きを始める。まずはエヴァのいい分をしっかりと聞く。それから琴音にも話を聞いて、考えるのはそれからだ。床に散乱しているロープや手錠をあの子に使うと、まだ決まったわけでもない。

（……あのことを知ってるエヴァが、そんなことするはずないし……、きっとボクの勘違い……そうだよね？　エヴァ）

ノアの問いかけに、エヴァは暗い瞳のままで、はにかんだ。

「ああ。両想いだよ。……琴音は私を愛しているし、私も琴音を愛している。…………確かにまだ、お互いにハッキリと想いを口に出したわけじゃないけどね。だけど、それは、いわなくても分かってるんだ」

「……お互いに伝えてないのにどうしてわかるの？……その根拠は？」

「根拠？　…………、根拠は……琴音が、そういったからだよ。……独《ひと》り言《ごと》だったけど、私は、ハッキリと聞いたからね。……間違いないよ。だから、私も琴音の気持ちに応えようと思って色々準備したり、プレゼントも用意したんだ。…………早く見せてあげたいよ。きっと琴音は喜んでくれる、ハハ……。ノア、もう良いかな？　……もう一度、琴音に会いに行かないと……。確かにノアのいう通り、言葉が足りなかったのかもしれないし……。それは反省してるよ。……だから、ちゃんと私から気持ちを伝えることにする。そうしたら、きっと琴音は喜んで部屋にきてくれるはずだ……ハハ、きっとそうだ」

そういってエヴァは部屋を出ようとする。それをノアは制止した。

「まって、エヴァ、話はまだ終わってないよ」

（……あの子が独り言でエヴァを好きだといった？　それを聞いてエヴァは暴走したってこと？　……エヴァも嘘をついてるようには見えない……。なら本当に？　いや、でも……）

「本当に……、それが事実なら、二人のことに口を出すことは、ボクにはできない。エヴァがいうように一度二人で……ちゃんと話し合うと良いと思うよ？……でも彼女はさっき否定していたみたいだけど？」

ノアの言葉にエヴァはキョトンとしてから、困ったように笑った。

「彼女は照れているだけなんだよ、ね？　ノアからも琴音に照れなくても良いって伝えてくれないかな？素直じゃないんだ。彼女。そこが可愛いんだけどね」

（照れてる？　アレが？　…………いや、ないでしょ）

真っ青な顔で震えていた琴音。アレが照れているようにはどうやったって見えない。だけど、今のエヴァに即、否定の言葉を掛けるのは良くないとノアは思った。昔からエヴァは思い込みが激しいところがある。否定すると余計にムキになるし、ノアに対しては、そういう子供っぽい態度を取ることが多々あった。だからまずは冷静に話を続ける必要がある。

（…………まさか、それだけ？　いや、そんなはずない。他に、あの子がエヴァに何かしたんじゃないの？）

情報が足りなすぎて、まだなんの判断もつかない。もっとエヴァから話を聞き出す必要がある。そう思って続けて問いかける。

「そう。なら、それはわかったよ。……でもさ、エヴァ、それだけ？　…………流石にそれだけじゃ、ボクは納得できないよ。……例えば、二人で何度も会ってたとか……そういうことはあったの？　彼女といるところをボクは見たことないけど？」

「……はあ、……別に、ノアには関係ないだろう？　琴音は照れてるだけなんだ、だから、もう一度ちゃんと私から気持ちを伝えれば問題はない。きっと喜んでくれる。……しつこいよ？　ノア？　……少しお節介が過ぎるんじゃないか？」

ノアの問いかけには答えずに、少し苛ついたようにエヴァはいうと、はあと溜め息を吐いた。

「…………私を信用できない？　……幼馴染の私を疑ってる？　琴音と今から、ちゃんと話すといってるのに、何が不満なんだい？」

「不満とか……信用してないとか、そういうことじゃないよ。……今のエヴァは少し変だ。……だから、ちゃんと話をしたい。……ねぇ、エヴァ。……どうして食料がこんなにあるの？　服も……、プレゼントにしては多すぎない？　いつの間にこんなに……」

部屋の中、壁際には大量の食料も置かれている。正直、エヴァが琴音としっかりと話をするというのなら、それを邪魔する理由はない。だけど、それは普段のまともなエヴァだったらだ。この部屋を見てしまったら、まともな話し合いをエヴァが琴音とできるとは思えない。この部屋はまるで、監禁部屋のようだ。

「……何って、何が？　……ノアのいいたいことが私には、よく分からないよ。琴音はこれから、ずっと私と、この部屋で生活するんだから、多いってことはないと思うけど？　むしろまだ、足りないくらいだよ。……本当は、もっと集めたかったんだけど、時間がなかったんだ。……で？　それが何？　何がいいたい？」

「は？　何がいいたいって……。エヴァこそ、何をいってるの？　彼女がこの部屋で過ごす？　これからずっと？　……ねえ……、エヴァ。…………そのロープや鎖を何に使うつもり？」

「……ああ、これかい？　……ほらここは危険だろう？　だから、琴音が勝手に何処かに行かないように、部屋から出ないようにと思ってね。……そうだ！　ノア、魔法でなんとかならないかな？　この部屋から出られないようにする魔法はない？　……私もできれば、琴音に鎖や手錠なんてしたくないし……ほら、折角のドレスやワンピースには似合わないだろう？」

　エヴァは何でもない世間話のようにノアにそういう。いや、むしろ楽しそうな口調だ。

（は……？）

　やっぱり目の前の男は一体誰なのかと、ノアは思った。だって、エヴァがこんなことをノアに対していうはずはない。それも楽しそうに弾んだ声で。

　その後、エヴァの部屋を後にして、琴音達の待つ談話室へ向かいながらノアは頭を抱えたくなった。

（どうして？　エヴァ？　何でそんなにおかしくなっちゃったのさ？　………やっぱりあの子が何かしたんじゃないの？　……だって、エヴァがボクに、あんなことというはずない……あんなこと、尋ねるなんて……。姉さんのこと……忘れたわけじゃないでしょ、エヴァ？）

『っ……わ……わかったよ。エヴァ。エヴァの気持ちはよくわかった。……悪いけど。そんな魔法はないよ。それは力になれない。ごめん。だけど代わりといったらなんだけど、ボクから彼女に話をしようか？　……今、エヴァが彼女のところに行くのは良い案だと思わない。……彼女、さっきは照れてたっていうのもあるかもしれないけどさ、少し怖がってたよ？　……だから、ボクから話をしてみるから。エヴァは少しここで待ってて……。……ね？　……一旦ボクに任せてよ。……じゃないと嫌われちゃうかもしれないでしょ？』

　怒りを抑え込んで、震える声でノアがそう告げると、エヴァは少し考え込んでから頷いた。

『……うん。確かに、……ノアのいう通りかな？　さっきの私は少し強引すぎたね……。……うん、わかった。私も琴音を怖がらせたくはないし……、嫌われるってことは絶対にないだろうけど……、ノアがそういってくれるなら頼もうかな。……私は、部屋を片付けて待ってるよ。……楽しみだなぁ』

　笑顔でそういうエヴァに、引き攣った笑みを向けてノアは部屋を出たのだ。あの時はカッとなって、思わずエヴァに対して怒鳴って殴りかかりそうになったが、ギリギリ踏みとどまることができた。そのことにホッと息を吐く。それから、考えるのは琴音のことだ。

（とりあえず、あの子と話す時間は稼げた。結論を出すのは、それからだ。…………ボクはエヴァが、なんの理由もなく、あんな風になるなんて信じられない……。だって…………、エヴァは、いつもボクを助けてくれた。あの時も側にいてくれて……、罪を一緒に、背負ってくれた。そんなエヴァが、アイツと同じことをするはずがない！　だから、きっとあの子が何かしたはずなんだ！　それが分かれば……どうにかなるはずなんだ）

そこまで考えて、ノアは唇を噛む。

（…………っ……駄目だ。ボク……。私情は捨てないと……、じゃないと……、真実を見誤る。あの時みたいになる……。冷静に、全ての可能性を考えないと）

◇◇◇◇◇

「…………お前。エヴァに何かした？」

冷静になろうと思ったのに、感情を抑えられず琴音を睨みつけてしまった。

「ええ！　私何もしてません！　むしろされた方ですよ！」

真っ青な顔でそういう琴音。その顔は、やっぱり嘘をついているようには見えない。

（……っ……いたい……）

じっと見ているとズキズキと頭が痛む。思わず舌打ちして、眉間を押さえる。琴音の少し後ろの方にアノニマスがいる。やはり二人の姿を視界に捉えると頭が酷く痛む。琴音のアノニマスに対しての付きまといは終わったはずなのに、だ。

（…………はあ、またこれ？　何で？　……まあ、今は良いや。お陰で少し冷静になれた。…………やっぱりエヴァがおかしい？　……あの子の独り言を聞いたってのも、これじゃ本当かどうかも分からない）

しばらく話し合い、琴音達とまた別れて、もう一度エヴァの部屋へとノアはやってきた。ベッドでぼんやりと座るエヴァはパッとノアに顔を向けて、眉を顰めた。

「ノア？　琴音は？」

平坦《へいたん》な声でそういうエヴァ。部屋は全然片付いていていない。

「…………エヴァ。ボクからも話してみたけど、彼女はやっぱりエヴァを怖がってて、部屋にはきたくないっていってた。ねえ。この部屋に彼女を、閉じ込めるのは……駄目だよ。彼女がエヴァを好きだっていってたのは……何かの聞き間違いとか、勘違いってことはない？　やっぱり少し、今のエヴァはおかしい。……悩みがあるならボクに話してよ？　どうしたの？」

そう問いかけるとエヴァは薄く笑った。

「ボクに話して……か、……はは……、……ノア、勘違いでも、聞き間違いでもない。琴音は私を愛してる……私達は想い合ってるんだよ？」

乾いた笑いを溢すとエヴァはゆっくりと立ち上がって、じっとノアを見下ろした。その瞳は暗い闇を思わせた。いつもなら、キラキラと光が反射して耀《かがや》く翠《みどり》の瞳はどんよりと濁って見える。こんな短期間で人はこれ程変われるものなのか？　それにゾクリとして、気がついたら睡眠魔法をエヴァに掛けていた。生まれて初めて、エヴァに対して恐怖を感じた。ほとんど無意識に、体はカタカタと震える。

（エヴァ……？）

床で規則的な寝息を立ててるエヴァをベッドに寝かせるとノアは床に座り込んだ。

（………嫌だ……、エヴァ。お願いだから、……いつものエヴァに戻ってよ……。なんで、そんな目でボクを見る？）

眠るエヴァを見下ろして、ノアは唇を噛んだ。ぴりっと痛みが走り、唇が切れて微かに鉄の味がした。だけど今はそんなことを気にしてなんていられなかった。

（……時間をかけてちゃんと話をすれば、きっとエヴァも正気に戻ってくれるよね？　……だって……エヴァはまだ、間に合う。まだ……直接あの子に危害を加えたわけでもない。何もしていない……。本当のエヴァは優しいんだ。……だから、きっと、ちゃんと話をすれば……）

眠らせる前に話し合う予定だったが、それはできなかった。恐怖を感じて、衝動的にエヴァを眠らせてから一時間が経つが、未だに背中を嫌な汗が流れて、手は震える。冷静になろうとすればする程、過去の出来事がフラッシュバックしてノアを苦しめる。

（違う……違う……エヴァは違う！　だって………ボクの復讐《ふくしゅう》に協力してくれた。……一緒に罪を背負っ

てくれた……。何時だって助けてくれた……。だから今度はボクが助ける番。……さっきのは……何かの間違いだ）

先程ノアをじっと見たエヴァの目は、姉を殺したあの男と同じ目に見えた。だけどそれは、ノアの勘違いだ。きっとノアもこんな状況で、少し過敏になっている。悪い方へと物事を考えてしまっている。

一時的におかしくなっているだけ、そう琴音に告げた言葉を思い出す。

（そうだ……。今は少しおかしくなってるだけ……。明日、目を覚ましたら、ちゃんと話をして、……そうすれば、きっとエヴァも正気に戻る。いつものエヴァに戻ってくれるはずだ……大丈夫……。まだ間に合う。……あんなことはもう起こらない。…………エヴァだって……ちゃんと説得してみせる）

そう自分にいい聞かせて、それから俯くとサラリとした髪が頬を撫でる。ピンク色で、絹糸のようにサラサラな髪。姉と同じになった髪。

（…………………姉さん）

その後、琴音達の様子を一度見に行くと、何か様子がおかしかった。真っ青な顔のハルトがすぐに駆け寄ってくると、何故かアノニマスも連れて三人で隣の部屋を見に行くことになった。

そこで見た物を思い出すだけで、吐き気とエヴァに対しての失望、殺意、裏切られた悲しみがノアを襲う。

エヴァは、琴音の部屋を覗いて自慰行為をしていた。歪んだ欲望を壁越しにぶつけていた、卑劣な行為だ。

「………ノアさん、落ち着いて？」

「無理。……本当にエヴァには失望した。ボク……、許せない。エヴァが覗きをしてたのも……アレも。……気持ち悪い」

そういってノアはギュッと杖を握りしめた。

（エヴァ……、エヴァ！　許せない！　なんでお前が、……よりにもよって、あんなことするんだよ？　それもボクの側で……、この顔を毎日見てるのに、それなのに……、エヴァは本当に……姉さんを……あの怒りと悲しみを忘れたっていうの？）

「……う、確かにアレはヤバイって俺も思うけど……でもさ。ノアさんもいってたじゃん？　……エヴァは少しおかしくなってるってさ」

あんな惨状を見たのに、まだエヴァを庇おうとするハルトに腹が立つ。

（っ……）

昔の自分自身を思い出すからだ。

「どいつも……こいつも……っ……危機感の足りない馬鹿ばっかり！」

ドゴっと音を立てて壁を殴り、ノアはイライラと呟いた。

「最低だよ……エヴァ。見損なった……、信じてたのに……、なのに……どうして？　夜に部屋にいなかったのは……あの部屋に行っていたからだったんだ？　っ……この部屋も……エヴァ。お前は本気なんだね？　本気であの子を閉じ込めるつもりなんだな？ボクや姉さんを裏切るんだな？　エヴァ？」

眠るエヴァに対して声を掛ける。返事は返ってこないと分かっている。それでもいわずにはいられなかった。あの時は、なんとか冷静を装って琴音達とは別れたが、今のノアは荒れ狂っていた。脳天気なお荷物達にもイライラするし、エヴァに対しては腸《はらわた》が煮えくり返る思いだ。本当は多数決なんて無視して、今すぐにエヴァの時を止めてしまいたい。いや、今すぐに起こして問い詰めて怒鳴りつけて、ぶん殴ってやりたい。

だけど、ノアは視界に揺れる自身のピンク色の髪を見て、鏡や窓に映る自身の姿を見て、心を落ち着かせた。

（はあ……、駄目だ、駄目だ、怒りに呑まれるな……。ボクは……、もう、あの時の無力な子供じゃない。……じゃなきゃ、なんの為にボクは……。っ……痛っ……、今はあの子もアノニマスもいないのに……。どうして……くそ）

酷くなった頭痛に、ノアは溜め息を吐いた。ズキズキと額やこめかみが痛む。

（…………こんなところ早く出たい。……くそ、なんとかあの馬鹿達をいいくるめないと……。時を止めさえすれば、エヴァは何もできないんだから。……ここを出られれば、あの子とは世界も違う。……元の世界に戻れさえすれば、エヴァだって正気に戻るはずなんだ）

一晩中エヴァを見張り、明日の朝、何といって全員をいいくるめようかと頭を悩ませた。

だけど、朝の話し合いの場で、観音坂琴音はエヴァを好きだといった。愛しているといった。それにノアは困惑した。

　琴音の様子は嘘をいっている風には見えなかった。

その後も問い詰めたが、琴音はエヴァを好きだから部屋に行くという。それを聞いて、ノアはカッと頭に血が上った。あれだけ心配して、あれだけ悩んで、痛む頭で考えた。なのに結局は馬鹿女に振り回された。そう思うと、怒りがこみ上げた。

（はあっ？　何？　やっぱりエヴァを好き？　あれだけ嫌だとか好きじゃないっていっておいて？　結局ボクって痴話喧嘩に振り回されたってことっ？　馬鹿じゃないのっ！　…………ならエヴァが聞いたっていう独り言も、本当に？　……だからって覗きは最低だけど……でも……ありえるよね。言うことコロコロ変える馬鹿女だし……、ボクだって接してて、引っ掛かることは結構あったし。なら、エヴァにもやっぱり勘違いさせるようなことといって、気がある素振りしてたんじゃないの？　……それで今回の騒ぎってわけ？　……周りを振り回して能天気に笑って……本当ふざけてる！　あの子、ああっもうっ……！　勝手にすれば良い！　ボク独り悩んで馬鹿みたい！　さっさと寝よ。……はあ、やっぱりボクもここにきて、参ってたのかな……。エヴァのこといえないや……）

　部屋を飛び出して、早足で自室に向かう。睡眠不足と魔力切れと酷い頭痛。それから少しの安堵。琴音がエヴァを好きなら、エヴァは悪くない。覗きは最低だけど、琴音本人が気にしてないなら、それについてノアがとやかくいうことじゃない。やっぱりエヴァはノアも姉も裏切っていなかった。

（良かった。エヴァ。……良かった……んだよね？　……そう……だよ。良かったんだ。…………っ……頭、痛い……早く寝たい……、もうあの子のことは放っておこう……そうだ。それが良い……。そうしなきゃ…………）

　普段のノアなら、いくら琴音がエヴァを好きだといっても、簡単に真に受けなかっただろうし、もっとちゃんと話し合ったはずだ。いくらカッとなったからといって、部屋を飛び出して琴音のことを放り出したりしない。だって、それじゃあ昔の、自分と何も変わらない。姉さんを見殺しにした、あの時と。だけど何故かこの時は、短絡的に動いてしまった。そんなのはおかしいと、それすらこの時のノアは考えることもできなかった。

自室に帰って泥のように眠り、目が覚めた時は、丸一日が経っていた。エヴァと琴音の姿は何処にもなかった。あのエヴァの監禁部屋に二人で籠もっているのだろう。

（…………どうしてボク。……これで良いと思ってるんだろ？　おかしいよね？　…………だって……こんなのやっぱり駄目だ。……あの子の様子を見に行かないと……エヴァの様子も……）

そうは思うのだが、何故か足はエヴァのところに向かわない。足が勝手に談話室へ向かうとソファーに腰掛けた。それから、ノアは一日中ぼんやりと逆さまになった本をただ眺めた。

何かがおかしいとわかっているのに、それが何か分からなかった。ただただ、頭痛は増すばかりだ。

（…………痛い、痛い、痛い、痛い、痛い、痛い……………、エヴァ……姉さん…………どうして？　……ボクは…………………………あれ？）

エヴァと琴音のことを考えながら、ぼんやりと逆さまの本を眺める。何故か頭に霧がかかったようで思考ができない。琴音がエヴァの部屋に行ってから、何故か毎日、足は談話室へ向きソファーに腰掛けると逆さまの本を眺める。一日はそれで終わっていた。

（…………頭が……ずっと、痛い……、……どうして……）

ふと視線を感じて顔を上げると、ハルトがこちらを見ていた。何故か不快な気分になる。

「……なに？」

そう告げるとハルトは泣きそうな顔した。

「…………えっと。別になんでもないけど」

何でもないわけがない。なのにその時は何故か、ただただ、イライラした。こっちを見ないで欲しいと思った。鼻を鳴らしてから視線を本に戻した。

（…………おかしい……ボク……、なんで……）

そう思うのだが、すぐに激しい頭痛により何も考えられなくなった。

◇◇◇◇◇

「どういうこと？　ハルト？　ちゃんとボクにも分かるように説明してくれる？」

「あ………あの……ノアさん……っ……」

過呼吸を起こして、ハルトに運ばれてきたアノニマスを視界に捉えた時、一気に目の前が開けたような、思考に掛かっていた霧が晴れたような感覚になった。

床に座り込むアノニマスに駆け寄ってから、魔法を掛けて、それから感情が爆発した。

（ボク……、どうして、こんな状況だったのに、何してたんだっ！　くそっ！　ぼーっとしてる場合じゃなかったのに！）

自分への怒り、それと焦燥感。更にはハルトは何かを知っている、なのにそれを隠そうとしていた。それにもイライラが募る。いう気がないなら無理やりいわせてやる。

ハルトの過去のことや、琴音に対する気持ち。アノニマスと琴音のこと。洗いざらい全て。それを聞いてノアは後悔した。どうして自分は、琴音がエヴァのところに行くといった時、止めなかったのか。今なら、おかしいと分かるのに、あの時は大丈夫、これで良いと思った。それに腹が立つ。

（…………こんなことになってたのに、ボクどうして、…………ああ、腹が立つ）

後悔は怒りに変わった。何故か今度は、気持ちが抑えられない。あれだけ無関心を貫いていたのに、今度はハルトやエヴァに対して怒りが抑えられなかった。

そしてその怒りを目の前の震えるハルトにぶつけないと気が済まなかった。

（…………でも、ハルトだって……辛かったはずだ……。あの子にしたことは、いけないことだったけど、でも、ハルトも過去に傷ついて……それで、正常な判断が、できなかった？　……なら、暴力は……駄目だ……。こうなったのはボクにだって……あの時、ちゃんともっと冷静に話し合わなかったボクにも責任がある……なのに…………どうして……）

あの時はカッとなって、不自然な琴音の発言にもハルトの様子にも気づけなかった自分にも悪いところがある。

今ハルトを執拗に責めても、問題は何も解決しない。頭の片隅ではそう思うのに、ハルトを責めるのをとめられなかった。更には執拗に手を上げて、まるで八つ当たりのように、怒りをぶつけてしまった。それから何かに突き動かされるように、二日後に絶対に琴音を助け出さないといけないと思った。

「ナンデ？　すぐに行かナイ？　ナンデ？」

アノニマスの問いに酷い頭痛がして、ノアは顔を顰めた。するとアノニマスは怯えたように体を揺らした。

「…………アノニマス。そんなに怯えなくても、別にアノニマスに怒ってないから。……エヴァとハルトには腹が立ってるけどね。…………ボクも本当は早く助けてあげたいけど。でも、今は無理。エヴァを眠らせたのと……アノニマスとハルトに魔法を掛けたのとで魔力が回復してないし。……それに、無計画で突っ込むなんて駄目だよ」

　だが、いっていて自身に違和感を抱く。

（……変だよ。……アノニマスのいうように、今すぐに……助けに……行かないと……駄目なのに……なのに……ボク…………）

　本来のノアなら、今の状況ならたとえ魔力が回復していなくても、エヴァのところにすぐに乗り込んだはずだ。後先なんて考えないで乗り込んで、エヴァをぶっ飛ばす。だって、こうしている間にも、琴音はエヴァに無理やり犯されているかもしれない。望まぬ行為を強要されているかもしれない。姉さんみたいに苦しんでいるかもしれない。あの時と被る今の状況で、本来のノアなら、冷静でなんていられるはずがない。それに、エヴァはノアを裏切った。そのことに腸は煮えくり返っている。そんなエヴァを二日も放置なんてありえない。先程はカッとなってハルトを責めたのに、なのにエヴァに対しての怒りはあるが、不自然な程に落ち着いている。

　口からは、もっともらしい理由がつらつらと出て、ハルトやアノニマスを納得させた。確かにノアのいい分は間違っていないし、琴音の救出の成功率を上げる為には正しい判断だ。だけど、それはノアらしくない。

　ノアは短気な方だ。だけどそれでいて、冷静に状況を見極める目もある。だけど三日前から、カッとなる場面も冷静になる場面も、何かが、おかしい。何かがズレている。違和感と頭痛は酷くなる一方だ。

（…………なんだろう？　……さっきから何かが…………っ痛い……痛いなぁ……、まただ……）

　ノアは首を傾げたが、やはり分からなかった。そしてまた頭痛で考えは纏まらず、そのうちに、どうでも良くなる。その後、アノニマスがおずおずと影の化け物に自分は襲われないのだと告白したのを聞いても、特に疑問も抱かずに、それなら結界の外に琴音を連れて逃げてもらえるなとノアは考えていた。

（…………いや……おかしいでしょ、どうしてアノニマスは襲われない？　変だ……。そうだ、アノニマスは、前から何かおかしくて……だからボクは………、……っ……痛っ……はあ。くそっ頭痛が酷くなってる………、………あれ？　ボク、今何考えてたっけ？　なんだろう何かおかしい……？　アレ？　………）

何故かそれ以上は深くは考えられなかった。

「そう、なんだ。……アノニマス、……今は詳しく聞かないけど。そのうち、ちゃんと話を聞かせてよ。………もしかしたら、ここを出る為の何かヒントになるかもしれないし」

不安そうな顔のアノニマスに、そう返して、そのことは思考の端へと追いやられた。

（二日後に、あの部屋から出さないと…………そうしなきゃ駄目だ……、あの子はあそこにいたら駄目なんだ…………）

◇◇◇◇◇

不意打ちで、エヴァを魔法でぶっ飛ばして、ハルトが琴音を部屋から連れ出した。作戦は成功した。なのに、ノアは体がブルブルと震えた。床で這いつくばって、顔だけをこちらに向けるエヴァは大人しい。何もいわずにじっとノアを見上げていた。ノアも何もいえなかった。エヴァを罵りたいのに……何故か、唇は震えるだけで、声は出ない。

「…………ノア、どうして？」

ポツリと呟いたエヴァの言葉に、何故か心臓がドクンと嫌な音を立てた。

（どうして？　………どうしてって……だって……、それはボクの……台詞だ。どうしてボクと姉さんを裏切ったの？　エヴァ）

そういいたいのに、何故か言葉は出てこない。それどころか何か自分はとんでもない間違いを犯したのではないかという気持ちになってくる。

（なんで……、だってあの子を助けたのに…………、なのにどうしてボクがこんな気持ちになる？　……ボクは、何を見落としてる？　………ああ……痛い……痛い！　痛い！　痛い！　頭が割れそうだ………）

「ノアさんっ！　琴音チャンは無事にアノニマスと合流できたからっ！　俺も加勢するよ！　………ノア

さん？　…………エヴァ……？」

ハルトが息を切らせて戻ってきて、固まるノアと大人しいエヴァを見て怪訝な顔をした。

結局エヴァは嘘みたいに大人しくなって、何も抵抗しなかった。部屋にあったロープで後ろ手に縛って床に転がす。

「…………エヴァ。……ごめん」

魔法の反動で体が思うように動かなくなり、床に座り込んだハルトがポツリとエヴァに謝って、エヴァはチラリと視線をハルトに向けると泣きそうな顔をした。

（……………エヴァは、本当に裏切ったの？　……確かに、あの子に鎖や手錠はしてたけど……、でもエヴァも、ある意味被害者だよね？　だって……好きだって、琴音は嘘をついてエヴァのところにきたんだから。なのにボクは、エヴァに問答無用で魔法で攻撃して……、……やっぱりおかしいよ）

あれだけあった怒りはすでに萎《しぼ》んでいた。エヴァを責めることはノアにはできなかった。

よくよく考えれば、エヴァはノアも姉さんも裏切っていない。だって、無理やり襲ったわけじゃない。琴音がエヴァを好きだといって、自分からこの部屋にきたんだ。エヴァはそれを信じて、喜んで、恋人との甘い時間を過ごしていただけだった。だって、誰もハッキリと違うといわなかった。エヴァを恐れて、勘違いを正してやれなかった。

異常な行動をしていたエヴァに対して、ノアは過剰に警戒していたが、エヴァは最初から琴音と話をするといっていた。気持ちを伝えるといっていた。ハルトも一度はエヴァと話をしようと提案していた。それを却下したのはノアだ。ちゃんとノア達が同席して、エヴァと琴音は、もっときちんと話し合ってみても良かったのかもしれない。そうすれば、こんなに皆が傷つくこともなかったかもしれない。

ノアは唇を噛んだ。

（ボクは……どうして、……また間違ったの？　ボクは、あの時から何も成長してない、……）

「エヴァ……。琴音チャンは……アノニマスが好きなんだ。……だから……、お、俺の、せいで……ごめん……、ごめん……後で気が済むまで……俺を殴ってくれよ……。だけどアノニマスや琴音チャンには手を出さないでくれ……頼むよ。頼む……」

ハルトが震える声でエヴァにそう告げると、エヴァは小さく頷いた。

「…………そう。……そんなに怯えなくても、もう私は何もしないよ……。だって、もう……」

エヴァがそういった時、ゲンキが部屋に飛び込んできた。

「はぁ……はぁ……、っ……何なんスか？　部屋が……まさか、エヴァ達もアノニマスにやられたんスか！」

真っ青な顔でゲンキはそういった。


ゲンキからは、琴音がアノニマスに襲われて亡くなったと聞かされた。ハルトはかなり取り乱していたが、エヴァは静かに話を聞いていた。あの時、ノアも何故か冷静にゲンキの話を聞いていた。

（……………あの子が、死んだ？　アノニマスが邪神……？）

いや、冷静というより、また頭に霧が掛かったような感覚。フラリと立ち上がり、廊下に出て進む。エヴァが腕を縛られたまま、静かについてきていた。

フラフラと廊下を進むと、カエデと緑子と美奈がいた。その足元には、どす黒く血に染まったシーツ。その下の膨らみからは人間の足が覗いていた。だけど、おかしい。だって……足りない。膨らみは、そこまで大きくない。

「あ……ノアさん、エヴァさん……良かった……無事で……うぅ」

ノアとエヴァを視界に入れると緑子はカエデに縋りついて泣き崩れた。

「…………ノアさん……アノニマスさんが…………観音坂さんを……。……桜島君は？　無事ですか？」

カエデはキョロキョロして顔を青くした。そのカエデの言葉に緑子と美奈も顔を上げて、不安そうな目をノアに向けた。

「ハルトなら……ゲンキといる……、…………」

ノアの視線の先には、どす黒い血に染まったシーツと、床に広がる血溜まり。

（これが……あの子？　……嘘だ……）

現実感のなさに眉を顰める。じっと膨らみを見ていると、その側の血溜まりにキラリと輝く何かが落ちていた。それは、宝石のついた髪飾り。思わずエヴァに視線を向けると、エヴァは静かに、じっと琴音《膨らみ》を見ていた。

その瞬間、ノアは体が動かなくなって酷い頭痛で目の前が真っ暗になった。

『ノアっ！　ノアっ！　頼むから！　魔法でなんとかしてくれ！　治せるだろう？　なあ？　ほら……折角……ノアが見つけてくれただろ？　髪飾りを……、これじゃ……琴音にプレゼントできない……、ノア……早く……早く治して……まだ伝えてないんだ。愛してるって……、頼むからノア……早く魔法を……』

『無理だ……無理だよ、エヴァ。……もう死んでる……、頭が……上半身がないんだ……。死んだ者には回復魔法は、使えない……。エヴァ……、琴音はもう……死んだ……。治せない……』

頭に知らない記憶が蘇った。

(何これ……？　ボクは……ボクは、こんなの、知らないっ！)

ノアが困惑している間にも次々と記憶が溢れる。

『エヴァ？　……仕方ない。……誰にもあの子を助けられなかった』

『……そうだね。……仕方なかったさ。すまないノア、心配をかけて……少し頭が痛むだけだ。すぐに良くなるさ』

(ああああ！　痛い痛い痛い痛い痛い痛い痛い痛い！)

『…………カエデ、あの子は、もうここにはこれない。……もういない』

『え？』

頭が割れるように痛む。その度に次々と知らない、記憶が溢れる。どの記憶でも、観音坂琴音は悲惨な死を迎えていた。

(………………………………あ、……ああ、止めて……もう見たくないよ……)

『……綺麗な……い髪、私は……きですよ……ノアさん』

はにかむ琴音の笑顔が脳裏に浮かぶ。それを最後にノアの意識は途切れた……。

【ノア・タイタン】蠕梧t蟒ヲ　？？？？？？
鬆ュ縺檎李縺？協縺励＞縲∫李縺⁇よ？昴＞蜃コ縺励◆縺上→縺⁇ょ菅繧偵b縺⁇８、ア縺？◆縺上→縺繝懊け繧貞ソ倥ｌ縺ｪ縺？〒。

あとがき

はじめまして、福富長寿です。この度は本作をお手にとって頂きありがとうございます。お楽しみ頂けたでしょうか？

すでに応援してくれていた読者の方々には、この場を借りて感謝申し上げます。皆様の熱い応援のおかげでこうしてあとがきを書くことが出来ています。

新しい琴音達の世界はいかがでしたか？　堪能して貰えていれば作者として嬉しいです。このお話を書き始めた頃は小説の執筆について、右も左も分からず、書きたいものをただ好きなように楽しく自由に書いていました。書籍化なんて夢のまた夢。そう思っておりました。

そうしている内に評価してくださる方や熱い感想をくださる方、ファンアートを描いてくださる方と増えていき、この琴音達の世界が広がっていきました。

そして書籍化という大変素晴らしい機会をこうして頂くことができました。素敵なイラストレーター様に表紙や挿絵を描いて頂けて、書籍版という、また新しい琴音達の世界を読者の皆様にお届けすることが出来て、作者は感無量でございます。

今後も各キャラクターの内面をただ綺麗なだけではなく、汚い部分や人間的な弱さなどを交えて、しっかり、ねっとりと描きたいと思っております。

ですが、物語のキャラクターといいましても、彼ら彼女らは時に作者の想像を超えて勝手に動き出し、物語を紡いでくれます。書きながら、こちらが驚くような行動をしてくれたりもします。それが楽しくて、創作活動とはなんて素晴らしいのだろうと思いました。

私が物語を描くことで、キャラクターに命が吹き込まれ、そしてそれぞれの人生を歩んでいく、それをこの作品を通して皆様にも感じとって頂くことが出来たのならば、それはとても嬉しいことです。琴音達の世界はまだまだ広がっていく。それはこの作品を読んで琴音達に思いを馳せてくれる読者様の頭の中の世界だったりするかもしれませんね。

まだまだ琴音達の物語は始まったばかり、今後も本作をよろしくお願いいたします。

ホラーファンタジー乙女《おとめ》ゲームで毎《まい》回《かい》殺《ころ》される
モブですがそろそろ我《が》慢《まん》の限《げん》界《かい》です。
どうせ死《し》ぬならイケメンとヤりまくってから死《し》にます。

福富長寿

2025年2月5日　初版発行

著者　福富長寿

発行者　野内雅宏

発行所　株式会社一迅社
〒160-0022 東京都新宿区新宿3-1-13　京王新宿追分ビル5F
電話　03-5312-7432（編集）
電話　03-5312-6150（販売）

発売元：株式会社講談社（講談社・一迅社）

印刷・製本　大日本印刷株式会社

DTP　株式会社KPSプロダクツ

装丁　しおざわりな（ムシカゴグラフィクス）

ICHIJINSHA

ISBN978-4-7580-9697-3

●本書は「ムーンライトノベルズ」（https://mnlt.syosetu.com/）に掲載されていたものを改稿の上書籍化したものです。

MELISSA